S. FISCHER

Marlene
Streeruwitz

Tage im Mai.

Roman dialogué.

S. FISCHER

Aus Verantwortung für die Umwelt hat sich der S. Fischer Verlag zu einer nachhaltigen Buchproduktion verpflichtet. Der bewusste Umgang mit unseren Ressourcen, der Schutz unseres Klimas und der Natur gehören zu unseren obersten Unternehmenszielen.

Gemeinsam mit unseren Partnern und Lieferanten setzen wir uns für eine klimaneutrale Buchproduktion ein, die den Erwerb von Klimazertifikaten zur Kompensation des CO_2-Ausstoßes einschließt.

Weitere Informationen finden Sie unter: www.klimaneutralerverlag.de

FSC www.fsc.org
MIX
Papier aus verantwortungsvollen Quellen
FSC® C014496

Erschienen bei S. FISCHER

Satz: Fotosatz Amann, Memmingen
Druck und Bindung: GGP Media GmbH, Pößneck
Printed in Germany
ISBN 978-3-10-397350-1

I.

Konstanze.

»Ich sterbe.«, rief sie. Warf das Handy auf die Couch. Ging davon. Sie hörte ihn reden. Fragen. Die Wohnungstür fiel hinter ihr zu. Sie lief die Stiegen zum Lift hinunter. Lief weiter. Stieg hinunter. Stock für Stock. Sie stemmte die Wohnungstür auf. Auf der Straße. Die Rosen im Vorgarten. Sie hatten am Vortag zu blühen begonnen. Sie rochen nicht. Sie hatte es versucht. Sie hatte sich einen Blütenzweig heruntergebogen und an einer Blüte gerochen. Rosaweich die Blütenblätter. Aber kein Duft. Sie ging nach links. An die Kreuzung zum Prater hinüber. Sie wartete nicht. Sie ging bei Rot über die Straße. Sie wollte nicht warten. Sie konnte nicht warten. Es wurde gehupt. Sie ging weiter. An dem riesigen rosa Schweinchen vorbei, das ein Bankomat war. Vorne der Bankomat. Hinten. Im Rücken. Mitten im Schweinekarree. Da war der Zugang zum Bankomat. Jemand hatte versucht, dieses Türchen aufzubrechen. Der Rücken des Schweinchens war zersplittert und angekratzt. Das Türchen intakt geblieben. Am Wochenende. Sie konnte von ihrem Fenster oben zuschauen wie sich lange Schlangen bildeten. Wie eine Person nach der anderen Geld für die Pratersensationen abhob. Mitten aus dem Bauch des Schweinchens.

Sie ging schnell. Zufahrtstraße hieß es da. Ihr war die Stimme gekippt. Schon beim ersten e von sterben war ihr die Stimme gekippt, und sie hätte zu weinen begonnen. Beim nächsten Wort hätte sie zu weinen begonnen und nie wieder aufhören können. Das war die wichtige Frage geworden. Wie mit dem Weinen aufhören. Wenn es einmal begonnen hatte. Das Weinen. Und es war fast so weit gewesen. Sie hatte sich mit dem Wegschleudern des Handys noch einmal gerettet. Das Elend. Wie immer. Es war in der Brust versammelt gewesen. Im Begriff, in den Kopf hinauf. Zu schwappen. Hinaufzuschwappen. Die Tränen kamen dann von diesem Drängen. Es war zuerst nur der Druck und unbestimmt. Jetzt. Im Gehen. Es war der Schmerz über alles. Über alles, was nicht gewesen und was gewesen. Der Schmerz über das Leben insgesamt. Über alles, was schmerzte. Überhaupt. Der Krieg. Der Krieg gerade. Der verstärkte das. Verschärfte die Konturen. Zerschnitt mit den Erinnerungen das Erhoffte. Kreuzte die Wünsche gegen die Wirklichkeiten. War das Altern? War das Alt-Werden? Aber sie war nicht alt. Sie war 56 und wollte leben. Sie hatte leben gewollt. Schon in der Pandemie. Es war klargeworden. Die Wünsche galten nichts. Galten nichts mehr.

Und jetzt. Sie ging schneller. Der Gedanke an einen Atomkrieg. Sie sah sich. Sie sah alle. Sie alle lagen wie Alexander Walterowitsch Litwinenko da. Auf diesem Spitalsbett. So hochgelagert. Mit grünen Tüchern zugedeckt. Und warten. Wie der. Auf den sicheren Tod. Auf den unabwendbaren Tod durch Strahlung. Das war 2006 gewesen. Da war sie 40 gewesen. Die Veronica 4. Da hatten sie in Zürich gelebt. Sie hatte diesen Job gehabt. Noch. Sie hatte nur Mitleid gehabt. Mit diesem Mann. Sie konnte sich erinnern. Wie die Augen dieses Manns sie angeschaut hatten. Wie dieser Mann aus den Bildern herausgeschaut hatte. Vorwurfsvoll verurteilt. Rettungslos verloren. Und nun. Sie lachte laut auf. Nun schauten sie alle vorwurfsvoll verurteilt vor sich hin. Kurz. Einen Augenblick lang. Sie wünschte sich. Einen Augenblick und dann gleich nicht mehr. Eine Verurteilung. Standrechtlich. Von allen. Auch von denen hier. In Wien. In Europa. In den USA. In England. Eine Verurteilung von all denen, die es dahin gebracht hatten. Dahin, dass sie sich dieses Bild ausmalen musste. Dass sie sich selbst als strahlenverseuchten Leib vorstellen musste. Dass ihr ihr Körper in einen Leib verwandelt wurde. Und ihr nicht mehr gehörte. Dass sie von denen, die es dahin gebracht hatten. Dass die sie ihres Körpers enteignet hatten. Ihr nur einen Leib überließen, der verseucht wurde. Oder auch nicht. Aber sie war ausgeliefert. Ohne ihr Zutun. Und vor allem. Das Kind. Ihr Kind mit dazu. Ihr Kind …

Sie holte Luft. Tief. Sie stieg fester auf. Schritt weiter aus. Sie hätte trampeln mögen. Sie hatte dieses Kind nicht bekommen, damit man es ihr in diese Bedrohung entführen sollte. Sie hatte dieses Kind bekommen, weil es ein glückliches Leben geben hätte sollen. Und weil es so gekommen war. Wie konnte es sein, dass sie ihre Entscheidung, dieses Kind bekommen zu wollen. Dass sie diese Entscheidung nun. Bereuen? Bezweifeln? Sie konnte ihre

Mutter deshalb nicht sehen. Die. Sie blieb stehen. Ging weiter. Ihre Mutter hatte nun alle Triumphe. Ihre Mutter war die wahre Kriegsgewinnlerin. Die hatte den Triumph, recht behalten zu haben. Ihre Mutter hatte ihr zur Abtreibung geraten. Sie hatte schon den Termin in Bad Reichenhall besorgt gehabt. In Salzburg war das nicht gegangen. Der Erzbischof. Die Kirche. Die katholische Kirche. Im Salzburger Landeskrankenhaus wurden keine Abtreibungen durchgeführt. So etwas war da nicht vorgekommen. Obwohl es Gesetz war. Und sie. Sie war der Mutter nicht gefolgt. Und niemand war glücklicher darüber als diese Frau. Ihre Mutter. Sie hatte sich in die perfekte Großmutter verwandelt. Hatte sich diesem Kind so vollkommen zugewandt. Sich wichtig gemacht. Das Kind gegen sie. Ausgespielt. Sie zur übersprungenen Generation machen wollen. Sie. Die Tochter ihrer Mutter. Sie war ja selbst schon unehelich. Die Mutter hatte sagen können, sie wisse, was das bedeute. Und sie hätte es auch wissen sollen und es dem Kind ersparen. Ihre Unehelichkeit. Ein Makel. Vor allem für ihre Mutter. Die Unehelichkeit der Enkelin dann das Glück dieser Frau, die auf Abtreibung gedrängt hatte. Und so. Die hatte alles. Ihre Mutter hatte alles. Die Oma Christl. Sie hatte die Weisheit der Erfahrung vorgelegt. Besser kein Kind in die Welt. Unter diesen Umständen. »Hab ich dir doch gesagt.« Noch dazu das Kind eines Italieners, der schon verheiratet war. »Das kann nicht gut gehen.« Und das Glück der Existenz der Person. Veronica. Ihre Nizzi. Die das Lebensglück dieser alten Frau geworden war. »Wenn sie nun einmal da ist.«

Und jetzt. Die Gefahr. Die Gefährdungen. Und es war die Pandemie schlimm genug gewesen. Für das Kind besonders.

Ihr war die Stimme gekippt. Sie hätte ohnehin nicht weitersprechen können. Und schluchzen am Handy? Früher hätte eine sich entschuldigen können. Sie müsse ein Taschentuch suchen. Weggehen. Vom Festnetztelefon. Taschentuch suchen. Das Handy. Das war immer so dabei. Aber sie musste den Stieglitz anrufen. Wenn sie wieder ruhig war. Wenn sie sich beruhigt hatte. Es war zu dumm. Der Stieglitz war der Netteste. Der war ihre lifeline. Wenn sie vom Stieglitz keine Aufträge mehr bekam? Und er war immer nett. Es war nett gewesen, sie zu fragen, wie es ihr ginge. So. Insgesamt? In der neuen Wohnung? In der neuen Umgebung? Sie hatte ja nur zu weinen begonnen, weil sie nun schon ein halbes Jahr in der Wohnung lebte und noch nie Besuch gehabt hatte. Nur die Nizzi. Und einmal der Opa Franz. Sonst niemand. Von ihrer alten Wohnung. Und der Stieglitz kannte alle Geschichten davon. Er hatte ihr beigestanden. Rechtlich. Aber von der alten Wohnung. Da hatte sie nur die Pandemie-Einsamkeit mitgenommen. Keine Möbel. Nicht einmal die Vasen. Nur die Einsamkeit. Alles andere bei Ben in der Lange Gasse geblieben. Auch die Personen. Sie war sofort aus der WhatsApp-Gruppe entfernt worden. Ihr Facebook-Account sehr klein. Verkleinert worden. Sie musste sich zwingen. Leute einladen und nicht nur Picknicks und Parkbänke. Es ging ja längst alles. Obwohl. Gerade. Es waren alle krank. Alle geimpft. Alle krank. Und sie wollte niemanden sehen. Sie wollte nicht krank werden. Sie hatte Angst in dieser Wohnung zu liegen. Krank. Das Geschrei und die Musikfetzen vom Prater herüber. Und wenn es warm wurde. Es musste ja endlich wärmer werden. Sie wusste noch gar nicht, wie diese Wohnung. Wie die bei Hitze. Nein. Sie konnte niemanden zu sich lassen. Noch nicht. Aber wann dann? Wann war normal?

Veronica.

Die Tränen rannen. Die Tränen rannen über die Wangen, und sie konnte nichts dagegen tun. Die Frau schrie sie an. Die Frau stand über den Tisch zu ihr herübergebeugt. Das Gesicht der Frau dicht vor ihrem. Das Gesicht der Frau so nahe. Sie hätte den Atem riechen müssen, wenn sie nicht die Maske aufgehabt hätte. Sie setzte die Maske immer gleich auf, wenn jemand in die Rezeption hereinkam. Sie schaute auf. Schaute zu der Frau hinauf. Saß. Von der Frau festgenagelt. Sie müsse nur dasitzen, hatte der Küchenreither gesagt. Hinter dem Tisch der Rezeption sitzen. Auskunft geben. Die Post einordnen. Und er müsse sie warnen. Es wäre nicht immer nett, wie Leute sie behandeln würden. Es gäbe fürchterliche Leute. Leute, die glaubten, es gehöre alles ihnen. Kühlen Abstand solle sie halten, hatte er gemeint. Und so gegrinst dazu. So vertraulich.

Sie war froh über die Maske. Die Frau beugte sich weit in ihren space. Diese Frau hielt sich nicht an die Abstandsregeln. Diese Frau zischte und sprühte auf sie herunter. Und sie stand doch auf. Da war das mit dem Weinen auch gleich vorbei. Sie war größer als diese Frau. Die musste zu ihr hinaufschauen. Die Frau schimpfte weiter. Und es ging gar nicht um sie. Es war der Atem gewesen. Dass sie in diesen Atem gezwungen worden war. In den Atemstrahl dieser Person gebannt. Stehend. Die Frau beschimpfte nur die Leute von »open up«. Nicht sie. Sie war gar nicht gemeint. »Open up«. Das war ein Aufsperrdienst. Die waren nur telefonisch erreichbar. Oder per E-Mail. Die hatten keine feste Adresse mehr. Nur ein Brieffach hier.

Sie hatte alles richtig gemacht. Sie hatte lächelnd aufgeschaut. Während des Maskenaufsetzens. Sie hatte der Frau die Visitkarte von »open up« hingehalten. Auf der fände sie die Telefonnummer, hatte sie gesagt. Freundlich. Sie hatte das alles freundlich gesagt. Das war mit der Maske nicht so selbstverständlich zu sehen. Eine Person wäre hier nicht anzutreffen. Auf der Website von »open up« könne sie das auch lesen. Sie hatte der Frau vorgeschlagen, ihre Telefonnummer zu hinterlassen. Sie würde dann zurückgerufen werden. Das war nett von ihr gewesen. Das musste sie nicht tun. Die Frau hatte sie aber nur angeschaut. Stumm. Da hatte die Frau selber noch die Maske aufgehabt. Die hatte sie abgenommen. Beim Schimpfen. Beim Auf-sie-herunter-Schimpfen. Ein Überfall. Das war ein Überfall gewesen. Die Frau war teuer angezogen. Goldglänzend. Die Hose goldglänzend. Goldglitzernde Edelsneaker. Solche Sneaker hatte sie im Prada-Geschäft nebenan gesehen. Die Jacke im Chanel-Stil. Mit Goldtressen. Vor dem Tisch. Die Frau war an den Tisch gekommen. Und sie. Sie hatte gedacht, sie solle die Telefonnummer notieren, und hatte auf dem Bildschirm schon nach der Website von »open up« gesucht. Da hatte die Frau die Maske abgenommen.

»Es ist eine Schande. Ihr wollt doch nur noch das Geld.« Die Frau hatte sich immer näher zu ihr heruntergebeugt. »Ich gehe extra hierher. Es gibt nirgends mehr einen Schlüsseldienst. Es ist kein Schlüsseldienst oder ein Schlosser in der Innenstadt zu finden. Der hier. Dieses Ding da. Das steht in den Gelben Seiten. Das habe ich auf den Gelben Seiten gefunden. Und was ist dann? Nichts. Nichts ist. Nada.«

Da war die Frau knapp über ihr gewesen. Sie hätte schneller aufstehen sollen. Diese Covid-Viecher von oben in ihre Maske hinein.

»Betrüger seid's es.«, hatte sie ihr in die Maske gezischt. »Scheiße. Absolute Scheiße. Und du. Du deppate Funsna. Du glaubst a, weist jung bist und a bissl guat ausschaust. Aber ihr seid's alle gleich. Du bist a nur a Officeprostituierte. Glaub net, dass des net jeda waß. Wie is er denn? Der Herr Chef?«

Im Stehen. Sie hatte keine Sorge mehr, die Frau könne auf sie einschlagen. Das hatte so gewirkt. Kurz. Sollte sie nach hinten gehen. Die Stufen hinauf und in den Vorraum zur Toilette. Aber sie musste auf die Post aufpassen. Sie durfte die Post nicht unbeaufsichtigt lassen. Dazu war sie da. Und es lag Post in den Brieffächern. Von den Vortagen. Manche holten ihre Post nur einmal in der Woche ab. Oder sie musste nachschicken. Der Briefträger. Er konnte jeden Augenblick kommen. Dann war sie nicht allein. Mit dieser Person. Diese Frau. Diese Wut. Alle Sicherheitskameras waren angesprungen. Unter jeder Kamera blinkte das rote Licht. Die Szene war aufgezeichnet. Sie musste sich nicht sorgen. Es gab diese Dokumentation. Sie setzte sich wieder. Sie setzte sich sehr aufrecht hin. Im rechten Augenwinkel. Die Tränen juckten. Sie wischte sich die Tränen nicht weg.

»Ich kann Ihre Telefonnummer notieren und Sie werden zurückgerufen. Mehr kann ich für Sie nicht tun.«

Ihre Stimme war wieder fest. Sie hatte befürchtet, verweint zu klingen. Kühl und bestimmt hatte sie geredet. Kompetent. Die Frau drehte sich weg. Ging hinaus. Sagte nichts. Sie blieb sitzen. Sie zwang sich, sich die Tränen nicht wegzuwischen. Sie wartete, bis die Kameras nicht mehr rot blinkten. Still standen. Sie stellte ihr Handy auf. Klickte auf Aufnahme. Video. Sie saß still. Sie atmete so flach wie möglich. Unbewegt. Ließ sich zu Stein werden. In Stein verwandeln. Schaute vor sich auf den Eingangsbogen zur Rezeption hinauf. Die Geräusche von draußen. Vom Kohlmarkt. Der Lärm ein schmaler Rand zur Stille herinnen. Wie tot, fiel ihr ein. Aber das stimmte nicht. Das konnte sie sich nicht vorstellen. Sie fühlte sich ja. Fühlte sich in der Mitte von dieser Stille in der Mitte der Stadt. Sie seufzte.

Das Kontrolllicht der Kamera vor ihr. Es begann sofort wieder zu blinken. Sie war nicht bewegungslos genug gewesen. Sie musste von vorne anfangen. Sie rückte das Handy zurecht. Setzte sich zurecht. Legte den rechten Arm auf den Tisch. Drückte wieder auf Video. Bewegte nicht einmal den Finger. Konzentrierte sich. Sie dachte sich doch tot. Sie dachte sich tot wie Gabby Petito. Sie stellte sich vor, wie alle Instagram-Postings von Gabby

Petito von einer Toten waren. Wie diese Postings sich vom verwesenden Körper der Person entfernten. Wie Gabby Petito nur noch auf diesen Postings lächelte oder aß oder saß oder lief. Gabby Petito war längst begraben und als YouTube-Sensation und auf Instagram und auf Twitter schon längst vom Prozess Johnny Depp/Amber Heard ersetzt worden.

Sie saß bewegungslos. Sie hielt Gabby Petito die Treue. Sie hatte mit dem Jonas auch so eine Reise geplant gehabt. Aber sie. Sie hatte selbst abgesagt. Und sie konnte es niemandem sagen. Niemand würde ihr glauben. Sie wusste ja selbst. Es gab keinen Grund. Keine Anhaltspunkte. Aber sie wollte nicht. Wollte nicht mit ihm. Irgendwie. Sie hatte Angst bekommen. Oder nicht Angst. Der Jonas. Er war. So groß. Er schien größer geworden zu sein. Und sein Bauch. Der Bauch. Das hatte ja dann. Und er hatte sie belogen. Richtig blöd angelogen. Sie seufzte. Musste Luft holen. Tief Luft holen. Sie hatte zu flach geatmet. Und sah sie wirklich dieser Person ähnlich. Sie war doch nicht blond.

Die Kamera hatte wieder zu blinken begonnen. Sie setzte sich auf. Streckte sich. Dieses Posting musste fertig werden. Die Post würde gleich kommen. Und dann die Leute. Die Post abholen. Tratschen. Ob der Poldi in Wien wäre oder wo er sich herumtriebe. Die vollkommene Unbewegtheit. Fast-Tot-Sein. Das konnte sie nur am Morgen machen. Und dann posten. Jeden Tag. Jeden Morgen. Sie nannte es »TikTok eingefroren«. Das ewige Leben auf Instagram. 43 Follower warteten. Sie tippte wieder auf Aufnahme. Begann von neuem. Gabby. Sie dachte sich Gabby. Unbeweglich wie die. Sie saß. Die Sessellehne gegen den Rücken. Die Arme schwer hängend. Das dünne Atmen wurde wieder schwieriger. Sie zwang sich, mit dem tiefen Atmen zu warten. Nur noch kurz. Es war wichtig. Dann hatte sie es für den Tag geschafft. Dann hatte sie die Aufnahme für den Tag. Es war wichtig, Ankündigungen einzuhalten. Gabby hatte das gemacht. Sie stellte sich Gabbys Postings vor. Gabby zwischen Felsen. Gabby gegen den Abendhimmel am Meer und wie sie ihrem Mörder zuwinkt. Wie sie ein Tuch hochhält und etwas sagt. Sie hatte den Ton abgeschaltet. Weil Gabbys Leiche gefunden worden war, hatte sie den Ton abgeschaltet. Von Anfang an. Sie hatte diese Geschichte erst zu sehen bekommen, da war Gabbys Leiche schon gefunden gewesen. Der Mörder war da noch herumgefahren. Der mutmaßliche Mörder. Da war ja noch nichts klar gewesen. Eine Vermutung. Die Ermordete und ihr Mörder immer noch auf der Reise. Auf Instagram. Sie hatte die Stimme nicht hören wollen. Die Stimme einer Toten. Deshalb. Sie sagte nie etwas in ihren Postings. Sie ließ ihre Stimme nicht so gefangennehmen. Auf ewig.

War es das gewesen? Der Jonas. Der hatte immer gemeinsam auf Instagram sein wollen. Selfies gemeinsam und etwas sagen. Wo sie waren. Was sie machten. Wie schön es wäre. Wie gut das Essen. Wohin sie geradelt waren. Lauter so Klumpert. Wen interessierte das. Gabby schauten alle an, weil sie ein Mordopfer war. Ein hübsches Mordopfer. Verzweifelt und hübsch. Sie saß. Vom Nicht-so-richtig-Atmen. Graue Schleier vor den Augen. Nur noch ein bisschen. Durchhalten. Aushalten. Das war ihr Opfer an die Ewigkeit des toten Mädchens. Und sie hatte es geschafft. Sie war für 2 Minuten und 7 Sekunden erstarrt gewesen. Die Kameras hatten das Blinken aufgegeben. Sie war für 2 Minuten und 7 Sekunden verschwunden gewesen. Nicht dokumentiert. Es hatte sie nicht gegeben. Für diese Zeit. An diesem Platz. Sie hatte die Kameras abgeschaltet. Überlistet. Sie schnitt die Aufnahme auf dem Handy zurecht. Den Anfang weg. Stellte die 2 Minuten und 7 Sekunden Unbeweglichkeit auf TikTok. »Bei der Arbeit Nummer 9« nannte sie es. Sie musste lachen. Sie sah wirklich fast tot aus.

Konstanze.

Die Kastanien waren im Aufblühen. Alles war im Aufblühen. Das kühle Wetter. Das kühle, regnerische Wetter. Es hatte alles Blühen angehalten, und nun drängten alle Blüten zur gleichen Zeit ans Licht. Erwartung, dachte sie. So ist Erwartung. Sie hätte lachen können. Hell war das. Frühlingshell. Zum Tanzen. Klingelnd hell und zum Sommer hin. Sie blieb stehen. Holte Atem. Tief. Sie hätte die Arme hochhalten und sich drehen mögen. Sie stand auf dem breiten Gehsteig. Vor der Geisterbahn. Nach rechts die Hütten der Restaurants zwischen dem Gestänge der Falltürme der Pratersensationen. Nach der Geisterbahn nach links der Cortina-Bob. Die älteste Hochschaubahn im Prater. Die Bäume die Sicht verdeckten. Neubauten dahinter. Auf den Balkonen Gartenmöbel und Fahrräder. Das war vor einer Woche noch alles leer gewesen. Die Bewohner hatten sich erst ausstatten müssen.

Sie ging weiter. Seufzend. Die Kastanien würden blühen. Spätestens in einer Woche. In drei Tagen. Die Kerzen der Kastanien würden aufgeblüht sein, und die Bäume so feierlich damit. Das ging alles weiter. Das ging alles seinen Gang. Sie. Sie hatte wieder einmal umsonst gearbeitet. Die

Anthologie mit den Texten zur Pandemie. Es sollten italienische Erfahrungen und österreichische Erfahrungen in der Pandemie nebeneinandergestellt werden. Waren das unterschiedliche Erfahrungen gewesen? Ließ sich das vergleichen? Oder waren es unterschiedliche Erfahrungen gewesen, die zu denselben Folgerungen geführt hatten? Sie hatte die Übersetzungen gemacht. Aus dem Deutschen ins Italienische. Dann lange nichts. Und heute die E-Mail. Der Verleger war gestorben. Jetzt noch. Am Ende. Covid. Und niemand wusste, wie es weitergehen sollte. Die Covid-Anthologie durch Covid zerstört. Und jetzt einmal. Kein Honorar. Das müsse sie verstehen. Lei deve capirlo. Aber was war da zu verstehen. So ein leeres Bankkonto. Dafür musste niemand Verständnis aufbringen. So ein leeres Bankkonto. Die reine Wahrheit. Die blanke Realität. Sie musste lachen. So viele Wahrheiten. Mit einem Mal lebte sie in einem Wahrheitsparadies. Keine Täuschungen mehr. Nur die reine Enttäuschung. Kein Geld. Kein Leben. Keine Zukunft. Es war noch ein bisschen theoretisch. Dieses Wahrheitsparadies. Aber es gab jetzt manchmal keine Nudeln im Supermarkt. Und keinen Zucker. Acciughe waren überhaupt nicht mehr zu finden. Der Brief war gestern gekommen. Die Ankündigung der Heizkostenerhöhung. Einengungen. Die Wände rückten näher. Die Wände …

Hatte sie wirklich gesagt »Ich sterbe.«? Was war ihr da eingefallen. Der Stieglitz. Ihr Bollwerk. Der hatte immer alles gemacht für sie. Die Unterhaltspflicht von Veronicas Vater und die Gerichtsübersetzungen für sie. Und das war lang hin und her gegangen. Zwischen den italienischen Gerichten und den österreichischen. Und der Stieglitz hatte nicht lockergelassen. Bekam die Veronica das noch? Die machten sich das alleine aus. Und wenn sie fragte. Wenn sie die Nizzi fragte. Nach solchen Dingen. Keine Antwort. Das mit dem Erbe von der Nonna. Darüber wusste sie auch nichts. Die Nizzi. Sie hatte nicht einmal irgendetwas zur Erinnerung bekommen. Von der Nonna. Alles in Covid-Maßnahmen untergegangen, und hinreisen unmöglich gewesen. Und wenn die Nizzi ihren Vater wirklich nicht mehr sehen wollte. »Nie mehr.« Wollte sie das wirklich? Er war ihr Vater. Aber dieses ganze Familienzeugs. Es hatte dann ohnehin nur die Nonna gegeben. Der Beppo hätte das Kind nicht so aufgenommen. Der schob die Ricarda vor und hielt sich heraus. Wahrscheinlich. Sie hatte immer vermutet, dass die Nonna die Alimente bezahlt hatte. Dass die die Verantwortung übernommen hatte. Wahrscheinlich war der Dauerauftrag vom Konto der Nonna gekommen, und weil die tot war. Die Nizzi musste jedes Mal anrufen und das Geld verlangen. Der Stieglitz musste das richten. Sich darum kümmern. Sie musste mit ihm reden. Ihn anrufen. Und dann mit der Nizzi. Am Abend. Bei Gelegenheit. Vorsichtig. Sie durfte nicht so. Nicht alles so dringlich machen. Und sie musste einkaufen. Etwas Gutes kochen. Etwas alltäglich Gutes, das die Nizzi essen konnte. Und nichts fragen. Sie musste sich das vornehmen. Nichts fragen. Nicht direkt fragen. Abwarten. Wenn sie das nur besser könnte.

Sie schüttelte den Kopf. Ging weiter. Blieb stehen. Setzte sich auf die erste Bank mit Blick auf die große Wiese. Geduld. Wie bekam sie die notwendige Geduld zusammen? Dieses Kind. Ihre Veronica. Nizzi. Sie war in einer Krise. Aber in welcher? War es die normale Mutter-Tochter-Kalamität? War es wegen dieses Kerls da? War es das Studium? Es war alles wegen der Pandemie. Natürlich. Und wenigstens war die Nizzi mit dem Opa Franz gut. Mit dem redete sie. Mit ihr ja auch. Es war keine Trennung. Es war eine Abtrennung. Und sie durfte nicht über die Zukunft reden. Sie durfte nicht fragen, warum sie in dieses katholische Mädchenheim gezogen war. Warum sie nicht mehr studierte. Warum sie sich vom Jonas getrennt hatte. Warum sie nicht mehr zu ihrem Vater nach Italien fahren wollte. Wie sonst jeden Sommer. Sie musste ruhig und gelassen sein. Sie musste so tun, als säße sie ruhig in der Mitte ihres eigenen Lebens und hätte alles im Griff.

Sie wünschte sich ja, die Nizzi würde wieder bei ihr leben. Aber das war auch theoretisch. Sie hatte es sich eingerichtet. Allein. Sie hatte es gelernt. Lernen müssen. Vom eigenen Kind verlassen zu werden. Hinter sich gelassen zu werden von ihr. Zurückgelassen. Eigentlich. Schwer zu ertragen. Vor allem wenn es die eigene Mutter über sich triumphieren ließ. »Bei mir will sie schon wohnen.« Für das Kind. Es hatte ausgehalten werden müssen. Die Veronica in der Mansardenwohnung im Haus der Großmutter in Salzburg. Mit diesem Jonas zusammen. Weil das im ersten Lockdown gerade alles so gewesen war. Dieser Augenblick pandemisch verfestigt. Das Kind in einer eheähnlichen Beziehung im Haus ihrer Großmutter. Sie hatte das verstehen müssen. Sie hatte so etwas nicht bieten können. Bieten. Das klang gleich wie bitter. Sie. Sie hatte das nicht bieten können. Sie hatte es eben nicht zu einem Mann gebracht. Wie die Mutter. Zu einem Mann, der ihr alles bieten konnte. Aber sie hätte das nicht gewollt. Die Gebieterin zu sein. Und einen Mann, der sich selbst aufgegeben hatte. Auch wenn sie den Opa Franz mochte. Auch wenn der das Ähnlichste war, was sie an Vater kannte. Sie mochte diesen Mann und ihre Mutter nicht. Aber eine solche Konstellation. Nein. Das wäre nicht gegangen. Ihre Tochter musste sie nehmen, wie sie war. Das hatte man früher zu einem Geliebten gesagt. Als Liebesprobe. So wie ich bin, will ich geliebt werden. Dieser Satz. Der hatte sich immer schon mit dem Wirtschaftlichen gespießt. Mit dem Stand. Und das war nicht vorbei.

Die Nizzi. Hätte die eine unwürdige Situation für ihre Mutter in Kauf genommen, wenn das ihre Situation erleichtert hätte? Für die Großmutter genierte sie sich ja nicht. Die über diesen Mann herrschte und ihn triezte. Diese Szenen. In Lokalen. »Nicht einmal einen ordentlichen Tisch.« Unwürdig. Aber es war nichts zu ändern. Nicht mehr. Sie. Eine Übersetzerin. Mager. Das war mager. Und hätte sie in der Redaktion bleiben sollen und nicht mit den anderen zurücktreten? In Zürich bleiben? Im unwürdigen Abstieg von einer freien Redaktion in ein PR-Team? Wäre das viel unwürdiger als jetzt? So prekär. Die Haltung wahren. Ohne Geld war das schwierig, wenn das eigene Kind unzufrieden war. Mit einer. Sie stand auf.

Schüttelte sich. Abschließen, sagte sie sich vor. Move on. Das war das notwendige Motto. Move on. Und gleich der Nebel im Kopf. Wohin? Wohin sich fortbewegen?

Sie kehrte um. Ging den Weg zurück. Sie musste etwas essen. Sie war dünn im Kopf. Sie hatte noch keinen Kaffee gehabt. Bei der Covid-Teststation. Da gab es guten Kaffee. Oder doch etwas essen? Vom Würstelgasthaus weiter unten roch es herüber. Bratwurst. Sie blieb stehen. Sie hatte kein Geld mit. Sie hatte nur den Wohnungsschlüssel in der Jackentasche. Sie musste lachen. Wie konnte sie an Essen denken? Wie konnte sie Lust auf Würstel haben? Sollte sie zurückgehen. Sie hatte auch kein Geld zu Hause. Sie musste abheben. Sie musste zum rosa Riesenschwein gehen und Geld herausziehen. Aus dem Bauch. Und sie sollte keine Würstel essen. Das hatte sie doch aufgegeben. Auch wegen der Nizzi. Der Geruch von Frankfurtern. Oder Käsekrainern. Das war ihr doch widerlich gewesen. Sie hatte doch nur noch gesund gegessen. Hatte es ernst genommen. Das mit dem Essen. Aber das war auch vorbei. Sie aß nicht mehr gesund. Überhaupt nicht mehr. Es war ihr gleichgültig geworden. Sie stopfte in sich hinein. Irgendetwas. Sie hatte jedes Interesse am Essen verloren. Sie hatte die Mahlzeiten aufgegeben. Sie aß irgendwann irgendetwas. Die Nizzi durfte das nicht wissen. Ihre Veronica, mit c geschrieben, vegan und ernsthaft. Und sie aß alles. War das Selbstzerstörung? Aber warum? Und wem sollte das wichtig sein? In einem Staat, in dem es bis vor kurzem nur um Geimpfte und Ungeimpfte gegangen war. Und nicht um Bürgerinnen oder Bürger. Es war vorstellbar gemacht worden, dass Ungeimpfte nicht zur Wahl gehen durften. Einfach mit einem Betretungsverbot für Ungeimpfte das Wahlrecht ausgesetzt. Schleichendes Unrecht war das. Auch nur Infektionen. Aber keine Impfung gegen schleichendes Unrecht möglich. War ihr ungesundes Essen? War das ihre Art, eine Ketzerin zu sein? Konnte sie sich immer noch nicht einfinden? Wie in Zürich? »Nein. Dazu können wir uns nicht hergeben.« Und wie gleichgültig das geworden war. Diese Tapferkeit. Diese Verteidigung des freien Worts. Wie gleichgültig gemacht. Finanzkrisen und Pandemien. Sie hörte Schritte hinter sich. Trat zur Seite. Ein Mann ging an ihr vorbei. Kam neben sie.

»Konstanze.«, sagte er. »Nein so etwas.«

Veronica.

Sie hörte die Frau Wallin kommen. Das schnarrende Drehen der Schlüssel in den beiden Schlössern in der Tür zur Kellerstiege. Die anderen Schlüssel vom Schlüsselbund schlugen gegen die Tür. Veronica hätte gerne gewusst, welche Schlösser alle diese vielen verschiedenen Schlüssel aufsperren konnten. Sie hatte sich nicht getraut. Fragte lieber nicht. Die Frau Wallin. Als Hausmeisterin hatte sie wahrscheinlich die Schlüssel zu allen Wohnungen und Büros im Haus. Die Tür schwang auf. Frau Wallin trat durch die Tür. Hinter ihr. Einen Augenblick. Der dunkle Einstieg in die Kellerstiege. Das Licht schon abgedreht. »Licht sparen.« Frau Wallin sagte es. Veronica dachte wieder, dass sie nichts sehen sollte. Dass die Frau Wallin nicht wollte, dass irgendjemand einen Blick in ihre Unterwelt erhaschen solle. Sie versperrte die Tür auch immer gleich hinter sich. Die Frau Wallin war dick. Durch die schmale Tür schob sie sich seitlich herein. Aber sie war nicht langsam. Die dicke Frau Wallin war behende.

»Gehen Sie schon?«, fragte sie.

Die Frau Wallin kam die Stufen zur Rezeption herauf.

Blieb gleich wieder stehen. Schüttelte den Kopf. Nein. Sie ginge nicht. Heute sei doch Stiegentag.

»Frau Soardi«, sagte sie. »Frau Soardi. Sie wissen doch. Donnerstag ist Stiegentag.«

Veronica nickte. Sie sagte nichts. Sie hatte auch schon gehört, der Montag sei der Stiegentag. Oder der Mittwoch. Sie hatte den Küchenreither gefragt, wie das sei mit der Frau Wallin. Aber der hatte nur mit den Achseln gezuckt. Vielleicht, dachte sie. Vielleicht gehörte das ganze Haus der Frau Wallin. So wie sie herumging. Alle Türen aufsperrte. Zusperrte. Sie nannte den Küchenreither »Chef«. Aber das sagte nichts. Vielleicht sagte sie zu allen Männern »Chef«. Jedenfalls war immer alles sauber. Der Marmorboden in der Rezeption glänzte jeden Morgen wie neu. Die Spiegel im Gang vom Kohlmarkt herein spiegelten. Schon zu Mittag oder am Nachmittag. Wenn sie ging. Es gab sehr oft Geschmiere auf den Spiegeln. Graffiti und Burgerschachteln auf dem Boden. Hundekot. Aber bis zu ihr. Um die Ecke. In die Rezeption. Da kam niemand. Und da waren dann ja die Sicherheitskameras und jede Überschreitung wurde aufgezeichnet. Das war kein Schutz. Das war eine Sicherheitsmaßnahme. Das sei ein Unterschied, sagte der Küchenreither. Aber sie solle sich keine Gedanken machen. Sie sei sicher hier.

Die Frau Wallin holte ihre Putzgeräte aus dem Kämmerchen neben der Toilette. Veronica stand auf. Ging ihr nach. Sie blieb an den Stufen zum Büro vom Küchenreither und der Toilette stehen. Hörte zu, wie das Wasser in den Kübel donnerte. Frau Wallin zog die Wischtuchpresse aus dem Kämmerchen heraus. Auf den Stiegenabsatz. Das Wasser im Kübel schwappte. Was sie denn für Reinigungsmittel verwende, fragte Veronica. Frau Wallin blieb stehen. »Ja. Also.« Da habe sie so einen Starkreiniger. Von dem reichten ein paar Tropfen ins Wischwasser und der schlimmste Fettfleck wäre weg. Auch Kaugummis wären so wegzubringen. Das wäre aber nur im Gang draußen notwendig. Im Haus sonst. Da kämen nur ordentliche Leute herein. Zu den Ärzten im Hochparterre zum Beispiel. Aber die kümmerten sie hier nicht. Die gingen ja nach hinten zum Lift. Den Reiniger. Den gäbe es nur im Internet. Wenn sie wieder eine Bestellung machen müsse. Das Paket käme dann hierher. An die Postadresse vom Dr. Küchenreither. Und jetzt. Sie müsse weitertun. Sie könne nicht so lange tratschen.

Die Frau zog ihre Putzgeräte hinter sich zum Lift zum Dachgeschoss. Von der Rezeption konnte man nur ins Dachgeschoss hinauf. Für die Hausstiege und den Lift zu den anderen Etagen musste man den Gang weitergehen. Nicht zur Rezeption nach rechts abbiegen. Im Dachgeschoss die Wohnung. Die war gerade frei und niemand kam vorbei. Nur der Küchenreither fuhr da manchmal hinauf. Sie seufzte. Es dauerte, bis man alle diese Sachen wissen konnte. Die paar Wochen hier. Die reichten nicht, alle Geheimnisse herauszufinden. Frau Wallin winkte ihr und verschwand in den Lift. Sie hörte die innere Lifttür schließen. Der Lift fuhr hinauf. Es war wieder still. Draußen. Weit draußen auf der Straße. Jemand schrie. Schimpfte. Der Kohlmarkt war sicher voller Menschen.

Wie sie angefangen hatte. Da war noch Lockdown gewesen. Wie lang das her schien. Da war niemand draußen gegangen. Die meisten Geschäfte geschlossen. Alle mit Masken. Auch auf der Straße. Da hatte sie sich nicht so einsam gefühlt. Hier. Jetzt. Und alle wieder unterwegs. Weggerückt. Sie war wie weggerückt. Und dass sie die Maske aufsetzte. Wenn jemand hereinkam. Sie wurde gefragt, wovor sie denn Angst habe. Sie sei doch eine junge Person. Keine Gefahr. Aber es war so sauber. Mit Maske. Sie saß gerne im 40er Bus und schaute über den Maskenrand zum Fenster hinaus. Schweigen. Die Maske machte Schweigen selbstverständlich. Lieber nicht reden. Hinter der Maske. Deshalb war diese schimpfende Person so. So unmöglich gewesen.

Hatte sie das richtig gemacht? Hätte sie etwas sagen sollen? Die Firma vom Küchenreither verteidigen? »Letterbox limited«. Sie waren ein Dienstleistungsunternehmen für andere Unternehmen. Das hätte sie dieser Frau sagen sollen. Wenn der Küchenreither die Sicherheitsvideos anschaute? Würde er sagen, sie habe es nicht gut gemacht? Und sie entlassen? Das ging nicht. Sie war nicht angestellt. Sie wurde stundenweise bezahlt. Er konnte sie wegschicken. Hinausschmeißen. Und ging sich dann alles aus? Reichte das Geld vom Opa Franz? Und blieb die Vereinbarung für das Zimmer aufrecht? Das Zimmer? Das billige Zimmer. Würde der Mayerhoff die Berger anrufen? Und die Berger? Ihr das Zimmer wegnehmen? Die Berger wollte sie ohnehin nicht dahaben. Widerstrebend. Die Berger reagierte widerstrebend. Und in Salzburg. In der

Katharinen-Buchhandlung. Es hatte so easy ausgesehen. Der Küchenreither braucht eine Rezeptionistin in Wien. Sie wollte von Salzburg weg. Sie wollte nach Wien. Wollte aber nicht bei ihrer Mutter einziehen. Der Mayerhoff hatte Verbindungen zu diesem Studentinnenheim in Wien. Der Küchenreither fragte den Mayerhoff, die Berger anzurufen, und der Kaplan Chrobath bürgte für sie. Ein nettes Mädchen. Eine verlässliche Person. Und wie schön, hatte der Kaplan Chrobath gesagt. Er werde sie dann ja wiedersehen. Im Mädchenheim. Und alle hatten sich gefreut. Zur Mami. Schlimmstenfalls musste sie zur Mami. Die wollte das sowieso. Nur. In der neuen Wohnung. Da war nicht Platz. Warum sie die Lange Gasse aufgegeben hatte? Aber die würde sich freuen. Ja. Die würde sich freuen.

Nein. Sie musste diesen Job hier behalten. Jetzt einmal. Sie seufzte. Sie setzte sich auf. Wedelte mit den Händen. Sie rutschte auf dem Sessel hin und her. Sie beugte sich vor und zurück. Sie rollte mit dem Sessel an den Tisch und wieder weg. Rollte bis zu den Stufen zum Gang hinunter und zurück. Sie schob die Computertastatur hin und her. Sie holte ihre Tasche aus der Lade und legte sie wieder zurück. Sie verschob den Computermonitor. Sie stand auf und schob den Papierkorb hinter den Tisch und dann wieder neben den Tisch und dann unter den Tisch. Sie holte die Tasche wieder aus der Lade. Holte ein Taschentuch heraus. Öffnete ein Taschentuch und stecke es in die Tasche zurück. Sie überlegte. Was für Bewegungen waren noch unverdächtig? Sie begann auf dem Computer zu schreiben. Aber sie hob die Hände nach jedem Wort hoch in die Luft. Die Sicherheitskameras. Alle drei Kameras blinkten. Sie musste das nur eine halbe Stunde durchhalten. Dann war die Szene mit der wütenden Frau überschrieben.

Sie hörte den Lift. Sie hörte zu schreiben auf. Sie hatte die Einkaufsliste für das Wolkenkostüm begonnen. Die Lifttür ging auf. Frau Wallin. Sie brauche mehr Küchenrolle, sagte die und ging an ihr vorbei zum Putzkämmerchen hinauf. Wie schaute eine Wolke aus, fragte Veronica sich. Frau Wallin kam herunter zurück. Eine dicke Küchenrolle unter dem Arm. Sie blieb neben ihr stehen.

»Ja. Frau Wallin. Ich werde eine Wolke.«

»Da sieht man ja deine Figur gar nicht.«, sagte Frau Wallin und ging zum Lift. Der Mann von »open up« kam um die Ecke in die Rezeption.

»Die Post ist noch nicht da.«, sagte sie schnell. Der Mann drehte sich um und ging. Der grüßte auch nie. Sie schaute auf dem Handy nach, wie spät es war. Die Post sollte längst gebracht worden sein. Wenn die Post so spät kam. Sie musste sich dann immer anhören, dass der Küchenreither ein Postfach bei der Post einrichten und sie die Post selber holen sollte. Dass der Küchenreither eben ein geiziger Ausbeuter sei und lieber eine junge Frau herumsitzen hatte. Dass die Miete für so ein Postfach hoch genug sei. Dass könne der sich schon leisten. Besonders die Frau vom »Reiseclub. Ihre individuelle Reiseplanung« beklagte sich, wenn sie ohne Post davongehen musste. Am schlimmsten war es, wenn Amtsbriefe abgeholt werden mussten. Sie durfte keine solchen Briefe annehmen. Sie durfte nur die

Verständigungen in die Brieffächer legen. Sie war froh. Sie hätte zum Fleischmarkt gehen müssen, wenn sie die Post abholen hätte müssen. Ihr war der Geiz vom Küchenreither recht. Der blieb sehr ruhig, wenn er solche Vorwürfe bekam. Jeder könne sich ein Brieffach mieten, sagte er dann. Wenn es um eine gute Postadresse und den Service dazu ginge, dann koste das eben. Er habe genügend Anfragen. Es gäbe eine Warteliste. Sie hatte eine solche Warteliste noch nie gesehen. Und eigentlich. Es gab keine Beschränkungen. Man konnte ganz einfach noch ein solches Regal mit Brieffächern aufstellen. Aber es wirkte immer. Der Küchenreither wurde kein zweites Mal gefragt. Sie wurde angeraunzt. Aber sie war der Service, wie der Küchenreither das nannte. Angegrantelt zu werden. Das gehörte dazu.

Konstanze.

»Siebenstein.«, rief sie.

Der Mann musterte sie. »Ich wohne hier. Und du?« Sie wollte antworten. Er sprach schnell weiter. »Ich habe hier ein Dach ausgebaut. Da.« Er wandte sich um und wies zur Ausstellungsstraße zurück. »Da. Da oben. Aber das ist jetzt schon länger her.« Sie schaute ihn an. Es war peinlich. Sie konnte sich an nichts erinnern. Sie wusste nur, dass sie miteinander. Vor langer Zeit. Sie musste lachen.

»Ich wohne seit einem halben Jahr hier.«, sagte sie. Wie hatte der geheißen. Der Vorname. Wie war der gewesen? Sie lächelte. Es war eine von diesen verhuschten Geschichten gewesen. Von denen niemand wusste. Wissen sollte. Er war verheiratet gewesen. Sie gerade nicht. Obwohl. Nein. Sie war auch noch nicht geschieden gewesen. Und von der Nizzi war noch lange nicht die Rede. Aber sie hatte allein gelebt. Das war schon in der Lange Gasse gewesen. Getrennt. Sie hatte getrennt gelebt, und der Siebenstein war manchmal aufgetaucht. Nächstens. Mehr? Sie konnte sich nicht erinnern. Sie musste lachen.

»Wie geht es dir denn so?«, fragte sie. Sie standen einander gegenüber. Der Mann schaute sie ernst an.

»Du hast dich nicht verändert.«, sagte er. Er trat einen Schritt zurück.

War er beleidigt? Er wirkte beleidigt. Nein. Vorwurfsvoll. Hatte er bemerkt, dass sie nach seinem Vornamen suchte? Das konnte nicht sein. Sie zuckte mit den Achseln. Wollten sie nicht alle ewig gleichbleiben, sagte sie dann. Sie hatte jung sagen wollen. Aber dann hatte sie in sein ältliches Gesicht geschaut. Lange Falten von der Nase zum Kinn. Die Mundwinkel nach unten gezogen. Tiefe Furchen auf der Stirn und eine steile Zornesfalte. Vielleicht war es das? Vielleicht waren es nur diese Falten, die ihn so moros erscheinen ließen. Aber alterte man gegen die eigenen Eigenschaften? Jedenfalls konnte sie nicht jung sagen. Zu diesem alten Gesicht.

»Du schon. Du scheinst das zu können.« Er trat einen Schritt auf sie zu. Sie machte einen Schritt weg. »Was treibst du so?« Er fragte das gar nicht. Er musterte sie. Sie begann in Richtung des Würstelgasthauses weiter zu gehen. Sie war wütend. Nicht sehr. Aber doch wütend. Dachte der, er könne da anknüpfen, wo sie aufgehört hatten? Dachte der, er könne den Faden wieder aufnehmen? Es schien so. Es schien so, als dächte er, sie sei ihm etwas schuldig. »Wir haben uns eigentlich nie getrennt.«, sagte sie. Er schüttelte den Kopf.

»Nein.« Er dachte nach. Hob den Kopf. Grinste sie an. »Wir sind sozusagen in aufrechter Beziehung geblieben.«, sagte er. Sie musste nicken. Ja. Das war der Siebenstein. Charmant grinsend. Sie erinnerte sich besser. Er war einer von denen gewesen, die davon ausgingen, dass alle für ihren eigenen Spaß verantwortlich waren. Er war deshalb niemandem etwas schuldig. Und das war ja auch so. Und trotzdem war ihr diese Begegnung unbehaglich. So glatt war diese Rechnung also doch nicht. Sie schaute vor sich auf den Boden. Dann jetzt Schluss machen, fragte sie sich. Aber wie langweilig. Wie pingelig. Sie sagte nichts. Sie standen. Die Sonnenflecken auf dem Asphalt der Zufahrtstraße im Wind spielend.

»Weißt du was.«, wandte sie sich an ihn. »Ich habe mein Geld oben vergessen. Kannst du mir 10 Euro borgen. Ich gebe es dir dann gleich wieder zurück.«

»Wozu brauchst du 10 Euro?« Er stand ihr gegenüber. Sein Kopf fragend schief. Sie seufzte.

»Ich bin hungrig.«, antwortete sie. Sie wollte sich wegdrehen. Aber glaubte er dann, das wäre wichtig für sie? Diese Begegnung? Dass er die 10 Euro nicht herausrückte? Warum gab er ihr das Geld nicht? Glaubte er, sie wolle sich seine Adresse erschleichen? So? Ihn aufsuchen müssen? Wie die vergessenen Handschuhe in einem altmodischen Roman? Sie hätte ihn gleich abwehren sollen. Sagen, sie wüsste nicht, wer er sei. Wie sie das erlebte. Sogar der Herbert war an ihr vorbeigegangen. Unlängst. Am Graben. Und mit dem war sie verheiratet gewesen. Aber das hatte sie nicht getroffen. Warum war sie hier verwirrt? War das doch wichtig? War das schon wieder diese Nostalgie? Diese Eigennostalgie? Sie waren jung gewesen. Um die 30. Von heute aus. Da war das jung. Sie konnte das an der Nizzi sehen. Die kam ihr wie ein Baby vor. Mit ihren 20. Und es war so. Sie schaute dem Mann ins Gesicht. Es war alles so mit Leben vollgestopft gewesen. In den 90ern. Es war alles so hoffnungsvoll gewesen. Die Geschichte mit ihm. Die war nur aus dem Schwung von damals zu verstehen. Die Welt war nicht mehr geteilt gewesen und nur Aufschwung vorstellbar. Der Siebenstein war ein Phänomen der Zeit gewesen. Sie hatte dann das Kind bekommen. Weil alles so gut ausgeschaut hatte. Alles bewältigbar. Alles machbar. Sie hatte sich stark gefühlt. Stärker als so ein Siebenstein. Sie hatte ein wirkliches Leben beginnen wollen. Den Schwung in Ernsthaftigkeit verwandeln. Die Versprechungen der Globalisierung umsetzen. Nach Zürich gehen. In die Welt. Und ernsthaft. Nicht so vor sich hin. Wie mit dem da. Jetzt. Sie musste lachen. Jetzt war sie vorwurfsvoll.

»Bist du noch nie aus dem Haus gegangen und hast dein Geld vergessen?« Sie lachte ihn an. »Du kannst heute mein Glück sein.«, schaute sie ihn an. Er war irgendeiner. Mit einem Mal war er irgendeine Person, die sie kannte. Kein Schatten einer Intimität zwischen ihnen. Das war das Katholische an ihr. Sie musste sich vorbeugen, ihr Gesicht zu verbergen. Sie erhoffte immer noch Scham. Sie erhoffte immer noch, dass solche Erinnerungen etwas Besonderes waren. Aber das waren sie nicht. Das war auch eine Lüge dieser Erziehung. Sex blieb nicht in Erinnerung. Jedenfalls nicht mehr und nicht weniger als andere Dinge. Es war eben nichts Besonderes. Sie hing dem nach, damit sie selbst etwas Besonderes sein sollte. Aber das ging so nicht. Sie war auch darin betrogen worden. Hätte sie andere Erinnerungen, wenn sie nicht so kämpfen hätte müssen? Mit dieser Markierung des Sexuellen. Würde sie dann diesen Mann an der Hand nehmen und einen kleinen Tanz auf den zackig geränderten Sonnenflecken auf der Straße aufführen? In Feier der Erinnerung? Und wahrscheinlich. Wahrscheinlich lief in seinem Kopf die gleiche verzweifelte Suche nach den Erinnerungen ab. Obwohl. Er hatte ihren Vornamen gewusst. Das war mehr, als sie bieten konnte.

»Aber selbstverständlich.«, murmelte er und griff in die Brusttasche seines Sakkos. Dunkles Leinen. Er war schon sommerlich. Er öffnete die Brieftasche. »Da.«, sagte er. »Mein letzter.« und hielt ihr einen 10-Euro-Schein hin. Die Brieftasche war mit 100-Euro-Scheinen gefüllt. Sie musste wieder lachen. Sie sagte aber nichts und ging, den 10-Euro-Schein schwenkend, zum Gasthaus. Siebenstein kam ihr nach. Er stellte sich neben sie und schaute zu. Sie bestellte ein Paar Frankfurter. Sie ließ sich die Würstel auf einen Pappteller geben.

»Take away?«, hatte der Mann hinter der Schank gefragt. Sie nickte.

»Zum Mitnehmen.«, korrigierte Siebenstein. Sie wollte »Besserwisser« sagen, aber ihr war der Vorname immer noch nicht eingefallen.

»Viel scharfer Senf.«, verlangte sie. Wartete auf einen Siebenstein-Kommentar. Sie ließ sich eine Semmel geben.

»Willst du nichts trinken?« Siebenstein blieb an der Schank stehen. Sie zahlte und ging. Sie trug den viereckigen Pappteller zu der Bank, auf der sie vorhin gesessen war. Sie setzte sich. Schaute auf die Wiese hinaus. Es waren kaum Leute unterwegs. Es war gegen Mittag. Sie war also am Vormittag gestorben. Wieder einmal. Sie begann zu essen. Tauchte das Würstchen in den Senfberg. Biss ab. Sie nestelte die Semmel aus dem Papiersäckchen. Biss von der Semmel ab. Siebenstein hatte sich neben sie gesetzt. Sie rutschte ein Stück nach links. Machte ihm Platz. Machte Abstand. Sie konnte sich nicht stören lassen. Sie aß. Sie kaute Senf und Würstchen und Semmel zu einem süßlichen Brei und genoss das. Schaute sich selber zu. So war das also. Sie aß Frankfurter mit Senf und Semmel und war glücklich. Ein bisschen. Sie aß langsam. Sie saß zurückgelehnt und kaute. Zufrieden. Vollkommen zufrieden. Baby, dache sie. Sie war auf Baby reduziert. Es fehlte nur noch das glückliche Herumschlagen des Babys. Das gefütterte Baby und wie die glücklich krähen konnten. Sollte sie das nachholen? Sollte sie diesem Mann das Schauspiel befriedigten Glücks bieten? Sich auf die Wiese werfen und sich glücklich krähend im Gras wälzen? Dieser Mann hatte mit ihr geschlafen. Er hätte sich erinnern können. An ihren Körper. Aber dann musste sie wieder lachen. Es war jetzt alles richtig. Einen Augenblick lang. Einen Augenblick lang waren alle Drohungen gebannt. Sie konnte an nichts Schreckliches denken. Und der Siebenstein. Der hieß Michael und wurde Mike gerufen.

»Du. Mike.«, sagte sie. Sie wollte sich bedanken. *The kindness of strangers* fiel ihr ein. *Vestire gli ignudi*. Er hatte ihr geholfen. Diese Begegnung. Sie war aus ihrem Elend herausgerissen worden. Sie war satt. Sie schaute auf eine grüne Wiese. Die Kastanien waren im Aufblühen. Alles war ruhig und sie konnte sich zurücklehnen. Die Sirenen wegen des Atomschlags. Sie wartete nicht darauf. Hatte das Warten verlassen. Jetzt einmal. Sie saß da und kein Krampf in der Magengrube.

»Ich bin ein bisschen hysterisch. Zur Zeit.« Sie sagte es vor sich hin.

»Das sind wir alle.« Er hatte sich vorgelehnt.

»Magst du zu mir kommen, dir dein Geld holen?«, fragte sie ihn. »Heute geht es nicht. Da kommt meine Tochter. Morgen bin ich in Zürich. Aber am Samstag. Am Nachmittag. Nummer 27. Der Name steht auf der Klingel.«

Er richtete sich auf. Wollte etwas sagen. Sie war aufgestanden. Ging über die Wiese. Zum Papierkorb. Mit leeren Händen dann. Du wirst noch zu tanzen anfangen, sagte sie zu sich und ging in den Auwald davon.

Veronica.

Sie ordnete die Post. Briefe. Dicke Zeitungen. Magazine. Flugblätter. Kleine Päckchen. Büchersendungen. Kontoauszüge. Es waren 50 Brieffächer zu füllen. Sie hatte die Ordnung umgestellt. Alphabetisch. Sie hatte alles alphabetisch geordnet und neu angeschrieben. Vorher. Die Fächer waren beschriftet gewesen, wie sie vermietet worden waren. Wie in einem Dorf, in dem die Hausnummern durcheinandergingen, weil sie mit dem Bau der Häuser vergeben worden waren. Der Mann vom »Verein für den Vergleich von Versicherungsangeboten« hatte sich fürchterlich aufgeregt. Er hatte sich in der Ecke rechts unten gefunden. Bis dahin war er im dritten Fach links oben untergebracht gewesen. Warum er sich bücken solle, hatte er gefragt. Sie hatte ihn nur angelächelt. Sie hatte gelernt, dass sie es nie jemandem recht machen würde. Smalltalk. Manche grüßten. Manche grüßten nicht und eilten herein und eilten gleich wieder hinaus. Manche Fächer blieben leer. In manchen Fächern staute sich die Post. In einigen Fächern standen die gelben Verständigungszettel für Amtsbriefe. Sie schaute das Regal an. Es waren viele gelbe Zettel da. Sie durfte nichts machen. Nicht einmal anrufen, dass so eine Benachrichtigung da war. Oder E-Mails schreiben. Jede andere Handlung könne dazu führen, dass einer ihrer Kunden sie belange, war der Auftrag vom Küchenreither. Sie legte die Zettel in die Fächer. Aber sie legte sie so, dass das Gelb gleich herausstrahlte. Gelb. Sie mochte Gelb. Zitronengelb. Goldgelb, wie diese Zettel. Grüngelb. Rosagelbpfirsich.

Sie hatten dem Lukas vorgeschlagen, als Sonnenstrahl aufzutauchen. Aber es ging jetzt einmal um den Regen. Regentropfen. Sie musste als Regentropfen kommen. Blau. Sie mochte blau nicht so sehr. Eine Uniformfarbe. Die Mami mochte blau. Die trug gerne blaue Sachen. Aber sie hatte jetzt diese grauen Haare. Da passte das schon. Gelb wäre da nichts gewesen. Für die Mami. Wenn sie sich die Haare nicht mehr färben wollte, dann war blau ihre Farbe.

Sie setzte sich wieder. Was sollte sie lesen? Zum Zeitvertreib. Die Frau vom Reiseclub war die erste. Sie nickte ihr zu und ging. Es war nichts in ihrem Fach gelegen, und die Frau hatte geseufzt. Dann kamen die anderen und seufzten. Oder grunzten. Bedankten sich oder gingen an ihr vorbei. Ob das alles sei, wurde sie gefragt. Sie lächelte dann zurück. Was dachten die? Rhetorische Fragen, sagte sie sich. Das war vom Proseminar übrig geblieben. Die Einteilung der Tropen. Allegorie. Alliteration. Anapher. Assonanz. Ellipse. Euphemismus. Hyperbel. Ironie. Klimax. Litotes. Metapher. Metonymie. Neologismus. Oxymoron. Parallelismus. Personifikation. Rhetorische Frage. Sarkasmus. Synekdoche. Trope. Zynismus. Sie konnte das herunterratschen. Bei der Prüfung hatte das nicht funktioniert. Per Zoom. Die Prüfung war per Zoom gewesen. Die Prüferin hatte die Kamera abgeschaltet. Das war ihre erste Universitätsprüfung gewesen. Sie hatte mit der Liste begonnen. Dann hatte sie gedacht, dass sie das eigentlich vom Bildschirm ablesen konnte. Über diesen Gedanken. Sie war aus dem Rhythmus gekommen. Hatte gestockt. Dann war die Stimmer der Prüferin aus dem schwarzen Bildschirm herausgekommen. »Weiter«, hatte die Stimme gesagt. Sie hatte auf das schwarze Viereck der Prüferin gestarrt. Dr. Boden war da geschrieben. Sie hatte gedacht, dass die gendern mussten. Die Dr. a Boden. Dottoressa. Sie hatte nicht weitergewusst und gelacht. Lachen müssen. Sie hatte auch die Kamera abschalten müssen. Und den Ton. Und dann war es vorbei.

Sie hatte sich selbst aus dem Zoom ausgeschlossen. Sie hatte alles gekonnt, und wenn sie die Person gesehen hätte. Das Wissen vorlegen. Der sie das Wissen vorlegen hätte können. In ein schwarzes Geviert. Das Wissen in ein schwarzes Geviert. Es war blöd gewesen. Einfach blöd. Aber das konnte sie jetzt. Sie konnte jede hereinkommende Person stilistisch beschreiben. Der Mann vom Versicherungsverein sprach in Ellipsen. Der führte keinen Satz zu Ende. Der warf so Wortbrocken vor sich hin. Selbstgespräche. Stakkato. Ein ziemlich diffragiertes Selbst kam da zutage. Die Metapher. Das war das Reich vom Küchenreither. »Wir sind hier wie ein Taubenschlag.«, sagte der. »Die Täubchen flattern herein und wieder hinaus, und wir geben ihnen ein Fach für ihre Botschaften. Mehr tun wir hier nicht. Wir verwalten diese Briefkästen und nicht den Inhalt. Und wenn ein Täubchen zu scheißen beginnt, dann lösen wir den Mietvertrag. So einfach ist das. Die können machen, was sie wollen. Und wenn sie Frauen nach Südamerika verkaufen. Wir hier. Wir sind nur die feste Adresse.«

Er sprach von den Mietern als Täubchen. Seine Täubchen. Da war ihr der Lukas lieber. Der brauchte keine Stilmittel für seine Botschaft. Der sprach klar und einfach. Der malte nichts aus. Verzerrte nichts. Das waren doch alles Verzerrungsmethoden. Werbung. Diese Liste der Stilmittel. Das war doch eine Anleitung für Werbegestaltung. Die schönen Menschen, die in den Bergen liefen. Oder Rad fuhren. Oder im Wasser schwammen. Die wussten, mit welchem Produkt ihr Glück vollendet wäre. Filzschuhe. Ersatzfleisch. Autos. Sonnenpanele. Und immer zu viel CO_2.

Der Lift. Die Frau Wallin. Die hatte oben in der Dachwohnung. Was hatte die da so lange gemacht? Ging die Frau Wallin in die Dachwohnung schlafen? Ein Vormittagsschläfchen. Die Lifttür ging auf. Frau Wallin schob die Wischtuchpresse vor sich aus dem Lift. Schaute sich um. Ob schon alle da waren. Veronica hob die Schultern. Wer könne das wissen, sagte sie, und sie lachten beide. Ob sie verreisen wolle, fragte Frau Wallin. Sie frage nur, weil dieser Rucksack in der Toilette stünde. Ob sie keine Angst habe, dass der angespritzt würde. Der Wasserhahn für das Waschbecken. Der spritze immer gleich so herum. Der gehöre gerichtet. Wie das meiste hier. Sie schaute sich um.

»Sind meine Sachen nass geworden?«, rief Veronica und lief die Stufen zur Toilette hinauf.

»Frau Soardi.«, beruhigte Frau Wallin. »Nur ein paar Spritzer.« Sie riss die Tür auf. Es blieb dunkel. Man musste in den Raum treten, damit das Licht anging. Es gab keinen Lichtschalter. Nur die Automatik. Sie wisse gar nicht, wie viel Strom mit solchen Einrichtungen gespart werden könne, hatte der Küchenreither sie wissen lassen. Ihre Kolleginnen. Die Rezeptionistinnen vor ihr. Die hätten das Licht nie ausgeschaltet. Die hätten das immer vergessen. Das wäre ihnen gleichgültig gewesen. Nicht ihr Geld. Sie. Die Veronica Soardi. Für sie. Da sei er sicher. Für sie müsse er das nicht machen. Aber wie hätte er auch wissen können, dass er einmal eine wirklich fähige Kraft finden würde. Im winzigen Vorraum zur Toilette. Geradeaus die Toilette. Nach rechts die Kammer, in der alles aufbewahrt wurde. Die Putzsachen. Alles fürs Büro. Der Drucker war hier, und wenn sie wegging. Sie musste den Monitor hier hineinstellen. Unter dem Handwaschbecken im Vorraum. Sie hatte ihren Rucksack da hingestellt. Sie hob ihn auf. Frau Wallin war ihr nachgekommen. Sie nahm den Rucksack und ging hinaus, damit die Frau Wallin zum Waschbecken kommen konnte. Es war gleich zu sehen, dass es unmöglich war, den Kübel für die Wischtuchpresse unter den niedrigen Wasserhahn zu bugsieren ohne herumzuspritzen. Veronica machte den nassen Rucksack auf. Das blaue Trikot war nicht nass geworden.

»Gut, dass es nicht mehr sooo kalt ist.«, sagte sie. »Das trocknet schon wieder.« Frau Wallin trat in die Tür zum Toilettenvorraum. Sie könne das trocknen. Unten. Wenn sie das wolle. Veronica seufzte.

»Nein.«, sagte sie. »Das ziehe ich gleich an.«

Dann müsse sie es trocknen, meinte Frau Wallin. Sie mache hier fertig und dann ginge sie wieder hinunter, und wenn Frau Soardi weggehen wollte, dann war längst alles getrocknet. In ihrem Trockner.

»Wo sind hier alle?«, kam es von vorne.

»Der Küchenreither.«, flüsterte Frau Wallin und nahm Veronica den Rucksack aus der Hand. Veronica zögerte. Dann eilte sie nach vorne. Frau Wallin hatte schon die Tür hinter sich geschlossen. War im Vorraum zur Toilette verschwunden. Was machte die mit ihrem Rucksack?

»Ah. Da bist du ja. Komm her. Wir dürfen ja wieder küssen.«, sagte Leopold Poldi Küchenreither.

Konstanze.

»Ich muss mich fangen.« Sie sagte es laut. Sie ging durch das Gras. Quer durch die Wiese auf den Wald zu. Auwald war das. Auwald. Das hatten sie gerettet. Sie waren von Salzburg hergefahren. Sie waren mit dem billigsten Zugticket angereist. Sie war damals das erste Mal in Wien gewesen. Fast die ganze Klasse. Der Herbert war da auch schon dabei. Aber es war schon fast vorbei gewesen. Die Aubesetzung in Auflösung. Sie waren ja wegen der Fotos davongekommen. Solche Fotos. Sie war nicht sicher, ob die heute noch in eine Zeitung kommen würden. Welches Medium würde heute zeigen, wie die Polizei gewaltsam Staatsmaßnahmen durchsetzte. Das war ja die Regierung gewesen, die die Au in Beton verwandeln hatte wollen. Die Fotos. Sie sah sie immer noch vor sich. Als stünde sie selbst unten am Hang, und die Gendarmen kamen von oben die Böschung herunter und zeichneten sich gegen den Himmel ab. Stiegen vom Himmel herab, um die Au von den Demonstrierenden freizuräumen.

Ihre Mutter. Das hatte sie sogar gut gefunden. Es hatte nichts gegeben. Nachher. Sie hatte nicht gefragt gehabt, ob sie wegfahren dürfe. Das Geld. Das hatte sie vom Opa

Franz ausgeborgt. Der hatte sie angefleht, ihrer Mutter nichts zu verraten. Sie waren eine Leidensgenossenschaft. Ihr Stiefvater. Und sie. Der uneheliche Bankert, der in die Ehe mitgekommen war. Sie konnte es immer noch nicht glauben. Sie ging kopfschüttelnd. Wie konnte es so idealtypisch passieren. Wie in jedem Märchen war das. Wie in jeder Story in der Literatur. Wie in der gesamten psychologischen Fachliteratur. Das uneheliche Kind, dem die Unehelichkeit vorgeworfen wird. Von der Mutter. Bestrafung von der Täterin. Sie hatte das nicht wiederholt. Das nicht.

»Du musst dich fangen.«, sagte sie wieder. Beim Gedanken an die Nizzi. Ihre Süße. Ihre Veronica. Dieser Schwall. Als sollte das Innen durch die Haut nach außen. Dringen. Und die Augen. Feucht. Aber was tun, wenn es nun wirklich schlimmer wurde. Woher ein Essen? Sie schaute sich um. Sie konnte Gemüsebeete in dieser Wiese anlegen. Das würde kommen. Aber wenn nicht alles gestohlen wurde, dann fraßen es die Schnecken auf. Die krochen gerade auf die Wege heraus. Es hatte in der Nacht wieder geregnet. Dieser Mai war wenigstens nicht trocken. Nicht so trocken wie im ersten Lockdown. Das war so ein Glasglockenmai gewesen. Die böse Sonne und keine Bewegung darunter und alles längst ausgetrocknet und die Frage, wie die Ernte. Sie hüpfte über den erhöhten Rand der Wiese auf den Weg hinüber. Eine Fahrstraße. Eigentlich. Eine Radfahrstraße durch das Wäldchen zur Hauptallee hinüber.

Sie wanderte dahin. Das Gehen. Sie ging schneller. Schwenkte die Arme. Überließ sich dem Gehen. Nichts denken, dachte sie. An nichts denken. Nur schauen. Sonnendurchwirktes Grün, dachte sie. Frühlingswispernder Wind. Sie dachte nach. Freiheitfühlendes Gehen. Sie drehte sich um. Für diese Zustände. Es gab nicht viele Worte dafür. Sie ging weiter. Ein Rad. Sie hörte ein Fahrrad hinter sich. Sie trat an den Rand. Ein Weg führte nach rechts weiter. Sie bog ein. Sie wollte niemanden sehen. Nicht einmal die Nizzi hätte sie jetzt sehen wollen. Jeder. Jede. Sie hätten sie gezwungen, Maß zu nehmen. Sich zu verhalten. Abstand. Maske. Kriegsdiskussionen.

War einer gegen den Krieg? War eine für den Krieg? Alle wussten alles. Wussten, ob sie ansteckend waren oder nicht. Wussten, warum es Krieg geben musste. Alle fuhren so sicher dahin und verschafften sich den Weg. Verloren. Sie war verloren. Sie war eine Verlorene. Sie wusste nichts. Sie setzte die Maske weiter auf. Sie war unsicher. Es war sogar unangenehm, keine Maske am Handgelenk zu fühlen. Sie wusste nichts über diesen Krieg. Sie war nur sicher, dass sehr viele Leute an diesem Krieg sehr viel Geld verdienen würden und dass sie nicht zu diesen Leuten gehörte. Gehören wollte.

»Es war doch nur ein kleines Leben, das ich wollte.«, sagte sie zu der Weißbuche am Wegesrand. »Das hätte man mir doch zugestehen können.« Sie sah sich nicht um. Schaute nicht, ob sie beobachtet wurde. Beim Sprechen mit Bäumen. Beim Selbstgespräch. Sie war komisch geworden. Komisch gemacht worden. Und sie hatte keine Kraft mehr. Ihre Haltung. Ihr. Demeanor, fiel ihr ein. Atteggiamento. Attitude. Sie hatte keine Haltung mehr. Keine eigene. Abgenommen. Sie war nur noch dünn. Sie hatte abgenommen. Sie war so dünn wie sie mit 20 gewesen war. Auch das Gewicht war ihr abgenommen worden. Sie konnte nichts essen. Manchmal konnte sie nichts essen. Aus Angst. Vor Angst. Wenn sie im *Guardian* davon las, dass es von einem Augenblick auf den anderen kommen konnte. Das Verhungern. Dann konnte sie nichts. In sich. Wie versperrt. Geschmacklos. Die Welt dann ohne Geschmack und sinnlos. Sie aß eigentlich wirklich nur noch, wenn die Nizzi kam. Und jetzt mit dem Siebenstein. Was war das nun wieder gewesen. Soziale Geworfenheit. Ihr Essen. Nur in Gesellschaft.

Aber dann. Was sollte sie kochen, wenn die Nizzi kam. Dann. Später. Sie wusste es nicht. Sie nahm den nächsten Weg nach rechts. Kehrte so um. Kehrte in großem Bogen zur Zufahrtstraße zurück. Veganes Kochen. Es blieb bei Nudeln und Gemüse. Sie hatte eine vegane Quiche probiert. Die hatte ganz gut geschmeckt. Aber das Aussehen. Braun in braun. Keine Eier. Das war das Problem. Und wie sollte das weitergehen. Wenn es gar nichts mehr gab. Das arme Kind, dachte sie. Es würde durch die Umstände gezwungen werden, zu essen, was zu haben war. Auch Eier. Auch Milch. Ihre stolze Tochter niedergezwungen durch die Umstände. Gebeugt. Niedergemacht. O, wie sie das gehasst hatte. Wenn das Kind aus der Schule zurückgekommen und so geknickt. Nicht aufgepasst. Nicht gut genug gelesen. Und nicht mehr zu trösten gewesen. Den Knick gesehen. Musste geschehen. War die Meinung gewesen. Normal. Das wäre normal. Das war normal genannt worden und ohnehin nicht so schlimm wie früher einmal. Aber auch ein sanftes Knicken knickte so eine kleine Person. Und ihre Mutter konnte nur sagen, sie solle sich daran gewöhnen. Sie könne ihr Kind nicht ewig betreuen. Sie solle sich nicht so aufführen. Ein bisschen Strenge hatte noch niemandem geschadet. Kinder müssten hinaus in die Welt, und Mütter würden überflüssig. »Ja. Oma Christl.«, sagte sie auf solche Redereien hin.

Sie war wieder beim Bankomatschweinchen angekommen. Sie wartete an der Ampel. Ging bei Grün. Sie ging zum *Billa* in der Stuwerstraße. Für Broccoli hatte sie gerade noch genug Geld übrig. Von den siebensteinschen 10 Euro. Aber das war das Elend. Ihre Mutter hatte sich selbst überflüssig gemacht. Durch Lieblosigkeit. Und sie musste nun ein Leben lang dieser Lieblosigkeit nachjagen. Sie musste sich diese Lieblosigkeit immer neu verdienen. In jeder Beziehung. Sie musste sich jeden Partner. Aber eigentlich jede Person daraufhin aussuchen, in der Lieblosigkeit zu landen. Das war ja mit diesem Siebenstein nicht anders. Aber die Angst, dass es mit der Veronica auch so kommen sollte. Dass die Verdammnis sie auch von diesem Kind trennte.

»Nein.«, wollte sie sagen. Laut. Sie hatte gerade den Kopf gehoben, dieses Nein in die Welt zu werfen. Auf einem extrabreiten Elektrorollstuhl kam ihr eine Frau entgegen. Ein blasses Gesicht von Fettwülsten umgeben. Eine Wollhaube. Blau. Der Körper über den Rand des Rollstuhls überquellend. Die Frau schaute zu ihr auf. Sie lächelte. Die Frau wandte den Kopf ab. Wandte sich aus ihrem Blick heraus. Fuhr an ihr vorbei. »Hallo.«, hörte sie. Leise. Sich entfernend. »Einen schönen Tag.«, rief sie. Laut. Drehte sich um, dieser Person nachzurufen. Sie ging weiter. Sie musste den Kopf zurückbiegen. Den Hals zu strecken. Tief Luft zu holen. Broccoli, sagte sie sich. Broccoli für dein Kind. Du kannst die Welt nicht retten. Und wie immer. Gleich die Frage, warum das nicht gehen sollte. Diese Frage atmete sich aus. Verlor sich hinter ihr. Ließ sich zurück. Musste verloren gehen. Sie hätte sonst weinen müssen.

Veronica.

»Na endlich. Da bist du ja. Mein schönes Kind.« Küchenreither hatte sich auf ihren Platz gesetzt. Sie war nach vorne gekommen. Er schaute auf das blaue Trikot in ihrer Hand. Sie rollte das Trikot ein.

»Ein kleiner Unfall.«, sagte sie. Sie stand unschlüssig. Sollte nicht sie da sitzen? Aber der Mann stand nicht auf. »Dann gebe ich das wieder in den Rucksack.«, sagte sie. Küchenreither nickte nur. Er schaute auf sein Handy. Dann holte er sein Tablet aus der Aktentasche. Die hatte er vor sich auf dem Tisch liegen. Er lehnte das Tablet gegen die Tasche. Studierte etwas. Suchte. Sie ging wieder die 7 Stufen zur Toilette hinauf. Im Vorraum. Frau Wallin wusch ihre Putzfetzen aus. Sie holte ihren Rucksack unter dem Waschbecken hervor. Sie musste um Frau Wallin herumgreifen. Sie hielt den Atem an. Es roch nach Desinfektionsmittel. Sie schliff sich ihren Rucksack auf dem Boden her und ging hinaus. Den Rucksack im Arm. Sie stopfte das Trikot in den Rucksack zurück. Sie sollte den Rucksack nicht bei sich an der Rezeption haben. Nichts unter dem Tisch. Nichts unter dem Tisch zu sehen. Leicht sollte alles aussehen. Nichts verdeckt. Alles offen.

Küchenreither griff wieder in seine Aktentasche. Das war eigentlich eine altmodische Schultasche. Die braune Ledertasche hatte einen goldfarbenen Steckverschluss. Abgetragen. Er steckte das Tablet in die Tasche. Ließ den Verschluss zuklicken. Stand auf. Ob oben aufgeräumt sei, fragte er. Küchenreither war wirklich klein. Sie schaute auf ihn hinunter. Er musste sich zu ihr hinaufwenden. Er machte schmale Augen.

»Setz dich.«, sagte er. »Es gibt folgendes Problem.« Sie setzte sich und schaute ihn an. Er ging um den Tisch. Stellte sich vor sie hin. Sprach zu ihr herunter. Wie die Frau vorhin, fiel ihr ein. »Also.«, sagte er. »Wenn eine Frau Bierbaumer kommt. Claudia Bierbaumer. Dann sagst du, dass ich nicht da bin und dass du nicht weißt, wo und wann ich wo sein werde. Du weißt überhaupt nichts. Wenn die Frau Vinturi kommt. Die schickst du ins Dachgeschoss. Oder heißt das ›aufs Dachgeschoss‹?« Er überlegte. »Ist das klar? Die Frau Bierbaumer nicht. Die Frau Vinturi schon. Solltest du dir das nicht aufschreiben?« Er meinte das so. Sie beugte sich nach vorne. Er sollte ihr Grinsen nicht sehen. Das war der übliche Zirkus. Er glaubte, weil er in einem Beziehungsdurcheinander war, war alles andere auch kompliziert. Aber es war nicht kompliziert und niemand musste sich etwas notieren. Er hatte wieder zum selben Termin zwei Frauen eingeladen, und sie musste das aussortieren. Deshalb hatte er auch so angespannt in seinem Tablet gesucht. Kompliziert war das nur für ihn. Und für die Frauen. Aber er machte das auch mit Männern.

Sie nickte nur. Er blieb einen Augenblick stehen. Schaute sie lange an. Bedeutungsvoll. Sie schaute auf die Tischplatte vor sich. Er drehte sich weg. Stieg in den Lift und fuhr hinauf. Frau Wallin kam herunter und stellte sich vor dem Tisch auf.

»Bierbaumer hinaus. Vinturi hinauf.« Frau Wallin nickte. »Was meinen Sie? Frau Soardi.«, fragte Frau Wallin.

»Was wird das schon sein?« Veronica schüttelte den Kopf. »Er ist doch so hässlich.« Frau Wallin lachte. Der Küchenreither. Der war doch so alt und hässlich. Und so klein. Sex? Unmöglich. »Der will denen irgendwelche Gründe oder Häuser abkaufen. Da geht es um Immobilien und das andere. Das kommt dazu. Es könnte auch eine Rechtsberatung sein. Er ist doch Anwalt.« Frau Wallin lachte. Böse. Eine Frau kam vom Gang in die Rezeption.

»Mein Name ist Bierbaumer. Ich habe einen Termin beim Herrn Küchenreither.«, sagte die Frau.

»Der Herr Küchenreither erwartet Sie schon.«, sagte sie. »Sie müssen den Lift nehmen und D drücken.« Die Frau stand schon beim Lift und drückte auf den Knopf. Sie schaute auf die Lifttür. Kehrte ihnen den Rücken zu. Stieg schnell ein. Kaum war die Frau im Lift, prustete Frau Wallin vor Lachen. Sie schüttelte den Kopf.

»Frau Wallin.«, sagte sie. Lachend vorwurfsvoll. Die sagte »Frau Soardi.« im gleichen Ton zurück.

»Ich heiße lieber Veronica.«, sagte sie.

»Frau Veronica.« wiederholte Frau Wallin. Sie schauten einander an. Veronica konnte sehen, dass die Frau Wallin eine genaue Vorstellung davon hatte, was da oben gerade geschah. Sie konnte sich nichts vorstellen. Sie musste lachen.

»Lassen Sie das. Frau Wallin.«, sagte sie. Sie holte den Rucksack hervor. Suchte nach ihrer Limonade. Schraubte das Fläschchen auf. Trank. Ob das alles sei, was sie zu Mittag bekäme, fragte Frau Wallin. Sie lachte. Frau Wallin ging auf die Kellertür zu. Es wäre kein Wunder, sagte sie, dass Veronica so dünn sei. Dass so gar nichts an ihr dran sei. An der Frau Veronica. Sie. Sie gehe jetzt ihr Mittagessen essen. Sie verschwand hinter der Kellertür. Es war wieder ruhig.

Sie ging auf YouTube. Suchte herum. Auf dem Bürocomputer. An dieser Adresse. Es kamen nur Wirtschaftsnachrichten und die *Financial Times*. Sie wollte den Algorithmus nicht durcheinanderbringen und klickte YouTube weg. Sie suchte im Handy. Ihr Beitrag von vorhin war zwei Mal angeklickt worden und einmal geliket. Sie ging auf Snapchat. Es kam jemand herein. Sie schaute auf. Suchte nach der Maske.

»Wo ist er?« Die Frau sprach laut. Bestimmt. Drohend. Sie war klein. Dunkelhaarig. Älter. Dunkelblaues Kostüm. Hohe Absätze. Businesschic. »Erzählen Sie mir gar nicht, dass er nicht da ist.«, sagte die Frau und ging zum Lift. Veronica nestelte die Bänder der Maske hinter die Ohren.

»Der Herr Küchenreither …«, begann sie. Die Frau wedelte verneinend mit der Hand. Wandte sich dem Lift zu. Holte den. Sie hielt ihre Hand gegen sie gestreckt. Abwehrend. Veronica war am Tisch stehen geblieben. Glaubte diese Frau, sie würde sie. Was? Wegdrängen? In den Weg stellen? Verhindern, dass sie in den Lift stieg? Raufen? Körperliche Gewalt? Was denken die? Wie konnte diese Frau? Aber der Lift war unten angekommen. Die Frau stieg ein. Fuhr davon. Sie setzte sich wieder. Rief den Küchenreither an. Die Sprachbox war an. Sie sagte aber doch, »da ist eine Frau, die gerade mit dem Lift hinaufkommt.« Aber wie war das mit dem Lift? War der nicht gesperrt? Hatte die Frau Wallin den nicht wieder abgesperrt. Nach dem Putzen. Und konnte diese Frau überhaupt aussteigen, wenn er nicht aufmachte? Oder wie war das? Er hatte es ihr erklärt. Der Liftschlüssel. Irgendetwas war mit dem Liftschlüssel. Aber das gehörte nicht zu ihren Aufgaben. Das ging die Frau Wallin an. Das sollte er sich mit der ausmachen.

Der Lift kam wieder in der Rezeption an. Die Frau, die vorhin hinaufgefahren war, stieg aus und ging davon. Frau Venturini. Grußlos. Sehr schnell. Der Lift wurde nach oben geholt. Kam wieder herunter. Frau Bierbaumer stieg heraus und ging davon. Grußlos. Sehr schnell. Der Lift wurde wieder nach oben geholt. Die Kellertür ging auf. Frau Wallin schaute heraus. Sie schaute der Frau Bierbaumer nach. Was denn los sei, zischte sie. Der Lift kam unten an. Küchenreither stieg heraus. Er war rot im Gesicht. Kam auf Veronica zu. Dann sah er die halboffene Kellertür. Er ging hin und riss die Tür auf. Er zog die Frau Wallin am Arm in die Rezeption. Kurz. Er rang um Luft. Konnte nichts sagen. Begann zu schreien. Er schrie. Veronica hatte das Handy vor sich. Die Uhr. Er schrie zwei Minuten lang, wie schrecklich die Frau Wallin sei. Dass sie nie etwas mache. Nie wie er es wolle. Nie das, was er verlange. Wie faul sie sei. Dass es ihr offenkundig Spaß mache, Schamhaare in der Dusche zu übersehen. Oder vielleicht. Er konnte wieder nicht weitersprechen. Vielleicht lege sie ja ihre eigenen Schamhaare in die Dusche. Zur Rache. Aber warum rächte sie sich an ihm. Und das seien doch ihre Schamhaare. Wie es dazu komme? Da oben. Es würde kaum je geduscht werden. Er wüsste gar nicht, wie da überhaupt Schamhaare hingelangen sollten. Da wolle jemand sich in Ruhe die Hände waschen. Und was fände man? Die Schamhaare der Hausmeisterin. Wie solle es da zu einem Geschäftsabschluss kommen? Das frage er. Im Übrigen sei sie entlassen. Es gäbe genügend Facility-Unternehmen, die das alles besser machten. Nicht mehr so eine Person. Auf die man dann angewiesen wäre. Und ob sie noch nicht begriffen habe, was sie für ein Luxus sei. Dass sie ein ungeheurer Luxus sei. Und dann. Keine Achtung. Kein Einsehen. Kein Verständnis. Es gäbe ja auch keinen Kaffee oben. Nicht einmal Kaffee. In seiner eigenen Wohnung. Das wäre doch das Mindeste. Das könne man doch verlangen. Das wäre doch das Wenigste. Wenn er einen Kaffee haben wolle, dann wolle er einen bekommen. Er bekäme nie, was er brauchte. Es würde ihm ja genügen, wenn er wenigstens bekäme, was er bräuchte. Aber das gäbe es nicht. Für ihn nicht. Nein. Er habe sich ohnehin schon so beschränkt. Er. Und er ging. Er stürzte davon.

Frau Wallin hatte sich von ihm losgemacht. Sie stand in der Tür. Lehnte sich gegen den Türrahmen. Schaute ihm zu. Immer wieder. Sie wollte etwas sagen. Aber Küchenreither ging davon. Veronica lief hinter Küchenreither her. Er war nicht mehr zu sehen. Sie ging zurück. Frau Wallin kam in die Rezeption heraus. Sie grinste. Nickte. Sie grinste und klatschte in die Hände.

»Aber was machen wir jetzt?«, fragte Veronica. Schritte. Laute Schritte am Gang. Herrenschuhe. Frau Wallin nahm sie an der Hand. Veronica angelte nach ihrem Rucksack. Sie kam gerade um den Tisch nach vorne. Küchenreither kam in die Rezeption zurück. Er begann wieder zu schreien.

»Undankbar.« Dass alle undankbar seien. Er mache doch. Er war noch wütender. Hob den Arm, als wolle er zuschlagen. Frau Wallin zog Veronica hinter sich durch die Tür. Schlug die Tür hinter ihnen zu. Hielt die Klinke fest, bis sie zugesperrt hatte. Küchenreither trommelte gegen die Tür. Schrie, sie solle aufmachen. Die alte Hexe. Das sei alles normal, sagte Frau Wallin. Das kenne sie. Veronica solle sich nicht fürchten. Es passiere nicht wirklich etwas. Veronica habe das nicht notwendig.

»Wollte er uns wirklich schlagen?«, fragte Veronica. Frau Wallin schüttelte den Kopf. Nein. »Aber ich müsste draußen sein.«, meinte Veronica. Das müsse sie nicht. Frau Wallin war vorausgegangen. Veronica solle mit ihr mitkommen. Man müsse überhaupt nicht so viel, meinte sie. Und jetzt einmal. Diese Anfälle. Die gingen vorbei, und danach sei alles wieder normal. Jetzt einmal müsse man abwarten und aus dem Weg sein. Und wolle Veronica nicht einen Kaffee trinken mit ihr.

Konstanze.

Sie ging weiter. Die Bar rechts geschlossen. Die Sektgläser in der Auslage verstaubt. Die Schaufensterpuppe. Strapse und Mieder vergilbt. Die Spiegel hinter der lebensgroßen Puppe blind. Am Abend war hier wieder offen. Dann stiegen lila Bläschen aus den Sektgläsern in Neon auf. Weit vorne. *Maja's Place*. Da stand manchmal die Tür offen. Die Frauen saßen auf niedrigen Hockern. Gleich an der Tür. Es war immer nur so ein kleiner Seitenblick möglich. Die Frauen mochten es nicht, angeschaut zu werden. Einmal. Sie hatte wahrscheinlich gestarrt. War in Gedanken auf dem Weg zum Vorgartenmarkt. Sie hatte wahrscheinlich damals auch überlegt, was sie für die Nizzi kochen sollte. Dieses Kochen. Dieses Versorgen. Alle Unsicherheiten diesem Kind gegenüber. In der Frage des Essens. Sie konnte es daran ablesen. Sie wusste nicht, was sie diesem Kind zu essen geben sollte. Durfte. Musste. Sie wusste nichts mehr über sie. Sie hatte keine Vorstellung davon, was diese Person wollte. Musste. Sich erlaubte. Zuließ. Ablehnte. Verabscheute. Hasste. Die Frau in *Maja's Place*. *Maja's Place*. Das war eine rotgestrichene Tür und ein rot abgedecktes Fensterchen. Da konnte nur ein Gang sein.

Ein winziges Straßenlokal und Zimmer nach hinten. Oder im Keller. Sie konnte sich das vorstellen. Eine steile Stiege und Kellerabteile. Rot ausgekleidet. Aber das war schon wieder ihre Moral. Vielleicht führte es ins Hochparterre und grandiose Räume. Sie hatte aber nur einen Blick lang einen kleinen dämmrigen Raum gesehen. Die Frauen. Es waren viele gewesen. Fünf oder mehr. Sie saßen dichtgedrängt an der Tür und hatten geredet. Dann war ihr die Tür vor der Nase zugemacht worden. Es hatte ihr leidgetan. Sie hatte nicht neugierig sein wollen. Aber wie das mitteilen? Die Prostitution hier herum. Es war eine Welt für sich. Man ging aneinander vorbei, als gäbe es nur eine selbst. Wenn die Frauen von *Susi's Bar* heraußen standen und rauchten. Sie ging schnell an ihnen vorbei, und die wandten sich auch ab.

Vor dem *Billa*. Die bettelnde Frau saß auf ihrem Poller. Sie wollte schräg über die Straße gehen. Sie wurde angehupt. Ein Polizeiauto fuhr an ihr vorbei in die Sackgasse. Ein Polizist und eine Polizistin stiegen aus. Die bettelnde Frau setzte ihre Maske auf. War das die Regel gerade? Musste man für die Polizei die Maske aufsetzen? Aber die setzten auch gerade Masken auf. Sie. Sie hatte keine Maske mit. Musste sie zurück und hinauf und die Maske holen. Ihre Masken hingen am Mantelhaken. Zum Trocknen. Sparen. Sie ging zum Geschäft. Schaute hinein. Drinnen lautes Gerede. Sie zog den Kragen ihrer Jacke vor den Mund. Hielt sich den Stoff vors Gesicht. Sie ging nicht zurück. Wollte nicht. Es war lächerlich. Im Geschäft. Die Ansammlung war hinten. Leute standen dort und redeten laut. Eine Angestellte wollte etwas sagen. Sie stand in der senfgelb-roten Uniform der Supermarktkette am Rand der Ansammlung. Sie hielt den Arm hoch und fuchtelte. Die Polizei. Der Polizist und die Polizistin waren an der Wursttheke stehen geblieben und zogen ihre Masken zurecht. »Das sollen wir wieder regeln.« Die Polzistin schaute auf die Ansammlung hin. Ablehnend sagte sie das. Ärgerlich. Abschätzend. Ihr Ton.

Konstanze hatte hinter den Polizisten zwei Stämme Broccoli genommen. Sie riss ein Plastiksäckchen von der Rolle. Ging schnell nach rechts. Ging um die leeren Kassen zur besetzten Kasse. Der Angestellte da. Ein junger Mann. Er schob die Waren im Stehen über den Scanner. Er redete mit einem alten Mann. »Es gibt keinen Zucker. Was sollen wir machen.« Er zuckte mit den Achseln. Der alte Mann sagte etwas und der Angestellte lachte auf. Sarkastisch. Sie kam an die Reihe. Das Geld reichte. Sie nahm ihr Säckchen. Draußen gab sie der bettelnden Frau einen Euro. Dann legte sie das ganze Restgeld in die Hand dieser Frau. Das unbehagliche Gefühl war wieder da. Das unbehagliche Gefühl im Bauch. Wie diese Polizistin gesprochen hatte. Das war. Das war herablassend gewesen. Gelangweilt herablassend. Ihre Mutter hatte so geredet. Wenn wieder etwas nicht funktioniert hatte. Mit ihr. Oder wenn die Mutter in die Schule gerufen worden war. Das schwierige Kind. Denn natürlich war sie ein verhaltensauffälliges Kind geworden und hatte immer getratscht. Da hatte es auch diesen Blick gegeben. Diesen Blick über die ganze Situation hin als die stete Wiederholung der

Unfähigkeit. Es war auch diese böse, ungeduldige Resignation in der Stimme gewesen. Das war der ewige Satz. Sie müsse immer alles selber machen. Sie hätte zu dieser Polizistin sagen wollen, »So denkt ihr über uns?«. Sie hätte den Leuten am Zuckerregal sagen sollen, dass die Polizei sie verachte. Dass sie verachtet würden in ihrem Wunsch, Zucker kaufen zu wollen. Obwohl diese Polizistin ja auch keinen Zucker für den Geburtstagskuchen für ihr Kind bekommen konnte. Oder für wen immer so eine Person Geburtstagskuchen plante. Die backt keine Geburtstagskuchen, dachte sie sich.

Sie ging über die Straße. Im Barbershop waren alle Sessel besetzt. Türkische Musik bis auf die Straße. Es war wieder nur ihre Angst vor dem Nichts. Diese Angst war wieder zurück. Die Angst vor dem Aus. Die Zuckerfrage. Es war so nah. Es kam näher. Und was sollte sie tun. Die Anthologie. Die Übersetzung umsonst. Kein Geld. Sie lebte vom Sparbuch. Der Verleger gestorben. Man konnte immer noch sterben. An Covid. Aber es war absurd. Jetzt. Außerhalb des Lockdowns. In den Lockdowns. Da war das im Programm gewesen. Da war das Sterben vorgesehen gewesen. Aber jetzt? Es schien so weit weg. So unwirklich. So hinter diesen erinnerungslosen Zeiten versunken. Irreal. Und kein Gefühl. Kein Gefühl regte sich. Rein statistisch. Sie reagierte statistisch. Der war nun einer von den Covid-Toten. Der war nicht alt gewesen. Der Verleger in Mailand. Der war in die Statistik weggewischt, und sie konnte nur daran denken, dass ihr Honorar verloren war. Sie konnte nur ihre Vernichtungsangst herumtragen. Einsam und geheim. Angstschwangerschaft.

Sie bog um die Ecke. Lautes Gerede hinter der Hecke des türkischen Lokals. Vor dem Pizzabäcker standen zwei Fahrer von *Yam Yam*. Warteten auf die Pizzen. Sie bog zum Haus ein. Vor dem Eingang zur Tierambulanz drei Huskys. Die Besitzer saßen auf dem niedrigen Zaun. Warteten. Die Tiere vor sich. Ob das eine Schönheitskonkurrenz sei, fragte sie beim Aufsperren der Haustür. »Drei so schöne Tiere.« Die Frau und die beiden Männer. »Nein.«, sagte der Mann. Sein Husky ein blaues und ein grünes Auge. Nein. Sie wären da, weil es einen Kampf gegeben habe. Im Prater drüben. Er wies mit dem Kopf in Richtung Zufahrtstraße. Deutsche Schäferhunde hätten ihre Hunde angegriffen und verletzt. Einer sei grade drinnen und werde versorgt. Sie warteten auf den. Konstanze wünschte den Hunden baldige Besserung. Im Haus. Ihre Schritte hallten auf dem Kachelboden. Sie hatte gedacht, Huskys wären besonders scharfe Hunde und gehörten zu den gefährlichsten. Aber es waren sicher nicht die Hunde gewesen. Die Besitzer der Huskys. Das waren ältliche Punks gewesen. Die Schäferhundleute? »Culture War« im Prater, dachte sie. Sie war da gerade gegangen. Herumgegangen. War nun überall Krieg?

Veronica.

Es war gar nicht dunkel. Keller. Das waren doch immer dunkle Gänge. Aber es war hell. Hell erleuchtet. Sie hatte nie hier hereingesehen. Hatte sich nicht interessiert. Und die Frau Wallin. Weil die so dick war. Sie hatte immer alles verdeckt. War so ausfüllend in der Kellertür gestanden. Beim Herauskommen. Beim Heraufkommen durch diese Tür. Und es war kein Gang. Es ging gleich eine steile Stiege hinunter. Unten dann ein Gang und Türen. Terrazzoboden. Schwarz und weiß und ein roter Rand. Als wäre der Steinboden ein Teppich. Sie gingen um die Ecke. Eine senfbraune Tür. Sie schaute sich um. Frau Wallin lächelte. Sie öffnete die Tür an der Stirnseite des Gangs. Trat ein. Trat zur Seite. Das war ein großes Zimmer. Nicht sehr hoch. Weiße Wände. Schwarzgeölter Bretterboden und ein langes, schwarzes Ledersofa und ein weißlederner Fauteuil. Auch hier so hell. Veronica schaute sich um.

»Da herunten. Da muss es hell sein. Sonst verkommt man.« Frau Wallin ging zum Sofa. Sie lachte über ihr Staunen. Scandinavian Chic? Das war scandinavian Chic. »Setz dich.«, sagte Frau Wallin. Sie wies auf den weißen Fauteuil. »Der passt dir.«

Veronica stellte den Rucksack auf den Boden neben dem Fauteuil. Setzte sich. Sie schaute hinauf. Oben. Gleich unter der Decke. Drei breite Fenster. Dicke Gitterstäbe außen. Hinter den Scheiben. Leute gingen vorbei. Die Füße zu sehen. Die Schuhe. Die Beine bis zum Knie. Es war aber nichts zu hören. Lautlos. Lautloses Gehen. Sie starrte hinauf.

»Ja.«, sagte Frau Wallin. »Ich kann da ewig sitzen und zuschauen.« Veronica nickte. Das war ein Film. Sie schaute hinauf. »Das Sofa da. Das ist von diesem Schriftsteller noch. Der hat hier gewohnt. Wie er noch geflüchtet war. Der ist dann nach Prag zurück, aber seine Freundin ist hiergeblieben, und die ist dann ins Altersheim, und da hab ich das Sofa. Eigentlich ist es ja eine Couch.« Sie lachte. »Aber bei mir ist es ja nicht mehr so viel mit dem Hinlegen auf eine Couch. Ich fall ja gleich runter.« Und sie wies auf ihren Umfang. »Obwohl.« Sie beugte sich vor. Vertraulich. »Ich mach mir die Türen immer noch nicht weit genug auf. Es lernt sich nicht, wie ich zugenommen hab. Gut. Ich war immer schon. Also nicht schlank. Das war ich nie. Und den Fauteuil. Den hat der Küchenreither schon auf die Straße stellen wollen. Der hat den plötzlich nicht mehr wollen. Den haben wir ja noch nicht so lange. Den Küchenreither. Der hat das Haus erst vor ein paar Jahren übernommen. Das ist eine Stiftung. Von der Kirche, und er macht das. Der verwaltet das. Der tut aber so, als würde es ihm gehören. Na ja. Die Wohnung oben. Der macht da schon seine Sachen. Weißt du. Ich weiß das. Ich räum da auf. Ich finde die Spuren. Aber das heute. Das war, glaube ich, wirklich nur wegen einer Wohnung. Es ist ja so ein G'riss. Er nutzt das aus. Die eine ist eine Maklerin. Das weiß ich. Der hat er ein G'schäft versprochen. Die kenn ich schon. Die andere. Die kenn ich noch gar nicht. Und sag. Hast du Hunger? Du musste ja etwas essen. Ich bestell mir jetzt was. Koreanisch? Das kannst du auch als Veganerin essen. Bibimbap? Das geht für dich. Ich versteh das ja. Das mit dem Vegan. Wenn ich noch jung wär. Das würd ich auch machen. Aber dann würd ich sowieso alles anders machen. Und schau. Wir essen jetzt, und dann gehen wir wieder hinauf, und dann wird gar nichts sein. Du wirst sehen. Der hat diese Anfälle, und man muss ihm aus dem Weg, und dann entschuldigt er sich.« Veronica lehnte sich zurück. Wo kam hier die Luft her? Aber es war angenehm. Und wie auf einem anderen Stern.

»Es ist jetzt niemand oben. Es ist doch eins?« Frau Wallin hatte ihr Handy aus der Tasche ihrer grauen Hausmädchenuniform geholt. Sie nickte. Dann textete sie. Schaute auf.

»Da muss er sich selber drum kümmern. Das macht der schon. Für seine Geschäfte funktioniert der. Aber bedrohen? Nein. Gewalt. Das gibt's bei mir nicht.«

Veronica setzte sich auf. Sie musste sich aus dem Hinaufstarren auf die vorbeigehenden Beine herausreißen. War das nicht ein Entlassungsgrund? Oder konnte sie in so einem Fall kündigen? Wenn sie angestellt wäre? So. Das war doch mehr eine. Das war ein G'schichterl. Wie eine Beziehung war das. Trennung. Sie konnten sich trennen. Aber das war mehr ein Hinauswurf. Sie stellte sich das vor.

Der kleine Leopold »Poldi« Küchenreither stemmte sie hoch und warf sie in hohem Bogen auf den Kohlmarkt hinaus. Das war keine schöne Vorstellung. Unbehagen. Das machte Unbehagen. Sie stand auf. Ging unter das Fenster. Schaute von da hinauf. Frau Wallin schaute auf ihr Handy. Sie nickte. Setzte sich. Lehnte sich zurück. Sie saß in der Mitte des Sofas. Das graue Kleid. Die weißen Strümpfe. Die weißen festen Sneaker.

»Ich bin nicht sicher.« Frau Wallin hatte das Handy auf das Sofa gelegt. Hielt den Kopf schief. »Es gibt einen Sonderdeal. In Sopron. Und ich will mir die Augen machen lassen. Aber ich müsste mich heute entscheiden. Die Susi will für uns buchen. Also. Ich weiß nicht.« Veronica setzte sich wieder. »Ja. Du.«, begann Frau Wallin. Ihr Handy klingelte. Ihr Handyton. *Auf, auf zum fröhlichen Jagen.* Von einer Trompete gespielt. Frau Wallin hörte die Melodie bis zum Ende an. Dann nahm sie das Gespräch an. Sagte »Ja.« und ging zur Tür. Sie machte auf. Eine junge Frau kam herein. Sie trug einen weißen Plastiksack. Die junge Frau und Frau Wallin setzten sich auf das Sofa. Frau Wallin packte aus. »Jetzt wäre ein Couchtisch schon praktisch.«, sagte sie. »Aber dann ist das Zimmer gleich so vollgestellt.« Die junge Frau lächelte. »Das ist Myung.«, sagte Frau Wallin. »Sie studiert an der Angewandten, und sie versorgt mich immer.« Frau Wallin ging hinaus.

»Was studierst du?« Veronica wandte sich an Myung.

»Bühnenbild.«, antwortete Myung. Veronica nickte.

»Und du?«

Frau Wallin kam zurück. Ihr Schlüsselbund klimperte.

Sie hatte ihre Geldbörse dabei. Sie reichte Myung eine Bankkarte. Myung holte eine kleine Maschine aus ihrer Hosentasche und hielt sie Frau Wallin hin. Die hielt ihre Bankkarte darüber. Der Surrton. Myung lächelte.

»Mahlzeit.«, sagte sie und ging hinaus.

»Die geht auf die Hauptstiege hinaus.«, erklärte Frau Wallin. Veronica hatte sich gewundert, wie Myung hier heruntergekommen war.

»Hauptstiege?«, fragte sie.

»Ja. Zum Graben. Ich muss dir einmal das Ganze zeigen.« Sie nahm eine der Schachteln. Verteilte die Essstäbchen. Reichte Veronica die andere Box. »Guten Appetit.«, sagte sie. Sie hatte eine Papierserviette auf ihre Oberschenkel gebreitet und machte ihre Box auf. Sie brach die Stäbchen auseinander und begann zu essen. Der starke Geruch. Aber war das richtig? Hier herunten zu essen. Oben lag die Post herum. Offen. Würde der Küchenreither sich darum kümmern? Sie hätte nicht hier herunterkommen sollen. Veronica machte ihre Box auf. Begann zu essen. Sie hielt sich die Box nahe unter den Mund. Wie sie es in koreanischen Filmen gesehen hatte. Die Personen da hielten die Schalen mit dem Essen knapp vor den Mund und schoben das Essen in den Mund. Sehr schnell. Wahrscheinlich aß sie jetzt Geschmacksverstärker. Aber sie konnte nicht unhöflich sein. Sie aß.

Konstanze.

Im Haus. Sie hörte eine Frau die Stiegen herunterkommen. Das Klicken der hohen Absätze. Sie eilte zum Lift. Drückte die Taste. Sie stellte sich knapp an die Lifttür. Sie wollte niemanden treffen. Es war plötzlich wichtig, von niemandem gesehen zu werden. Es wäre fatal gewesen. Sie fuhr hinauf. Fatal. Sie hatte viel nachdenken müssen. Über dieses Wort. Der Lift kam, bevor die herunterkommende Person an ihr vorbeigegangen wäre. Sie stieg in den Lift. Ein Gefühl von Gerettetsein. Rettung. Lächerlich, sagte sie sich. Aber sie hatte dem Fluchtimpuls nachgeben müssen. Sie war nicht stehen geblieben und hatte diese Person gegrüßt. Oder nur angesehen. Wenigstens. Angelächelt. Sie hatte den Lift herbeigewünscht. Herbeigedacht. Warum dachte sie sich verfolgt? Warum übertrug sie ihre Angst auf solche zufälligen Augenblicke? Warum ließ sie sich so jagen? Es war ja nicht diese Frau, die in der Ukraine gerade herumschoss. Über Frauen herfiel. In Bombentrümmern begrub.

Als Kind. Schon als Kind. Solche Augenblicke. Wenn sie ohne Atem zu holen bis an die Ecke vor der Schule kommen konnte, dann würde sie eine gute Note auf die Mathematikschularbeit bekommen. Dann würde sie Glück haben. Da war es um Glück gegangen. Mittlerweile. Sie stand mit dem Rücken zum Spiegel im Lift. Dieser Spiegel. Der gab ein Bild wieder, das ihr den Tag verderben konnte. Bleich und jede Falte ausgeleuchtet. Das Licht fiel von oben auf das Gesicht. Fügte Schatten zu den Falten. Sie konnte sehen, wie sie in 10 Jahren aussehen würde. In 20 Jahren. Müde und zu viele Sorgen. Kaputt. Sie stieg deshalb seitlich in den Lift. Wollte von diesem Spiegel höchstens den Widerschein des Ganglichts aufblitzen sehen. Sie schaute nur auf die Tastatur. Beobachtete, wie die Stockwerktasten aufleuchteten. Hinaufkletterten. Magisches Denken, dachte sie. Der Ausweg. Magisches Denken und nicht anders als als 8-jähriges Kind. Oder mit 13. Hoffnung. Hoffnungen. Hoffnung in magisches Denken gepresst. Ihre Angst vor dem Untergang in die Flucht vor Geräuschen von Stöckelschuhen, die Stiege herunterkommend. Aber natürlich auch. Und immer endete es dort. Ihre Mutter hatte immer Schuhe mit Absätzen getragen. Ihre Mutter war eine schöne Frau gewesen und immer noch. Ihre Mutter hatte immer perfekt ausgesehen. Ihre Mutter hatte jederzeit vom Schicksal angetroffen werden können und sich nie für ihr Aussehen genieren müssen. Wie ihr das passierte. Wie eben jetzt. Mit dem Siebenstein. Ungeschminkt und irgendwie angezogen. Wenigstens die Haare waren okay. Aber was konnte mit glatten langen Haaren schon falsch sein.

Im Dachgeschoss. Es stand jetzt ein Kinderwagen vor der Tür der Wohnung über ihr. Es waren neue Leute eingezogen. Es war lauter geworden. Die ältere Frau davor. Ihr Mann war an Covid gestorben. Gleich am Anfang. Die Frau hatte es ihr im Lift erzählt. Sie brauche keine Maske mehr, hatte die gesagt. Sie habe Covid gehabt und ihr Mann sei daran gestorben. Die Frau hatte das ganz ruhig gesagt. Ungerührt. Sie war in Schreck und Tränen verfallen. Hatte sofort alle Hilfe angeboten. Aber die war nicht gebraucht worden. Die Frau war in ihr Schicksal resigniert gewesen. Sie hatte diese Frau gleich darum beneidet. Abgeschlossen. Diese Frau hatte abgeschlossen. Sie hatte sie dann nur noch ein paarmal gesehen. Aber sie sah überhaupt sehr wenig von den anderen Personen in diesem Haus. In der Lange Gasse. Sie hatten einander von Balkon zu Balkon. Zugewinkt. Gegrüßt. Geplaudert. Berichtet. Über die Linde geschwärmt. Wie wunderbar die roch. Im Frühling. Was für ein Glück dieser Geruch war. Die Lindenblüte. In zwei Wochen sollte die sein. Oder früher? Sie wartete darauf. Sie wusste eine Linde im Prater, unter die sie sich setzen wollte. Für den Duft.

In der Wohnung. Sie hatte nicht zugesperrt gehabt. Die Tür nur zufallen lassen. Jetzt. Sie versperrte die Tür von innen. Legte den Broccoli in die Küche. Ging auf die Toilette. Wusch sich die Hände. Mit medizinischer Seife auf medizinische Weise. Am Computer. Eine E-Mail vom Burgtheater. Vom Burgtheater-Magazin. Eine Übersetzungsfrage. Ob sie in ihrer Übersetzung des Titels von Della Montanas Theatertext *Una fatale soluzione provvisoria* »fatale« mit »fatal« richtig übersetzt habe. Sie saß vor dem Bildschirm. Schaute am Bildschirm vorbei auf die

Wilde Maus im Prater. Der kleine Wagen der Hochschaubahn flitzte um die Kurven hinauf und hinunter. Verschwand. Tauchte auf. Eilig. Hurtig. Das ist eine hurtige Bewegung. Ja. Sie dachte nach. Sie dachte lange über solche Worte nach. Sie hatte lange über »fatale« nachgedacht. Sie hatte Beispiele nachgeschaut. »Fatale«. Das wurde oft mit »tödlich« übersetzt. Und das war in diesem Fall so wörtlich nicht gemeint. Es ging um eine Zwischenlösung. Also konnte sie tödlich nicht anwenden. Dann wäre es ja keine Zwischenlösung gewesen. Sie hatte das Stück gelesen. Es kam niemand um. Also war nichts tödlich. Es war alles weitergegangen. Nach der fatalen Entscheidung. Also war fatal etwas anderes als tödlich. »Sehr unangenehm.« war möglich als Übersetzung. »Peinlich.« »Misslich.« Eine Einwirkung war beschrieben, die aus dieser Zwischenlösung kommen musste. Es ging ja um die Auswahl, die die Person traf, die diese Zwischenlösung gewählt hatte.

Es ging um die Geschichte von 3 Frauen. Die Mutter bevorzugte die eine Tochter und vernachlässigte die andere. Sie hatte sich gut mit der vernachlässigten Tochter identifizieren können. Das Stück war aus der Perspektive der vernachlässigten Tochter angelegt. Die hatte sehr lange nicht begreifen können, dass sie vernachlässigt wurde. Das war gut dargestellt. Sie kannte selbst diese Hoffnungen auf ein perfektes Morgen gut genug. Wenn sie diese Prüfung gut machen würde. Wenn sie diesen tollen Job bekommen sollte. Wenn sie diesen reichen Mann finden konnte. Die Mutter würde mit ihr zufrieden sein. Wenigstens zufrieden, wenn schon nicht stolz. Dann war das aber nie eingetreten. Sie hätte »fatale« mit »verhängnisvoll« übersetzen können. Aber das war zu erotisch zu verstehen. Obwohl es das in solchen Beziehungen auch immer war. Der Sexualneid der Mutter und die bevorzugte Schwester. Auch das war im Stück herausgearbeitet. Aber das war sehr kompliziert zu lesen. *Eine verhängnisvolle Zwischenlösung*? Da war *Eine fatale Zwischenlösung* flotter. Das gefiel nun dem Redakteur nicht. Sie hatte es richtig gemacht, aber es gefiel nicht.

Sie musste sich aufrecht setzen. Den Kopf in die Höhe recken. Sich im Sitzen strecken. Die Stiche unter den Rippen. Der stechende Schmerz da. Diesmal links. Also konnte es nicht die Galle sein. Das war beruhigend. Es waren Verspannungen. Ganz normal. Sie hatte schon befürchtet, sie habe ein Problem mit der Galle. Wegen dieser stechenden Schmerzen. Gleich unter den Rippen rechts. Verspannte Muskeln. Verkrampfungen. Aber nichts Fatales. Wie ja nichts so wirklich tödlich war. Sie ließ sich wieder in sich zusammensacken. Vorsichtig. Über den Schmerz. Den Schmerz unter die Rippen schiebend. Sie beugte den Kopf. Alles rund. Platz für den Schmerz im Leib.

Das Wortlose. Das war das Schwierige. Dass so eine Kritik per E-Mail kam. Aber alles per E-Mail. Sie hatte diesen Auftrag per E-Mail bekommen. Sie hatte die Übersetzung per E-Mail zurückgeschickt. Sie wusste nicht, mit wem sie es zu tun hatte. Die dort. Im Burgtheater. Die wussten das auch nicht. Sie wusste jetzt von denen, dass es denen nicht gefiel. Sie. Ihre Arbeit. Ihr Nachdenken. Ihre

Erfahrung. Es gefiel nicht. Galt nicht. Sie brauchte das Geld. Sie konnte auf das Geld nicht verzichten. Es wurde als Fachübersetzung bezahlt. 1 Euro pro Zeile. Sie durfte nicht empfindlich sein. Sie konnte es hören. Das sind Auftraggeber. Die haben das Sagen. Ja. Die hatten das Sagen, aber sie hatte die Übersetzung. Sie wusste es. Wissen. Können. Das Sagen von denen setzte ihr Wissen außer Kraft. Setzte sie außer Kraft. Entwertete.

Und ihre Bauchmuskeln zogen sich zu grell stechenden Linien zusammen. Das Zwerchfell. Immerhin. Sie hatte gelernt. Wenn sie sich gerade aufsetzte. Oder vorsichtig hinlegte. Dann bekam sie ganz normal Luft. Am Anfang hatte sie auch noch um Luft gerungen. Asthma? Dann hatte sie sich das mit den Gallenproblemen ausgedacht. Hatte sich den Schmerz so übersetzt. Aber es war Entwertung, was die machten. So. Wortlos. Und ohne Argumente. Es war nicht, dass sie alt wurde. Aber in ihrem Alter. Sie hatte die Erfahrung. Und das wurde weggewischt. Das mochten ihre Bauchmuskeln nicht. Ihr Zwerchfell.

Sie schrieb »Ach. Lassen wir es. Es ist nicht wichtig.« Sie würde nie wieder einen Auftrag von denen bekommen. Das Burgtheater. Das war eben eine Burg. Burgkultur war das. Hochfahren und nachlässig. Sie saß da. Sie schickte die Mail nicht ab. Saß lange.

Veronica.

»Seine SMSe kommen schon.«, sagte Frau Wallin. Der Ton für den Eingang von Textnachrichten war *Really Really*. Sehr laut war das. Frau Wallin schaute auch gleich nach. Sie grinste Veronica an. »Das ist schneller als sonst. Der will es sich nicht mit dir verderben.«, sagte sie.

Veronica aß fertig. Frau Wallin las auf ihrem Handy. Sie hob den Kopf. Lachte. Veronica war fertig. Sie schaute sich um. Wo konnte sie die Box abstellen.

Frau Wallin streckte die Hand aus. »Da. Gib das her.«

»Wo kann ich?«

»Ah. Das Klo. Ja. Das ist ein bisschen. Na. Du wirst sehen. Die fünfte Tür am Gang rechts.« Veronica nahm ihren Rucksack auf. »Das brauchst du doch nicht. Seife und Handtuch sind da. Sonst. Ich geh lieber oben.«

Veronica ging zur Tür. »Ich muss mich auch umziehen.«, sagte sie und ging hinaus. Der Gang war lang. Sie ging und zählte die Türen. Bei der fünften. Die Tür ging nicht gut auf. Der Mechanismus für das automatische Schließen sperrig. Sie stemmte sich dagegen. Ein Lichtschalter links neben der Tür. Der Lichtschalter schwarz. Zum Drehen. Sie ging hinein. Hier. Das war Keller. Die Wände nicht verputzt. Eine niedrige Toilette. Ein Holzsitz. Der Sitz ohne Deckel. Der Spülkasten hoch oben an der Wand. Unter einem winzigen Fenster. Vom Fenster hing eine Kette zum Öffnen und Schließen herunter. Das Fenster stand offen. Sie konnte nichts sehen. Alles dunkel. Wo schaute dieses Fenster hin. Sie kannte sich in dem Haus überhaupt nicht mehr aus. Vom Spülkasten die Kette endete in einem blau gestrichenen Holzgriff. Ein winziges Waschbecken gleich rechts neben der Tür. Zerkratzt und zersprungen. Ein türkisfarbenes Handtuch lag hinter den Wasserhahn gestopft.

Sie schaute sich um. Sie konnte den Rucksack nirgends aufhängen. Sie stellt ihn im Waschbecken ab. Sie ging rasch auf die Toilette. Im Gurgeln und Rauschen des Spülwassers zog sie ihr Kleid aus. Legte es zusammen. Hielt das Päckchen Stoff mit dem Kinn fest. Holte das Trikot aus dem Rucksack. Sie schlang das blaue Trikot über die Türklinke. Legte das zusammengefaltete Kleid in den Rucksack. Sie zog einen Schuh aus. Zog das Trikot über den Fuß. Sie musste das Trikot zusammengeballt halten, den Boden nicht zu berühren. Oder eine Wand. Sie stellte den Fuß gleich wieder in den Schuh. Dann musste sie sich am Waschbecken festhalten. Der zweite Schuh war auszuziehen. Sie wackelte und musste hüpfen beim Anziehen des zweiten Beinteils des Trikots. Sie fand nicht gleich hinein. Ihre Haut. Am ganzen Körper. Sie durfte nirgends anstreifen. Spinnweben und Staub. Grind. Sie stand inmitten von Grind. Uraltem Grind. Sie zog das Trikot hinauf. Fuhr mit den Armen in die Ärmel. Es war zum Erbrechen. Sie musste fast erbrechen. So ekelhaft.

Die Haut. Es kribbelte. Kribbeln. Tingeln. Tingeling. Das war angenehm. Eigentlich. Das war Erwartung. Das war Vorfreude. Das war das Warten auf ein Geschenk. Das war. Das Warten auf den Jonas. Das war so gewesen. So die ganze Haut. Sie mochte nicht einmal Luft holen in diesem abgestandenen Schmutz hier. Ein Glück, dass die Regel gerade vorbei war. Das hätte. Noch schlimmer. Sie war gar nicht fertig angezogen und ging zurück. Der Gang. Sauber. Der Gang heraußen war sauber. Das Zimmer von Frau Wallin. Das war besonders sauber. Sie trat in das Zimmer zurück. Frau Wallin textete gerade. Sie schaute nicht auf.

»Na?«, fragte sie.

»Scheußlich.«, antwortete Veronica. Frau Wallin nickte.

»Ja. Das renovieren die nicht. Das Klo ist nur für mich. Da sagen die, das zahlt sich nicht aus.« Veronica suchte nach ihrer Maske. Sie hatte die doch im Nebenfach. Da war sie nicht. Sie musste alles aus dem Rucksack herausräumen. Die Maske war im Fach für die Geldbörse. Sie räumte zurück. Frau Wallin schaute auf. Nickte. Sagte »Wow.«. Veronica fischte die Jacke aus dem Stapel ihrer Sachen auf dem weißen Fauteuil heraus. Zog sie an.

»So geht das doch?«

Frau Wallin sagte noch einmal »Wow.« und »Es passt schon.« Sie wandte sich ihren Mitteilungen zu.

»Frau Wallin.«, rief Veronica. »Das ist ein Kostüm.«

»Ich hab mich schon gewundert.«, murmelte Frau Wallin.

»Ich bin ein Regentropfen.«

»Eher ein Schnürlregen.«, sagte Frau Wallin und lachte.

»Frau Wallin.« Sie sagte das wie ein sehr kleines Kind. »Wie komme ich aus diesem Haus hinaus? Ohne, dass er mich sieht.« Frau Wallin stand auf und ging aus dem Zimmer hinaus. »Ich will nicht ...« Veronica war nicht sicher, ob sie nun Du zur Frau Wallin sagen musste.

»Das ist kein Problem.«, sagte die. »Ich habe jetzt frei. Die meiste Arbeit ist ja in der Nacht. Also ich mache die Büros lieber noch in der Nacht. Ich kann dann fast bis 7 Uhr im Bett bleiben. Sonst müsste ich um 5 Uhr in der Früh anfangen. Ich wohne ja nicht hier. Das wäre nicht erlaubt. Das ist der Ruheraum.« Sie lachte herzlich. »Den haben sie mir freiwillig überlassen. Ich glaube, der Küchenreither weiß gar nichts davon. Der entspricht auch nicht den Vorschriften der Ruheraumverordnung. Die Sichtverbindung nach draußen. Das weiß ich nicht, ob das erfüllt ist.« Sie ging auf dem Gang voraus. Machte einen Schwenk nach links. Die Abzweigung hatte immer noch den Terrazzoboden. Aber das rote Muster am Rand gab es da nicht. Eine weiße Tür. Ein weißer Gang. Eine Stiege. Eine Tür. Frau Wallin sperrte die Tür auf. Hielt sie auf. Lachte sie an. Sie ging. Sie hörte, wie die Frau Wallin die Tür gleich wieder verschloss. Sie stand in einem Gang. Musste um die Ecke. Sie kam auf dem Graben aus dem Haus. Um die Ecke von der Adresse am Kohlmarkt. Sie eilte zum Kohlmarkt zurück. Die Demonstration war vor dem Kanzleramt, und sie war knapp in der Zeit.

Konstanze.

Das Kind kam. Sie räumte auf. Jetzt für das Kind. Früher der verlangten Ordnung wegen. Und sie setzte sich wieder hin. Sie würde nicht aufräumen. Es war auch nichts da. Es war alles ihr Leben. Sonst nichts. Ihre Arbeit. Was sie las. Die Strickweste für den Abend. Die Pölster zum Hinlegen aufgestapelt. Sie schüttelte die Pölster auf. Legte sie auf die Couch.

Ihr Netflix-Abonnement. Sollte sie das verlängern? Die Fernsehserien mit der Nizzi. Sie sahen einander sonst kaum noch. Das hatte sie sich anders vorgestellt. Wenn das Kind in Wien leben würde. Gemeinsame Unternehmungen. Essen. Kino. Theater. Musik. Ausflüge. Aber es gab das Auto nicht mehr. Das Essengehen war wegen Covid verschwunden. Konzerte. Sie ging allein. Sie ging gern allein. Aber mit der Nizzi. Das war dann etwas anderes. Es war richtig, so allein in der Musik zu sitzen. Mit niemandem darüber reden. Oder dazu. Sie wusste auch gar nicht genug. Sie setzte sich in die Musik und ließ sich davontragen und wollte niemanden, der ihr zusah. Die Nizzi. Die hätte ihr zuschauen dürfen. So wie sie ihr. Konzerte. Es war schön, da allein nicht allein zu sein. Sie hing ihren Gedanken nach, während alle dasselbe hörten. Sie dachte dann auch nach, was die anderen nachdachten. Während diese Personen auf der Bühne ihrer Kunst nachgingen. Es war so ein Fluss. Ein Fließen. Wenn alles so anklingen konnte und im Anklingen schon wieder weg war.

Es war der reine Luxus. Sie nickte. Konzerte waren der reine Luxus. Aber sie war nicht sicher, ob die Nizzi das auch so empfand. Sie hatte gedacht, sie könne das weitergeben. Es war etwas Tröstliches. Aber das schien nicht gelungen zu sein. Die Nizzi wollte nicht mitkommen. Nicht so gern. Sie kam ihretwegen mit. Nicht wegen der Musik. Und nur alte Leute, murrte sie. Und das stimmte. Sie stand da im Weg. Es war ihre Begeisterung, die die Konzerte für ihr Kind zur Pflicht gemacht hatten.

Sie deckte den Tisch für das Essen. Es war noch Zeit. Aber dann musste sie nicht mehr daran denken. Sie ging in die Küche und legte alles zurecht. Sie war jetzt immer zu früh fertig. Sie durfte erst kochen, wenn die Nizzi da war. Die kam ja irgendwann. Es wurden keine genauen Zeiten mehr vereinbart. Dann konnte die Nizzi nicht zu spät kommen. Und es gab keinen Grund, gleich in Vorwürfe zu verfallen. Sie seufzte. Das passierte so selbstverständlich. Dieses Ineinander. Was war das eigentlich. Vorwürfe? Ja. Sie warfen einander etwas vor. Vor die Füße meistens. Als stünden sie einander gegenüber, obwohl sie nebeneinandersaßen. Meistens. Oder bei Tisch. Als stünden sie weit voneinander entfernt und warfen diese Wortfetzen wie schwere Bälle in die Richtung der anderen

Person. Bälle waren das, die dann vor der anderen Person aufschlugen und alles bespritzten. Oder der Ball prallte auf und traf die andere Person und brachte sie zum Taumeln.

Und wie sie das nicht wollte. Wie sie sich ein stilles Nebeneinanderstehen wünschte, aber es selber nicht einhalten konnte. Es gab immer diesen einen Satz. Und sie wusste nie, welcher das sein würde. Und die Bombe platzte. Da habe sie nun aber unrecht, hieß es dann. So sei das nicht gewesen. Das wäre ganz anders gewesen, und sie habe Unrecht. Wie sie sich da in so ein Konzert wünschte und ruhig dasitzen und diesen vielen alten Leuten zusehen, wie die sich in die Reihen drängten. Es waren wirklich fast nur alte Menschen in den klassischen Konzerten im Konzerthaus. Oder im Musikverein. Sie konnte sich jung fühlen. Da. Mit den paar grauen Strähnen.

Und sollte sie doch mit einer Tönung anfangen? Sich nicht der Klassifizierung durch die Haarfarbe beugen. Sich emanzipieren? Von der Haarfarbe befreien? Colorierung. Tönung. Die Farbe in die Hand nehmen. Sie schüttelte den Kopf. Sie trug die Teller ins Zimmer. Besteck. Sie ging in die Küche zurück. Servietten. Stoffservietten. Serviettenring zur Identifizierung. V für Veronica. Das war nachhaltig. Das war altmodisch, aber nachhaltig. Die Klimadebatte. Hatte die das Altmodische zurückgerufen? Nickten nun alle diese alten Leute im Konzert im Chor und sagten, dass sie es immer schon gesagt hätten? Und kamen so alle diese Themen wieder hervor, die erledigt gewesen waren? Abtreibung. Schwul sein. Fett essen. »Ich habe immer gesagt, Butter ist gesund.« Ihre Mutter sagte solche Sachen. Sie sollte diese anderen alten Menschen nicht für ihre Mutter verantwortlich machen.

Sie setzte sich an den Bildschirm. Der große Monitor verdeckte das Fenster fast ganz. Sie konnte nur schmal daran vorbeisehen. In der Nacht war der Bildschirm vom Blinken und Strahlen all der Lichter vom Prater umgeben. Sie machte das andere Fenster auf. Straßenlärm und das Pratergetöse und Gekreische. Sie setzte sich in ihren Lesefauteuil. Das mit dem Burgtheater. Sie war zur Selbstverletzung erzogen worden. Folgte sie mit dieser Absage nur diesem alten Auftrag? Folgte sie diesem Auftrag, klein und gehorsam nicht aufzufallen? In die Welt zu passen? Sie hatte zur Nizzi nie gesagt, sie solle leiser sprechen. Sie hatte sich gezwungen, diesen Satz nie zu sagen. Diese Sätze. Ihr Kind nie zu beschränken. In der Öffentlichkeit. Keine Beschränkungen vor anderen. Hinrichtungen waren das gewesen. Dieses Kleinschnippeln der Person. Und die Frage des Übersetzens jetzt. Die war das wieder. Kleinschnippeln war das. Das Burgtheater. Das war eine Institution. Sie eine Einzelne. Und nicht einmal bekannt. Ihre E-Mail. Der Dramaturg, der ihr die Übersetzung aufgetragen. Der hatte ihre E-Mail-Adresse von einer Kollegin in Berlin gehabt. Die wiederum hatte sie bei einem Workshop zu literarischem Übersetzen in Straelen kennengelernt. Wenn sie in Berlin war, dann wohnte sie bei der. Und die bei ihr. Kolleginnen.

Der Dramaturg, der ihre Übersetzung nicht wollte. Anzweifelte. Der hatte wahrscheinlich einen Konflikt mit dem anderen Dramaturgen, der ihre Übersetzung schon angenommen hatte. Das hatte alles mit ihr nichts zu tun. Die waren da in einer Burg und von der Welt weggeschlossen. Die redeten wahrscheinlich überhaupt nur mit Dramaturgen von anderen Theatern. Das war ein Metaversum. Aber sie sollte das hinnehmen. Sie sah sich dastehen und die Hand ausstrecken. Das Honorar entgegennehmen. Annehmen. Hinnehmen. Und waren es nicht wieder altmodische Überlegungen, von Stolz auszugehen. Von Ehrenhaftigkeit. Von Professionalität als Selbstbeschreibung. Aber hatte sie denn etwas anderes? Hatte irgendwer etwas anderes? Sie starrte auf den Bildschirm. Sie rief ihre Mail auf. Klickte auf Entwürfe. Die E-Mail an den Dramaturgen lag vor ihr. Sie holte Luft. Es war kleinlich. Aber ihre Welt war klein. Klein gemacht. Und es war Luxus. »Das leistest du dir jetzt.«, sagte sie laut und schickte die Mail ab. Sie schloss das Mailprogramm. Schloss Firefox. Schloss den Computer. Sie stand auf und streckte sich. Es klingelte.

Veronica.

Es waren schon alle da. Sie blieb stehen. Die Maske zum Regentropfenkostüm musste noch gebunden werden. Sie nahm den Rucksack auf beide Schultern. Dann sah sie, dass alle ihre Rucksäcke und Taschen auf dem Denkmal für die Deserteure in den Weltkriegen abgelegt hatten. Sie ging hinüber. Die Hofburg entlang. Alle anderen standen schon aufgestellt. Sie rannte. Legte ihren Rucksack auf den Taschen- und Rucksackhaufen auf dem Denkmal. Während des Laufens. Sie fischte ihre Gürteltasche aus dem Rucksack. Band die beim Zurücklaufen um. Handy. Pass. Und ein Taschentuch. Mit Pass. Man kam früher aus der Haft, wenn man verhaftet worden war. Abgeführt nannte die Polizei das. Man kam aus der Polizeistation heraus, wenn der Pass hergezeigt werden konnte. Wenn der Pass prozessiert werden konnte. Das Handy. Das durften die nicht anschauen. Eigentlich. Aber sie textete so wenig wie möglich. Die Gespräche. Das war aufwendiger. Abhören. Darüber gab es Fernsehserien und man konnte sehen, wie langweilig das war. Sie machte sich keine Sorgen deswegen. Es waren Zuschauer da. Sie wurden fotografiert. Aber das waren mehr Touristen. Fernsehteams. *Zeit im Bild. ServusTV. Oe24.* Nichts. Sie stellte sich an die Ecke.

»Regen für Wien.« Sie stimmte in den Sprechchor ein. Sie stand da und schrie den Slogan. Mit jedem Mal ging es darum, lauter zu schreien. Sie hüpfte im Takt. Das war absolut super. Lukas schlängelte sich durch die Reihen zu ihr hin. Stellte sich neben sie. Sie schrien den Slogan. Lächelten einander zu. Sprangen hoch.

»Morgen gleich vor dem Rathaus.«, rief er ihr zu. Sie nickte. Sie riefen. Vorne standen die mit den Transparenten. Sie waren mindestens 20 Regentropfen. Sie sollte andere anwerben. Aber die Amerikanerinnen im Studentinnenheim? Denen das Konzept erklären. Sie war selbst nicht mehr sicher. Sollten sie nicht lieber »Nie mehr Krieg.« schreien? Das Konzept war noch von vor dem Ukraine-Krieg. Der Lukas hatte solche Sachen schon in Salzburg gemacht. Der war als Jedermann in die *Jedermann*-Aufführungen gegangen und hatte vom Publikum aus die Texte vom Jedermann geschrien. Als wäre er der Richtigere. Er war abgeführt worden, und es hatte eine Zeitungsnotiz gegeben. Das Video von diesem Auftritt war dann die Einreichung für die Aufnahme auf die Akademie geworden. »Regen für Wien« war seine Bachelorarbeit. Sie wurden ausgenutzt.

Aber die Aktion. Das war zuerst richtig gewesen. Dass die Chinesen über Wien Salzkristalle in die Wolken schossen, damit Wien austrocknen und sie sich hierhersetzen konnten. Der Opa Franz hatte »Ach. Die gute alte gelbe Gefahr.« gesagt. Das war immer schon blöd. Dann ging es gegen die Chinesen. Das war auch blöd. Aber das Schreien machte Spaß. Und ums Klima kümmerte sich ja wirklich niemand. Es war nur schwierig geworden, die Leute zu provozieren. Ihnen Fake News auf die Nase zu binden. Es regnete. Es regnete den ganzen Mai schon. Von Trockenheit keine Spur. Sie waren zweimal durch Starkregen vom Platz vertrieben worden. Sie hatte stehen bleiben müssen. Der Regen war so stark und heftig gewesen, dass Weglaufen gar nicht ging. Lukas hatte natürlich recht. Mit dem Krieg. Da konnte man keine solche fake action machen.

»Bist du das? Veronica?« Ein Mann drängte sich in die Reihe der Regentropfen. »Veronica. Ich muss mit dir reden.« Der Mann drängte sich an Lukas vorbei. Der wollte ihn aufhalten. Ihn zurückhalten. Veronica hielt Lukas am Arm fest.

»Das ist der Onkel Roman.«, schrie sie über den Sprechchor hinweg. »Der Dr. Stieglitz.« Lukas schaute verwirrt. »Morgen. Gleiche Zeit. Rathaus.«, rief sie und zog den Mann aus der Demonstration heraus. Sie winkte den anderen zu. Lächelte. Eine Frau schaute fragend. Sie schüttelte beruhigend den Kopf. Beim Denkmal. Sie suchte nach ihrem Rucksack. Dann blieb sie stehen. Musste sie mit dem Stieglitz mit? Sie schaute zurück. Stieglitz stand hinter ihr und wartete. Er schüttelte den Kopf.

»Was machst du bei diesen Wahnsinnigen?« Er fragte das sehr laut. Sie verschränkte die Arme vor der Brust.

»Warum holst du mich da heraus?«

»Ich muss mit dir reden.« Er schaute auf seine Schuhe.

»Es scheint mir wichtig. Es geht um deine Mutter.« Sie seufzte.

»Okay.«, sagte sie langsam. Sie fand ihren Rucksack. Holte ihre Jacke heraus. Zog die Jacke an. Schob die Kapuze nach hinten. Steckte die Maske in den Rucksack. Stieglitz ging in Richtung Volksgarteneingang voraus.

»Gehen wir in den Volksgarten.«, sagte sie. »Da können wir reden.« Und sie konnte zur Demonstration zurück. Obwohl. Die blieben genau 19 Minuten. Sie winkte Lukas und Finn zu. Die gingen an ihr vorbei nach vorne. Die machten die Videos. Sirenen waren zu hören. Polizeiverstärkung kam vom Burgtheater herunter auf den Ballhausplatz zu. Finn schaute sich um. Veronica winkte ihm. Er lief zu ihr. Stieglitz war schon fast beim Tor zum Volksgarten. Finn drückte ihr ein Handy in die Hand. Er zog ein anderes aus seiner Gürteltasche und machte weiter mit den Aufnahmen. Veronica ging schnell hinter Stieglitz her. Sie verstaute Finns Handy in der Außentasche ihres Rucksacks. Stieglitz war schon in den Volksgarten eingebogen.

»Bei der Sissi.«, rief sie und lief an Stieglitz vorbei. Sie wollte so weit wie möglich vom Ballhausplatz entfernt sein. Wenn sie mit dem Stieglitz dasaß. Zu Füßen der weißmarmornen Kaiserin. Da war das mit der Demonstration und der Polizei weit weg. Sie saß manchmal da. Ein geschlossener Raum mitten in der Stadt. Stieglitz kam ihr nach. Er wolle ins Landtmann. Er brauche etwas zu essen. Er habe noch nichts zu essen bekommen. Sie gab nach. Landtmann war noch besser. Da würde niemand hinkommen. Im Park. Wenn die Polizei klug war, dann würde sie im Park nach blau gekleideten Regentropfen suchen. Nicht angemeldete Demonstrierer*innen. Sie zog ihre Jacke zurecht. Weißblau pepita. Total spießig. Mit dieser Jacke. Sie war vollkommen normal angezogen. Stieglitz ging schnell. Er strebte dem Landtmann zu. Magnetisch angezogen. Sie gingen am Burgtheater vorbei. »Geschlossen«-Schilder an den Türen. Sie schlängelten sich durch die geparkten Autos vor dem Landtmann durch.

Im Landtmann. Die Frau da. Die Hostess. Sie lächelte Stieglitz erfreut entgegen. Solche Kunden wollten die da. Stattliche Männer in Anzug und Stecktuch. Er wolle drinnen sitzen, sagte Stieglitz. Sie strahlte ihn an. Drinnen sei alles frei. Er solle nur einfach hineingehen. Sie schaute Stieglitz nach. Veronica schob sich an ihr vorbei Stieglitz hinterher. Onkel Stieglitz als Beuteschema. Das war lustig. Dann sah sie die Frau sie mustern. Dachte die? Das war richtig lustig. Sie musste grinsen. Eilte Stieglitz nach. Der Onkel Stieglitz und sie. Das musste sie der Mami erzählen.

»Na. Dir scheint es ja sehr gut zu gehen. So. Wie du grinst.« Stieglitz saß schon. Er hatte sich auf die Bank der ersten Fensterloge im großen Saal geworfen. »Du strahlst ja richtig.« Sie setzte sich ihm gegenüber.

»Das ist übrigens Kunst, wo du mich weggeholt hast.«, sagte sie.

Konstanze.

»Wer ist da?« Sie sprach immer zu laut in die Gegensprechanlage. Sie konnte Straßenlärm hören. Und die Pratergeräusche. Eine Männerstimme. Nichts zu verstehen. Dann. Es war Siebenstein. Es klang nach Siebenstein. Sie seufzte. Sie drückte den Türöffner. »4. Stock. Tür 27.« Sie legte auf.

Warum kam der? Sie drückte noch einmal auf den Türöffner. Für die innere Tür. Sie hätte Siebenstein gefangen halten können. Zwischen der Eingangstür und der versperrten Gangtür. Bis die nächste Person durch eine der Türen gekommen wäre, hätte er da im grün gekachelten Gang stehen müssen. Zwischen den Papiercontainern. Nein. Das war nicht richtig. Er hätte immer das Haus verlassen können. Man konnte immer hinaus, dachte sie. Grimmig. Solche Sätze machten sie grimmig. »Es gibt immer einen Ausweg.«, sagte sie vor sich hin. Das waren böse Sätze. Am Ende. Spürte nur sie das? War das ihre Gestimmtheit? Verstand nur sie das? Diese Sätze. Diese Formeln. Die bedeuteten ihr Gegenteil. Ihr fiel ein, dass es ja nun in Österreich den assistierten Selbstmord gab. Dass dieser Satz mit dem Ausweg. Dass der in diese Maßnahme pervertiert worden war. Dass es nicht weiterging.

Es drehte sich alles zurück. Sie hatte Gabriele verloren. Abtreibungsdebatte. Und es hatte keinen Sinn. Gabriele. Sie waren Jahrzehnte befreundet gewesen. Und plötzlich. Es war nie notwendig gewesen, solche Themen. Sie hatten einander belassen können. Sie hatten gewusst, wie die andere dachte. Friedlich war das gewesen. Jetzt. Plötzlich. Es hatten klare Linien sein müssen. In Freund und Feind geteilt. War das der Krieg? Und wer hatte damit begonnen? Sie wusste das gar nicht. Konnte sich nicht erinnern. Und sie. Sie hatte auch nicht abgewiegelt. Die Gabriele. Ein fester Bestandteil gewesen. Über so viele Jahre. Eine Vertraute. Eine von den Personen, denen immer alles erzählt werden hatte können. Eine Person, die weit weg von ihrem täglichen Leben von ihr wusste. Eine Norne. Eine Anzurufende. Und sie hätten beim Telefonieren bleiben sollen. Sie hatten ja nur noch telefoniert. In der Pandemie. Es war beim ersten Treffen nach der Pandemie gewesen. Da waren die Fetzen geflogen. Plötzlich. Tödlich. Das war tödliche Feindschaft gewesen.

Sie hörte die Lifttür unten im Halbstock. Dann Schritte. Es war der Siebenstein. Er kam vom Halbstock unten herauf. In ihrem Stock gab es den Lift nicht. 1. Stock. 3. Stock. Dachgeschoss. Und die Stockwerke dazwischen über die Stiege. Aber ein Lift. Immerhin. Sie fuhr ins Dachgeschoss und trug alles in den 4. Stock herunter. Das war praktischer als in der Lange Gasse. Da war der 2. Stock der 4. Stock gewesen. Wegen des Hochparterres und der Beletage. Und das Tragen war anstrengend geworden. Besonders das Fahrrad. Hier gab es einen Fahrradraum im Keller. Sie schaute dem Mann zu. Wie er die Stiegen heraufkam. Ja, rede dir nur ein, dass alles besser ist, sagte sie zu sich. Musste über sich lachen. Siebenstein grinste sie an.

»Du wirst das für Aufdringlichkeit halten.«, sagte er. »Aber warum hätte ich warten sollen?« Sie ließ ihn an sich vorbeigehen. Schloss die Tür. Ging hinter ihm ins Wohnzimmer. Hieß ihn sich hinsetzen. Er schaute den gedeckten Tisch an. »O. Du erwartest einen Gast.« Er setzte sich in den Lesefauteuil. Sie setzte sich aufs Sofa. Ihm gegenüber. Sie ließ ihre Hausschuhe fallen. Zog die Beine hinauf. Machte es sich gemütlich. Stopfte die Pölster hinter ihren Rücken. Lehnte sich zurück.

»Meine Tochter kommt dann.«, sagte sie.

»Ja. Das hast du gesagt.«, sagte er. Sie schaute ihn an. Dann sprang sie auf.

»Du willst dein Geld. Warte. Ich hole es gleich.«

»Ich bitte dich.«, sagte er. Sie lief in Strümpfen ins Schlafzimmer. Geld. Wenn eines da war, dann war es in der Lade des kleinen Schreibtischs. Der war aber zum Schminktisch gemacht worden. Wenn sie zu ihrem Geld kommen wollte, dann musste sie die Fläschchen und Döschen und Parfumflakons beiseiteschieben. Eine Mauer aus Weiblichkeit, dachte sie. Sie musste erst ihre Weiblichkeit entfernen, um an ihr Geld zu kommen. An ihre Wertgegenstände. An den Pass. Ihren Schmuck. Die Sparkarte. In den zwei niedrigen Laden war ihr gesamter Wert aufgehoben. Sie sollte das alles in eine dokumentensichere Box geben. Eine feuerfeste Schachtel. Fluchtbereit. Sie sollte fluchtbereit. Und für die Schweiz morgen. Sie durfte den Pass nicht vergessen. Sie legte den Pass heraus. Nahm einen 20-Euro-Schein.

»Kannst du mir herausgeben? Ich habe keine 10 Euro.«, rief sie ins Wohnzimmer zurück. Im Zurückgehen. Es war aufdringlich von ihm. Gleich hierher. Einzubrechen. Sich hereindrängen. Wusste er nichts vom Verstreichen der Zeit? Wie die Zeit ihre Begegnung von vorhin durchsichtiger werden hätte lassen? Wie sich die Kanten abgerundet hätten? Wie alles schwächer geworden wäre? Das Eckige und das Freundliche? Wie sie langsam. Es war töricht, sich das zu überlegen. Aber wäre es nicht darum gegangen, im Verblassen auch der Begegnung von vorhin einen Gleichstand zu finden. Im Erinnern von damals. Eine vage Verwandtschaft der Erinnerungen. Und von da. Er. Er hatte nicht warten können. Nicht abwarten. Er hatte anknüpfen müssen. Keinen Zwischenraum lassen. Blödsinn, sagte sie sich. Sie war nicht so wichtig. Sie war gar nicht wichtig. Er hatte das erledigen wollen. Sonst gab es keinen Grund. Er wollte sich nicht erinnern müssen, dass er noch 10 Euro von ihr bekommen musste.

Sie hielt ihm den 20-Euro-Schein hin. Er könne ihr nicht herausgeben. Er habe ihr ja seinen letzten 10-Euro-Schein überlassen. Dann solle er die 20 Euro nehmen und ihr die 10 schuldig bleiben. Bei Gelegenheit. Er könne ihr bei Gelegenheit dieses Geld zurückgeben. Sie lachte ihn an. Es war wie immer. Es machte sie fröhlich, dass es wie immer war. Einen Augenblick. Es war etwas Liebevolles in ihr aufgestiegen. Am Schreibtisch. Beim Herauskramen des Geldes. Sie hatte freundlich an ihn gedacht. An sie beide. Irgendwie freundschaftlich. Verbunden. Aber es war wie immer. Es gab nichts. Er machte es ihr leicht, auf keine Gedanken zu kommen. Er hatte sein Portemonnaie mit Hundertern vollgestopft gehabt. Aber er machte Schulden bei ihr. Ließ sich die 20 Euro geben. Hielt ihre 10 Euro als Pfand. Sie war mit 10 Euro im Wort. Zuerst als Schuldnerin. Jetzt als Gläubigerin. Rückversicherung war das. Und hatte er nicht damit sein Geld verdient? Als Banker? Aber nur ja kein Vertrauen haben müssen. Immer solide Werte. Nur keine Abhängigkeit in Gefühlen. Aber es machte sie sicher. Seine Unsicherheit machte sie sicher. Und nichts mehr möglich. Miteinander. Aber das hatte sie sich ohnehin nicht vorgestellt. Trotzdem. Sie trennten sich jetzt. Jetzt gerade. Das war die Trennung, die nicht stattgefunden hatte. Das hatte er jetzt nachholen müssen.

»Wie hast du die Pandemie überstanden?«, fragte sie. Er hielt den 20-Euro-Schein in der Hand. »Wie geht es bei dir so?« Er überlegte.

»Du weißt ja. Meine Frau ist seit sieben Jahren tot.«

»Das tut mir leid. Das wusste ich nicht.« Sie schaute ernst. Sie musste sich zwingen, verständnisvoll ernst dreinzuschauen. Im Kopf. Die Frage. War eine tote Frau noch eine Ehefrau? Meine Frau ist tot. War dieser Satz so möglich? Tot? War das nicht eine immerwährende Gegenwart? Und blieb eine dann die Ehefrau?

»Witwer.«, sagte sie. »Du bist also Witwer.« So war das. Die tote Frau blieb die tote Frau. Der lebende Teil wurde anders benannt. Fürs Weiterleben. War das richtig? Dieses Ende aller Berechtigung mit dem Tod? »Das tut mir sehr leid für dich. Ich weiß ja, wie wichtig deine Familie für dich ist.« Sie erinnerte sich jetzt. Sie hatten über ihre Situationen geredet. Vertraulich sachlich. Es war Aufregungssex gewesen. Ihre Liebschaft war eine künstliche Aufregung gewesen, die Komplikationen zu steigern. Die Katastrophe. Sie hatten die Katastrophe provoziert. Hätte diese Ehefrau? Wie hatte die geheißen? Hätte diese Ehefrau sich scheiden lassen und alles aufgelöst? Die Ehefrau. Die war natürlich eine sehr nette Person gewesen. Sie hatten einander freundschaftlich gegrüßt. Freundlich geplaudert. Wie hätte die auf die Entdeckung reagiert? Hätte sie der sagen sollen, dass ihr Mann ein Arschloch war und sie betrog? Und dass sie das wusste, weil sie das mit ihm machte? Sie. Sie hatte nie Schuldgefühle gehabt. Das alles. Das war die Entscheidung dieses Mannes gewesen. Der musste das verantworten. Es war sicher deshalb so oberflächlich geblieben. Und sie fand es heute nicht mehr so einfach. Aber sie hatte sich nicht hineinziehen lassen. In seine Phantasien. Sie hatte diese gemeinsame Schuld nicht angenommen. Dieses In-gemeinsamer-Schuld-Vereint, sich an der Schuld gütlich tun.

»Deine Tochter? Wie alt ist die denn?« Er schaute den 20-Euro-Schein in seiner Hand an.

»20.«, sagte sie und seufzte.

Veronica.

»Du bist ein sehr schönes Mädchen geworden.«, sagte Stieglitz. Der Kellner kam an den Tisch. Stieglitz bestellte eine Melange. Er sah sie fragend an.

»Tee.« bestellte sie. »Grünen Tee.«

»Tasse oder Kanne?« Der Kellner schaute von seinem Handy nicht auf.

»Kanne.« »Bitte.«, setzte sie nach. Der Kellner tippte die Bestellung mit einem Stift auf seinem Handy ein. Er verstaute das Handy in eine Tasche am Gürtel. »Vielen Dank.«, sagte er. Schaute sich schon um und ging. Veronica wartete. Wartete, bis der Kellner weggegangen war.

»Ich bin kein Mädchen. Das sagen wir nicht mehr. Und sonst weiß ich gar nicht, ob ich eine Frau sein mag.« Stieglitz schaute erschrocken auf. »So habe ich das nicht gemeint.«, sagte er. Hastig. Ertappt. Sie lehnte sich zurück. Zuckte mit den Achseln. Er beugte sich über den Tisch zu ihr.

»Was ist denn los bei euch?« Er sagte das ernst. Sehr ernst. Dringlich. Sie blieb zurückgelehnt. Die Mami und der Stieglitz.

»Was meinst du?«, fragte sie ihn. Sein Ton. Was meinte

er wirklich? Stieglitz richtete sich auf. Faltete die Hände auf dem Tisch. Er schaute zum Fenster auf den Ring hinaus. Wandte sich ihr wieder zu.

»Deine Mutter.«

»Ja?« Sie legte den Kopf schief. Was kam jetzt?

»Also.«, sagte er. »Jetzt kenne ich dich, seit du auf der Welt bist.«

»Ja. Onkel Stieglitz.« Sie sagte das mit Kinderstimmchen. Er schüttelte den Kopf.

»Du bist wirklich erwachsen geworden.«

»Ja. Onkel Stieglitz.«, sagte sie wieder mit Kinderstimmchen. Was wollte er denn? Sie wusste doch nichts. »Was ist mit der Mami? Was meinst du?« Sie sprach normal. Der Kellner brachte Kaffee und Tee. Stieglitz hob seine Tasse. Stellte sie wieder ab. Rührte um. Er verrührte den ganzen Schaum. Sie schaute ihm zu.

»Deine Mutter ist doch krank?«, sagte er dann. »Schwer krank. Offenkundig. Hast sie dir nichts gesagt? Weißt du nichts?« Er versuchte vom Kaffee zu trinken. Der war noch zu heiß. Er stellte die Tasse ab. Sie seufzte. Nein. Sie schüttelte den Kopf. Nein, sie wisse nichts. Sie saß da. Alarm. Der Alarm. Das stieg langsam auf. Im Bauch. In die Brust. In den Kopf. Alarmschwere in den Gliedern. Der Kopf leer. Sie setzte sich auf. »Du weißt also nichts.«, sagte er über den Rand der Tasse hinweg. Er presste die Lippen zusammen. Schaute sie an. Prüfend. »Sie hat es sehr klar gesagt.« Er holte tief Luft. Sie schaute an Stieglitz vorbei in den Raum nach hinten. Er stellte seine Tasse ab. Schaute auf die Marmorplatte des Tischs. Fuhr mit dem

Zeigefinger die grauen Adern im weißen Grund des Marmors nach.

»Aber was hat sie gesagt. Was sie hat. Eigentlich.«, forderte sie. Sie musste ihre Stimme fest machen. Nicht zittrig werden. Draußen. Die Autos auf dem Ring. Standen. Fuhren an. Rasten vorbei. Stieglitz trank seinen Kaffee in einem Zug aus.

»Lassen wir es.«, sagte er und stand auf. Er schaute auf sie herunter. Was er nun wisse? Sie habe ein Recht, bestand sie. »Vergiss, was ich gesagt habe.«, sagte er zu ihr hinunter. Der Kellner kam an den Tisch. Stieglitz zahlte. Er setzte sich wieder. Beugte sich zu ihr. »Rede mit ihr.«, bat er sie. »Sie ist doch deine Mutter.«

»Was hat sie gesagt? Ich möchte das wissen. Ich bin doch ihre Tochter.« Sie machte seinen Ton nach.

Er verzog den Mund. Er habe da wohl etwas missverstanden, meinte er. »Aber ich kenne mich nicht mehr aus. Ist sie nun krank oder nicht?« Er wollte wieder aufstehen. Sie legte ihre Hand auf seinen Arm. Hielt ihn fest. Wie er sich das vorstelle, fragte sie ihn. Sie zu alarmieren und dann nichts sagen. Aber er zog seinen Arm weg. »Weißt du. Du könntest meine. Aber was sag ich. Das ist alles viel zu kompliziert.«, stellte er fest.

»Das ist es doch immer.«, sagte sie. Sie zog ihre Hand zurück. Ließ ihn gehen. Trotzig. Andeutungen machen. Das war einfach. Es war gar nichts. Ihre Mutter und der Stieglitz. Die waren. Was waren die? Freunde? Ein Team? Hatten die gestritten? Das konnte sie sich nicht vorstellen. Die arbeiteten so lange schon zusammen. Der Stieglitz.

Der hatte sie doch noch in Zürich besucht. Das war so lange her. Der war der ewige Freund. Eine Gemeinschaft war das. Oder hatten die? Die hatten doch nicht ein Verhältnis gehabt. Sie konnte sich das nicht vorstellen. Der Onkel Stieglitz. Der war. Aber wahrscheinlich doch. Was hatte die Mami gesagt? Zu ihm. Ihre Mutter. Die Mami. ›Ist sie nun krank oder nicht?‹ Die war gesund. Was sollte die haben. Die passte auf sich auf. Die aß gesund. Die machte Bewegung. Die war nicht alt. Obwohl. Brustkrebs? Das konnte eine auch früher bekommen. Sonst war das doch erst so mit 65. Das mit dem Krebs. Aber sie ging doch zu den Untersuchungen. Zur Vorsorge. Die Mami krank? Das war nicht vorstellbar. Die hatte nicht einmal Covid gehabt. Die hatte sich an alle Regeln gehalten. Die war durchgesegelt. Das hatte der Stieglitz sich ausgedacht. Wahrscheinlich hatte er sie nur aus der Demonstration herausholen wollen. Aber der war ja kein richtiger Onkel. Der hatte kein Recht. Der war schon nett. Aber der war alt. Der war ein Boomer. Der konnte sich das mit dem Klima nicht vorstellen. Und als Rechtsanwalt. Die Einhaltung der Gesetze. Eine unangemeldete Demonstration. Das nahm der sicher ernst. Nicht angemeldete Interventionen. Und hoffentlich waren alle gut davongekommen. Vor der Polizei. Sie hatte die Telefonnummer vom Dr. Thiele auf den Arm geschrieben. Mit Filzstift. Für den Anruf von der Polizeistation. Den Menschenrechtsanwalt erreichen. Der Jan war für 2 Tage festgehalten worden, weil er die Nummer nicht hatte und niemand wusste, dass die ihn mitgenommen hatten. Der wollte klagen. Dabei machten sie es nicht wie die Tierschützer. Sie machten keine Sachbeschädigungen. Die Verhetzung gegen China. Das war blöd. Seit dem Krieg. Sie goss sich Tee in die Tasse. Das Handy vom Finn. Sie konnte es im Büro verstecken.

Sie setzte sich auf. Entschlossen. Trank vom Tee. Ja. Das war das Beste. Das Handy oben in der Toilette bei der Rezeption einsperren. Da war das dann doppelt versperrt. Und hoffentlich hatte der Finn die Ortung ausgeschaltet. Vielleicht. Vielleicht wurden sie ja doch ernst genommen. Von den Behörden. Sie trank die Tasse aus. Schenkte nach. Es war kaum jemand im Saal herinnen. Alle wollten draußen sitzen. Es war Mai.

Konstanze.

Sie ging mit ihm hinunter. Sie waren dagesessen. Sie hatte erfahren, wie alt seine Kinder waren. 45.43. Und 41. Sie hatte lachen müssen. Alle zwei Jahre. War das Absicht gewesen? Oder war das die selbstverständliche Vorgehensweise eines Bankers? Kontoführung? Sie hatte aber nichts gesagt. Nur genickt. Er hatte erzählen wollen. Dann war er aber doch stumm geblieben. Wie alt war er eigentlich? Sie hatte keine Ahnung. Vielleicht war es Alter. Er wirkte verwirrt. Nein. Abwesend. Dann wieder gar nicht. Aber sie war froh, als er aufstand. Sie ging in ihr Schlafzimmer und holte den Brief, den sie schon vorhin aufgeben hätte sollen. Vergesslich. Sie war vergesslich geworden. Sie ginge mit ihm mit, sagte sie. Sie müsse zum Briefkasten um die Ecke. In der Molkereistraße. Sie schreibe noch Briefe, sagte sie. Wie entschuldigend. Im Lift. Sie stellte sich gleich mit dem Rücken zu diesem Spiegel. Sie wollte schon gar nicht, dass er sie in diesem schrecklichen Spiegel sehen sollte. Er stellte sich neben sie. Schaute sich aber im Spiegel an. Sie fuhren schweigend. Sie machte die Türen auf. Ließ ihn vorausgehen. Vor dem Haus. Es war warm geworden. Leute. Die Husky-Besitzer waren weg.

Sie wandte sich nach links. Er blieb stehen. Ob sie einmal essen gehen könnten, fragte er. In das libanesische Lokal da vorne. Er deutete die Straße hinauf. Sie machte einen Schritt zurück.

»Gern.«, sagte sie und meinte es nicht. Er auch nicht, dachte sie. Dumme Sentimentalität. »Ciao.«, sagte sie und ging weg. Er nickte. Ging in die andere Richtung. »Du lieber Himmel.« sagte sie laut zu sich. Das war deprimierend. Sie ging schnell. Schüttelte sich im Gehen. Die Niedergeschlagenheit loszuwerden. Leicht. Sie wollte sich leicht fühlen. Das mit der Vergesslichkeit. Es war so ein Dornröschenschlaf gewesen. Die Lockdowns. Diese letzten zwei Jahre. Mehr als zwei Jahre schon. Und sie. Sie war noch nicht richtig aufgewacht. Oder wachten sie nun alle nie wieder so richtig auf? Der Siebenstein machte den Eindruck. Der war ein Schlafwandler geworden. Ihr fiel auf, dass die Kleiderpuppe in der Auslage rote Reizwäsche trug. In der Erinnerung. Sie hatte diese Reizwäsche schwarz in Erinnerung gehabt. Ja. So war das. Vorgeschriebene Bilder. Gelernte Bilder.

Sie hörte jemanden laufen hinter sich. Sie trat zur Seite. Es war aber kein Jogger. Das dröhnende Aufklatschen der Füße. Es war ein Bub. Acht Jahre? Vielleicht ein bisschen älter. Sein Keuchen. Sie drehte sich diesem Keuchen zu. Dieses Kind. Dieser Bub. Er lief davon. Er floh. Weiter vorne. Er drehte sich an der Kreuzung um. Rannte über die Straße. Eine Notbremsung. Der Bub raste weiter. Zwei andere Buben kamen gelaufen. Liefen hinter diesem Kind her. Ihm nach. Sie hielten knapp vor ihr. Deuteten auf den davonstürzenden Buben. Sie lachten. Zuckten mit den Achseln. Sie sprachen laut. Arabisch? Sie war nicht sicher. Sie verstand das Wort »Abpatzen«. Die Buben schauten sie an. Sie sagte »Zwei gegen einen? Das ist einfach.«. Der eine Bub drehte sich um sich. Lachend. Er hatte eine Baseballkappe in der Hand. Schlug ihr im Drehen wie zufällig gegen die Hüfte. Die Buben lachten. Sie ging weiter. Sie war verstört. Das war namenlose Angst gewesen. Der flüchtende Bub war in namenloser Angst vor diesen beiden Peinigern geflohen. Was hätte sie gemacht, wenn die beiden Verfolger seiner habhaft geworden wären und ihn in den Max-Winter-Park verschleppt hätten? Was tat man gegen Gewalt von Kindern? Was für eine harte Welt war das, dass einer so davonrennen musste. Und fand dieser Bub irgendwo Sicherheit? Diesen sicheren Hafen, in dem ihm nichts geschehen konnte? Oder kam er nach Hause, und die älteren Brüder setzten die Quälerei nur fort? Und sie. Wahrscheinlich hätte dieser Bub ihre Hilfe abgelehnt. Hätte sich von einer Frau nicht helfen lassen dürfen. Hätte sich der Gewalt seines Geschlechts ausliefern müssen. Was für eine harte Welt. Und warum? Wie kam es, dass sie wusste, was namenlose Angst war? Sie hatte diese Angst selber. Einen Augenblick hatte sie diese Angst selber. Einen Augenblick hatte sie sich selbst so gefürchtet. Hatte Panik gehabt.

Sie ging zu ihrem Haus zurück. Ins Haus. Im Lift. Sie schaute sich in den Spiegel. Genau. Die Falten auf der Stirn. Die waren jetzt schon permanent. Schwach noch. Aber in diesem Licht. Linien. Quer über den Augenbrauen. Sie zog die Augenbrauen hoch. Die Linien verschwanden in den schmalen Wülsten der hochgezogenen Haut. Sie strich sich die Stirn glatt. Unter den Augen. Es war so eine Linie quer über die Wangenknochen. In Richtung Ohr. Ihre Wangen wurden quer eingeschnitten von diesen Linien. Wahrscheinlich bedeuteten diese Linien etwas. Eine Fettleber. Nicht funktionierende Nieren. Zu wenig Vitamin B1. Ihr Algorithmus auf YouTube warf solche Videos auf. »What your face tells you about your health.« Oder. »10 truths about your skin.« Daneben wurde sie über den Ruanda-Plan von Priti Patel in London und die Anhörung des Untersuchungsausschusses zum 6. Januar in Washington informiert. Und wie sie essen sollte. Wie viel sie essen sollte. Wann sie essen sollte. Intervallfasten. Kein Intervallfasten. Frühstück. Kein Frühstück. Doch Frühstück.

Ach ja. Dr. Ramani. Aber das schaute sie gern an. Dr. Ramani und ihre Unterweisungen im Erkennen der narzisstischen Persönlichkeitsstörung. Mit Dr. Ramani wusste sie, dass der Siebenstein keine Möglichkeit war. Zuerst. Bei diesem Treffen im Prater. Vorhin. Da war ihr die Idee gekommen. Eine Wiederaufnahme. Aber das war vollkommen unmöglich. Er hatte ja auch seine Kinder nicht gut behandelt. Das hatte die Tochter öffentlich gemacht. Die hatte im *Standard* über diese Art der Erziehung einen Artikel veröffentlicht. Dass sie vom Vater geschlagen worden wäre und deshalb wüsste, wie verderblich das war. Es war natürlich nicht vorstellbar. Solche Ausbrüche. Solche Rasereien. Solche Szenen. So wie er dagesessen hatte. Dieser gesammelte Mensch. Total harmlos. So zerstreut wie er geschaut hatte. Verloren. Irgendwie. Sie stieg aus dem Lift. Eilte die Stufen zu ihrer Wohnung hinunter. Wie schnell eine die Stiegen hinunterlaufen konnte, das war auch so ein Test. Balance und Koordination. Es ging sehr schnell. Sie konnte die Stiegen sehr schnell hinunterspringen. Wenigstens das, dachte sie.

Veronica.

Sie war sitzen geblieben. Sie hatte überlegt, eine Zeitung zu lesen. Eine Papierzeitung. Sie schaute dann aber lieber auf dem Handy nach, ob sie Likes für ihren TikTok-Beitrag bekommen hatte. Es waren drei Aufrufe und drei Likes. Sie stellte ein Foto vom Kaffeehaus auf ihren Instagram-Account und blieb sitzen. Wenn Finn auf Instagram nachschaute, dann wusste er, wo sie war. Dann konnte er vorbeikommen und sich dieses Handy holen. Die brauchten das. Die mussten das Video von der Demo machen. Sie ging auf die Seite von »Regen für Wien«. Lukas hatte einen neuen Beitrag gepostet. Sie holte ihre Kopfhörer aus dem Rucksack. Sie musste den Rucksack ausräumen und alles auf die Bank neben sich legen. Die kleine Box mit den Kopfhörern war ganz unten. Sie schaute ihr Kleid an. Sollte sie sich umziehen? Aber mit der Jacke ging das schon. Ein dunkelblauer Catsuit. Das war Mode. Sie musste nur die Kapuze in die Jacke stecken. Dann war das total regulär.

Sie hörte Lukas zu, während sie den Rucksack wieder einräumte. Er war immer noch bei den Fake News. Es müsse gegen alles Chinesische vorgegangen werden, sagte er. Wie immer. Denn wie sonst wäre die Trockenheit des Klimas zu erklären als damit, dass die Chinesen Salzkristalle abschössen, sobald eine Wolke sich Wien näherte. Sie schaute hinaus. Dunkle drohende Wolken waren aufgezogen. Standen schwarz über den Bäumen. Sie beugte sich vor. Über der Universität war es am schwärzesten. Sie zog die Kopfhörer aus den Ohren. Verstaute das Schächtelchen. Sie mochte die alle. Den Lukas. Den Paul. Den Tobias. Und die Mädchen. Der Tobias war aber gar nicht mehr dabei. Der hatte sie dahin gebracht. Der war auch in die Zaunergasse gegangen. Das war gleich bei der Fahrt nach Wien gewesen. Wie sie mit dem großen Koffer nach Wien gefahren war. Das war praktisch gewesen. Sie hatte Anschluss. Anschluss gefunden. In der Gruppe von der Akademie da. Obwohl. Es wäre ihr lieber gewesen, die behaupteten, Aliens machten das mit den Salzkristallen. Aber sonst hätte sie mit diesen Amerikanerinnen ausgehen müssen. So. Sie war unabhängig. Die Amerikanerinnen. Die gingen ins Theater. In Konzerte. In Messen. Immer viele gemeinsam. Die waren immer in Gruppen unterwegs. Die Berger organisierte das. Friendship Building for Life. Die Amerikanerinnen hatten einander alle erst in Wien kennengelernt. Es sah so aus, als hätten die einander seit dem Kindergarten gekannt. Wenn die im Bus redeten. Das klang so vertraut. Aber die wollten sie gar nicht. Die wollten unter sich bleiben. Die beteten ja auch miteinander.

Sie schaute in die WhatsApp. Finn hatte sich nicht gemeldet. Der hatte das nicht mitbekommen. Dass sie im

Landtmann war. Der kannte das vielleicht nicht. Der war auch nicht aus Wien. Aber die hatten noch andere Aufnahmen. Wenn sie gleich etwas posten wollten. Anrufen? Doch? Aber Lukas war total paranoid. Sie wollte es sich nicht verderben. Sie konnte vorbeischauen. Im Atelier im Prater. Da waren die meistens. Sie konnte mit der Mami die Fernsehserie anschauen und danach zum Atelier hinübergehen. Es war praktisch. Alle ihre Sozialkontakte waren rund um den Prater. Sie musste nur in der Mitte quer durchgehen. Von der Mami zum Atelier hinüber und umgekehrt. Ideal.

Sie deutete dem Kellner. Der kam gleich. Das wäre alles bezahlt, sagte er und ging. Sie nahm ihren Rucksack. Ging hinaus. Draußen. Ein Windstoß. Leute kamen ins Lokal herein. Trugen ihre Tassen und Gläser. Die Kellner räumten Tische ab. Sie ging in die Teinfaltstraße. Auf die Freyung. Die Herrengasse. Der Wind kam von hinten. Sie ließ sich vom Wind treiben. Ging vom Wind geschoben. Der Regen kam am Ende der Herrengasse. Sie lief um die Ecke und in den Gang zu ihrer Rezeption. Es war aber das Scherengitter vorgezogen. Sie konnte nicht weiter. Konnte in die kleine Halle der Rezeption nur hineinstarren. Ihr Handy vibrierte. Es war Finn. Wo sie sei. Sie sei am Kohlmarkt 3. Er solle in den Gang da gehen. Sie würde warten. Finn sagte nichts. Legte auf. Was sollte sie jetzt tun. Sollte sie noch warten. Sie war nicht richtig nass geworden. Aber die Jacke war feucht und roch nach feuchter Wolle. Vom Stephansplatz konnte sie dann gleich zur Mami fahren. Praterstern und dann die U2. Dann war sie früh dran. Zu früh. Sie konnte zum Atelier hinübergehen und das Handy dahin bringen. Aber dann musste der Regen einmal aufgehört haben. Sie ging in den Gang nach vorne. Eine Auslage am Gang. Sie setzte sich auf das Fensterbrett der Auslage. Eine Frau stellte sich auch unter.

Der Regen strömte jetzt. Das war blöd. Sie hatten gerade gegen die Trockenheit demonstriert. Voriges Jahr. Da war es staubtrocken gewesen. Im Mai. Und im Jahr davor auch. In den Lockdown-Jahren war die Trockenheit ungeheuer gewesen. Ein Drittel der Bäume war beschädigt davon. Oder tot. Sagte der Lukas immer wieder. Aber es schloss sich niemand an. Sie kamen nicht in die Zeitungen oder ins Fernsehen. Es gab keine hitzigen Diskussionen. Das hatte er sich erwartet. Sie hätten einfach für das Klima demonstrieren sollen. Das musste doch auch so gelten. Die Schuldigen saßen doch alle hier. Aber als Bachelorarbeit. Das hätte doch reichen müssen. Der Regen. Der Regen war stark. Tosendes Rauschen. Sie konnte nicht verstehen, was das Paar sprach. Die waren auch in den Gang geflüchtet. Dann. Mit einem Mal. Nur noch vereinzelte Tropfen. Alle gingen weiter. Sie blieb im Gang. Sie hatte keine Nachrichten. Was sollte sie tun.

Sie stand auf. Finn kam hereingelaufen. Er hielt ihr nur die Hand hin. Wie nass er sei, rief sie. Er schüttelte den Kopf. Irritiert. Er war außer Atem. Schnaufte. »Gleich. Gleich.«, sagte sie und fischte sein Handy aus der Seitentasche. Er nahm es. Ging an den Ausgang zum Kohlmarkt. Schaute hinaus. Er kehrte sofort zurück.

»Ich glaube, die sind mir nach.«, sagte er.

»Komm mit.« Sie eilte in den Gang hinein. Machte ihr Handy auf. Sie hatte doch diese Nummer. Sie suchte. Wallin. Wallin. Sie hatte die Frau Wallin unter Frau Wallin eingetragen. Deshalb fand sie sie unter F und nicht unter W. Ärgerlich. Sie musste sich solche Sachen besser merken. Sie rief an. Frau Wallin hob erst beim sechsten Läuten ab. Ob sie heraufkommen könnte, fragte sie.

»Veronica?«, fragte Frau Wallin.

»Es ist wichtig.«, sagte Veronica. »Komm.«, sagte sie zu Finn. Ob ihn jemand hier hereinkommen gesehen habe? Finn schüttelte den Kopf. Sie machte einen Schritt zur Seite. Finn schüttelte sich. Er war so nass, dass beim Schütteln die Tropfen flogen. Wie ein Hund, dachte sie. Sie standen. Finn trat von einem Fuß auf den anderen. Er ging nach vorne. Schaute hinaus. Er sei nicht sicher, sagte er immer wieder. Und irgendjemand habe sie verraten. Die Polizei sei viel zu schnell da gewesen. Sie wollte sagen, dass es doch verständlich sei, dass der Ballhausplatz besonders geschützt würde. Bundeskanzler und Bundespräsident. So gegenüber. Da hätten die doch immer Bereitschaft. Aber sie sagte nichts. Die nahmen das ernst. Das mit der Polizei. Das gehörte zum Projekt. Der Finn und die anderen. Die wollten wenigstens die Polizei in Atem halten.

Sie hörte die Schlüssel in den Schlössern der Kellertür. Die Tür zur Frau Wallin war hinter den Scherengittern. Frau Wallin kam ans Gitter. Was denn los sei. Veronica holte tief Luft. »Also.« Sie musste jetzt besonders charmant sein. Sie lächelte. Das hier. Sie zeigte auf Finn. Das sei ein Friedensaktivist, und die Polizei sei hinter ihm her. Er glaube, die warteten, dass er hier wieder herauskäme. Ob sie ihn auf der anderen Seite? Durch den Keller? Sie stieß Finn an. Konnte ihr der nicht helfen? Beim Überreden? Es ging doch um ihn. Frau Wallin schaute Finn an. Dann seufzte sie. »Okay.«, sagte sie und suchte nach dem Schlüssel für das Scherengitter. Sie schob es nur einen schmalen Spalt auf. Sie zwängten sich beide durch. Finn hinterließ Wasserspuren. Sie dachte, dass das in einem Film zur Entdeckung des Flüchtenden führen würde. Aber das hier. Das war auch nur ein Spiel. Das behauptete der Finn. Das mit der Polizei. Und das Wasser. Das würde trocknen. Der Finn. Der machte sich nur wichtig. Sie hatte getan, was sie konnte. Sie stieg hinter Finn zum Keller hinunter. Frau Wallin verschloss das Scherengitter. Es schepperte und quietschte. Dann kam sie ihnen auf die Stiege nach unten nach.

Konstanze.

Wann würde die Nizzi kommen? Sie schloss die Tür hinter sich. Drehte den Schlüssel nicht im Schloss, die Tür gleich aufmachen zu können. Für das Kind. Wenn die Nizzi läutete, dann machte sie die Türen unten auf und lehnte die Wohnungstür gleich an. Die Nizzi kam dann in die Wohnung, als wohne sie da, und es gab keine Begrüßungsszene. »Hallo.«, sagten sie zueinander. »Hallo.« Als hätten sie einander ohnehin gerade gesehen gehabt. Als wären sie nur ganz kurze Zeit auseinander gewesen. Aber es vergingen Wochen. Monate waren das gewesen. In den letzten zwei Jahren. Mit den Lockdowns. Den Reisebestimmungen. Den Tests. Mit der ganzen Pandemie. Das Kind in Salzburg. Und ihre Mutter. Die hatte natürlich die bessere Mutter sein wollen. Mit dem großen Haus. Mit der Mansardenwohnung. Da könne der Freund auch gleich mitwohnen, und wäre das nicht perfekt. Im Lockdown. Da war das Kind wenigstens nicht allein. Es war niemand auf die Idee gekommen, die Nizzi könnte bei ihr sein. Mit ihr zusammen. Nein. Es hatte dieser Mann sein müssen. Ihre Mutter hatte die Nizzi mit diesem Mann zusammengespannt.

Sie. Sie hatte mit 20 noch um 10 Uhr nach Hause kommen müssen. Hätte so früh nach Hause kommen müssen, wenn sie zu Hause geblieben wäre. Hatte nicht alles damit begonnen? War es nicht diese Knebelung gewesen? In Abstinenz gezwungen? Sie. Sie hätte nie Sex haben sollen, wenn es nach ihrer Mutter gegangen wäre. Manisch war das gewesen. Wütend. Sie hätte unter allen Umständen bewahrt sein sollen. Bewahrt werden. Ferngehalten von diesen Geheimnissen. Immer die Frage. »Hast du?« Bis sie gehabt hatte. Durch Verfolgung ins Verfolgte getrieben. Was war der Sinn davon gewesen? Am Ende war es eine Abstoßung geworden. Und für sie ein Anfang mit Schrecken. Sich vögeln lassen. Vögeln, damit eine der Mutter eins auswischte. Sexualneid? Nicht nur. Es war so ein Hin und Her gewesen. Vertrauliche Augenblicke in Übereinstimmung. Vernichtende Vorgänge wegen Selbständigkeit. Vielleicht war es dasselbe gewesen, was sie jetzt beschäftigte. Diese Trennung. Die Trennung von ihrem Kind.

Sie setzte sich auf die Couch. Trennungen. Wie viele waren das gewesen? Wie viele Lieben hatten sich nun angesammelt? Aber da mochte sie nicht hindenken. Das wusste eine. Das verging. Bis zum Vergessen ging das doch. Gerade war dieser Kerl da noch gewesen. Es hatte sie nichts verbunden. Als hätte es diese Geschichte nie gegeben. Und das hatte es ja wahrscheinlich auch nicht. Es war mehr so ein allgemeines Wissen gewesen, dass sie beide. Einmal. Das kleine, warme Gefühl. Das sich so leicht zerstäuben hatte lassen. Von ihm. Von seinem 10-Euro-Schein. Sie lachte. Hätte gleich wieder weinen können. Mit dem Kind. Das war ein schleichenderes Elend als die Trennung von Männern. Es war. Manchmal. Manchmal war es dieser Schmerz wieder. Der Nachhall dieses Schmerzes. Dieses Ziehen. Als wäre der Bauch unendlich weit und das Ziehen und Zerren grenzenlos. Ein Reißen war das. Ein Zerreißen. Die Veronica. Sie war die wichtigste Person in ihrem Leben, und sie durfte sie das nicht merken lassen. Sie musste. Die Liebe. Diese Liebe. Diese Form von Liebe. Und sie hätte dieses Kind umarmen wollen und in ihren Leib zurückumarmen. Verbergen. Schützen. Bewahren.

Das Leben. Es war so scheußlich. So elend geworden. Sie genierte sich, wie schrecklich die Welt geworden war. In die sie dieses Kind geholt. Es waren Lawinen von Scheußlichkeiten. Wenn sie nur an die Seuchengesetzgebung dachte und dass der Gesundheitsminister über ihr Kind die Isolation verhängen konnte. Der ihr Kind zur Impfung zwingen durfte. Der ihnen das Demonstrieren verboten hatte. Der die Polizei einsetzte. Und wenn nun der Atomschlag? Sie lehnte sich nach vorne. Klemmte ihren Bauch ins Vorbeugen ein, das Unbehagen wegzudrücken. Sie wollte eine Person, die in der Welt herumflattern konnte. Frei. Sich frei bewegen. Entschlüsse fassen. Ziele. Ausprobieren. Anfangen. Versuchen. Dummheiten. In aller Freiheit. In aller Freiheit. Es wiederholte sich. Sie murmelte es vor sich hin. Aber das Zerreißen ging weiter. Und wofür. Wofür sollte sie sich von diesem Kind trennen lassen, wenn es die Freiheit gar nicht mehr gab? Sie hatte das gekannt. Die Matura machen, und die Welt stand offen. Ihr Kind war nach der Matura in den Lockdown geraten. Sie hatte nicht einmal zu ihr fahren können. Die Wochenenden. Die gemeinsamen. In Salzburg. In Wien. In aller Schwierigkeit. Und dieser Jonas. Aber alles besser als.

Sie legte sich auf die Couch. Zog die Beine hinauf, legte den Kopf auf den weißen Polster. Der Stoff kühl gegen die Wange. Sie zog die Beine an. Fötushaltung. Aber kein Zurück. Nicht zu dieser Mutter. Keine Sehnsucht nach einer eigenen Geborgenheit. War das dann das Geschenk ihrer Mutter an sie wiederum. So abgetrennt. So entfernt. So ohne jede Sehnsucht. Aber wahrscheinlich war das normal. Sie wollte keinen Schutz für sich. Sie wollte ihre Tochter in Sicherheit wissen. Das hatten sie ja geübt. In den Lockdowns. Facetime-Anrufe. »Geht es dir gut? Du schaust gut aus.« Obwohl niemand gut ausgesehen hatte. Auf Facetime oder auf Zoom. Sie hatte sich diese Lampe von Amazon kommen lassen, damit sie nicht so bleich und besorgt aus dem Bildschirm herausschaute.

Wie spät war es denn. Sie sollte den Stieglitz anrufen. Der Roman. Der war so ein Guter. Sie musste sich entschuldigen. Solche Ausbrüche. Sie sollte ihn nicht so ausnutzen. Ihn anweinen. Es war unfair von ihr. Es waren immer die Netten, die es abbekamen. Und war das mit dem Burgtheater richtig gewesen. Sie sollte ihre eigenen Entscheidungen ernster nehmen. Das war entschieden. Damit war es das Richtige. Und weil sie es so gemacht hatte, deshalb war das Richtige auch das Gebotene. Und warum ließ sich das in der Politik nicht auch so machen?

In all dem Elend? Es war doch ohne Krieg und Seuchen alles schwierig genug. Sich durchs Leben. Einen Weg finden. Was hatte dieser Kurzkanzler Kurz davon, sie alle nun derart betrogen zu haben. Diese Macht ausgeübt zu haben. Für ihn war das vorbei. Diese Zeit. Vergessen. Keine Erinnerung. Nur die Folgen. Sie alle. Sie alle mussten das leben. Da hätte doch gleich das Richtige gemacht werden können.

Was da in England. Die wollten Asylbewerber nach Afrika verfrachten. Das war für die Wahlstimmen der Häuschenbesitzer in England. Window dressing. Aber die Personen. Die hatten alles gegeben, um nach England zu kommen. Und warum wollten die das eigentlich? Das war doch alles ziemlich verkommen. Da. Überall. Die hatten doch auch so einen Narzissten als Premier. Kurz und Johnson und Trump. Bei einer Party. So. Oder in einer Bar. Es wäre so klar gewesen, was für Männer das waren. Warum wurden die gewählt? Sie hatte das gleich gesehen. Der Kurz hatte das Unglück anderer zum Ziel seiner Politik gemacht gehabt. Wie die Siebensteins. Die Liebschaften anfingen, die es gar nicht geben konnte. Verschaffte es denen wirklich Befriedigung? Dieses Unglück der anderen? Die Schmerzen der anderen? Das Blut und die Tränen? Und in England. Man durfte bald nicht mehr miteinander auf der Straße stehen. Es konnte eine Demonstration sein. Wie in Ungarn war das. Nicht stehen und tratschen. Aber das war in Wien auch so. Da war ein Gesetz aus dem Austrofaschismus noch ausgegraben worden. Man musste in Wien immer in Bewegung sein.

Gehen. Nicht stehen und tratschen. Und Revolutionen planen. Womöglich. Eine Revolution? Sie hätte nicht die Köpfe abschlagen wollen. Lieber alle auf eine Insel verfrachten. Ihnen durchaus eine teure Scheinwelt lassen. Disneyworld für Milliardäre und politische Möchtegerns. Aber abgekapselt. Isoliert. In Dauerquarantäne. Nicht dieses Ausdünsten von Gift, wie die das jetzt taten. Isoliert und verbannt. Wie töricht das alles war. Wie dumm. Wie verkommen. Wie kaputt.

Veronica.

»Frau Wallin.« Veronica war stehen geblieben. »Ist es nicht besser, ich bleibe hier, und er geht auf den Graben hinaus?« Frau Wallin musterte Finn. Dann wandte sie sich zu Veronica hinauf.

»Dann warte da. Ich bring ihn hinten hinaus.« Die beiden gingen nach unten davon. Sie kehrte an die Tür zur Rezeption zurück. Sie setzte sich. Lehnte den Rücken an die Tür. Sie hörte den Schritten der Frau Wallin zu. Finn war nicht zu hören. Sneakers. Dann die Tür unten. Dann Stille. Sie stellte sich die Rezeption vor. Wie war das genau? Man kam gerade ins Haus. Der Gang ging gerade weiter. In die Rezeption musste man nach rechts um die Ecke und die Stufen hinauf. Das musste einmal die Eingangshalle gewesen sein und die Stiegen nach oben abgeschnitten. Das Büro vom Küchenreither. Hatte das einen Hinterausgang. War da ein Durchgang. Oder war die Stiege hinten am Ende des Gangs immer schon die Hausstiege gewesen? Nicht die Hintertreppe? Das war alles x-mal umgebaut worden. Natürlich. Die Geschäfte am Graben und am Kohlmarkt. Die hatten immer schon zwei Stockwerke gehabt. Oder drei. Da waren die Häuser so quergeteilt. Aber wie war das mit dem Keller? Wo war der Übergang in das Haus zum Graben? Und wieso hatte Frau Wallin die Schlüssel für beide Häuser. War sie für beide Häuser Hausmeisterin?

Stimmen. In der Rezeption. Männerstimmen. War das der Küchenreither? Konnte der hier herein? Aber das waren zwei. Zwei Stimmen. Kamen näher. Blieben nahe. »Also ich finde.« Was sagte der Küchenreither da? Tschakkos?

»Da ist es auch gut. Ich bin ja erstaunt, dass du so was machst.« Das war die andere Männerstimme.

»Immer schon.« Das war der Küchenreither. »Aber dass du neben allem anderen noch Zeit dafür …«

»Das muss sein. Das muss einfach sein. Also ohne Kitesegeln.« Der Küchenreither? Kitesegeln? Der war doch viel zu dick. Der war doch viel zu alt. Sie schüttelte den Kopf. »Geht gut.«, hörte sie ihn sagen. Sie lehnte den Kopf gegen die Tür. Presste das Ohr an die Tür.

»Hübsche Person.«, hörte sie. Sprachen die über sie?

»So viele wie möglich.«, sagte der andere Mann.

»Ich weiß. Ich weiß.« Das war wieder der Küchenreither. »Es muss keine große Sache werden. Es muss sich nur bewegen. Weiter … Das hat ja auch der Gründer schon so gesehen.« Die Stimmen waren nicht mehr so nah. Wer hatte das schon einmal gesagt? Ein Gründer? Was sollte das sein? Worüber redeten die. »Große Summen« war zu hören. Dann wieder ganz nahe.

»Wir sind wieder gut vertreten im Vatikan. Das ist halt der Vorteil, wenn so ein Fremder der Papst ist. Da können …« Wieder waren die Stimmen undeutlich. Sie hörte das Scherengitter. Aufgeschoben. Zugeschoben. Die Schlösser rasteten mit diesem kleinen dumpfen Ton ein. Danach. Die summende Stille in der Rezeption. Hinter der Tür. Auch noch der Hall vom Keller. Sie saß da. Wer war das gewesen? Ging der kleine, runde Küchenreither wirklich kitesegeln. Sie stellte sich das vor. Der kleine, runde Küchenreither in der Luft hängend. Die kurzen Beine. Aber warum nicht. Wenn er stark genug war. Das hatte sie sich nicht gedacht. Dass der Küchenreither Muskeln hatte. Die Trachtenjankerln. Es waren die Trachtenjankerln. Da dachte man nicht mehr weiter. Beim Dirndl war das anders. Das war ja ein Schauobjekt.

Sie sollten im Dirndl demonstrieren. Krieg verlangen. Blutigen Krieg. Sie sollte einen Fake-Demonstrationszug für Krieg machen und alle im Dirndl gehen. Auch die Männer. Vor allem die Männer. Die mussten auch ihren Busen herzeigen. Das war ja auch überhaupt nicht zu verstehen. Diese Dirndl-BHs. Wer wollte denn so etwas? Und wo blieb die Frau Wallin? Der Finn hatte das gar nicht verdient. Der war aber immer so. So arrogant. Aber auch lauernd. Der wartete auf etwas. Wahrscheinlich war der das selber gewesen, der die Polizei geholt hatte. Sie stand auf. Wenn das stimmte. Wenn jemand die Polizei verständigt hatte. Vorher. Dann hieß das, dass es einen Verräter gab. Dann war einer von ihnen ein Verräter. Oder eine Verräterin. Oder waren das Verräter*innen. Was wusste sie schon. Ein Polizeispitzel. Sie hatten über die Tierschützerprozesse geredet. Sie hatten die Berichte von denen studiert. Das hatte den Lukas inspiriert. Man müsse alle als Spitzel einbauen, hatte er gemeint. Sie sollten am Ende nur noch aus Staatsschutz bestehen. Unterwandert sollten sie sein. V-Männer und V-Frauen. Aber warte. Hatten die das schon so eingefädelt? Hatten die sich selbst unterwandert? Das klang logisch. Eine Fake Action zur Kritik an den Fake News aus der Politik plus reale Polizeiunterwanderung. Doppelt gefakt ergibt Kunst.

Und der Finn musste behaupten von der Polizei verfolgt zu werden. Auf dem Kohlmarkt. Im Regen. Es war niemand zu sehen gewesen. Ruhig, sagte sie sich. Ruhig überlegen. Sie hatte sich schnaufen gehört. Empört schnaufen. Wenn die beiden Männer noch nebenan wären. Sie hätten sie hören müssen. Aber das mit dem Finn. Das musste geklärt werden. Wenn sie nicht wusste, was da eigentlich geplant war. Dann wurde sie benutzt. Sie und alle anderen. Sie wollte die Wahrheit wissen. Sie wollte nicht als blödes Püppchen vorgeschickt werden. Das war doch nur, weil sie so groß war. Und im Catsuit gut aussah. Die hatten nur Models dabeihaben wollen. Ein Schiache. Die hätten die nicht genommen. Sie hörte die Tür unten. Sie ging Frau Wallin entgegen. Die stapfte herauf.

»Oft will ich das nicht machen.«, keuchte die. Sie entschuldige sich, sagte Veronica. Und sie entschuldige sich für Finn. »Was macht's ihr denn da?«, fragte Frau Wallin.

»Ach.«, antwortete Veronica. »Die haben an der Akademie die Aufgabe, etwas Politisches zu machen. Und da sind die auf eine Klimaaktion gekommen. Die behaupten, die Chinesen schießen Salzkristalle über Wien in die Wolken. Dann regnet es nicht. Das Ziel wäre, Wien zu entvölkern, damit die Chinesen hier einziehen können. Und dafür wollen die halt Unterstützer. Sie wollen halt beweisen, wie rassistisch die Menschen sind. Und wie blöd. Aber es regnet heuer so viel, dass sich niemand dafür interessiert.«

»Und da machst du mit?« Frau Wallin hatte die Tür aufgesperrt. Sie zog das Scherengitter auf.

»Ich wollt, ich hätt nicht.«, sagte sie. Frau Wallin sagte nichts. Sie machte ein Geräusch. Sie zog die Luft hörbar durch die Nase auf.

»Bis morgen.«, sagte sie dann.

»Glauben Sie?«, fragte Veronica.

»Ganz normal.«, nickte Frau Wallin. »Der kann sich nicht einmal erinnern, dass er herumgeschrien hat.«

»Aber er hat. Das war. Der wollte.« Frau Wallin nickte begütigend. Veronica ging auf den Kohlmarkt hinaus. Die Sonne schien wieder.

Konstanze.

Sie hatte geschlafen. Sie hatte sich schön geschlafen. Sie lag ausgestreckt auf der Couch. In Ruhe. Schmerzlos. Auch im Kopf. In der Brust. Die stille Leere gesunden Lebens. Ihr Körper lastloses Wohnen. Sie bewegte sich nicht. Blieb im Wohlfühlen. Hätte so bleiben wollen. Sollte sie es machen? Das Wohlbefinden zwischen den Beinen. Das Liegen im glücklichen Körper steigern? Aber die Nizzi kam. Dann. Konnte kommen. Sie sagte ja nicht, wann. Sie lächelte. Sich hastig wieder anziehen? Und der Geruch? Sie blieb liegen. Mit einem Mann? Es war nicht zu erwarten. Wollte sie das überhaupt noch? Wollte sie ihren Körper überhaupt noch so grob behandelt haben? Ficken? War das nicht meistens so eine brutale Angelegenheit gewesen? War mit dem Wort Sex so eine Freigabe verbunden gewesen? So etwas Überfallartiges? Ein Herfallen war das gewesen. Nicht mit dem Darian. Da war alles langsam. Uneilig war das gewesen. Zeit. Zeit war gelassen worden. Wörtlich. Wahrscheinlich hatte sie sich zu viel. Viel zu viel den Partnern angepasst. Hatte es sich in ihrer Überempathie. Hatte sie, die Potenzängste der Männer erahnend, sich hingegeben, damit alles. Funktionierte? Gab es denn kein schönes Wort dafür? Für das Gelingen? Für gelungenen Sex. Alles grob. Wenn es ums Ficken ging. Es war alles grob. Sie hätte Sex sagen müssen, was sie mit dem Darian gehabt hatte. Es war nicht Liebe gewesen. Nicht so, wie sie es sich vorgestellt hatte. Und trotzdem. Auch Liebe. Lieben. Das. Das war alles nicht vergleichbar. Das war alles nicht vergleichbar, weil sie es nicht sagen hätte können. Ausdrücken. Und das war ja sicher die Absicht dahinter. Es war eben alles Sex und nicht beschreibbar. Das schützte alle. Kein Sex beschreibbar. Nicht alltäglich. Jedenfalls.

Sie konnte Gedichte dazu schreiben. Pornographie. Das war meistens genauso grob wie die Wirklichkeit manchmal gewesen. Es müsste sehr viel Zeit gelassen werden. Sehr viel geredet. Die Erfahrungen ausgetauscht. Und ob das Licht anbleiben sollte oder nicht. Das wäre zu bereden gewesen, bevor eine Entscheidung. Wie alle Entscheidungen gemeinsam und besprochen. In einem einzigen, großen Vertrauen. Geteilt und nicht. Und wer würde sich die Zeit nehmen. Sie hätte Wochen mit jemandem im Bett verbringen wollen. Lange Zeiten vor und nach den Rasereien. Da liegen bleiben und sich. Wie sollte sie diesen Zustand nennen? Sich suhlen? Ein langsam drehendes Bewegen? Ein webendes Leben nicht nur in sich? Dieses stille Vor-sich-Hin des Lebens in einem gemeinsamen Körper? Für diese Zeit ein gemeinsamer Körper. Communio. Und das immer wieder. Und das hatte es gegeben.

Sie setze sich auf. Sie hätte jetzt nur noch so viel mehr Lust auf die langen, langsamen Zeiten gehabt. Für die es jetzt die Zeit gegeben hätte. Und damals nicht. Sie reckte die Arme. Es war gut. Es war alles gut. Sie ging zum Fenster. Keine Sehnsucht. Und sie konnte sich das alles sehr gut auch mit einer Frau vorstellen. Ihre Erfahrungen. Die ergaben keinen zwingenden Grund für Heteronormativitäten. Wirklich nicht. Drüben. Bei diesem hohen Fallturm. Es stiegen Dampfschwaden auf. Es hatte geregnet. Die Straße glänzte nass. Dunkle Wolken. Regenschirme. Sie machte das Fenster auf. Querdurchzug, hatte der Makler gesagt. Bei der Besichtigung. Und was das für ein Vorteil sei. Kein Geruch bliebe hängen. Denn wäre es nicht das Schlimmste, wenn in der Hitze der Kochgeruch in der Wohnung hängen bleiben müsste, weil es keinen Querdurchzug gab. Sie hatte den Mann erstaunt angeschaut. Das war Leidenschaft gewesen. Ein leidenschaftlicher Vortrag über Gerüche. Ein sensibler Mensch. Geruch. Das störte nur die wenigsten. Sie hatte die Wohnung wahrscheinlich auch deswegen genommen.

Sie ging. Stellte das Wasser für die Spaghetti auf. Dann musste sie nur noch die Nudeln ins Wasser werfen. Wenn die Nizzi kam. Die Fernsehserienabende. Sie aßen vor dem Bildschirm. Schwesterlich. Das war schwesterlich. Sie hätte viel lieber geredet. Sich ausgetauscht. Nizzis Geschichten gegen ihre. Aber es war besser so. Die Fernsehserien waren ein Drittes. Da konnten sie gefahrlos ihre Meinungen. Sie seufzte. War sie zu ängstlich? Sollte sie sich nicht einfach Informationen verschaffen? Und nicht warten, bis das Kind etwas erzählte? Sollte sie nicht Bescheid wissen? Mit wem sie sich traf? Wie sie da wohnte? Sie war ja doch in den 19. Bezirk gefahren und hatte sich das Studentinnenheim angeschaut. Es war ein kleines Schild neben dem Tor angebracht. »Zu den Schwestern Mariä.« Es war ein altes Schild gewesen. Sie hatte gehofft, dass das von früher war. Dass das nur noch da hing. Was machte die Nizzi bei den Schwestern Mariä. Wurde sie heilig. Musste sie ihren Atheismus mit Katholizismus bekämpfen?

Ihre Mutter hatte sich lustig gemacht. »Deine Tochter«, hatte sie gesagt. »Deine Tochter verkehrt mit den katholischsten Katholen.«

»Besser als mit Rechtsradikalen.«, hatte sie geantwortet. Aber sie war nicht sicher und nicht glücklich darüber. Ihr Leben. Sie. Sie musste lachen. Gerade noch hatte sie sich die Selbstbefriedigung verboten. Immer noch die Schatten dieser Religion. Warum sollte eine Tochter das Sexualleben ihrer Mutter nicht achten? Warum versteckte sie das alles immer noch? Den Jonas. Den hatte sie ja gekannt. Sie hatte versucht, den zu mögen. Aber die Vorstellung, die beiden lebten wie verheiratet. Die hatten wie verheiratet gelebt. Fast die ganze Pandemie. Das war normal. Für heute war das normal. Das behauptete die Nizzi. Aber war es deshalb richtig?

Der war weg. Immerhin. Und das katholische Studentinnenheim eine Verbesserung. Oder? Die Nizzi hatte ihr verboten, mit dem Jonas noch je einmal zu reden. Warum? Sie seufzte. Sie zog den Computertisch vor die Couch. Zog das Kabel für den großen Monitor nach. Sie klopfte die Pölster zurecht. Schaute sich um. Alles geordnet. Im Schlafzimmer. Ihr Bett gemacht. Sie legte eine Extradecke auf ihrem Bett aus. Falls die Nizzi über Nacht blieb. Die Decke lüften. Sie öffnete beide Fenster.

Es läutete. Sie ging zur Tür. Drückte den Türöffner. Machte die Wohnungstür auf. Ließ sie angelehnt offen stehen. Sie ging in die Küche. Warf die Spaghetti ins kochende Wasser. Wusch den Broccoli ab.

»Hallo.«, rief Veronica an der Wohnungstür.

»Komm schnell. Es ist alles hergerichtet.«, sagte sie.

II.

Tango para las Estrellas.

Serie 1. Episode 1.

30er Jahre. In den Slums von Buenos Aires lebt Anita Rodriguez. Sie wohnt im Hinterzimmer der Wohnung einer alten Frau in einem der Hochhäuser am Rand der Stadt. Sie arbeitet als Verkäuferin in einem Hartwarenladen. Nach der Arbeit nimmt sie Stunden in Tanzen und Singen, für die sie ihr ganzes Geld ausgibt. Am Abend geht sie in Bars. Sie singt und tanzt. Sie trinkt und streitet dann mit allen. Sie hat Verhältnisse. Der Leiter einer Band ist in sie verliebt, aber sie will nichts von ihm wissen. Er ist ihr zu schwarz.

Anita ist eine schöne Frau, und sie macht sich Hoffnung, mit ihrer Schönheit und ihrem Singen Karriere zu machen. Buenos Aires ist aber voll von schönen Frauen, die mit ihrer Schönheit und ihrem Singen und vor allem mit dem Tango Karriere machen wollen. Die Konkurrentinnen greifen zu drastischen Mitteln, bei den Tango- und Gesangswettbewerben die anderen Frauen auszuschalten. So kommt es, dass Anita auf Geheiß einer Konkurrentin zusammengeschlagen wird. Es werden ihr die Knie gebrochen, so dass sie nie wieder tanzen können soll. Anita weiß, dass hinter diesem Anschlag Vera Henderson steht, die über ihren Bruder Raúl Henderson diesen Anschlag verüben lässt. Raúl wird als Mafioso eine große Zukunft vorausgesagt, weil er für emotionslos gehalten wird.

Die alte Frau, bei der Anita das Zimmer mietet, will Anita nicht länger beherbergen. Anita ist bettlägrig und muss gepflegt werden. Die alte Frau will das nicht machen. Sie holt ihren Großneffen Raúl Henderson, um Anita aus der Wohnung zu schaffen. Raúl kommt und will der alten Frau beistehen. Bevor er aber Anita aus der Wohnung schafft, zwingt er die alte Frau, seine Großtante, Anita zu beherbergen, und kommt jeden Abend und schläft mit ihr. Anita kann sich nicht wehren. Das Haus gehört Raúl, und niemand will sich mit ihrem Leid auseinandersetzen.

Schließlich schafft er sie aus der Wohnung. Die alte Frau trägt den Koffer nach, den sie mit Anitas Sachen gepackt hat. Raúl setzt Anita in ein Auto und trägt dem Chauffeur auf, sie zum Bahnhof zu bringen. Anita ist in heller Angst. Sie glaubt, dieser Auftrag ist ein Code, und der Chauffeur soll sie ermorden. Ein Unfall mit einem Lastwagen zwingt den Chauffeur zu warten. Anita ergreift die Gelegenheit und lässt sich aus dem Auto fallen. Sie kriecht davon. Zufällig kamen sie vor dem Hartwarenladen zum Halten. Der Bandleader ist gerade im Geschäft, um nach ihrer Adresse zu fragen. Er will wissen, was mit Anita los sei. Der Geschäftsinhaber weiß nichts. Gerade will der Bandleader enttäuscht davongehen, da findet er Anita auf dem Gehsteig auf die Tür des Geschäfts zukriechen. Er zwingt den Geschäftsinhaber, ihm zu helfen und Anita so ins Geschäft zu schaffen, dass niemand sie sehen kann. Er ergreift eine Schubkarre und hebt Anita hinein. Er wirft seinen Mantel über sie und fährt, pfeifend die Schubkarre schiebend, mit ihr davon.

Serie 1. Episode 2.

Der Bandleader lebt in einer winzigen Wohnung über einer Fleischhauerei. Er überlässt Anita das Schlafzimmer und schläft auf der Couch im Wohnzimmer. Er sorgt für Anita. Sie ist aber nicht dankbar für ihre Rettung und behandelt ihn weiter verächtlich. Sie versucht alles, um wieder gehen zu lernen. Die Verzweiflung über die Mühsal dieses Vorgangs bringt es, dass sie sich betrinkt. Sie verheimlicht das aber vor dem Bandleader, weil sie ihre Schwächen vor einem Schwarzen nicht zugeben will. Das Zusammenleben ist äußerst gespannt. Leicht betrunken fällt Anita aber dem Bandleader in die Arme und es kommt zu einer Liebesnacht.

Die Tanzlehrerin von Anita versucht ihr zu helfen, die Beine wieder verwenden zu können. Unter äußersten Anstrengungen gelingt es Anita, auf Krücken zu gehen. Beim ersten Ausgang aus der Wohnung. Der Bandleader muss Anita die steilen Stiegen hinuntertragen, dann aber geht Anita einmal um den Häuserblock. Auf einer Hauptstraße findet sie Vera als Filmstar plakatiert und kann nicht weitergehen. Wieder muss der Bandleader ihr helfen. Er bringt sie in die Wohnung und sagt ihr die ganze

Geschichte auf den Kopf zu. Sie aber bestreitet alles. Sie hat Angst und weiß, dass sie fortmuss. Für sie ist kein Platz in Buenos Aires. Sie arbeitet an der Rückeroberung ihrer Bewegungsfähigkeit. Kaum kann sie sich wieder frei und ohne Hilfe bewegen, trifft sie Anstalten, auszuwandern. Sie löst alle Dokumente. Sie nimmt einen Job als Näherin auf einem Schiff an. Ihre Mutter war Näherin und sie hat Nähen schon als Mädchen gelernt. Sie trifft alle Vorbereitungen heimlich und spielt dem Bandleader vor, dass sie weiterhin im Rollstuhl sitzen muss. Der Bandleader ist hilflos verliebt in sie und hat aus Hoffnungslosigkeit zu trinken begonnen. Die Szenen zwischen ihnen werden immer heftiger. Sie enden aber immer wieder im Bett.

Anita macht den Bandleader so betrunken, dass er besinnungslos schläft, während sie ihre Sachen in einen Koffer wirft. Sie fährt mit einem kleinen Köfferchen mit der Straßenbahn und Bussen zum Hafen. Auf dem Weg stattet sie der alten Frau, bei der sie gewohnt hat, einen Besuch ab. Sie entwendet der alten Frau deren Schmuck und Geld. Sie hat gesehen, wie die alte Frau Geld von Raúl bekommen und im Backofen in einer Keksdose versteckt hatte. Sie hatte das vom Schlafzimmer aus mit angeschaut, nachdem Raúl mit ihr fertig gewesen war und seiner Großtante berichtet hatte, dass alles erledigt sei. Die alte Frau kann sich gegen Anita nicht wehren. Anita nimmt den Schatz an sich. Sie stößt die alte Frau zu Boden und läuft davon. Sie geht von da direkt auf das Schiff und verlässt Buenos Aires.

Serie 1. Episode 3.

Auf dem Schiff muss Anita in den Serviceräumen bleiben. Sie ist mit Reparaturen beschäftigt, aber sie hilft einem Stubenmädchen, ein Kleid für den Ball der Angestellten zu nähen. Dieses Stubenmädchen bedient Vera in einer der Luxuskabinen. Vera ist von ihrem Sponsor niedergeschlagen worden. Dabei ist das Lurex-Abendkleid zerrissen worden. Vera hat nicht nur ein blaues Auge. Ihre Arme sind mit Hämatomen vom Festhalten durch den Sponsor gezeichnet. Nur das Lurex-Abendkleid hat lange Ärmel, diese Flecken zu verbergen.

Das Stubenmädchen schlägt vor, diese geschickte Schneiderin zu holen. Das Stubenmädchen schwärmt von den Schneiderinnenkünsten dieser Frau. Vera will diese Schneiderin rufen lassen. Anita hat erst an Bord herausgefunden, dass Vera auch auf diesem Schiff ist. Vera soll nach Hollywood reisen, um dort Karriere zu machen. Man sagt, dass sie nach Hollywood vor der Tatsache flüchtet, dass sie keine Kinder bekommen kann. Das Stubenmädchen bringt Anita die Nachricht, dass sie auserkoren wurde, diesem Filmstar helfen zu dürfen. Das Stubenmädchen erzählt in aller Naivität von Veras Verletzungen. Der Liebhaber sei wohl ein bisschen stürmisch, meint sie und bleibt dabei, Vera zu beneiden.

Anita schaut in den Spiegel. Sie ist schwanger. Durch die vielen Schmerzen hat sie sich verändert. Sie erzählt dem Spiegel, dass niemand sie mehr erkennen könne. Die schöne Anita ist in eine Leidende verwandelt. Sie schiebt sich Stoffreste so unter ihre Uniform, dass sie noch schwangerer aussieht. Sie kommt in den Salon, in dem Vera auf einem Sofa liegt. Eine Packung Eis soll die Schwellungen in Veras Gesicht zum Abklingen bringen. Der Sponsor geht ruhelos auf und ab. Vera solle sich nicht so aufspielen, und er habe das nicht so gemeint. Vera sagt nichts. Die Schneiderin tritt ein. Vera bekommt einen Schreianfall. Hysterisch verlangt sie, dass diese Frau aus dem Zimmer geschafft werden muss. Eine Wahrsagerin hat ihr geweissagt, dass eine Schwangere ihr das große Unglück bringen wird. Anita bringt es aber doch so weit, dass Vera ihr ins Gesicht schauen muss. Vera verstummt augenblicklich. Anita verlässt den Raum. Sie hört noch, wie Vera zum Sponsor sagt, dass diese Person sie an jemanden erinnert. Der Mann hat daraufhin wieder einen cholerischen Anfall und schreit Vera an, nicht an Geister zu glauben. »Dann hast du sie auch erkannt.«, schreit Vera und stürzt sich auf den Sponsor. Der wehrt sie ab. Vera stürzt gegen die Kante eines Schreibtisches. Sie verliert die Sinne.

Anita sitzt wieder in der Wäschestube und näht Leintüchersäume. Beim Hinausgehen hat sie die Bodyguards des Sponsors gesehen. Es sind die Männer, die ihr die Knie gebrochen haben. Das Stubenmädchen berichtet, dass Vera immer noch ohne Besinnung sei. Anita hat den Schmuck und das Geld der alten Frau in ein Mieder eingenäht. Nun bittet sie das Stubenmädchen, ihr das Mieder aufzumachen, weil sie Luft brauche. Das Stubenmädchen fragt nach dem Vater des Kindes, mit dem Anita schwanger ist. Anita lacht und zieht sich die Stoffbahnen unter dem Kleid hervor, die sie hochschwanger ausschauen ließen. Anita summt eine Tangomelodie und lächelt. Sie antwortet damit, dass es doch verwunderlich sei, wie sehr eine Schwangerschaft eine Frau verändere.

Serie 1. Episode 4.

In Buenos Aires macht sich der Bruder Veras, Raúl Henderson auf, nach Los Angeles zu fliegen. Er muss dafür in São Paulo und in Mexiko Zwischenstopp machen. Er bekommt an jedem Ort je ein noch verzweifelteres Telegramm von Vera. Auf dem Schiff wird Vera in der Kabine festgehalten. Der Sponsor wirft ihr vor, an Verfolgungswahn zu leiden. In der Nacht schlüpft sie aus der Kabine. Einer der Bodyguards hilft ihr dabei. Er ist es auch, der die Telegramme an den Bruder schickt. Vera sucht nach Anita, obwohl der Kapitän dem Sponsor versichert hat, dass keine Person dieses Namens an Bord ist. Anita nennt sich Mercedes Vinturi. Sie ist nicht ganz legal an Bord und nicht registriert. Der Supervisor lässt Anita mitfahren. Er spart so eine Hilfskraft ein. Er kassiert den Lohn und Anita kommt in die USA. Er hat mehrere solche Personen unter sich und muss dafür sorgen, dass sie nicht entdeckt werden, um selbst nicht aufzufliegen. Anita hat Angst, dass er sogar kurzen Prozess machen und sie über Bord werfen könnte, knapp bevor sie in Los Angeles ankommen.

Das Schiff muss im Panamakanal warten. Um die Passagiere zu unterhalten, wird ein Maskenball mit Tangowettbewerb veranstaltet. Der Sponsor meldet Vera zu diesem Wettbewerb an. Partner von Vera soll sein Privatsekretär sein. Vera muss mit diesem Mann üben. Ihre Hämatome sind am Verschwinden. Der Sponsor schlägt sie nur noch in den Bauch, um ihr Aussehen zu schonen. Der Privatsekretär hasst Vera. Ihr Bruder hat seinen Bruder noch in der Schule gemobbt und zum Auswandern gezwungen. Der Privatsekretär will diesen Bruder in Los Angeles aufsuchen. Der Bruder des Privatsekretärs ist mittlerweile im Filmgeschäft tätig. Der Privatsekretär übt mit Vera. Vera weiß nichts von diesem Zusammenhang und versucht ihn als Komplizen zu gewinnen. Der Privatsekretär geht zum Schein auf diesen Vorschlag ein und erfährt so die ganze Geschichte von Anita und dass Vera glaubt, Anita befinde sich an Bord.

Anita soll gefunden werden. Die Schwangerschaft ist bekannt geworden, und ihr Bruder lässt auch nach Anita suchen. Vera weiß aber nicht, dass ihr Bruder Anita vergewaltigt hat. Sie glaubt, ihr Bruder habe ihr zuliebe auf diese Liebesgeschichte verzichtet. Ihr Hass auf Anita ist dadurch noch glühender geworden. So schleichen nun Vera und der Privatsekretär, aber auch der Bodyguard auf der Suche nach Anita in der Nacht durch das Schiff. Der Supervisor beobachtet diese Suche. In der Wäschekammer fragt er Anita aus, was es mit ihr auf sich habe. Anita gibt ausweichende Antworten. Der Supervisor dringt auf sie ein. Ihm mache es nichts aus, dass sie mit einem Kind von einem anderen Mann schwanger ginge. Anita weiß, dass sie so schnell wie möglich flüchten muss.

Serie 1. Episode 5.

Der Maskenball wird vorbereitet. Anita muss Kostüme für die Passagierinnen und Passagiere nähen. Der Sponsor hat einen Kaftan und einen Turban für sich bestellt. Er will als Maharadscha Veras gesamten Schmuck dazu tragen. Anita muss die Nacht durcharbeiten. Heimlich näht sie dieses Kostüm doppelt. Für Vera ist nur eine Maske vorgesehen. Sie soll das zerrissene Ballkleid gerichtet bekommen. Anita näht die Nachricht, dass ihr Kind das Kind Raúls ist, in das Kleid ein. Mit Hilfe des Stubenmädchens schmuggelt sie das zweite Maharadscha-Kostüm in ihre Kabine. Der Ball wird eröffnet.

Anita weiß, dass es eine Möglichkeit für die Passagiere gibt, sich an Land zu vergnügen. Es ist ein Zelt am Ufer aufgestellt, in dem Nackttänzerinnen auftreten. In heimlichen Nachrichten ist diese Tatsache verbreitet worden. Der Privatsekretär holt den Schmuck Veras aus dem Safe im Stateroom. Auf dem Weg zurück trifft er auf die verkleidete Anita. Er ist erstaunt. Der Sponsor wollte in der Kabine auf ihn warten. Er erregt sich darüber, dass der Sponsor nie die Vereinbarungen einhalte und danach für die Schäden immer die anderen verantwortlich mache. Es sei Wahnsinn, einen solchen Schatz auf dem Gang in Empfang nehmen zu wollen ohne Anwesenheit der Bodyguards. Aber er wisse schon. Der Sponsor wolle in das Zelt hinaus. Der Privatsekretär heftet die Agraffen auf den Turban und legt dem vermeintlichen Sponsor die Ketten um. Dass der Sponsor nicht antwortet bringt den Privatsekretär so in Wut, dass er kündigt. Als letzte Handlung als Privatsekretär zeigt er dem vermeintlichen Sponsor den Weg vom Schiff an das Ufer des Kanals und in das Vergnügungszelt.

Er kehrt zum Ball zurück. Der Tangowettbewerb beginnt. Anita zieht hinter einem Wohnwagen das Kostüm aus. Sie versteckt auch diesen Schmuck in ihrem Mieder. Das Kostüm steckt sie in den Beutel, der den Bauch ihrer Schwangerschaft vergrößert. Sie wandert in die nahe Siedlung davon. Der Sponsor geht in der Kabine wieder auf und ab. Der Privatsekretär kommt, Vera abzuholen. Der Sponsor fragt nach dem Schmuck. Der Privatsekretär versteht nicht. Der Kapitän kommt. Vera wird für den Wettbewerb erwartet. Vera und der Privatsekretär tanzen die ersten Runden im Tangowettbewerb. Wann immer es möglich ist, versucht Vera herauszufinden, was passiert sein könnte. Der Privatsekretär beteuert, dass er dem Sponsor den Schmuck überreicht habe. Vera vermutet, dass der Sponsor sie durch die Behauptung eines Diebstahls um den Schmuck bringen will. Gleichzeitig schaut sie sich nach Anita um. Sie ist sicher, dass Anita zusehen will, wie sie trotz ihres Rufs als Tänzerin nicht gewinnen wird. Vera beklagt, dass ihr Bruder nicht da ist. Raúl hat sie immer beschützt und aufgerichtet.

Vera und der Privatsekretär kommen jeweils in die nächste Runde des Wettbewerbs und gewinnen. Vor der Siegerehrung sitzt Vera im Pouder Room und macht sich zurecht. Da sieht sie im Spiegel ein Eckchen Papier aus ihrem Ausschnitt herausragen. Sie zieht das Papier aus dem Ausschnitt. Sie liest die Botschaft Anitas. Die Aufseherin muss den Bodyguard herbeiholen. Der darf aber nicht in den Pouder Room. Auf dem Gang beschwört Vera den Mann, Anita zu finden und zu töten. Sie gibt dem Mann ein Diamantarmband als Anzahlung. Sie behauptet, eine Nachricht von ihrem Bruder bekommen zu haben, in der dieser Mord angeordnet wird. Der Bodyguard geht davon. Die Bodyguards des Sponsors entführen den Privatsekretär. In der Luxussuite wird der Privatsekretär gefoltert, um das Versteck des Schmucks preiszugeben. Vera wird gezwungen zuzusehen, dann aber muss sie zur Preisverleihung. Sie hat, wie vorauszusehen war, den Tangowettbewerb gewonnen. Anita sitzt auf einem ländlichen Bahnhof und wartet auf den Zug nach Panama City. Sie ist wieder hochschwanger und hat aus dem Turban des Maharadschas ein Kopftuch für sich gemacht.

Serie 1. Episode 6.

Die Leiche des Privatsekretärs wird in der nächsten Nacht von Bord geschafft. Der Sponsor macht Inventur des Safes. Aller Schmuck, den er als Maharadscha tragen wollte, fehlt. Es fehlt auch ein Diamantenarmband. Vera kann nicht erklären, wo dieses Armband geblieben ist. Sie behauptet, Anita habe dieses Armband gestohlen, als sie zur Anprobe in der Kabine gewesen war.

Der Sponsor schaut eine Fotografie vom Tanzwettbewerb an, auf der Vera dieses Armband aber trägt. Er legt dieses Foto in den Safe, der sonst leergeräumt ist. Vera hatte keinen anderen Schmuck als dieses Armband getragen.

Anita hat es nach Havanna geschafft. Sie arbeitet als Putzfrau in einem Restaurant, in das US-amerikanische Touristen kommen. In der Zeitung wird von Veras Ankunft in Los Angeles berichtet. Der Schmuckdiebstahl ist mittlerweile dem Privatsekretär angelastet und er ist zur Fahndung ausgeschrieben. Daneben ist Anitas Bild, sie wird als Komplizin des Privatsekretärs ebenfalls von der Polizei gesucht. Bilder des Schmucks sind abgedruckt. Anita nimmt ihr Mieder auseinander und vergleicht die Schmuckstücke, deren Wert unter den Bildern notiert ist. Sie hat alles Bargeld für die Flucht nach Havanna aufgebraucht, aber sie kann es nicht wagen, eines der Schmuckstücke des Sponsors zu verkaufen.

In einem der Nachtklubs tritt eine Tangotruppe auf, die

Anita kennt. Sie streicht um den Nachtklub herum und spioniert aus, in welchem Hotel diese Truppe abgestiegen ist. Sie verdingt sich als Stubenmädchen in diesem Hotel und beobachtet die Personen. Sie kennt einen der Tangotänzer und einen Gitarristen aus Buenos Aires. Sie schreibt dem Gitarristen eine Nachricht, ihn nach seiner Vorstellung in der Hotelhalle zu treffen. Sie trägt eine Perücke und versucht, die Schwangerschaft zu verbergen. Sie sitzt mit dem Gitarristen an der Bar. Sie fragt ihn, ob er diese Anita Rodriguez kenne und etwas von ihrem Verbleib wisse. Der Mann wird misstrauisch. Er führt aber trotzdem ein freundliches Gespräch mit ihr. Anita würde in Buenos Aires polizeilich gesucht. Der Bandleader hat sie angezeigt. Sie habe ihn bestohlen, behauptet er. Mehr erfährt Anita nicht. Der Mann aber schickt noch in der Nacht ein Telegramm an den Bandleader, dass Anita in Havanna zu finden sei. Anita findet den Telegrammentwurf im Zimmer des Gitarristen. Der Bandleader kann in einer Woche in Havanna sein. Anita muss weiterfliehen. Sie muss sich Geld besorgen.

Bei einem Pfandleiher versetzt sie eine Brosche und bekommt nur einen Bruchteil des Werts. Sie weiß aus der Zeitung, wie viel die einzelnen Schmuckstücke wert sind. Der Pfandleiher rät ihr, es anderswo zu versuchen. Er weiß ja, dass sie sich das nicht erlauben kann. Der Pfandleiher legt die Brosche in eine Schachtel und schließt sie in seinem Safe ein. Er telefoniert mit einem Polizisten, der offenkundig korrupt ist. Der wiederum beginnt, sich mit dem Sponsor in Verbindung zu setzen. Anita fährt nur mit einer Handtasche zum Flughafen und fliegt nach New Orleans. Sie lässt alle Habe wieder zurück. Sie hat den Pfandleiher vor dem Hotel auf sie warten gesehen. Diesmal hat Anita einen modisch weiten Mantel an, mit dem sie ihre Schwangerschaft verbergen kann.

Serie 1. Episode 7.

Anita ist Büglerin in einer Wäscherei. Sie mietet ein Einzimmerapartment in einem heruntergekommenen Apartmentblock. Sie geht nicht auf die Straße.

Vera macht Probeaufnahmen in Los Angeles. Der Sponsor sitzt dabei. Vera fühlt sich bedrängt. Sie sagt, sie müsse das allein machen. Der Sponsor will darauf nicht eingehen. Er ist krankhaft eifersüchtig. Vera fährt aber dennoch ohne ihn zu den Filmstudios. Gerade beginnen die Aufnahmen gut zu werden. Vera spielt gerade eine Szene mit dem vorgesehenen Partner durch, da bricht der Sponsor herein und schlägt den Schauspieler nieder. Die Studio Security schafft den Sponsor hinaus. Der Produzent bietet Vera seinen Schutz an. Vera ergreift die Gelegenheit und trennt sich vom Sponsor. Aber der Bodyguard des Sponsors, den Vera für den Mord an Anita mit dem Armband bezahlt hat, kommt in der Nacht in den Garten der Villa, in der sie untergebracht ist. Aber Vera lässt ihn abführen. Der Mann entkommt den Sicherheitsleuten und geht zum Sponsor. Er hätte Vera informieren wollen, dass Anita in Havanna zu finden sei. Nun teilt er das dem Sponsor mit. Der meint, mit der Nachricht von der Vernichtung ihrer Feindin bei Vera eine neue Chance zu bekommen, und reist nach Havanna ab. Im Nachtklub sitzen der Bandleader, Raúl, der wiederum von einem Freund des Bandleaders unterrichtet wurde, und der Sponsor. Sie alle suchen nach Anita, aber die Spur führt nirgends hin.

In New Orleans wartet Anita auf die Geburt des Kindes. Eines Tages muss sie für eine Kollegin Wäsche ausliefern. In der Villa bekommt sie den Privatsekretär zu sehen. Er ist der Sohn des Hauses, der jetzt im Rollstuhl sitzt. Er hat überlebt, aber er hat sich von den schweren Verletzungen immer noch nicht erholt. Anita läuft davon, aber ihre Schwangerschaft ist nun wirklich fortgeschritten, und der Mann kann sie mit dem Rollstuhl einholen. Anita leugnet alles ab. Sie behauptet, aus New Orleans zu sein, weiß aber ein wichtiges Detail nicht, das jedes Kind in New Orleans wissen muss. Der Mann sagt ihr auf den Kopf zu, Anita zu sein. Er will sie als Komplizin gewinnen und Rache für seine Verletzungen nehmen. Er offenbart Anita, wie Vera sich an ihr rächen möchte. Anita bleibt bei der Leugnung. Sie will wieder flüchten, aber dann setzt die Geburt ein. Anita geht in eine Armenklinik. Sie kann keinen Vater des Kinds angeben. Sie kann nicht einmal die »Rasse« des Vaters angeben. Das Formular bleibt leer.

Serie 1. Episode 8.

Eine Frau, Carmen, die ebenfalls ihr Baby bekommt, geht mit Anita auf dem Gang auf und ab, um die Geburt zu beschleunigen. Die Frau erzählt, sie bekomme ihr Kind, weil ihr Mann sie überfallen habe. Sie habe schon 4 Kinder und habe keines mehr gewollt. Anita trägt das Mieder, in das sie all ihre Habe eingenäht hat, offen und will sich nicht davon trennen. Die Frau mit den 4 Kindern will ihr dieses Kleidungsstück abnehmen, um ihr das Atmen zu erleichtern. Anita wehrt ab, aber die Frau bekommt mit, dass es eine besondere Bewandtnis mit diesem Kleidungsstück hat. Anita kann die Wehen kaum noch aushalten. In ihrer Bedrängnis beschreibt sie der anderen Frau ihre Angst, das Kind ansehen zu müssen. Sie weiß ja nicht, ob es das Kind von Raúl oder vom Bandleader ist. Das wird sich an der Hautfarbe zeigen, und sie kann nicht ertragen, ein Schwarzes Kind zu haben. Die Frau bestätigt auch noch die Möglichkeit, dass die Hautfarbe zwar nicht schwarz ist, aber das Kind dennoch als Schwarz gelten würde. In den USA bedeutet auch nur ein Tropfen schwarzen Bluts, dass die Person als Schwarz in die Formulare eingetragen wird. Die Hebamme bestätigt das.

Anita bereut, aus Argentinien fortgegangen zu sein. Dort gelten nicht derart strikte Gesetze. Carmen hört sehr aufmerksam zu. Während starker Wehen verflucht Anita die beiden Männer. Sie schreit zwar nur die Vornamen, aber Carmen hört die. In einem solchen Augenblick schneidet Carmen auch das Mieder an einer Stelle auf und findet eine der Perlenketten, die der Sponosr als Maharadscha tragen hatte wollen. Sie verklebt die Stelle mit Leukoplast, aber sie ist sehr nachdenklich.

Der Sponsor ist in Los Angeles zurück und hat Vera wieder zusammengeschlagen. Im abgedunkelten Zimmer hält Vera Konferenz mit dem Bodyguard, der aus der Haft entlassen ist. Sie will, dass er den Mann ermordet. Ihr Bruder wird ihn entlohnen. Sie hat keine Mittel. Ihr ganzer Schmuck ist ja gestohlen. Aber der Mann habe doch noch das Brillantarmband und er habe Anita ja nun offenkundig nicht beseitigt. Also müsse er diesen anderen Mord übernehmen.

Der Bandleader betrinkt sich in Havanna. Nach einer Jam-Session mit kubanischen Gitarristen fährt er direkt zum Flughafen und fliegt mit dem ersten Flugzeug zurück nach Buenos Aires.

Die alte Tante Raúls und Veras ist an den Folgen des Stoßes von Anita gestorben. Sie wird billig begraben. Raúl kommt in ihre Wohnung und durchsucht alles. Er findet Fotos von Anita. Wütend nimmt er die Fotos an sich und stürmt aus der Wohnung. In New Orleans wird das Baby geboren. Die Hebamme legt Anita das Kind mit Verachtung in die Arme. Carmen hat ihr Kind schon längst geboren. Sie schaut vom Nebenbett zu Anita herüber. Anita bricht in Tränen aus.

Serie 1. Episode 9.

Die andere Frau schaut das Baby an. Es wäre doch ein schönes Baby, meint sie. Anita schluchzt. Dann versucht sie, freundlich zu sein und bewundert Carmens Mädchen. Die Frau lacht zynisch. Bei ihr würde es keinen Unterschied machen, wenn sie ein schwarzes oder ein grünes Kind bekäme. Ihr Mann sei ohnehin die ganze Zeit betrunken und schaue die Kinder gar nicht an. Aber sie habe sich geschworen, dass jetzt mit den Kindern Schluss sein muss. Sie träumt von einer eigenen kleinen Wäscherei, mit der sie unabhängig sein könnte. Sie bräuchte nur ein bisschen Geld. Die Kundschaft würde sich schon finden. Ihre Mutter ginge in die besten Häuser New Orleans' zum Putzen. Sie hätte das längst machen sollen, aber immer wieder sei sie auf den Mann hereingefallen. Anita denkt nach.

In Buenos Aires spielt der Bandleader. Plötzlich feiert er Erfolge. Er ist aber unglücklich. Er sucht Trost bei Augistina, einer jungen Sängerin. Vera ist vom Studio in eine Klinik gebracht worden. Sie war vom Sponsor zur Morphinistin gemacht worden. Raúl kommt nach Los Angeles und sucht nach seiner Schwester. Es kommt zu einer Auseinandersetzung zwischen den Bodyguards des Sponsors und Raúl, die Raúl mit seiner Rücksichtslosigkeit gewinnt. Im Studio will man Raúl keine Auskunft über Veras Aufenthalt geben. Der Bodyguard, der den Auftragsmord an Anita und dem Sponsor besorgen sollte und in beiden Fällen versagt hat, sucht Raúl im Hotel auf. Er hat Verbindungen zur Sicherheitsfirma, die das Studio bewacht. So hat er den Aufenthalt von Vera mitbekommen. Im Hotel fragt Raúl den Bodyguard aus. Der verlangt zu viel Geld, Raúl greift zu drastischen Mitteln. Raúl foltert den Mann, nachdem er ihn niedergeschlagen hat, mit einer Zigarre. Am Ende hat Raúl den Aufenthaltsort von Vera herausgefunden und dem Mann das Diamantarmband abgenommen, das Vera ihm als Honorar gegeben hatte. Raúl schafft den Mann aus dem Hotel hinaus und wirft ihn auf dem Weg zu Vera aus dem Auto.

Anita fragt Carmen, was es kosten würde, die Kinder zu tauschen. Die lacht zuerst. Aber sie hat die Brosche ja gesehen. Sie verlangt die Brosche. Anita sagt ihr, dass diese Brosche erkannt werden könne und dass sie vorsichtig sein müsse. Dann lacht die Frau aber und lehnt den Vorschlag ab. Anita kehrt mit dem Kind in ihre Wohnung zurück. Carmen geht auch nach Hause. Dort hat ihr Ehemann zwei der Kinder bewusstlos geschlagen. Sie schlägt dem betrunkenen, schlafenden Mann eine Flasche über den Kopf. Sie bringt die Kinder zu ihrer Mutter. Dann eilt sie zu Anita. Anita gibt ihrem Kind die Brosche und Geld mit. Sie übernimmt das weiße Baby. Das schwarze Baby wird fortgetragen. Die Frauen kommen überein, beide Mädchen Francine zu nennen.

Serie 1. Episode 10.

Raúl findet Vera. Die erzählt ihm von Anita und dass sie ein Kind erwartet habe, das mittlerweile geboren worden sein müsste. Raúl sucht nun nach dem Bodyguard. Er vermutet, dass der weiß, wohin Anita gegangen sein könnte. Der Bodyguard ist aber verschwunden. Raúl will sein Kind haben. Der Fluch wäre gebrochen, sagt er zu Vera, und sie hätten eine freundliche Zukunft vor sich.

In New Orleans singt Anita in einem Nachtklub. Sie hinkt immer noch, aber sie hat die Haare blondiert und singt Boleros und keine Tangos. Ihre Francine bleibt bei einer befreundeten Köchin. Anita gerät in eine Razzia und kommt eine Nacht nicht nach Hause. Die Köchin muss die kleine Francine zu ihrem Arbeitsplatz mitnehmen. Dort findet sie ein Sohn des Hauses. Der Privatsekretär lebt zurückgezogen in seinem Elternhaus. Die Folgen seiner Verletzungen sind immer noch nicht geheilt. Der Privatsekretär spielt mit der weißen Francine, bis Anita endlich kommen kann, sie abzuholen. Anita muss ein Zusammentreffen mit ihm unter allen Umständen vermeiden. Der Privatsekretär sieht sie aber doch. Er weiß nicht, wo er Anita gesehen haben könnte. Bevor er diese Frage beantworten kann, bringt Anita das Kind weg.

Carmen trägt die Brosche zu einem Pfandleiher. Der erkennt die Brosche zwar nicht, aber er vermutet ein Verbrechen. Er will der Frau kein Geld geben. Sie soll am nächsten Tag wiederkommen, dann könne er ihr sagen, ob er einen Käufer für dieses Stück gefunden habe. Die Frau geht davon. Der Pfandleiher geht ihr nach. Er stellt fest, wo sie wohnt und verständigt seinen Boss. Die Beschreibung der Brosche führt zum Sponsor. Der Sponsor verlangt, die Frau zu ermorden, die diese Brosche verkaufen will. Eine Gruppe von Ganoven wartet auf Carmen, die zum Pfandleiher zurückkommt. Ihr wird die Brosche abgenommen. Der Boss hat aber mittlerweile herausgefunden, dass das Kind dieser Frau wertvoll ist. Die Frau darf nach Hause zurück. Sie wird beobachtet. Dem Boss erscheint die Geschichte ungereimt, aber er will nicht vorschnell Chancen vergeben.

Anita tauscht eine Perlenkette bei ihrem Boss im Nachtklub gegen Geld. Der Mann gibt ihr nur ein Zehntel des Werts, aber Anita kann sich nicht wehren. Sie nimmt, was sie bekommen kann und flüchtet nach Buenos Aires zurück. Sie nimmt das ausgetauschte Kind mit.

Serie 1. Episode 11.

Carmen in New Orleans ist verzweifelt. Sie hat kein Geld. Sie wird verfolgt. Ihr Mann ist vorübergehend in Polizeigewahrsam, aber wenn er zurückkommt und die Geschichte mit der Brosche ruchbar wird, wird er über sie herfallen. Ihre größeren Kinder machen Bemerkungen über das getauschte Mädchen. Die Frau bereut ihren

Deal. Sie versucht, Anita ausfindig zu machen. Im Nachtklub erfährt sie, dass Anita mit ihrem neuen Baby nach Buenos Aires zurückgekehrt ist. Raúl ist Anita auch im Nachtklub auf der Spur. Er wird auf Carmen aufmerksam. Er fährt ihr nach und beobachtet sie. Carmen weiß nun endgültig nicht mehr weiter. Raúl stellt fest, dass der Sponsor und der Bodyguard diese Frau ebenfalls beobachten. Von den Vasallen des Sponsors erfährt er die ganze Geschichte von der Brosche.

Vera hat ihren ersten Film gedreht, es ist ein großer Erfolg geworden. Vera kommt auf die Titelseiten der Modemagazine. Anita muss in Buenos Aires die Plakate mit dem Bild von Vera anschauen. In Los Angeles ist Vera wieder den Drogen verfallen. Raúl muss dorthin zurück und sie retten. Der Sponsor brütet an einem Plan, wie er sich an Vera rächen kann. Dazu will er diese Frau benutzen, von der er weiß, dass Raúl sie verfolgt hat. Er überlegt, dass sie doch einen ebenso großen Hass auf Vera haben müsste wie er. Aber wo ist sie?

Der Privatsekretär befragt die Köchin, wo denn diese Frau geblieben sei, die ihr Kind im Haus abgeholt hat. Die Köchin weiß nichts von Anita. Selbst der Name, den Anita angegeben hat, stimmt nicht. Aber sie weiß von der anderen Frau mit dem gleichalten Kind namens Francine. Der Privatsekretär findet Carmen mit dem schwarzen Kind gerade in der höchsten Not. Der Privatsekretär beschreibt der Frau die Brosche und bringt sie dazu zu bestätigen, dass Anita ihr diese Brosche gegeben hat. Warum, sagt sie nicht. Der Privatsekretär findet heraus, wer alles an dieser Brosche interessiert ist. Das ist auch für ihn gefährlich. Er schlägt Carmen vor, mit ihren Kindern zu ihm auf das Landgut der Familie als Haushälterin zu kommen. Sie dürfe allerdings niemandem sagen, wohin sie ginge und wo sie sich aufhalte. Die Frau verspricht das. Der Privatsekretär bemerkt, dass das kleine Mädchen Francine heißt und wundert sich. Außerdem ist das Kind schwarz und die anderen Kinder der Frau sind weiß. Die Frau schweigt dazu. Sie wiegt Francine und wird sehr traurig. Warum er diesen Vorschlag zur Übersiedlung nicht ein paar Wochen früher machen hätte können. Dann wäre alles anders, sagt sie und weint.

Es bleibt aber nicht viel Zeit. Der Privatsekretär organisiert über die Verbindungen seiner Familie, dass die Frau gleich nach einem Besuch ihres Mannes im Gefängnis mit den Kindern aus New Orleans verschwindet. Der Mann hat das Kind gesehen und tobt im Gefängnis, so dass er für viele Jahre weiterhin da bleiben sollte. Die Frau hat diese Provokation selbst hergestellt.

In Los Angeles liegt Vera in einem abgedunkelten Zimmer und ruft nach Raúl. In Buenos Aires liest Anita in einem Magazin, wie erfolgreich Vera ist.

Serie 2. Episode 1.

Carmen ist auf dem Land. Ihre Kinder gehen in die Schule. Dort werden sie gemobbt. Man macht sich über ihre kleine schwarze Schwester lustig. Ein Bruder mobbt das kleine Mädchen. Ein anderer Bruder beschützt es. Der Privatsekretär ist in die Stadt zurückgekehrt. Er soll in eine Rechtsanwaltskanzlei eintreten und seine Karriere befördern. Der Sponsor lässt sich zum Richter wählen und begeht seine Verbrechen nun legal. Der Privatsekretär kann seiner Familie nicht erklären, warum er nicht in der Öffentlichkeit auftreten kann.

Serie 4. Episode 4.

Die schwarze Francine in Paris in einem Nachtklub. Sie sitzt mit drei weißen Männern und zwei weißen Frauen an einem Tisch auf dem Balkon. Sie schauen auf die Tanzflächen, die in drei Terrassen angelegt sind. An den Tischen im Parterre und auf dem Balkon sitzen nur weiße Personen. Im Parterre sitzen deutsche Offiziere in Uniform. An den Türen stehen deutsche Soldaten und beobachten das Geschehen. Alle Zuschauer sind aufs Eleganteste hergerichtet. Die Männer im Frack. Die Frauen in filmigen hellen, tief ausgeschnittenen Abendkleidern und glitzerndem Schmuck. Francine wippt im

Rhythmus der Musik. Lange Reihen von Tänzerinnen tanzen über die Stufen auf die unterste Terrasse hinunter. Die weiße Francine steht am Mikrophon und singt einen Tango. Ein deutscher Offizier schaut ihr gebannt zu. Oben auf dem Balkon flüstern die Frauen miteinander. Eine der weißen Frauen sagt zur schwarzen Francine, dass das doch die Musik wäre, die für sie bestimmt sei.

Francine zögert. Dann zieht sie ihre Schuhe aus und wirft sie in hohem Bogen weg. Dann schwingt sie sich über den Balkonrand auf die Tanzfläche. Die Musik wechselt zu einem Trommelsolo. Francine tanzt auf der obersten Terrasse. Sie schwingt sich an den Tänzerinnen vorbei nach unten. Sie landet auf der untersten Terrasse. Das Trommelsolo geht weiter. Sie tanzt eine Art African Dance. Die weiße Francine improvisiert mit. Der deutsche Offizier ist aufgesprungen. Die schwarze Frau ist eine Provokation für ihn. Die schwarze Francine tanzt auf ihn zu und zieht ihn auf die Tanzfläche.

Die Musik wechselt wieder zum Tango. Die weiße Francine singt weiter. Die schwarze Francine zwingt den deutschen Offizier, Tango zu tanzen. Der ist erst steif und bewegt sich wie ein Automat. Dann siegt der Rhythmus, und er gibt sich dem Tango hin. Die schwarze Francine deutet der weißen Francine, dass alles gut läuft. Die Musik endet, und der deutsche Offizier findet sich auf der Bühne des Nachtklubs in den Armen einer schwarzen Tänzerin beim Tango. Er steht. Zögert. Dann tritt er einen Schritt zurück und küsst der schwarzen Francine die Hand. Tosender Applaus. Alle im Lokal springen auf und feiern die schwarze Francine.

Die weiße Francine holt während des Tumults die Aktentasche des Offiziers unter dem Tisch hervor und geht in die Garderobe davon. Der Applaus will nicht enden. Die Musik unterstützt den Tumult mit Tuschen und Trommelsoli. In der Garderobe liest die weiße Francine die Dokumente. Steckt sie zurück. Sie geht ans Mikrophon zurück. Auf dem Weg dahin stellt sie heimlich die Tasche zurück. Sie gibt der schwarzen Francine ein Zeichen. Die dreht den deutschen Offizier um sich selbst. Die Musik beginnt einen Walzer. Die schwarze Francine tanzt mit dem deutschen Offizier den Walzer. Die weiße Francine singt den Walzer aus der *Lustigen Witwe*:

Lips are silent,
violins whisper:
Love me!
Every step
says: please
love me!
Every hand-claps
shows it clearly.
Now I know, it's so, it's so,
you love me!

III.

Konstanze und Veronica sitzen auf der Couch. Der Laptop ist abgeschaltet. Sie starren auf den dunklen Monitor. Der Raum ist abgedunkelt. Es sind die äußeren Metalljalousien heruntergelassen.

VERONICA. Ätzend … Wenig glaubwürdig. Gut, dass wir da vorgescrollt haben.

KONSTANZE. Aber aufregend. *(lacht)* Die Geschichte mit der Verkleidung. Wunderbar. Das geht nur in einer Telenovela. Ich meine. Ich glaube es ja gern. Aber glaubwürdig ist das nicht. Da hast du recht.

VERONICA. Ich dachte, das geht um den Erfolg von dieser Frau. Die hat dann doch. Oder? Die war doch dann berühmt.

Konstanze steht auf. Sie schiebt den Computertisch mit dem großen Monitor zurück vor das rechte Fenster. Sie kommt zurück. Steht kurz. Setzt sich wieder.

KONSTANZE. Du meinst das Kind. Das schwarze Kind. Ich glaube, das geht auf eine Josephine-Baker-Geschichte hinaus.

VERONICA. Wer ist denn das wieder.

KONSTANZE. Eine Tänzerin. Eine exotische Tänzerin. Charleston und so. Shuffle. Du tanzt eh so wie die. Die hat damit begonnen. Oder besser. Die hat das salonfähig gemacht. Da gibt es Filme darüber.

VERONICA. Ja. Schick mir einen Link. Dann müssen wir diese Serie nicht weiter anschauen … Was wollen wir denn als Nächstes?

KONSTANZE. Keine Ahnung … Das weißt du besser.

VERONICA. Ich bin da auch ganz draußen. Ich habe gar keine Zeit mehr. Für so einen Serien-Binge. Und allein. Da geht das ja gar nicht.

KONSTANZE. Ja. Das finde ich auch. Aber allein. Da hätte ich das alles ganz ordentlich durchgeschaut. Ich habe immer noch ein schlechtes Gewissen, wenn ich so nach vorne gehe und nur das Ende anschaue.

VERONICA. Das ist doch ganz normal. Niemand schaut so eine Serie von vorne nach hinten. Deshalb haben wir doch dieses Netflix. Und so. Da müssen wir nicht so brav vor der Glotze sitzen und auf den Schluss warten.

KONSTANZE. Ich mache das aber auch bei Büchern nicht. Ich schaue nie den Schluss nach. Bevor ich noch anfange.

VERONICA. Ja. Aber ein Buch musst du allein lesen. Beim Schauen. Da …

KONSTANZE. Ich denke an die Leute, die das machen. Die das schreiben. Weißt du. Die denken sich die ganze Geschichte aus, und wir überspringen das meiste …

VERONICA. Na geh. Das sind doch Gruppen. Das schreiben doch Gruppen. Und die. Die wissen das ganz genau. Dass niemand das so ordentlich anschaut. Die bauen die Serien doch so, dass du am Ende alles verstehen kannst, auch wenn du so viel übersprungen hast. Wie wir. *(lacht)*

KONSTANZE. Magst du noch etwas essen? Ich habe ein veganes Eis für dich. Die Übersetzung ist eine Schande. Von dem Walzer. Das heißt: »Lippen schweigen. S'flüstern Geigen. Hab mich lieb.« Beckett hat das doch in *Happy Days* eingebaut. Ich muss nachschauen, welchen Text er da genommen hat. Ich war sicher, das war die deutsche Bedeutung. Dieses Delegieren an die Geigen, damit der Mann es nicht sagen muss …

VERONICA. Du. Ich bin noch total voll.

KONSTANZE. Isst du auch wirklich genug? Mir kommt vor …

VERONICA. *(leiernd, die Mutter nachmachend)* … du isst nicht genug, und mit diesem veganen Zeug bekommst du nicht alle Nährstoffe, die du brauchst. *(normal)* Mach dir keine Sorgen. Ich mach das schon.

KONSTANZE. Ich hoffe. Ich hoffe.

VERONICA. Kein Wunder, dass du diese Serie magst. Nach so einer Geschichte muss man sich ja Sorgen machen. Nichts als Gewalt und uneheliche Kinder.

Langes Schweigen.

VERONICA. Komm. Das ist nicht so gemeint.

KONSTANZE. Ich weiß. Ich weiß.

VERONICA. Du musst nicht alles auf dich beziehen.

KONSTANZE. Das tue ich nicht. Wirklich. Aber.

VERONICA. Da bist du wie die Oma Christl. Bei der ist »uneheliches Kind« auch so ein Trigger. Aber. Ihr habt das doch geschafft. Das ist doch eine Erfolgsgeschichte. Von euch beiden. Könnt ihr das nicht. Ich meine. Erfolg. Das ist doch etwas Gutes.

KONSTANZE. Das ist die Frage. Warum ist es das nicht. In dem Fall. Du beziehst es doch auch gleich auf dich. Gerade. Jetzt. Oder?

VERONICA. Weil ihr euch nicht von eurer Vergangenheit trennen wollt.

KONSTANZE. Jetzt sag noch, dass ich ein Opfer bleiben will … Das ist es doch, was du meinst.

VERONICA. Das hätte ich jetzt nicht so gesagt. Aber ich würde mich nicht so an die Vergangenheit … Hängen … So … Ich meine …

KONSTANZE. Denkst du, das macht eine aus Absicht. Das ist schon das, was dir. Was da zurückkommt. Insgesamt. Es ist schon die Welt, die dich da hängen lässt … Festnagelt … Geradezu …

VERONICA. Aber das darfst du doch nicht mit dir machen lassen.

KONSTANZE. Und da muss ich deine Großmutter einmal verteidigen.

VERONICA. Wow. *(Pause)* Weißt du. Das mit den unehelichen Kindern. So wie da. In dieser Serie. Das ist doch normal … Das ist doch, wie Kinder kommen … Ganz einfach …

KONSTANZE. Ja. Mach dich nur lustig. Aber deine Großmutter hat es noch viel schwieriger gehabt. Für mich. Da war das eine Entscheidung und damit basta. Sie hat noch … Und außerdem … Es war …

VERONICA. … aber jetzt hat sie den Opa Franz. Bitte. Die Oma Christl hat den Opa Franz unter der Knute. Die ist nicht arm, und ich kann mir nicht vorstellen, dass sie je arm gewesen ist.

KONSTANZE. Aber es war ein Kampf. Bis zum Opa Franz war es ein Kampf … Damals … Es ist ständig darauf hingewiesen worden.

VERONICA. Dann hat es ja wahrscheinlich dich getroffen und nicht sie.

KONSTANZE. Wahrscheinlich … Es war sehr wichtig … Damals … Dass es Vater und Mutter … So etwas … So eine Stimmung … Das treibt dich in Entscheidungen … Glaube mir. Das zwingt dich. Mich hat das schon.

VERONICA. Vater und Mutter. Die gibt es doch eh immer. Das geht ja gar nicht anders. *(lacht)* Schau. Dafür bist du eine Avantgardistin. Du musst das mehr so sehen.

KONSTANZE. Du. Nizzi. Ich bin mit diesem Teil meines Lebens. Dann. Da bin ich. Also vollkommen glücklich. Aber das weißt du ja … Apropos … Fährst du im Sommer nach Carrara?

VERONICA. Eher nicht.

KONSTANZE. Warum denn nicht. Du hast ein Recht auf einen Vater … Wirklich … Du solltest dich da nicht hinausdrängen lassen …

VERONICA. So ist das nicht. Die sind eh alle nett. Und der Beppo möchte, dass ich komme. Es ist … Es ist … Ach … Ich weiß nicht … Es ist, als wäre das alles … Verschlossen … Verstehst du … Weggesperrt …

KONSTANZE. Das ist so. Wenn Leute sterben. Es tut mir leid, dass das für dich so … Sich so entwickelt hat … Ich war immer ein bisschen eifersüchtig auf die Nonna da … Aber du hast sie halt wirklich gern gehabt …

VERONICA. Wenn ich daran denke … Wie sie da … Wir haben ja Facetime gemacht … Noch. Am Ende. Und alles war in diesem Spitalgrün. In diesem Dunkeltürkisgrün.

KONSTANZE. Ich weiß, was du meinst.

VERONICA. Dass man es sieht? Dass man es weiß? Auch auf Facetime?

KONSTANZE. Ich hätte das nicht. Ich hätte das nicht erlaubt. Telefonieren. Ja. Aber anschauen ... Zuschauen ... Wie eine Person ... Wenn eine nicht einmal die Hand halten darf ...

VERONICA. Weißt du. Ich hab ja die Oma Christl. Aber die Nonna ... Es war halt. Sie hat mich. Weißt du. Sie hat mich so akzeptiert, weil ich da war. Sie hat nie nachgedacht, ob das gut oder schlecht ist. Sie hat gesagt, ihr Sohn hat ein Kind, und das ist gut. Sie hat halt auch die Folgen abgefangen ... Ich meine ... Ich habe immer bei ihr gewohnt und nie beim Vater. Aber es war eh schöner bei ihr ... So gleich bei der Stadt ... Weißt du

KONSTANZE. Weiß ich. Ich war ja auch da.

VERONICA. Siehst du. Du hast schon wieder diesen Ton.

KONSTANZE. Ja. Aber siehst du nicht, wie das alles das Leben bestimmt. Du bist jetzt traurig wegen deiner italienischen Großmutter und wie die wegen Covid allein sterben hat müssen. Das wirst du auch nie vergessen.

VERONICA. Aber ich werde mich nicht bestimmen lassen davon. Von dieser Erinnerung.

KONSTANZE. Und dass du dieses Jahr deinen Vater im Sommer nicht besuchen willst. Das hat nichts damit zu tun?

VERONICA. Ich will überhaupt nichts machen. Das hat mit denen da nichts zu tun. Die wollen, dass ich komme. Ich will nicht.

KONSTANZE. Ist es wegen …

VERONICA. Ich weiß es nicht … Ja. Kann sein. Der Jonas … Der war nicht falsch. Aber es war … Eben auch weggesperrt. Es ist alles wie weggesperrt, und ich habe das Gefühl, ich bin eine Schlafwandlerin.

KONSTANZE. Das ist ja ein literarisches Zitat.

VERONICA. Das ist mir wurscht.

KONSTANZE. Nein. Ich wollte dich nicht. Aber Broch könntest du schon kennen.

VERONICA. Ich weiß eh. Nur hilft mir das nichts.

KONSTANZE. Was würde dir helfen. Das würde ich sehr gerne wissen.

VERONICA. Ach. Lass nur.

KONSTANZE. Brauchst du Geld?

VERONICA. Nein. Wie du weißt, verdiene ich mein eigenes Geld. Und nein. Ich verkaufe mich nicht unter

Wert. Ich will das so. Und außerdem. Der Opa Franz zahlt mir die Miete für das Zimmer.

KONSTANZE. Das wollte ich dich ohnehin fragen.

VERONICA. Frag lieber nicht.

KONSTANZE. Hast du da alles?

VERONICA. Es ist ein Zimmer mit Warm- und Kaltwasser. Sommerfrische 1966. Würde ich sagen.

KONSTANZE. Du kannst immer hier …

VERONICA. Es ist sehr ruhig da.

KONSTANZE. Und sonst so? Die Oma hat gemeint …

VERONICA. Alles Blödsinn. Ich habe da einmal gesagt, dass ich nach Wien ziehen will, und da hat dieser Mayerhoff. Da hat der gesagt, dass er einen Job weiß, und hat den Küchenreither angerufen, und dann hat er das mit dem Zimmer organisiert. Das war nett.

KONSTANZE. Ich weiß nicht. Du bist eine sehr hübsche Person.

VERONICA. Hübsch. Hübsch? Was meinst du damit.

KONSTANZE. Attraktiv?

VERONICA. Ich bitte dich. Lass mich damit. Ich weiß nicht einmal, ob ich eine Frau sein will.

KONSTANZE. Du wirst doch jetzt nicht damit daherkommen?

VERONICA. Doch. Ich fühle mich nicht so als Frau … So wirklich …

KONSTANZE. Wie kann das sein? Was meinst du?

VERONICA. Ich bin aber auch intelligent. Und da. Also ernst genommen. Das werde ich da nicht. Das war schon an der Uni so.

KONSTANZE. Wie meinst du das?

VERONICA. Na. Bei der Prüfung zur Einführungsvorlesung …

KONSTANZE. Vielleicht hast du nicht genug gelernt?

VERONICA. Nein. Lassen wir es. Sag mir lieber. Was tut sich bei dir?

KONSTANZE. Nichts. Eigentlich. Ich übersetze halt für den Stieglitz. Das ist das Geld. Sonst ist immer alles in der

Schwebe. Daran müssen wir uns gewöhnen. Mit diesem Krieg. Ich habe begonnen, Nudeln zu hamstern. Also wenn es schwierig wird, hier gibt es genügend Nudeln für zwei Wochen.

VERONICA. Ach. Ich bitte dich. Es gibt doch ganz andere Probleme.

KONSTANZE. Das höre ich immer. Andere Probleme. Aber was ist denn anders. Schau nicht so traurig. Was soll denn anders gewesen sein, mit deinem Jonas und dir? Nein. Wirklich. Ich will nichts wissen. Aber diese Probleme. Da ist doch nichts anders. Oder?

VERONICA. Warum willst du das immer wissen. Ich weiß es doch selber nicht. Und du. Du weißt ja auch nichts. Der Stieglitz. Wenn der von dir redet. Wenn ich eine alte Tante wäre, würde ich sagen, dass dir der. Also. Verfallen? Also. Der würde dich sofort …

KONSTANZE. Entschuldige. Ja. Das war neugierig. Aber ja. Ich bin neugierig. Ich will eben alles wissen. Von dir. Nein. Geh jetzt nicht. Ich hör ja schon auf. Und der Stieglitz. Das ist eine ganz andere Geschichte.

VERONICA. Siehst du. Jetzt machst du das. *(macht ihre Mutter nach)* Das ist eine ganz andere Geschichte. Und ja. Es geht mich nichts an. Es fällt mir nur auf.

Langes Schweigen. Veronica steht auf. Sie geht zum linken Fenster.

Wollen wir das Fenster aufmachen?

Sie drückt auf den Schalter, mit dem die Metalljalousien betätigt werden. Langsam eröffnet sich die Aussicht auf den Prater. Es ist mittlerweile dunkel geworden. Die Praterattraktionen sind hell erleuchtet. Blinken. Glitzern. Bunte Lichter. Die Waggons der Hochschaubahn »Die wilde Maus« flitzen hell erleuchtet herum. Vom Fallturm fällt die Plattform. Das weiße Riesenrad dreht sich. Das alte Riesenrad dreht sich. Das Geschrei und Gejohle ist hinter den geschlossenen Fenstern nicht zu hören. Veronica macht das Fenster auf. Schließt es gleich wieder. Der Schwall des Lärms ist sofort wieder ausgesperrt.

KONSTANZE. Willst du hierbleiben?

VERONICA. Ich weiß nicht.

KONSTANZE. Es ist kein Problem.

VERONICA. Keine Ahnung.

KONSTANZE. Ich gebe auch schon Ruhe. Ich frage nichts mehr.

VERONICA. Wenn du nur verstehen würdest.

KONSTANZE. Ich verstehe schon. Glaube ich. Ich hätte mich auch nicht ausfratscheln lassen. Von der Oma … Es ist halt … Ich dachte … Ich meine, das war etwas ganz anderes. Vertrauen? Das gab es da nicht.

VERONICA. Du bist immer gegen die Oma Christl.

KONSTANZE. Das ist halt unsere Geschichte. Das musst du nicht verstehen.

VERONICA. Das ist schwierig, wenn es dauernd … Das ist doch dauernd im Raum.

KONSTANZE. Sie hat halt versucht, mich … Stark zu machen? … Abzuhärten?

VERONICA. Warum redet ihr nicht darüber. Ich stehe immer dazwischen. So. Irgendwie.

KONSTANZE. Andere Zeiten. Es ist nicht vergleichbar. Dafür. Also. Eigentlich. Dafür habe ich … Wir … Wir haben das alle anders gemacht als unsere Eltern. Immerhin. Du bist ein Baby, das nicht mehr schreien gelassen wurde.

VERONICA. Aber das kannst du der Oma Christl doch nicht vorwerfen.

KONSTANZE. Vorwerfen nicht. Aber ich kann auch

nicht so tun, als wäre es nicht passiert. Als wäre das alles nicht passiert. Damals.

VERONICA. Das ist doch eine Ausrede. Du machst das immer. Du bist immer vorwurfsvoll. Und deshalb mag ich nichts erzählen. Ich werfe niemandem etwas vor.

KONSTANZE. Dann ist es ja gut. Das ist doch eine gute Sache. Wenn dir noch nie etwas passiert ist, das dich … Also. So heftig … Betrifft. Und da fällt mir ein. Ich habe heute gesehen, wie zwei Buben einen anderen verfolgt haben. *(lange Pause)* Das war … Ja. Doch. Das war. Namenlose Angst war das. Die der gehabt hat. Die reine Panik war das.

VERONICA. Und. Haben sie ihn gekriegt? Hast du wieder den Weltkrieg verhindert?

KONSTANZE. Mach dich nicht lustig. Aber ich habe nachgedacht, ob dir so etwas passiert ist.

VERONICA. Ich kann mich nicht erinnern.

KONSTANZE. Schulweg? Ich meine. Da hast du schon im Kindergarten nicht mehr abgeholt werden wollen.

VERONICA. Ich bitte dich. In Zürich war ich doch sowieso. Zürich. Da …

KONSTANZE. Ja. In Zürich ist es uns gut gegangen. Da haben wir es gutgehabt. Aber da war auch der Job perfekt.

VERONICA. Was war da eigentlich?

KONSTANZE. Das Magazin ist gekauft worden. Verkauft und gekauft. Und wir sind alle. Insofern war es nicht so ein Unglück. Wir sind alle. Die ganze Redaktion ist verkauft worden. Aber es sind alle zurückgetreten. Ich auch. Und in Wien. Da war der Schulweg dann ja die paar Schritte zu den Piaristen. In Salzburg. Da hättest du den Bus nehmen müssen.

VERONICA. Ich kann mich an nichts erinnern.

KONSTANZE. Das ist normal.

VERONICA. Nein. Du weißt nicht, was ich meine. Ich kann mich an überhaupt nichts erinnern.

KONSTANZE. Ich bitte dich. Es war ja alles so normal. Da muss eine sich an nichts erinnern. Das ist doch wunderbar. Das Leben und nur das Leben und keine schrecklichen Sachen.

VERONICA. Das könnte man denken. Ich weiß nicht … Ich bin müde … Vielleicht bleibe ich wirklich heute hier.

KONSTANZE. Mach das. Ich muss früh weg. Du weißt ja. Ich fliege morgen nach Zürich.

VERONICA. Dann störe ich dich.

KONSTANZE. Nein. Ich nehme meine Sachen. *(sie geht an ihren Arbeitsplatz beim rechten Fenster und sammelt Papiere ein. Sie packt den Laptop in eine Hülle. Fügt das Kabel dazu. Währenddessen)* Ist dir aufgefallen, wie das Klopapier anders geworden ist?

VERONICA. Nein.

KONSTANZE. Doch. Wenn es aus Stoff wäre, würde ich sagen, es ist dünner gewebt. Lockerer.

VERONICA. Du meinst die Lieferkettenprobleme und der Holzmangel?

KONSTANZE. Es wäre doch. Also. Es wäre doch töricht anzunehmen, der Krieg wäre nicht dazu da, uns zu kujonieren.

VERONICA. Was heißt denn dieses Wort wieder.

KONSTANZE. Schau es nach.

VERONICA. *(googelt auf ihrem Handy, liest vor)* Kujonieren. »Bei der Arbeit«. In Klammern. Bei der Arbeit unwürdig behandeln. Schikanieren. Unnötig und bösartig bedrängen.

KONSTANZE. Na bitte.

VERONICA. Ja. Aber bei der Arbeit.

KONSTANZE. Da sind wir doch immer.

VERONICA. Du übertreibst. Immer übertreibst du. Du gibst den Sachen keine Chance.

KONSTANZE. *(hat alles in die Laptop-Tasche verpackt. Mit dem Laptop unter dem Arm)* Dann müssen wir das Fenster aber wieder zumachen. Für dich … Lass die Jalousie herunter. Das Geblinke und Getute. Da kann eine nicht so leicht einschlafen.

VERONICA. Es wird schon nicht schlimmer sein als ein Bildschirm.

KONSTANZE. Lauter. Auf jeden Fall lauter. Deine Decke liegt auf meinem Bett. Die ist ausgelüftet.

VERONICA. Ich muss aber morgen in der Früh in die Rezeption. Kannst du mir?

KONSTANZE. Schau nach, was dir passt. Die weiten Hosen müssten gehen. Meine Jeans sind dir zu weit. Diese Catsuits. Die sind doch ein bisserl unpraktisch.

VERONICA. *(lacht)* Das kannst du sagen. Jedes Mal ganz ausziehen.

KONSTANZE. *(lacht)* Kann ich mir vorstellen. Wir haben das auch einmal gehabt. Aber das waren Blaumänner. Latzhosen. So richtige Maureranzüge für den Abend. Das war was. Im Musikverein mit Blaumann. Da hat eine noch schockieren können. *(sie lacht)*

VERONICA. *(lacht)* Ja. Das habt ihr alles für uns erledigt. Mit Kleidung. Da ist nichts mehr möglich.

KONSTANZE. Ach. Das macht Ihr schon. Es wird jedenfalls immer noch weniger. Mit den Kleidern. Und gewisse Kreise regen sich immer noch auf. Da müsst ihr nicht traurig sein. Schockieren geht immer. Ich mache einmal die Küche. Du weißt ja, wo alles ist.

VERONICA. Ja. Mamá. Ja. Weiß ich.

Konstanze geht aus dem Zimmer. Veronica bleibt am Fenster stehen. Konstanze kommt ins Zimmer zurück. Sie bringt die Decke und einen Polster. Ein Leintuch. Legt alles auf die Couch.

KONSTANZE. Du weißt ja, wo alles ist. Sonst? Soll ich …

VERONICA. Ich mach schon. Und du. Du schaust nichts allein?

KONSTANZE. Nein. Nein. Das machen wir gemeinsam. Ich kann solche Serien ohnehin nicht allein anschauen.

VERONICA. Gute Nacht. Mami.

KONSTANZE. Schlaf gut. Und du nimmst dir, was du brauchst.

Sie geht aus dem Zimmer und schließt die Tür. Veronica läuft zur Tür. Ruft hinaus.

VERONICA. Wann musst du denn weg?

KONSTANZE. *(aus der Küche)* Um fünf. Wegen billig. Ich bin aber übermorgen um zehn schon wieder in Wien.

VERONICA. Dann Bussi und gute Nacht.

KONSTANZE. *(ruft über den Abwaschlärm)* Bussi.

IV.

Veronica.

Wo war sie? Dunkel? Sie lag in vollkommenem Dunkel. Erst langsam. Sie sah den schmalen Spalt hellsten Lichts an den Fensterrändern unten. Eine dünne Linie gleißend Weiß war das. Sie war bei der Mami. Sie schwang sich auf. Hielt sich an der Lehne der Couch fest und suchte nach dem Lichtschalter an der Wand zum Schlafzimmer. Wo war der? Sie setzte sich wieder. Hob das Handy auf. Sie war fast auf das Handy gestiegen. Hatte beim Fühlen des kühlen Gegenstands den Fuß weggezogen. Es war 7 Uhr 16. Sie blieb sitzen. Schaute das Wetter nach. Kühl. Regen später. Wieder Regen. Wie wollten sie gegen Trockenheit demonstrieren, wenn es schon wieder gerade regnete? Sie textete an Lukas, dass es regnen würde. Was sollten sie tun? Dann leuchtete sie sich mit dem Handy. Fand den Lichtschalter. Drehte das Licht auf. Sie schaute ins Schlafzimmer. Die Mami war längst weg. Sie hatte nichts gemerkt. Die Jalousien. Sie ließ die Außenjalousien hinauf. Legte das Bettzeug zusammen. Ging ins Badezimmer. Hatte sie Zeit für ein Bad? Aber sie sollte besser in den 19. Bezirk fahren. Kleider holen. Sie ging wieder ins Schlafzimmer. Schaute in die Kästen. Sie fand aber nichts, was sie anziehen hätte wollen. Und sie brauchte ihren Laptop. Und sie musste den grünen Catsuit holen. Für alle Fälle. Sie hätte als Grashalm verkleidet wieder auf den Ballhausplatz kommen sollen. So war es ausgemacht gewesen. Am Donnerstag als Wassertropfen. Am Freitag als Grashalm.

Die Mami in Zürich. Oder nein. Die war jetzt gerade auf dem Weg dahin. Saß im Flugzeug. Die Mami hatte keine Flugprobleme. Nicht persönlich und nicht klimarelevant. Die hätten das doch sehr gut per Zoom machen können? Ein Gespräch über Übersetzungsfragen? Dazu musste niemand in ein Flugzeug steigen und. Veronica seufzte. Sie ließ sich eine Wanne ein. Reinigte das Gesicht mit der Reinigungsmilch von »Natural«. Das war hoffentlich halbwegs bio. Auf der Etagere über dem Waschbecken. Auf der Waschmaschine auf einem rosengemusterten Plastiktablett. Auf einem weißen Organizer neben dem Waschbecken. Fläschchen. Sprays. Döschen. Pröbchen. Veronica drehte die langen Haare zu einem Knoten oben auf dem Kopf. Wenn sie nickte, wackelten die Haare. Sie schaute sich im Spiegel dabei zu.

Sie hörte draußen auf dem Gang. Es wurde ein Fahrrad weggeschoben. Sie hörte deutlich, wie der Fahrradständer eingeklappt wurde. Einrastete. Das Rad wurde über die Stiege zum Lift hinuntergeschoben. Scheppernd. Der Nachbar. Oder die Nachbarin. Sie hatte diese Personen noch nie gesehen. Die Mami hatte die Wohnung von denen gemietet. Die wollten ein Baby haben. Deshalb hatte die Mami keinen Dauermietvertrag haben können. Die wollten die Wohnung dann erweitern. Deren Glück würde sich in ein Problem für die Mami verwandeln. Aber die Mami lachte dazu. Sie. Sie hätte die Wohnung aber ohnehin nicht genommen. Das Badezimmer. Das Fenster ging auf den Gang hinaus. Es konnte nie richtig gelüftet werden. Sie mochte kein Zimmer ohne Fenster. Sie hätte dieses Badezimmer nicht.

Sie legte sich in die Wanne. Schaute dem Wasser beim Steigen zu. Ließ das Wasser über den Bauch zum Busen steigen. Schaukelte sich im hohen Wasser. Sie stieg aber dann doch gleich wieder aus der Wanne. In den Ritzen der Dichtung zur Wand. Schwarzer Schimmel. Sie wollte diese Schimmelsporen nicht einatmen. Sie wollte überhaupt nur reine Luft einatmen. Luft ohne Staub. Ohne Staub. Ohne Gase. Ohne Dämpfe. Ohne widerliche Geruchsstoffe. Ohne gefährliche Teilchen. Ohne gefährliche Schwebteilchen. Und schon gar keine Pilzsporen. Sie trocknete sich ab. Es war unangenehm, die alte Unterwäsche. Sie hätte sie waschen können. Aber sie musste sowieso waschen. Sie ging ins Schlafzimmer. Holte sich eine von den Mom-Jeans aus dem Kasten. Da war es gleichgültig, ob die passten oder nicht. Sie nahm noch einen Gürtel und eine weiße Bluse. Den BH. Da passte ihr gar nichts von der Mami. Die hatte ja einen großen Busen. Menopausenbusen, sagte sie. Im Schlafzimmer waren die Außenjalousien hinaufgezogen. Helles Sonnenlicht. Südseitig. Sie nahm eine der Stofftaschen vom Haken am Gang. Stopfte ihre Kleider hinein. Da war ein Plastikfutter in dieser Tasche. Wozu? Und wie das in den Hitzewellen werden würde? Hier? So südseitig? Es war vielleicht besser, die Außenjalousien herunterzulassen. Sie ging ins Wohnzimmer. Drückte auf die Knöpfe. Hörte dem Surren der niedergleitenden Metalljalousien zu. Sie schaute sich um. Das Zimmer dunkel.

In der Küche. Es gab Toast. Sie toastete zwei Stück. Balancierte die heißen Toasts. Schwenkte sie. Sie aß die Toasts beim Hinausgehen. Sie sperrte sorgfältig ab, den Toast im Mund. Im Lift. Sie schaute sich im Spiegel beim Toastkauen zu. Draußen. Es war kühl. Sie überlegte. Nach links schnell in die U-Bahn. Nach rechts ein Spaziergang. Sie ging nach links. Dann ging sich das alles besser aus. Sie ging gleich über die Straße. Das absurde rosa Schweinchen grinste einem entgegen. Sie musste nachschauen, wie viel Geld sie auf dem Konto hatte. Sie ging schnell. Sie wollte durch die Stadt und zurück.

Heute. Sie würde das blaue Kostüm anziehen. Wenn der Küchenreither sie entlassen wollte, dann war das im blauen Kostüm richtiger. Und sie würde etwas finden. Etwas anderes. Viel sinnloser konnte so ein Job ja auch nicht sein. Sie suchte nach der Maske. Setzte die Maske auf. In den öffentlichen Verkehrsmitteln die Maske Pflicht. In Wien. Wien war da vorsichtiger als alle anderen Bundesländer in Österreich. Sie setzte die Maske gern auf. Auch bei den Demonstrationen. Aber da hatte der Finn. Und der Lukas auch. Die hatten gemeint, dass das zu compliant wäre. Wahrscheinlich lebten die noch zu Hause und mussten sich nicht fürchten davor, krank zu werden und allein irgendwo herumzuliegen. Unbesucht. Die hatten alle keine Ahnung. Aber die Mami auch nicht. Setzte sich in ein Flugzeug und ging in Zürich herum. In der Schweiz? Sie hatte nachgeschaut. Unter den Neuerkrankungen stand immer null. Aber dann waren im Durchschnitt bis zu 4000 Personen krankgemeldet. Wie konnte das sein? Sie sollte sich mit Statistik beschäftigen. Das war ja klargeworden. Wenn man sich bei Statistik nicht auskannte, dann war man ausgeliefert. Da erzählten die einem was sie wollten. In Wien hieß es, dass nur eine Person »unlängst« an Covid verstorben war. Aber da gab es auch keine Statistik mit den Zahlen von Neuerkrankungen. In Wien gab es auch nur die Zahl von Erkrankten. In Zürich. Das waren dann nur 500 000 Einwohner*innen und der ganze Kanton 1,5 Millionen. In der Statistik von den Toten war überhaupt nur der Kanton zu finden gewesen. Und da waren nur alte Leute gestorben. Über 80 und niemand unter 40. Die Mami war aber schon in der ersten Stufe. In ihrem Alter starben Leute an Corona.

Sie sah, dass die nächste U2 in drei Minuten kommen sollte. Der Bahnsteig voll. Berufsverkehr. Sie hielt den Beutel mit den Kleidern und ihre Tasche vor sich. Vor dem Bauch. Hielt ihre Sachen umfangen. Damit war der Abstand gesichert. Es krochen alle schon wieder nahe. Stellten sich neben eine. Vor eine. Atmeten einer ins Gesicht. Auf den Hals. Wenigstens musste sie nichts riechen. Mit der Maske. Sie hatte noch ein Stück Toast in der Hand. Sie hob die Maske vom Gesicht. Steckte den Toast in den Mund. Den Toast kauend. Hinter der Maske. Die U-Bahn kam in die Station.

Sie musste stehen. Bis zur Station Schottentor musste

sie stehen. Sie hielt sich an einer Stange fest. Sie hätte sich lieber nirgends festgehalten, aber die U-Bahn zu schnell um die Kurven. Besonders vor dem Praterstern. Sie musste sich festhalten. Nach dem Praterstern war es dann schon lichter. Am Schottenring stiegen wieder viele aus. Am Schottentor. Sie ließ sich von der Rolltreppe hinauftragen. Eilte die Stufen zum 40er Bus hinauf. Es wäre zu ärgerlich, da heraufgelaufen zu sein, und der Bus war gerade angefahren. Aber der Bus stand da. Sie stieg ein. Sie bekam einen Platz ganz vorne. Allein. Sie setzte sich an den Rand. Stellte ihren Beutel und ihre Tasche neben sich hin. Sie keuchte. Die Stiegen herauflaufen. Sie hatte die Maske nicht abgenommen. Die meisten gingen ohne Maske in den Stationen. Obwohl es vorgeschrieben war. Oder die Maske war nur über den Mund gezogen, und die Nase hing so über die Maske heraus. Sie zog die Schultern nach hinten. Man war diesen Leuten nichts wert. Die nahmen keine Rücksicht auf sie und auf sich selbst. Sie. Sie war für die Maske. Sich verbergen. Sich vor dem Virus verbergen. Die Maske. Für sie war das eine einzige. Sie waren alle hinter dieser Maske. Und so war es ja auch gewesen. Sie wäre auch im Seuchenschutzanzug gegangen. Dann hätte sie wenigstens zu dieser Universität gehen können. Hingehen. Teilnehmen. Sie wären alle in diesen apfelgrünen Anzügen dagesessen. Aber gemeinsam. Man hätte einander gesehen. Berührt ja nicht. Aber dann war das Anschauen der Ersatz gewesen. Wäre der Ersatz gewesen.

Der Busfahrer stieg ein. Er hatte eine Zigarette geraucht. Er saß hinter einer Plexiglaswand. Hatte keine Maske auf.

Sie konnte von ihm die rechte Hand sehen. Wie er auf Knöpfe drückte. Ein Formular ausfüllte. Wieder Knöpfe drückte. Der Bus startete. Das Fiepen des Türschließens. Abfahrt. Sie holte ihre AirPods heraus. Steckte sie in die Ohren. Eine Nachricht. Lukas. Eine Besprechung. Im Atelier im Prater. Gut, dass sie in ihr Zimmer fuhr. Und dann konnte sie in Mamis Wohnung ihre Wäsche waschen, während sie zur Besprechung hinüberging. Dafür. Die Wohnung von der Mami war dafür ideal gelegen. Wie ausgesucht.

Sie stellte ihr Handy auf Music ein. Ihre Musikauswahl. *Remixes of the 80's, Pop Hits*. Madonna: *La Isla Bonita*. Tina Turner: *What's Love Got to Do With It*. Steve Winwood: *Hearts on Fire*. Rick Astley: *Giving Up on Love*. Prince: *Purple Rain*. Die Liechtensteinstraße. Sie war fast allein im Bus. Das Schuhgeschäft beim Lycée. Sie sollte einmal hier aussteigen. Sich die Schuhe anschauen. Beim Vorbeifahren. Es sah interessant aus. Immer nur ein Paar in der Auslage. Rote Schuhe. Grüne Schuhe. Aber sie hatte kein Geld für solche Sachen. Und es war nicht wichtig. Ein Paar weiße Sneaker. Ein Paar schwarze. Zum Kostüm? Heute? Die weißen. Sie sollte die weißen Schuhe anziehen. Entlassungsschuhe. Unschuld. *Beat It*. Michael Jackson wollte sie nicht hören. Eigentlich. Aber dann. Whitney Houston: *I Wanna Dance With Somebody*. »Somebody to love.«, ging das weiter. Sie hätte tanzen wollen. Aber niemanden dazu. Und wie passend. Der Missbraucher gefolgt vom Opfer. Und am Ende immer alle Opfer. Der Jackson. Der war ja selber. Und Whitney Houston. Auch schon als Mädchen. Beide Kinderstars gewesen. Wahrscheinlich reichte das. Zirkuspferdchen und gestresst.

Der Veganista-Eissalon noch geschlossen. Veganes Eis gab es in Wien jede Menge. Sie würde den Sommer mit veganem Eis und Vitamintabletten überstehen müssen. Aber »Die Bröselei« war hier am Weg. Immerhin. Der Bus hielt. Fuhr wieder an. Hinauf. Zur Station Volksoper/Währingerstraße. Weiter. Gymnasiumstraße. Währinger Park. Cottagegasse. Da stieg sie aus. Sie nahm die AirPods ab. Verstaute sie im Gehen in ihrem Döschen. Ging die Straße entlang. Hier die Linden. Die Lindenblüte. Das musste bald sein. Die Rosen blühten.

Ihr Zimmer. Das Fenster in ihrem Zimmer. In diesem Dienstbotenzimmerchen unter dem Dach. Das war fast so hoch wie die Wohnung von der Mami im 4. Stock, der in Wien der 5. Stock war. Wegen des Hochparterres. Sie schaute in die Krone einer Linde hinauf. Im Haus von der Nonna war das auch so gewesen. Das Zimmer in der mansarda. Da waren es Mandelbäume, in die sie geschaut hatte. Die Mansarde da nicht so hoch. Und sie hatte diese Bäume nie blühen gesehen. Immer Schule gewesen. Zur Zeit der Blüte. Der eine Monat Italien. Der Vaterbesuch. In den Sommerferien. »Ich will nicht, dass es dir so geht wie mir. Ich will, dass du deinen Vater kennst.« Und was hatte es gebracht? Kummer. Sie hatte die einzige Person verloren. Die, die sie verstanden hatte. Die auf ihrer Seite gewesen war. Bei der sie. Die Nonna. Die hatte alles wissen wollen, was sie. Wollte. Betraf. Interessierte.

Bei der Villa. Sie war beim Studentinnenheim angekommen. Das Heim an die Villa angebaut. Sie war beim Eingangstor angekommen. Der Nebeneingang stand offen. Beim großen Tor. Sie hätte läuten müssen. Für das große Tor gab es keine Schlüssel für die Bewohnerinnen. Heimkinder, sagte sie zu sich. Sie war ein Heimkind geworden. Mit diesem Zimmer im katholischen Mädchenheim. Aber sie war ja auch eine Waise. Mit dem Tod der Nonna. Sie hatte ganz Italien verloren. Die Nonna war ihr Italien gewesen. »In den Ferien? Da bin ich bei meiner Großmutter in Italien.« Zum Vater. Da konnte sie nicht hin. Da waren ihre Halbschwestern und die Frau. Da war sie die Verdächtige. Die waren schon nett. Aber da wurde immer über Geld geredet. Und sie wollte das Geld von ihrem Vater nicht. Und der. Sie musste sich nicht mehr anbrüllen lassen. Am Telefon. Dass sie um Gottes willen kommen solle. Auch ohne Nonna. Obwohl. Auf Italienisch sagten die »per l'amor di Dio.«. Da war es die Liebe und nicht der Wille.

Sie schloss die Gartentür zum Seiteneingang hinter sich. Ging durch den Vorgarten. Schattig und ungepflegt. Die Seitentür stand angelehnt. Jemand hatte für jemanden die Tür offen gehalten. Sie schloss die Tür deshalb nicht. Lehnte die Tür sorgfältig gegen den Rahmen. Wartete, dass die Tür nicht automatisch schloss. Im Frühstücksraum wurde geredet. Geklirre von Tassen. Das Röcheln des Kaffeeautomaten. Sie ging zum Frühstücksraum. Einen Kaffee. Und dann Umziehen und ins Büro. Hier. Die dachten, sie ginge in ein Büro arbeiten. Obwohl die Berger wissen musste, dass sie in dieser Rezeption arbeitete. Die kannte den Küchenreither. Der hatte sie ja hierher vermittelt. »Eine brave Salzburgerin.«, hatte er sie genannt.

Sie hatten eine eigene Facebook-Gruppe. Die braven Salzburger in Wien. Die Mayerhoff-Gruppe. Sie schaute aber nie. Das waren alles Oldies. Männer. Die einen in Salzburg. In St. Katharina und in der Katharinen-Buchhandlung. Und die anderen in Wien. Und Facebook. Für sie waren das die Italiener gewesen. Ihre Facebook-Gruppe. Und WhatsApp dann. Die hatten eine Familiengruppe auf jedem Kanal. Da hatte sie sich herausgenommen. Gleich nach dem letzten Facetime mit der Nonna. Nach ihrem. Nachdem sie.

Kaplan Chrobath war da. Kaplan Chrobath saß im Frühstücksraum Wo war der Kaplan? In welcher Pfarre? Er saß in der dunklen Ecke. Er saß allein. Normalerweise setzte er sich zu irgendeiner Gruppe an den Tisch. Aber von dem Tisch in der Ecke. Da sah er direkt auf die Tür. Er sah, wer hereinkam. Er winkte ihr. Deutete ihr, an seinen Tisch zu kommen. Veronica wollte ihn zuerst übersehen. Dann aber. Kaplan Chrobath stand auf und rief sie mit Namen. Sie musste erstaunt tun und ging, ihre Tasche und den Beutel am Tisch abzustellen. Zuerst wolle sie ihren Kaffee holen, murmelte sie und ging davon. Sie blieb lange am Kaffeeautomaten stehen. Ließ sich eine große Tasse Kaffee heraus. Dann nahm sie Toast und Gurkenscheiben. Mit Tasse und Teller in den Händen ging sie zurück.

Kaplan Chrobath schlug die Hände zusammen. »Zuerst einmal. Einen schönen guten Morgen.« Er deutete auf ihren Beutel. »Verreist gewesen?«

Veronica stellte ihre Tasse ab. Den Teller. Setzte sich. Sie setzte sich um die Ecke von Kaplan Chrobath. Sie wollte ihm nicht in die Augen schauen. Und sonst. Sie wäre mit dem Rücken zum Raum gesessen. Lieber nicht. Sie hätte nur den Kaplan Chrobath und die hellgelbe Wand hinter ihm anschauen können. So. Sie lächelte ihm von der Seite zu und sagte nichts.

»Aber es ist ein Wunder.« Kaplan Chrobath schlug die Hände zusammen. »Ich sehe dich essen. Das erste Mal sehe ich dich essen. Ich habe schon gedacht, es ist wirklich nur die Luft und die Liebe bei dir.« Kaplan Chrobath zog den Teebeutel aus seiner Teetasse. Sie sagte nichts. Was sie denn so tue. Zum Beispiel heute Abend. Es gäbe einen von diesen intergenerationellen Abenden. Heute. Es ginge um Familie und so. Eine Frau. Das würde sie doch interessieren. Sie sei doch sicher Feministin. Das habe er sich gleich gedacht, dass es falsch wäre, sie als oberflächliche Person einzustufen. Wie das manche machten. Manchmal verfalle der Kollege Küchenreither in die Laster, die er anderen vorwerfe. Kaplan Chrobath hatte sich ihr zugewandt. Er hatte seinen Sessel herumgedreht und saß ihr nun nahe gegenüber.

»Ich habe bei meiner Mutter übernachtet.«, sagte Veronica. Bevor sie noch zu sprechen begonnen hatte, hatte sie sich gefragt, warum sie das jetzt sagte.

»Ah.«, machte Kaplan Chrobath. Er dehnte den Laut. »Die Frau Mamá.« Veronica aß eine Gurkenscheibe. Sie hatte diesem Mann einmal. Das war ganz am Anfang. Da war sie ganz neu in diesem Frühstücksraum gewesen. Sie hatte ihm gesagt, sie sei ihrer Mutter entfremdet. Sie hatte ihn erschrecken wollen. Er hatte sich nach ihren Verhältnissen erkundigt, und sie hatte ihm ihre Verhältnisse erklärt. In dritter Generation ein uneheliches Kind. Ihr Vater allerdings ein Italiener. Eine Kongressbekanntschaft ihrer Mutter. Die Mutter also in dritter Generation eine Alleinerzieherin. Ihren Vater sah sie in den Sommerferien. Da aber hatte sie bei der Mutter dieses Vaters gewohnt. Ihre Nonna war nun an Covid gestorben und, sie hatte sie nicht mehr sehen können. Sie habe aber auch ihren Freund, ihre Großmutter und ihren Stiefgroßvater in Salzburg verlassen und sei nach Wien gezogen, um ein neues Leben anzufangen. Da hatte er sie gefragt, wo ihre Mutter denn nun lebe. Darauf hatte sie diesen Satz gesagt. »Wissen Sie.«, hatte sie gesagt. »Ich bin meiner Mutter entfremdet.« Als Nächstes hätte er ja gefragt, warum sie nicht bei ihrer Mutter lebe. Aber wie hätte sie ihm. Wie hätte sie irgendjemandem erklären können, warum. Weshalb es so. Und einem Pfarrer. Sie war nicht einmal getauft. Das hatte den Mayerhoff ja so. Fasziniert? Das hatte dem gefallen. Eine Erwachsenentaufe, hatte er gleich gesagt. Die waren auf Mission. Der Chrobath wusste das. Die redeten darüber. Untereinander.

»Heute Abend haben wir eine interessante Person zu Gast.«, lenkte der Kaplan ab. Veronica schaute auf. »Eine Brustkrebsüberlebende.«, sagte Kaplan Chrobath. »Und wie sie mit Gottes Hilfe und der Medizin diese Prüfung bestehen konnte.« Veronica nickte. Ihr Handy vibrierte. Sie hatte es auf den Tisch gelegt. Sie schaute nach. Lukas.

Die Demonstration sei abgesagt. Ob sie wisse, wo Finn zu finden sei. Und ab 15 Uhr sei er im Atelier, und sie sollten alles besprechen.

Veronica schaute zu Kaplan Chrobath auf. »Ich muss leider woanders hin.«, sagte sie.

Der Kaplan seufzte. »Ich meine es gut mit dir. Wirklich. Ich glaube, du solltest dich auf so einen Abend einlassen. Du musst nicht mitbeten. Deine amerikanischen Kolleginnen machen das schon für dich. Wenn du schon einmal in diesem Haus wohnst …«

Veronica nahm einen Schluck vom Kaffee. So war das also, dachte sie. Sie hatte sich das gedacht. Aber so deutlich? Also musste sie sich um ein Zimmer umschauen. Sie konnte den Lukas fragen. Die wussten sicher etwas.

Sie lächelte. »Ich dachte, Sie meinen es gut mit mir.«

Kaplan Chrobath beugte sich zu ihr. »Gerade deshalb möchte ich, dass du kommst.« Er lehnte sich wieder zurück. Veronica trank Kaffee. Sie aß Gurkenscheiben. Kaffee und Gurkenscheiben. Das passte überhaupt nicht zusammen. Sie konnte schon fühlen, wie das im Magen nicht zusammenkam. Sie aß die letzten beiden Gurkenscheiben. Aß den trockenen Toast. Sie stellte sich vor, wie der trockene Toast den Kaffee aufsaugen würde und die Gurken zu einem Brotkaffeegurkenbrei wurden. Friedlich. Eine friedliche Mischung in ihrem Bauch. In ihrem Leib.

»Meine Mutter glaubt auch, weil sie es gut meint, ist alles richtig für mich. Wie sie es will.« Sie sagte das vor sich hin. Während des Sprechens. Sie hörte die Stimme von der Mami. Sie schaute auf. Musste lachen. Kaplan Chrobath hatte sie angestarrt. Im Lachen sah sie seinen Blick auf sich. Sein Blick. Sie musste zurückrücken. Sich aus dem Blick schieben. Warum war dieser Mensch. Was war der? Sie hatte ihm nichts getan, außer nicht katholisch gläubig zu sein. Und gut. Sie musste hier weg. Es war ihr gleich klar gewesen. Beim ersten Morgengebet im Frühstücksraum. Sie hätte den Morgen mit Gott begrüßen sollen und war sitzen geblieben und hatte weiter Kaffee getrunken.

Heute. Sie hatte es wohl versäumt. Kaplan Chrobath war schon Post-Morgengebet. Aber es machte ihn. Aggressiv? Wütend? Fierce, fiel ihr ein. Das passte am besten. Fierce. Das i. Das war das, wie er dreinschaute. Sie stand auf. Sie müsse weitertun, sagte sie.

»Heute Abend. Um 18 Uhr. Es gibt ein Abendessen danach.«, rief ihr Kaplan Chrobath nach. Veronica ging auf den Gang hinaus. Ging zur Hinterstiege. Stieg hinauf. Ging in ihr Zimmer. Sie war froh, niemanden getroffen zu haben. Sie hätte nicht mehr lächeln können. Die wollten sie mit Essen ködern. Aber das war ein Befehl gewesen. Und sie wusste, was Befehle waren. Die Oma Christl hatte ihr das beigebracht. Die redete auch so. Aber da konnte sie sagen »Das meinst du jetzt nicht so.«, und die Oma Christl musste lachen. Sie sei eben ein alter Feldwebel, sagte sie dann. Und dass sie sich halt immer durchsetzen habe müssen. Und seit sie in Pension sei. Sie habe nur mehr den Opa Franz und sie, die Veronica, zum Herumkommandieren. Und dann lachten sie alle. Die Mami ja nie.

Im Zimmer. Sie legte ihre Sachen aufs Bett. Das Bett war. Es war unordentlich. Sie hatte die Tagesdecke straff gezogen gehabt. Das machte sie. Sie machte ihr Bett. Jeden Morgen. Es war sprichwörtlich. Und so. Der Jonas hatte die Tagesdecke nicht straff gezogen gehabt. Das war der erste Hinweis gewesen. Was für ein Spaß das gewesen sein musste. Die Sandra an der Großmutter und dem Opa Franz vorbeizuschwindeln. Seltsame Genüsse waren das. Aber es war jemand im Zimmer gewesen. Hatte auf diesem Bett gesessen.

Ihr war heiß. Die Vorstellung. Sie schwitzte. Sie schaute auf das Handy. Es war 8 Uhr. Sie sollte weg. Aber es ging nicht anders. Sie zog die Bluse aus. Suchte einen frischen BH. Einen Waschlappen. Sie wusch sich unter den Achseln. Das kalte Wasser. Die Seife schäumte nicht. Sie hatte das Wasser rinnen. Jemand klopfte an die Tür. Es ginge jetzt nicht, schrie sie. In Panik. Es gab keine Schlüssel hier. Sie lief und stellte den Sessel vor die Tür. »Es geht jetzt nicht.«, wiederholte sie. Sie trocknete sich ab. Wieder das Klopfen. Sie zog den Rock an. Den BH. Die Jacke. Ging die Tür aufmachen.

Eine von den Amerikanerinnen. Die kleine Dunkelhaarige. Sie weinte. Sie solle hereinkommen, sagte Veronica. Sie stellte sich vor den Spiegel und frisierte sich. Sie müsse weiter. Worum es ginge. Und hieße sie nicht Jenny? »Yes.«, antwortete die junge Frau. »Yes.« Sie hatte sich auf den Bettrand gesetzt und schaute auf ihre Schuhe. Veronica holte ihre Schmutzwäsche aus dem Papierkorb. Sie hatte den Papierkorb mit einer großen Stofftasche ausgekleidet. Sie musste diese Tasche nur herausziehen. Sie stopfte die neue Schmutzwäsche dazu. Die Kleider von ihrer Mutter. Jenny schaute weiter auf ihre Schuhe. Sie wolle mit Veronica reden, sagte Jenny.

»I really do not have the time. I am sorry.« Veronica redete überlaut und deutlich. Diese Jenny saß auf dem Bett wie festgewachsen. Aber abwesend. Sie schaute auf. Schien aber nichts wahrzunehmen.

»I want to warn you.«, sagte sie. Veronica musste lachen. Warnungen. Alle Leute warnten sie. Der Chrobath hatte ja auch nichts anderes getan.

»Don't fret.« sagte sie. »I am going to find another.« Wie nannte man das? Was sie hier gehabt hatte, das war ein Zimmer mit Kalt- und Warmwasser, wobei sie das Warmwasser nie wirklich erlebt hatte. Eine Wohngemeinschaft? Was hieß Wohngemeinschaft auf Englisch? Appartamento condivisio. Einfach apartment? Sie hatte ihre Sachen beieinander. Tasche. Schmutzwäsche. Zur Sicherheit auch das Grashalmkostüm. Sie überlegte, welche Schuhe. Sie steckte die weißen Supergas zur Schmutzwäsche in den Sack und zog die schwarzen Pumps an. Sämischleder. Spitz. Und eine schwarze Schnalle vorne quer. Ein kleiner Absatz. Sie war ja groß genug ohnehin. Mit Absätzen. Sie hätte dem Küchenreither dann wirklich von oben auf den Kopf gesehen.

Es wurde wieder an die Tür geklopft. Veronica schaute hinaus. Frau Berger. Die Heimleitung. Die Frau drängte sich gleich an Veronica vorbei ins Zimmer. »Lüften.«, sagte sie. Man müsse mehr lüften. Sie ging und öffnete das

Fenster. Veronica hatte den zweiten Schuh angezogen. Sie müsse jetzt weg. Frau Berger nickte nur und setzte sich neben Jenny aufs Bett. Veronica zuckte mit den Achseln und ging hinaus. Sie ließ die Tür offen stehen. Es kamen und gingen ja ohnehin alle, wie sie wollten.

Sie ging die Hinterstiege hinunter. Die Seitentür war immer noch offen. Sie ging schnell. Sie wollte den Chrobath nicht treffen. Sie lief fast. Den Beutel mit der Schmutzwäsche über der Schulter. Gleich beim Gartentor. Sie sah vorne den Bus gerade die Hasenauerstraße hinunterfahren. Sie musste auf den nächsten Bus warten. Sie beschloss, zur Gymnasiumstraße hinunterzugehen. Sie wollte nicht an der Bushaltestelle stehen. Gesehen werden. Da. Beobachtet. Sie ging die Straße hinunter. An der Tierklinik vorbei. Zwei Frauen mit großen Katzenkäfigen auf dem Schoß. Saßen auf der Parkbank vor der Klinik. Ein Taxi hatte gehalten. Der Taxifahrer holte eine solche Transportbox aus dem Kofferraum. Die Frauen redeten mit den Katzen in den Käfigen. Veronica dachte, dass das ein Katzenkastrationstermin sein musste. Es kam gerade noch ein Taxi und hielt vor der Tierklinik, da ging sie über die Weimarer Straße. Sie stellte sich hinter das Wartehäuschen. Sie mochte nicht so an der Kreuzung stehen und warten. Sie musste dann nach ihrer Maske suchen. Sie musste ihre Tasche durchkramen. Sie lief nach vorne.

Der Bus hielt. Sie hatte ihre Maske gerade erst gefunden. Sie setzte die Maske im Bus auf. Der Bus war ziemlich voll. Sie fand keine Bank für sich allein. Sie stellte sich auf die Schwenkplattform und hielt sich fest. Nach der Station

Währingerstraße wurden immer Plätze frei. Sie ließ sich herumdrehen auf der runden Plattform. Überlegte. Wie zerfallen ihr das Mädchenheim jetzt vorkam. Am Anfang. Es hatte alles nach Ordnung ausgesehen. Nach Geordnetheit. Alles in Bahnen. Diese Jenny. Die war die einzig obese. Fett durfte man ja nicht mehr sagen. Alle anderen von den Studentinnen. Die waren schlank und up to date. Besonders die Frisuren. Die hatten alle Beachwaves. Die langen Haare. Da musste man das jeden Tag neu machen. Das hielt sonst nicht. Sie hatte das Glätteisen aufgegeben. Sie hätte es dem Jonas mitgeben sollen. Sie hatte dieses Glätteisen immer noch herumliegen. Sie sollte es verschenken.

Der Bus schwenkte von der Sternwartestraße in den Gürtel. Sie musste sich festklammern. Sie wartete. Bei der U6. Fast alle stiegen aus. Fast alle behielten die Masken auf und gingen in die U-Bahnstation weiter. Sie ging nach hinten. Setzte sich hinauf auf die letzte Bank. Ließ sich auf und ab und von links nach rechts werfen. Bei der Oma Christl gab es den Kater Benerl. Sie hatte ihn nicht gerne oben in der Mansarde gehabt. Die schwarzen Haare. Fettig. Fettige schwarze Haare auf den Sitzmöbeln. Und den Kleidern dann. Und der Jonas hatte nie staubgesaugt. Obwohl er es war, der den Kater heraufgelockt hatte. Aber das war die Konkurrenz mit dem Opa Franz gewesen. Der war der Katzenvater. Der ging ja auch zum Tierarzt. Mit dem Benerl. Die Oma Christl machte so etwas nicht. Sie wollte keine Katze. Der Benerl brachte tote Vögel ins Haus. Sie fuhr dann mit der 22er Straßenbahn bis zum Burgring und ging über den Heldenplatz hinüber zum Kohlmarkt. Durch die Burg. Sie kam gerade rechtzeitig. Es war 5 vor 9.

Es war dann alles wie sonst. Die Scherengitter waren offen. Veronica fand die Frau Wallin die Wischtuchpresse im Waschbecken der Toilette mit Wasser füllen. Die Frau Wallin hatte ihre AirPods in den Ohren. Welche Musik hörte die? Oder ließ sie sich etwas vorlesen? Veronica lächelte sie nur an. Sie verstaute ihren Wäschebeutel im Putzkämmerchen. Anstelle des Monitors. Sie trug den Monitor hinaus an die Rezeption. Steckte die Geräte zusammen. Legte ihr Handy heraus. Setzte sich. Machte den Computer auf. Sie ging zurück und schaute, ob ihre Haare in Ordnung waren. Die Frau Wallin deutete hinauf. »Ist er wieder oben?«, fragte Veronica. Die Frau Wallin nickte. Sie trug die Wischtuchpresse die Stufen zur Rezeption hinunter. Veronica ging an ihren Platz. Frau Wallin verschwand in den Gang zur Hausstiege.

Warum war sie so müde? Sie hatte doch gut geschlafen. Sie hatte sehr gut geschlafen. Es war gut, es so dunkel zu haben. Bei der Mami. Im Mädchenheim. Es gab nur einen dünnen gelben Vorhang vor dem Fenster. Der verstärkte das Licht eher noch, und sie wachte mit der Sonne auf. Bewegung. Sie musste wieder etwas beginnen. Joggen. Bergsteigen. Tennis. Sie hatte ganz gut Tennis gespielt. Vor der Pandemie. Seit der Pandemie schleppte sie sich so herum. Sie war müde. Nein. Das war nicht Müdigkeit. Das war Sinnlosigkeit.

Jenny fiel ihr ein. Und wie die auf dem Bett gesessen war. Es war sicher die gewesen, die in ihrem Zimmer gewesen war. Was war mit der? Heimweh? Dass sie dick war? Sie hatte nicht gesehen, dass sie schlecht behandelt worden wäre. Die hatten alle diesen fröhlichen Umgang miteinander. Depression? Es war sehr verschieden. Wie das war. Mit der mental health. In Italien. Die wären für hier schon als krank angesehen. So negativ und niedergeschlagen. Wie die Clarissa. Aber das fiel denen nicht auf. »Tutto andrá bene.«, hatte die Nonna immer gesagt und dass es besser wäre, sie wohne bei ihr. Das wäre einfacher. Für alle. Vor allem für ihren Vater. Der musste dann vor seiner Ehefrau das uneheliche Kind nicht dauernd paradieren. Und das war es ja dann auch gewesen. Dahin. Sie würde nie mehr dahin kommen.

Ihr setzte der Atem aus. Einen Augenblick. Sie hatte keine Ferien mehr. Sie war ferienlos geworden. In diesem Jahr. Sie hatte keine Ferien vor sich. Sie arbeitete. Nicht mehr diese lange Zeit vor sich. Zur vollen Verfügung. Zur eigenen Einteilung. Ein Monat in Carrara. Zum Vater gefahren. Ein Monat Italien. Und der Rest. Nichts tun. Ins Bad gehen. Lesen. Freundinnen treffen. Die Zeit so vor sich hin. Pflichtlos. Das Wort gab es gar nicht. Ohne Pflicht, musste sie sagen. Auf Deutsch. Aber es war die Ferienlosigkeit. Wie gewöhnte man sich an die Ferienlosigkeit? Ging das überhaupt? Oder hatten die Lockdowns die Ferien verraten? Weil das alles so ähnlich gewesen war? Irgendwie? Sie schaute auf dem Handy nach. Wie hieß pflichtlos auf Italienisch? »Duty free«, führte das Pons-Wörterbuch an. Sie musste lachen.

Was so lustig sei? Frau Wallin kam die Stufen zur

Rezeption herauf. Veronica schüttelte den Kopf. Nichts Besonderes, meinte sie. Die Frau Wallin verschwand zur Toilette hinauf. Sie saß da. Sie sollte ihren TikTok-Beitrag machen. Sie schaute zu den Kameras hinauf. Die blinkten. Es war ja jemand vorbeigegangen. Sie seufzte. Die Frau Wallin kam zurück. Ging wieder in den Gang um die Ecke. Sie sollte etwas lesen. Sie sollte sich informieren. Einen richtigen Job. Aber es ging nicht. Sie nahm ihr Handy. Ging auf BitLife. Sie bekam »Isla Dickens« zugewiesen. Sie las. »I was an accident after my mother got sloppy with her birth control.« Sie schaltete ab. Die Frau Wallin ging wieder nach unten an ihr vorbei. Sie saß. Konnte nur sitzen. Konnte nichts anderes machen.

Was hatte der Chrobath gemeint? Vorhin? Telefonierte der mit dem Küchenreither? Hatte sie das mit der Erwachsenentaufe? Hatte sie das? Das war doch nicht ernst gemeint gewesen? Sie war doch nur immer in die Buchhandlung gekommen, weil sie Bücher brauchte. Und ein paar Lesungen da. Weil sie ohne den Jonas. Es war plötzlich niemand mehr da gewesen. Wegen der Sandra. Sie war aus allen WhatsApp-Gruppen. Sie war entfernt worden. Oder sie hatte sich entfernt. Hatte Instagram eingeschränkt. Sie hatte nie wieder etwas von diesen Leuten wissen wollen. Und sie war nicht weitergekommen. Mit dem Studium. Mit dem Zoom-Studium. Und dann war sie allein gewesen. Und in der Katharinen-Buchhandlung. Da hatte sie sicher sein können, niemanden zu treffen. Aus den WhatsApp-Gruppen. Obwohl. Der Martin war auch da gewesen. Auch ein Looser. Wie sie. Aber wie das ändern.

Und sie musste die Frau Wallin fragen, was mit dem Finn passiert war. Der war immer noch nicht erreichbar. Hatte die Frau Wallin ihn hinter einer dieser braunen Türen unten im Gang weggesperrt? Und warum fuhr sie nicht ins Dachgeschoss hinauf und kündigte dem Küchenreither? Aber was wollte sie dann tun? Sie setzte sich hin. Stellte das Handy wieder an. Stellte sich tot. Hielt den Atem an. Das war ihr Kunstprojekt. Ihres. Das war sie. Sie ganz allein. Sie hielt den Atem an. Weil Krieg war. Weil der Krieg näher kroch. Sie übte, so wenig Atem wie möglich zu brauchen. Nichts einzuatmen, was die einen zwangen. Nichts essen, was die einer füttern wollten. Eine zur Jenny machen. Das wollten die. Eine aufblasen. Mit Industrieessen. Zur Legehenne machen. Legehennen. Die wurden auch depressiv. Die hatten auch Burnout. War es das, was sie hatte? Burnout? Oder doch eine Depression? Aussichtslosigkeit? Sie schaute auf das Handy. Sie hatte neun Sekunden mehr geschafft als gestern. Sie machte den Clip fertig. Postete ihn. Lehnte sich zurück. Sollte sie zu Isla Dickens zurück?

Der Briefträger kam, und sie hatte etwas zu tun. Sie ordnete die Post ein. Wartete auf die Abholer. Vielleicht gab es wieder so eine Szene wie gestern. Die Zeit. Sie war seit einer Stunde hier. Bis 3 Uhr. Noch fünf Stunden. Sie schüttelte den Kopf. Der Opa Franz hatte sie verteidigt. Er hatte gesagt, dass sie doch in so einem langweiligen Job ein neues Studium beginnen könne. Sich informieren. Lesen. Und gleichzeitig selbständig sein. »Das sind doch keine Kreise.«, hatte die Oma Christl gemeint, und sie hatte ihr nichts vom Küchenreither erzählt. Ein Job in Wien, hatte sie gesagt.

Das Handy vibrierte. Lukas. Ob sie kommen werde und ob sie wisse, wo der Finn sei. Sie schrieb zurück. Sie komme. Von Finn wüsste sie nichts. Dann holte sie ihre AirPods und hörte Musik. Die Doors. Was hatte sie denn. Das waren doch alles alte Männer. Die. Nein. Die wollten nichts von ihr. Das war zum Lachen. Das war Nettigkeit gewesen. »I can't see her face.« Sie konnte sich nicht ernähren. Der Gedanke. Sie schaltete die Musik ab. Starrte auf das Handy. Sie konnte sich nicht erhalten. Wenn sie das Zimmer verlor. Wenn sie diesen Job verlor. Ein Heimkind ohne Taschengeld. Das war sie. Sie saß. In den Boden sinkend. Alles an ihr. Hinuntergezogen. Dem Boden zu. Versinkend. Leer und versinkend. Ein leeres Gewicht. Sie war sich ein leeres Gewicht. Ende, fiel ihr ein. Wie da heraus? Herauskommen? Sie wusste nichts, was sie. Trösten? Es gab niemanden, der sie. Die sie.

Sie stand auf. Schaute, wo die Frau Wallin war. Reden. Mit irgendjemandem reden. Eine Person. Anschauen. Sehen. Hören. Gegenüber. Das rauschende Summen der Stadt. Draußen. Es machte sie noch abgetrennter. Abgetrennt und losgebunden. Sie war ein Staubkorn. Jetzt wusste sie, was das war. Das Staubkorngefühl. Sie war ein veganes Staubkorn und kein Grund für irgendetwas. Sie versuchte, regelmäßig und tief zu atmen. Es waren nur noch vier Stunden abzusitzen. Sie machte BitLife wieder auf. Als Isla Dickens. Sie hatte am 20. Juli Geburtstag. Sie war also cancer. Her father was Daniel Dickens. A seaman and 20 years old at her birth. Her mother Daphne was 33 years old. Her brother Theo was 2 years old. 3 years later her father became petty officer. She scrolled forward. She tipped »Love«. She was 18 years old. She was asked if she wanted to find a date in an online search or with a dating app. She was asked if she wanted to hook up with someone for a one night stand oder a threesome. Ali Blunt was the name of the partner. Then she was pregnant and the question was, did she want an abortion or have the baby. She tipped abortion. She searched for sexulity. She could choose between »I'm straight. I'm bisexual. I'm gay.« She moved on. Under Looks she could choose what procedure she wanted. »Botox. Brazilian Butt Lift. Breast Augmentation. Eyelid Surgery. Face Lift. Lipsuction. Nose Job. Gender Reassignment. Tummy Tuck.« She went for »Gender Reassignment.«

Ein Mann kam hereingeeilt. Dunkler Sommeranzug. Er schaute sich um. Schaute sie an. Drehte sich um und ging wieder hinaus. Sie wechselte auf Nachrichten. ORF.at. Der Krieg. Fast schon 100 Tage. Sie klickte weg. Nur kein Bild. Dann konnte sie sich überhaupt nicht erholen. Die Vorstellung, so ein Bild im Kopf und in das Heim zurückfahren. Sich auf das kantige Bett setzen. Keine Dusche. Sie ging nicht in das allgemeine Badezimmer im Stockwerk unter ihr. Immer wusch sich eine von den Amerikanerinnen die Haare. Andere föhnten. Standen vor dem fixierten Föhn. Oder rasierten sich. Rasierten sich die Beine. Die Achseln. Das Gesicht. Manche rasierten sich das Gesicht. Das Gesicht rasieren. Viele Influencerinnen rieten dazu.

Führten vor, wie das zu einem noch frischeren Hautbild führe. Frisch und gesund sah das aus. Jung. Jünger. Das jugendliche Hautbild. Man müsse es rechtzeitig zu bewahren beginnen.

Die Amerikanerinnen. Die redeten. Die redeten die ganze Zeit. Aber so wollte sie es auch nicht. So vor sich hin. Reden. Sie wollte gar nichts. Das wäre normal. Nach einer Trennung. Hörte sie immer. Aber das war jetzt auch schon wieder lange her. Vielleicht. Sie seufzte. Vielleicht konnte sie nur noch unter Lockdown-Bedingungen leben. Das war ja eines der Probleme gewesen. Der Jonas hatte sich um nichts gekümmert. Der hatte sich an nichts halten wollen. Der hatte keine Maske tragen wollen. Der hatte sich lustig gemacht über sie. Was für ein braves Mädchen sie doch sei. Deshalb ja auch die Sandra. Die war gleich eine Impfverweigerin. Die hatten sich dann gefunden. Und das brave Mädchen saß da. Und blieb brav. Wenn es wenigstens etwas gegeben hätte. Ein Laster. Sich betrinken. Sich bekiffen. Sich volldröhnen. Irgendwohin entkommen. Aber es gab nichts. Sie konnte eine Wurstsemmel essen und sich eine Sünderin fühlen. Aber was war das schon. Die meisten Veganer* innen, die sie kannte. Sie kannte eigentlich nur Frauen. Die aßen dann manchmal alles und kümmerten sich nicht. Sie hatte Angst, dass sie Fleisch gar nicht mehr verdauen konnte. Dass das Fleisch zu einem giftigen Ding in ihr wurde und sie sich krümmen müsste. Vor Verdauungsanstrengung. Das dachte sie sich so aus.

Sie hatte die Bettina Quiche Lorraine essen gesehen.

Und die Bettina war seit 30 Jahren Vegetarierin gewesen. Und die Mami. Sie hat jedes Mal extra gekocht für die Bettina. Sie ging auf YouTube. Gab »positive thinking« ein. »Practice Positive Thinking Everyday.« »How to Reprogram Your Mind.« »12 Unbeatable Ways to Develop a Positive Attitude.« Neben dieser Ankündigung war eine Hausfrau aus den 50ern abgebildet, die ihren Bizeps spielen ließ. Sie nahm diesen Clip. Zuerst kam eine Bang & Olufson-Werbung. Sie klickte die weg, sobald das möglich war. »From forgiving people who hurt you in the past, accepting when things aren't perfect, mixing with positive people, maintaining a journal to living in the present and more, watch till the end to learn about all of them.«, sagte der Sprecher, während ein junger Mann sich die Haare raufte und dann eine glückliche Familie mit Vater, Mutter, zwei Kindern und einem Golden Retriever gezeigt wurde.

Sie klickte sich weg. Legte das Handy weg. Verstaute die AirPods. Würde es sie nun immer verfolgen. Die ideale Familie. Es lebte doch niemand mehr so. Sie kannte niemanden. Oder doch. Die Amerikanerinnen. Jedenfalls hatten die das Ziel. Die redeten auch dauernd über Boyfriends, die zu Hause auf sie warteten. Und sollte sie dem Jonas vergeben? Würde das ihre Situation verändern? Wenn er sie doch so aus der Bahn geworfen hatte? War sie nicht aus der Bahn geworfen, wenn sie den Grund vergaß, warum sie aus der Bahn geworfen worden war? Vergessen. Ja. Sie konnte. Sie wollte die Geschichte vergessen. Nein. Sie wollte sie ungeschehen machen. Und die nicht perfekten Dinge. Das war der Job hier. Oder das Zimmer.

Aber sollte sie da nun alle einfach akzeptieren? Würde das etwas ändern? Tagebuch führen? Nein. Das las dann jemand und dann war alles noch viel schlimmer. Nichts Schriftliches. Jedenfalls nicht auf dem Laptop oder auf dem Handy. Das wurde automatisch gelesen. Und Handschrift? Das ging so langsam. Da liefen die Gedanken längst schon ganz woanders herum, während die Hand noch den vorletzten Gedanken niederschrieb.

Positive Personen? Das war der Lukas. Und die anderen. Das immerhin. Aber das war alles nicht verlässlich. Das war nicht. Grundlegend war das nicht. Das war alles locker. Die wollten alle locker sein. Lockerer Umgang. Das Gegenteil vom Kaplan Chrobath. Aber der war ja auch keine positive Persönlichkeit. So. Wie der geschaut hatte. Und in der Gegenwart. Covid? Und der Krieg? Und was brauchte sie eigentlich unbedingt? Sie war ja für eine Flucht vorbereitet. Sie hatte alle ihre Dokumente in ihrer Handtasche. Pass. Impfpass. Krankenkassenkarte. Jahreskarte für die Öffis in Wien. Die war vom Opa Franz. Sie hatte keinen Meldezettel. Den hatte sie auf dem Laptop gespeichert. Sie war in dem Heim gar nicht gemeldet. Sie war bei der Mami in der Ausstellungsstraße gemeldet. Und was hatte der Stieglitz der Mami erzählt. Das war ja auch noch ausständig. Warum mischte der sich ein. Aber sie wusste ja, warum der sich so um sie. Der konnte auch nicht vergessen. Aber sie. Sie konnte demonstrieren, so viel sie wollte. Der verstand gar nicht, was sie da machten. Dass das eine fake action war. Und dass es um den Rassismus und die Klimakrise in einem ging. Der Stieglitz. Der würde es nicht erleben. Aber sie. Sie musste in einem versteppten Österreich leben und sich um ihre Wasserration raufen. Kinder durfte man da ohnehin nicht mehr bekommen. Das konnte keinem Baby zugemutet werden. Diese Frage wenigstens nicht. Sie musste nicht nach einem Kerl suchen, von dem sie ein Kind bekäme. Sie musste auch nicht nach Berlin fahren und sich eine Ration Sperma holen. Sie blieb allein. Sie schaute sich um. Dann lernte sie das hier. Das Alleinsein. Mitten im Gesumme der Stadt rund um sie. Allein.

Auf dem Handy. Auf BitLife. Sie begann ein neues Leben. Sie war ein dreißigjähriger Inder mit fünf Kindern. Avaan Jadoo. Sie musste die Kinder versorgen. Die Frau war depressiv geworden. Er stieg aber im Beruf auf und verdiente genug. Mit 50 wählte sie auch für ihn ein gender reassignment und machte ihn zur zweiten Mutter für seine Kinder. Drei der Kinder verließen ihn wegen der Geschlechtsumwandlung. Zwei Kinder blieben solidarisch. Avaan wurde nun Desna genannt. Weil er nur in einer mittleren Kaste gewesen war und Desna deshalb nicht mehr so viel Geld verdienen konnte, musste sie in eine Schönheitsklinik in Uttar Pradesh reisen, um die letzten Operationen für die Geschlechtsumwandlung zu machen. Die Geschlechtsumwandlung bedeutete den gesellschaftlichen Abstieg für Desna. Deshalb war die Solidarität der beiden Kinder und der Ehefrau so wichtig. Es ging gut aus. Desna lebte bis zu ihrem fünfundsiebzigsten Lebensjahr mit der ehemaligen Ehefrau weiter zusammen. Die beiden Töchter, die noch mit ihr gesprochen hatten, mussten aber auf Geheiß ihrer Ehemänner den Kontakt aufgeben. Desna starb eines friedlichen Tod im Schlaf.

Es war nicht alles abgeholt worden. Um dreiviertel drei am Nachmittag. Sie richtete alles zum Weggehen. Es waren Briefe und kleine Pakete in den Fächern. Die Scherengitter mussten zugemacht werden. Sie rief Herrn Küchenreither an. Der war zur Zeit nicht erreichbar. Die Frau Wallin. Nur die Sprachbox. Wie dumm. Sie überlegte. Dann nahm sie die Briefe und die drei Päckchen und ging auf die Suche nach der Frau Wallin. Sie versuchte die Tür zur Stiege in den Keller. Die war versperrt. Dann versuchte sie den Lift zum Dachgeschoss. Der war versperrt. Dann stieg sie die Hauptstiege hinauf. Sie kam bis zu einer Wand quer über dem Stiegenabsatz vor dem Dachgeschoss. Die Tür da war versperrt. Was sollte sie tun?

Sie ging wieder hinunter. Sie nahm ihre Sachen. Die Scherengitter. Sie zog am rechten Scherengitter. Sie konnte diese Gitter zuziehen. Der Küchenreither hatte sicher einen Schlüssel. Und es gab ja die andere Tür oben. Da konnte er hinaus, wenn sie ihn nun einsperrte. Sie ordnete die Briefe wieder ein. Legte die Päckchen in die Fächer. Ging auf die Toilette. Beeilte sich. Sammelte ihren Wäschebeutel ein. Sie wollte noch in die Wohnung in der Ausstellungsstraße. Wäsche waschen. Sie konnte von da hinübergehen. Durch den Wurstelprater zum grünen Prater. Zu den Ateliers von der Akademie. Die Buben. Die waren sicher nicht pünktlich. Sie musste Obst kaufen. Sie lebte von Erdbeeren. Sie überlegte, wo sie sich die Erdbeeren besorgen sollte. Sollte sie auf den Vorgartenmarkt gehen? Oder zum Billa? Richtig bio. Das gab es sowieso nicht.

Sie rief wieder den Küchenreither an. Der war sonst doch da. Oder die Frau Wallin. Sie hatte keinen Schlüssel. Für das Scherengitter. Das hatten die nun davon. Sie konnte nicht warten. Und die Post in den Brieffächern. Die war sicher. Es war lustig, dass es so realistisch war. Die hier. Das waren Brieffachfirmen. Die Mami war verwundert gewesen. Warum da nicht einfach Briefkästen angebracht wären. Wozu sie da herumsitzen solle. Es hieße doch Briefkastenfirmen. Und wenn alles so bewacht wäre. Mit so vielen Sicherheitskameras. Dann gäbe es doch gar keinen Grund, eine Person da hinzusetzen. »Ja.« hatte die Mami gesagt. »Lebenserfahrung macht misstrauisch.«

Jetzt einmal. Dieser Tag musste bezahlt werden. Und immerhin. Sie war nicht gequält worden wie gestern. Sie steckte die Maske in die Tasche. Sie hatte sie auf dem Tisch vor sich liegen gehabt. Für alle Fälle. Dann zog sie wirklich die Scherengitter zu. Das war anstrengend. Sie musste die Führungsschiene für die Gitter herunterklappen. Dann die Gitter in die Führung einklinken. Dann zusammenziehen. Und mit einem Schwung die beiden Schlösser einrasten lassen. Die Scherengitter. Der weiße Lack abgesprungen. Die Scherengitter waren nicht renoviert wie der Rest der Rezeption. Sie rüttelte an den Gittern. Alles verschlossen. Sie winkte zu den Sicherheitskameras hinauf. Ihre Begleiterinnen.

Sie stieg die Stufen zum Vorplatz hinunter. Bog nach links in den Gang zur Straße. Draußen. Sie ging um die

Ecke. Sie schaute sich an, wo sie am Vortag herausgekommen war. Es wirkte nicht so, als ob diese Häuser zusammengehörten. Sie schaute da durch das Eingangstor. Ging hinein. Ging nach hinten. Das Tor fiel zu. Es war dunkel. Sie drehte um und ging aus dem Haus hinaus. Das Haustor von innen zu öffnen. Sie ließ es hinter sich zufallen und ging zur U1. Zum Stephansplatz. Am Graben. Touristen. In Gruppen. In Paaren. Einheimische. Sie gingen schnell. Die Touristen schlenderten. Schauten in die Auslagen. Fotografierten die Pestsäule.

Würde das mit den Affenpocken. Nein. Daran durfte sie nicht denken. Die nächste Epidemie. Es wurde ohnehin darüber gerätselt, wie es mit Covid im Herbst weitergehen würde. Sie hatte versäumt das Volksbegehren gegen die Impfpflicht zu unterschreiben. Das hätte sie im 2. Bezirk machen müssen. Da kam sie unter Tags ja nie hin. Aber es war ein Versäumnis. Und das hatte der Jonas ja so gerne missverstanden. Sie war für Impfung. Aber gegen Impfpflicht. Sie wusste auch nicht genau, warum. Aber solche Entscheidungen. Das musste eine Person selbst. Und die Mehrheit war ja geimpft. Sie auch. Es war der Jonas gewesen, der alles so schwarz und weiß gesehen hatte. Sie. Sie weinte ihm keine Träne nach. Es war schöner, allein zu leben. Rücksichtslos. Die Oma Christl? Die fragte nach ihm. Das machte die. Sie hatte die Tasche vorne umgehängt und hielt den großen Schmutzwäschebeutel vor sich. Abwehrzauber, dachte sie. Sie hatte Anthropologie studieren wollen, aber dann doch das Lehramt für Italienisch und Deutsch begonnen.

»Frau Soardi? Frau Soardi?« Der Küchenreither. Er kam aus der Habsburgergasse heraus. Von der Seite. Lief vor sie hin. Warum sie ihn nicht angerufen habe, rief er von weitem. Sie könne doch nicht so einfach gehen. Sie blieb stehen. Der Mann stellte sich vor sie hin. Er grinste. Das sei ein Entlassungsgrund. Ob sie das nicht wisse? Sie war stehen geblieben. Hatte sich der Stimme zugewandt. Was wollte dieser Mann.

»Herr Küchenreither.« Sie schaute ihn an. In Salzburg. In der Katharinen-Buchhandlung. Bei den Vorträgen. Da war der Küchenreither per du mit ihr gewesen. Mit allen. Da sagten alle so nebenbei du zueinander. Da wurde so gewechselt. Am Anfang per Sie. Dann bald nur noch du. Und jetzt. Sie wurde per Sie angesprochen. Der heitere Umgang. Der war weg. Das war lustig. Das war so offenkundig. Evidente. »Ich habe auf Ihre Box gesprochen.« Sie sagte es langsam. Sorgfältig. »Sie waren nicht erreichbar.« Das »Sie«. Sie konnte sehen, wie der Küchenreither davonrutschte. Wie der Abstand zwischen ihnen wuchs. Wie sie über eine weite Strecke auf diesen Mann schaute. Mit einem Mal. Wie der leichte Umgang. Diese Verbindlichkeit. Wie das weggeschmolzen war. Endgültig. Der Küchenreither war nicht mehr der freundliche Helfer. Der Zimmervermittler. Der Jobversorger. Der Helfer. »Bitte.«, sagte sie. »Bitte, schauen Sie nach.«

»Die eine Sekunde warten. Das hätte schon möglich sein sollen.« Er sagte das vorwurfsvoll. Der Küchenreither trat einen Schritt zurück. Damit er den Kopf nicht so zurücklegen muss, dachte sie. Das war doch einmal eine angenehme Situation. Sie wandte sich um. Rund um sie. Sie wurden umrundet. Sie standen mitten im Strom der Dahingehenden, und alle mussten ausweichen. Sie schaute zur Pestsäule hinauf. Das Kreuz golden leuchtend in der Sonne.

»Es ist halb vier.«, sagte sie. »Ich bin ohnehin eine halbe Stunde länger geblieben. Und die Post ist doch sicher. So. Mit den geschlossenen Scherengittern.« Was wollte er. Das war doch alles ohnehin lächerlich. Wen interessierte diese Post. Wen kümmerte dieser ganze Palawatsch. Die Marmorrezeption, durch die ein paar Frauen rannten, die den Küchenreither suchten. Das war alles zu öd. »Es ist alles in den Fächern.«, sagte sie. »Unerreichbar.«

»Ist etwas für die Herzhilfe gekommen?«

»Da ist viel gekommen. Auch für das Gotteswerk und die Milites Mariae. Das ist alles da, wo es sein soll.« Sie lächelte den Mann an. Der hatte auch zu lächeln begonnen. Er setzte an, etwas zu sagen. Er würde jetzt damit anfangen, dass er es nicht so gemeint habe. Der sollte doch einfach auf seinem Handy nachschauen. Sie hatte alles richtig gemacht. Wenn er seine Anweisungen. Wenn er sich nicht erinnerte.

Sie begann zu gehen. Sie ging weiter. Als wäre sie nicht aufgehalten worden. Sie ging dem Stephansplatz zu. An den Cafés vorbei. Links. Rechts die Straßenmusiker. Eine Bettlerin. Ein Mann hatte ihr einen Koffer hingestellt, und sie zog sich um. Zog ihre Arbeitskleidung aus. Sie stieg aus dem dunklen Kleid heraus. Sie trug weiße Leggings darunter. Zog einen weißen Hoody über ihren Kopf. Der Mann faltete das Kleid zusammen, das sie ausgezogen hatte. Veronica ging langsamer. Die Verwandlung dieser

Frau genauer zu beobachten. Sie wollte aber auch nicht stehen bleiben. Das war vollkommen ungeniert. Diese Verwandlung von der Bettlerin zur. Was war das? Während der Küchenreither sich vor sie hingestellt hatte. Die Frau war am Rand sitzen zu sehen gewesen. Im dunklen Kleid. Die Hand ausgestreckt. In ihrer weißen Kleidung. Die Frau schüttelte ihre Haare aus. Eine blonde Mähne. Eine sehr attraktive Person ging vor ihr zum Stephansplatz. Der Mann rollte den weißen Koffer. Folgte ihr. Sie ging hinterdrein.

In der U1. Sie blieb stehen. Lehnte sich mit dem Rücken an die Stange gleich bei der Tür. Hielt den Wäschebeutel umfangen. Sie musste am Schwedenplatz umsteigen. Das war nur eine Station. Der Mann mit dem Koffer und die umgekleidete Bettlerin waren in die Singerstraße weitergegangen. Sie hätte diese Leute gerne länger beobachtet. Die Verwandlung in Touristen. Das hatte sehr attraktiv ausgeschaut. Das war interessant. Sie war neugierig. Die Frau war immer ein bisschen vorausgegangen.

Und was war nun mit dem Küchenreither. Sie seufzte. Sie wollte nicht, dass die Mami recht gehabt hatte. Sie musste nachdenken. Wie das alles war. Wie diese Männer da. Das hatte so. Mühelos. Das hatte mühelos geklungen. Da kriegst du den Job. Du kennst doch den Küchenreither. Der ist dann sowieso nie da. Da hast einen Lenz. Du gehst nach Wien, und da wohnst in dem Heim und dann schaust du weiter. Und lass die Frau Berger schön von uns grüßen. Der Mayerhoff hat schon angerufen. Du wirst erwartet. Das ist alles kein Problem.

Und es war nie. Da hatte nie einer eine Andeutung. Der Küchenreither? Und sie? Eine Person von zwanzig Jahren? Das konnte doch niemandem in den Sinn kommen? Und hatte der Küchenreither nicht eine Frau in Salzburg? Oder war der schwul? Das hatte sie sich vom Mayerhoff gedacht. Dass der eigentlich schwul war und es nicht. Also. Der hatte das immer verteidigt. Dass ein schwuler Pfarrer. Dass Schwule keinen Platz in der Kirche. Aber. Das hatte der in den Diskussionen gesagt. Ein Pfarrer in der katholischen Kirche. Ein Priester. Der sollte ja ohnehin keine Sexualität haben. Der sollte alles in den Glauben. Channeln. Und deshalb. Das Problem wäre ein theoretisches. Es ginge den Kritikern nur um die Verunglimpfung. Denn in Wirklichkeit. Es ginge um etwas, was gar nicht existieren sollte. Nämlich die Sexualität eines Priesters. Weder straight noch schwul. Ein Pfarrer. Der stünde über dem allen. Und der Küchenreither war nicht schwul. Gar nicht. Sie dachte an die beiden Frauen. Gestern. Wie die.

Die Türen gingen auf. Sie stieg aus. Machte sich auf den Weg zur U2. Sie war hungrig. Sie bog zur Bäckerei Mann ab. Sie kaufte zwei Laugenstangen mit Kürbiskernen. Das war vegan. Es stand zumindest so angeschrieben. Sie ging zurück. Fuhr die Rolltreppe. Eine U2 war angekündigt. Sie verstaute das Sackerl vom Bäcker im Schmutzwäschebeutel. Obenauf. Hielt den Sack so, das Gebäck nicht zu zerdrücken. Sie hörte Nachrichten ankommen. Das Handy vibrierte in der Tasche. Sie schaute vor sich hin. Sie sollte Musik hören. Sich abtrennen. Sie hätte Musik hören sollen, während der Küchenreither. Wie konnte sich der diesen Ton mit ihr erlauben. So ein Oldie. Der schaute nicht auf sein Handy. Der konnte das nicht. Die lernten das nicht. Die Mami ja auch nicht. Die rief immer an, statt einen Text zu schicken. »Ich möchte dich doch hören.« Dabei war es so viel praktischer. Aber sie glaubte ja auch, man müsse Termine ausmachen. Planen. Sie konnte sich nicht so entlang manövrieren, wie sie das tat. Sie wollte einen Treffpunkt. Unpraktisch war das. Pünktlich sein.

Die U2. Sie setzte sich. In Fahrtrichtung. Die U-Bahn fast leer. Sie konnte bis ganz nach vorne durchsehen. Es war doch Stoßzeit? Sie konnte bis zur Station Messe fahren. Sie hatte ja schon eingekauft. Sonst hätte sie am Praterstern aussteigen müssen. Und die Ausstellungsstraße hinuntergehen. An der Venediger Au vorbei. Von der Station Messe war es kürzer. Ein Sprung. Ein Katzensprung nur. Sie sah sich springen. Katzensprünge machen. Über die Straße in drei langen Sprüngen. Das Gefühl im Rücken. Katzenbuckel. Zusammenziehen und dann strecken. Auf allen vieren. Das musste ein angenehmes Gefühl sein. Sie stellte sich das vor. Wie die Schultern so rund im Gelenk vorwärts zogen. Aber der Kopf. Der Kopf würde hochgereckt werden müssen. Ihr Hals. Das Genick. Das war keine angenehme Vorstellung. Also nicht auf allen vieren.

Sie stand auf. Hielt sich an der Stange neben der Tür fest. Die Balance. Das starke Bremsen. Sie stieg aus. Lief die Stiegen hinauf. Stieg in den Sonnenschein hinaus. Über die Straße. Die Kastanien. Sie schaute nicht auf. Sie getraute sich nicht aufzuschauen. Die Kastanien. Die blühten und sahen so strotzend vor Leben aus. Und dann. An einem Morgen. Man schaute hinauf und die Blätter der Kastanien waren rotfleckig. Wie von Masern. Und dann wurden die Blätter gleich braun und verdorrt von dieser Motte. Sie schaute zu Kastanien nicht mehr hinauf. Deshalb war der Prater anstrengend. Im Prater gab es fast nur Kastanien. Das war der Alleebaum in Wien. In Salzburg gab es wenigstens mehr Platanen. Die hatten keine Krankheit. Und in Carrara. Aber dahin dachte sie jetzt nicht.

Sie suchte nach den Schlüsseln. Stand vor dem Hauseingang und kramte in der Tasche. Sperrte auf. Ging ins Haus. Im Gang. Sie nahm die Maske ab. Sie hatte die Maske aufbehalten. Sie schaute auf ihr Handy. Nachrichten von der Mami. Von Lukas. Von Finn. Und von Küchenreither. In der Wohnung. Sie ging zuerst, sich die Hände waschen. Die Stange in der U-Bahn. Sie hatte es wieder nicht geschafft. Kontaktlos in der Öffentlichkeit. Sie wusch sich die Hände lange. Sorgfältig. Mit der lilafarbenen Lavendelseife.

Die Lavendelseife. Das riesengroße lila Seifenstück. Ein riesiges lila Osterei. Es füllte die Seifenschale vollkommen aus. Diese Seife. Das war ein Geschenk von einer Freundin von der Mami. Das war zu Weihnachten gewesen. Die schenkten einander solche Sachen. Handcremes und besondere Seifen. Diese Seife. Sie war nicht kleiner geworden. Das Seifenstück war so groß. Sie konnte es kaum in der Hand halten. Beim Einseifen. Sie musste die Hände rund um dieses Seifenstück herumlegen. Seifte sich ein. Schäumend. Sie rollte die Seife unter dem fließenden Wasser in den Händen. Zog die Hände weg. Rieb weiter. Der Schaum weiß und flaumig. Tropfte in das Waschbecken. Sie ließ Wasser über Hände und Seife rinnen. Legte die Seife in die Seifenschale zurück.

Die Seifenschale dunkelblau gesprenkelt. Die hatten sie auf einer Reise in Italien gekauft. In Tolmezzo. In einem kleinen Geschäft auf dem Marktplatz. Bei der Rückreise. Die Mami hatte sie abgeholt. Die Mami war immer fremd gewesen. Bei der Nonna. Das war sehr angespannt. Jedes Mal. Unerlöst war das gewesen. Alle höflich. Und sicherlich froh, wenn sie wieder weg war. Das Ärgernis. Sie war das Ärgernis gewesen. Sie hätte da nie hingehen sollen. Es war absurd. »Das Recht auf einen Vater, und ich habe nie einen Vater gekannt.« Bekommen hatte sie keinen Vater, sondern eine Großmutter, und die gab es nicht mehr. »Ich will, dass dir das nicht so geschieht.« Das hatte nicht funktioniert. Da hatte die Mami sich. Verrechnet? Vertan? Getäuscht? Das war es wohl. Sie hatte sich das vorgestellt, wie sie es gewollt hatte. Und das gab es nicht.

Die Seife war wieder nicht kleiner geworden. Sie lag das Seifenschüsselchen ausfüllend da. Eine ewige Seife, hatte die Mami das genannt. Und dass sie Seife immer haben würden. Mit diesem Seifenstück. Wenn die Lieferprobleme so richtig einsetzten. Die Mami hatte eine Kiste voll Nudeln unter dem Küchentisch und Klopapier im Vorzimmerkasten. Die Mami. Aber was war wirklich, wenn? Sie schaute in den Spiegel über dem Waschbecken. Ließ das kalte Wasser über die Hände rinnen. Was hieß das. Keine Haargummis mehr. Kein neuer Kamm. Keine Flipflops. Und zu Fuß. Wenn sie wegen einer Energiekrise oder einem Blackout. Zu Fuß. Vom 19. Bezirk in den 2. Wie lange ging man da? Und würde das Internet funktionieren? Wie würden sie telefonieren? Wenn der Krieg sie erreicht hatte. Und sie hungern mussten.

Veronica schüttelte den Kopf. Wie konnte das sein? Eine Person machte sie alle unglücklich. Absichtlich. Absichtlich und böswillig. Aber es war nicht eine Person. Da machten alle mit. Da machten ja auch hier Leute mit. »Irgendwer verdient immer an so etwas.« Das wurde gesagt und weiter gemacht. Eigentlich. Es machte niemand so wirklich etwas dagegen. Sie ja auch nicht. Sie starrte in den Spiegel. Schaute sich an. Genau. Sie starrte sich in die Augen. Das Licht. Die Deckenlampe im Badezimmer. Das Licht kam von hinten. Ihr Gesicht im Schatten. Das war sie. Das war ein Gefühl. Dass sie das war. Sie schaute. Hielt still. Das war sie, und ein Krieg kroch näher.

Sie hatte Covid noch nicht gehabt, aber Covid hatte sie vaterlos gemacht, weil ihre Großmutter daran gestorben war, und sie nun niemanden mehr hatte. Da. In Italien. Sie würden alle zur anderen Großmutter ziehen müssen. Die hatte einen Holzofen und konnte zwei Räume mit Holz heizen. »Du.«, hatte die Oma Christl zu ihr gesagt. »Du wirst in den Wald gehen und Holz sammeln.« »Wie im Märchen?«, hatte sie gefragt. Sie waren in ein Märchen geraten. Sie alle zusammen. Und im Märchen wurden wiederum Märchen erzählt. Sie schaute sich an. Ihr Bild im Spiegel. Es rückte zurück. Glitt davon. Rutschte wieder näher. Der Blick fiel ihr ein. Der Blick vom Küchenreither. Noch in Salzburg. Musternd. Abschätzend. Abmessend. Sie hatte es gesehen. Sie hatte es nur vergessen. Sie hatte es gern vergessen.

Sie drehte sich vom Spiegel weg. Holte den Schmutzwäschebeutel ins Badezimmer. Begann, die Wäsche zu sortieren. Sie schaute in den Wäschesack der Mutter. Helle Wäsche. Dunkle Wäsche. Schwarz. Weiß. Es gab das. Es gab die Vorstellung, eine Person. Zu haben? Zu besitzen? Die Person als all das zu sehen, was wertvoll war. Aber nicht zurücktreten und das bewundern. Lieben. Nein. Es. All das Besondere. Wie ging das? Wie ging das In-Besitz-Nehmen? Von sich selbst? Habgierig. So war das. Das war doch eine Art des Auffressens.

Sie richtete sich auf. Ging wieder zum Spiegel. Schaute sich an. Sie drehte das Licht über dem Spiegel auf. Ihr Gesicht ausgeleuchtet. Nicht so unwirklich wie vorhin. Aber dann. Wenn nun jemand hereinkäme. Das Gewehr im Anschlag. Diese Person. Der. In Filmen würde das ein Mann sein. Der würde sie sehen. Der würde sehen können, wer sie war. Dass sie ein Leben hatte. Und er konnte ihr das alles nehmen. Und der Küchenreither hatte genauso geschaut. Als käme er zu ihr in ein Zimmer und könnte ihr alles nehmen. Dabei waren sie unter der Pestsäule am Graben gestanden. Jedenfalls hatte sie den Küchenreither in diesem Zimmer zurückgelassen. Da. Unter der Pestsäule. Wussten die in Salzburg? Wussten die in der Katharinen-Buchhandlung und im Diskurssalon von diesem Küchenreither in Wien? Und wie der anders war als der Küchenreither in Salzburg? Oder waren die alle so? Sammelten die das ganze Geld für? Ja. Wofür? Die Rückkehr der Kirche? Die redeten so. Manchmal. Spät. Am Ende von den Lesungen. Wenn die meisten schon weg waren.

Die Vanessa. Die behauptete ja, die schauten Pornos. Gemeinsam. Wenn die jungen Leute weg waren. Nach den Lesungen und Diskussionen. Und vielleicht hatte sie recht, und das war einfach so eine Männerrunde. Aber dann gab es noch den Herrn Küchenreither Pornoschauer zusätzlich, der sich die Dates mit seinen Geliebten nicht merken konnte und alle zur gleichen Zeit bestellte. Der Herr Dr. Küchenreither, Immobilienentwickler und Regierungsberater.

Sie suchte nach dem Waschmittel. Sie begann mit der hellen Wäsche. Die Mami verwendete Waschblätter. Sie legte so ein Blatt in die Wäschetrommel. Schaltete das Programm für Feinwäsche ein und ging ins Wohnzimmer. Sie musste die Jalousien hinaufziehen. Was sollten sie machen, wenn sie jetzt arm wurden? Wegen dem Krieg. Alle. Richtig arm. Wie in den Filmen. Tarkowski. Wenn sie so wohnen mussten wie in einem Tarkowski-Film? Das waren die Lieblingsfilme von der Mami. Die hatten sie miteinander angeschaut. Wie würde das Leben sein, wenn sie in so einer Wohnung? So ohne Geld? Wie kam man da zu Sachen? Sie musste lachen. Da waren immer die Männer das Problem. Trinken. Drogen. Herumstreunerei. Das mussten sie nicht ertragen. Oder?

Was war das mit dem Stieglitz? Der war doch seltsam

gewesen. Gestern. Der und die Mami. Die hätten nie auseinander. Aber dann wäre sie nicht auf der Welt. Wasser. Wasser würde es immer geben. In Österreich. Obwohl. So wie die Welt war. Mittlerweile. Die Idee, dass irgendjemand sich die österreichischen Wasservorräte schnappen wollte. Da hatte der Lukas wahrscheinlich recht. Sie holte ihre AirPods aus der Tasche. Steckte sie ein. Stellte ihre Musik ein. *Zen-Garten Entspannungsmusik.* Sie setzte sich hin. Schaute die Nachrichten an. Die Mami war gut in Zürich angekommen und alles in Ordnung. Der Onkel Stieglitz wollte mit ihr reden. Was sollte sie mit dem besprechen? Der wollte immer nur, dass sie auf ihren Alimenten bestand. Aber sie wollte nicht. »Mein Recht. Mein Recht.«, dachte sie. Was sollte sie mit diesem schweigsamen Mann in Carrara anfangen, der sie dann aber am Telefon anbrüllte. Das war vorbei. Ohne Nonna. Vielleicht später. Wenn alle. Groß? War es das? Erwachsen? Wenn alle erwachsen waren? Ihre Halbschwestern? Was für ein Chaos. Nein. Sie wollte Ruhe haben und nicht Italienisch sprechen. Jetzt einmal. Und für den Stieglitz war die Mami verantwortlich. Die wusste nicht, dass sie alles wusste. Dass ihr die Oma Christl alles erzählt hatte. Dass sie auf der Welt war, weil das Kind mit dem Stieglitz das nicht war. Aber das war doch 15 Jahre vor ihr gewesen. Was hatte sie damit zu tun? Die sollten sich das ausmachen. Sie wollte ihre eigenen Probleme und nicht immer die der anderen.

Sie saß. Schaute von der Couch auf die Praterattraktionen hinüber. Der Himmel bedeckt. Die Sonne schräg von vorne rechts. Ließ die Spitzen der Falltürme und Riesenräder aufglänzen. Sie ging. Holte die Laugenstangen. Ein Glas Wasser. Einen Apfel. Messer und Teller. Sie ging ins Wohnzimmer zurück. Die Musik. Alles vergessen. Hinter sich lassen. Auch die Müdigkeit. Diese Lähmung. Jede Bewegung eine Anstrengung. Wenn sie einmal etwas begonnen hatte, dann ging es ja. Aber das Beginnen. Sie stellte den Teller neben sich auf die Couch. Sie schaltete die Musik ab. Lauschte der Waschmaschine. 40 Minuten. Sie hatte den Kurzwaschgang eingeschaltet. Sie wollte die Wäsche aufhängen und dann zum Atelier hinübergehen.

Was wollte eigentlich der Finn. Sie öffnete die Nachricht von Finn. Leer. Da war nichts. Wie seltsam. Sie schaute auf TikTok. Ihr Beitrag. Niemand hatte den gesehen. Heute. Gestern waren es sieben Likes. Auf Snapchat. Da war sie gar nicht mehr. Da war alles verschwunden. Wie passend, dachte sie. Das war ohnehin das Richtige. Sie ging auf YouTube. Hörte wieder Musik. Machte einen Test. »5 Early Warning Signs of Depression.« Sie überlegte. »Changes in sleep pattern.« War das der Fall. Sie schlief eher mehr. Aber sie war oft schläfrig. Untertags. Galt das? »Changes in appetite.« Aß sie mehr oder aß sie weniger? Das war gleich geblieben. Sie mochte nichts essen. Eigentlich. Aber es hatte sie nie so interessiert. Sie war eine Enttäuschung für ihre Mutter und ihre Großmutter. Die kochten so gut. Und es war verschwendet an sie. Aber immer schon. Dann galt das wahrscheinlich nicht.

»Indecisiveness.« Unentschlossen. Das war sie auch immer schon gewesen. Sie musste immer nachdenken.

Oft lange. Sie dachte sehr lange nach, bevor sie sich entscheiden konnte. Und es war ihr lieber, sie musste nichts sagen. Das war ja das Problem mit diesem Vater. Er redete so scharf. Er hatte das letzte Mal einfach gesagt, »Devi venire.«. »Bodily pain.« Hatte sie Schmerzen? Nein. Nicht richtig. Sie hatte keine Schmerzen. Schmerzen. Das war das gebrochene Bein. Das war schrecklich gewesen. Als existierte nur diese Stelle, und alles andere an ihr. Die Schmerzen eine scharfe Bewegung und alles hinten nach mitgerissen. Über Stock und Stein. Im stillen Daliegen die wilde Jagd. Also nein.

»Lethargy.« Sie seufzte. Das stimmte. Wahrscheinlich. Sie schaute über das Handy hinaus. Die beiden Fenster. Links der Fallturm und die Wilde Maus. Rechts das weiße Riesenrad. Das alte Riesenrad stand still. Auf dem Fallturm. Leute hoch oben. Sie konnte das an den Beinen sehen. Winzige Beinchen in der Luft baumelnd. Die Personen selbst nicht auszunehmen. Und dann der Fall. Und gleich eine Wolke Dampf. Oder was das war. Musste man so etwas ausprobieren? Sich aussetzen? Wagen? Abenteuer?

Sie setzte sich auf. Horchte auf die Waschmaschine. Hörte das Wasser einfließen. War das Programm schon beim Schwemmen? Sie begann zu essen. Stand auf. Holte ein Glas Wasser aus der Küche. Setzte sich wieder. Sie konnte auf dem Laptop von der Mami. Die hatte ein Netflix-Abo. Sie konnte sich da etwas anschauen. Sie stand nicht auf. Ging nicht an den Arbeitsplatz vor dem rechten Fenster. Die Mami hate den Laptop mitgenommen.

Arbeit. Das war ja Arbeit. Da. In Zürich. Die Mami. Die kämpfte gegen die Maschinen. Übersetzen. Das machten die Programme. Sollte sie die dunkle Wäsche von der Mami mitwaschen? Sie wollte fragen. Das Handy von der Mami abgeschaltet. Dann lieber nicht. Obwohl das eine Verschwendung war. Also doch mitwaschen.

Sie würde es nicht schätzen, wenn ihre Wäsche ohne ihr Wissen einfach gewaschen worden wäre. Von der Mami. Oder der Oma Christl. Das war das Problem gewesen. In der Mansarde beim Opa Franz in Salzburg. Es hatte keine Waschmaschine gegeben. Wenn die Nizzi da wohne, hatte die Oma Christl gemeint. »Die kann doch bei uns herunten waschen.« Keine eigene Füllung. Sie hatten nie eine eigene Waschmaschine mit den eigenen Sachen waschen können. Immer alles zusammen. Mit den Sachen von diesen alten Leuten. Es hatte nie gerochen. Es war immer alles. Sauber. Aber sie hatte es auf dem Balkon aufgehängt. Den Wäscheständer auf den Balkon stehen gehabt, und die Wäsche in der frischen Luft. Das hatte sie immer. Ob sie müde war oder nicht.

Und sie waren müde gewesen. Vom Joggen. Der Jonas und sie. Die Salzach hinauf und hinunter. Die Mooswiesenrunde. Jeden Tag. Dann. Wie es erlaubt war, jemanden zu treffen. Und ohne Lockdowns. Hätte sie den Jonas? Wäre sie mit dem Jonas? Hätte sie ihn bei sich einziehen lassen, wenn alles normal gewesen wäre? Wenn sie einander so normal gesehen hätten? Es war ja nur der Jonas übrig geblieben. Die eine Kontaktperson. Es war ja nur eine Person erlaubt gewesen. Sie waren zusammengezwungen worden. Und alle glücklich. Darüber. Damit sie abgelenkt wäre. Wegen der Nonna.

Aber das mit der Nonna. Das war gestern. Das war, als wäre es gestern gewesen. Alles zusammengeronnen in einen einzigen Tag. Diese zwei Jahre. Am Vormittag die Facetime-Session. Die Nonna sterben. Und am Nachmittag der Jonas. Zu ihr gezogen. Den Koffer die steile Stiege in die Mansarde hinaufgehievt, und dann da gewesen und sich mit der Oma Christl besser verstanden als mit ihr. War es nun die Pandemie, die sie von da vertrieben hatte, oder wäre es ohnehin so ausgegangen? Es war nicht wichtig.

Die Waschmaschine piepste. Sie ging. Nahm die helle Wäsche aus der Waschmaschine. Legte sie ins Waschbecken. Stopfte ihre dunkle Wäsche in die Waschmaschinentrommel. Legte das Waschblatt ein. Stellte wieder auf Kurzwaschgang Feinwäsche. Drückte auf Start. Das Wasser schoss raschelnd ein. Sie schaute kurz in den Spiegel. Sie schaute genauso aus wie vorhin. Manchmal. Sie dachte, sie müsste anders aussehen. Geändert. Vom Nachdenken verändert. Aber sie sah nie anders aus.

Der Wäscheständer. Wo hatte die Mami den Wäscheständer. Im Badezimmer nicht. In der Küche. Nicht. Aber es gab doch einen. Es gab einen richtig großen Wäscheständer. »Damit ich die Waschmaschine ganz füllen kann.« Die Mami. Manchmal war sie genauso wie die Oma Christl. Sie schaute in den großen Kasten gleich rechts von der Eingangstür. Nein. Auf dem Balkon? Nein. In der Toilette war kein Platz für so etwas. Da musste sie gar nicht schauen. Ach ja. Dieses Besenkämmerchen. Neben der Toilette. Der Wäscheständer war schräg hineingezwängt. Sie musste ihn zwischen dem Besen, dem Schrubber und dem Staubsauger herausschälen. Sie stellte ihn ins Schlafzimmer. Das kühlte auch. Obwohl es nach Regen aussah. Draußen. Sie holte die gewaschene Wäsche. Hängte sie auf.

Sie ging. Aß das zweite Laugenstangerl. Ging auf und ab. Dann suchte sie einen Plastiksack. Die waren unter der Abwasch zu finden. Sie nahm die Wäsche wieder ab. Legte alles zusammen. Verstaute die nasse Wäsche im Plastiksack und räumte den Wäscheständer wieder weg. Es war schwierig, den Wäscheständer wieder in das Putzkämmerchen zu zwängen. Sie musste sich gegen die Tür stemmen, alles im Kämmerchen einzuzwängen. Sie musste noch auf die dunkle Wäsche warten. Wieder eine Nachricht vom Stieglitz. Wo die Mami sei. Sie textete zurück. Die Mami käme morgen um 10 Uhr aus Zürich zurück. Er solle mit der reden.

Sie schickte den Text ab. Sie wollte nicht. Sie wollte nicht bestimmt werden. Diese Ratschläge. Wie alle. Es wussten alle rund um sie, was für sie richtig war. Die Zukunft. Alle hatten eine Meinung zur Zukunft. Nur sie. Sie wusste nichts. Und wollte nichts wissen. Die hatten es leicht. Die hatten schon alles und hatten damit alles ruiniert. Ihre Zukunft? Das war deren Schuld. Warum sollte sie Ökologiegeographie studieren? Wie der Onkel Stieglitz es meinte. Ja. Es war alles kaputt. Aber warum sollte sie das richten? Und warum sollte sie etwas erreichen wollen?

Wenn nichts mehr existierte? Und diese Waschmaschine. Sie hatte doch den Kurzwaschgang eingeschaltet. Sie schrieb Lukas. Der textete gleich zurück. Sie solle Kaffee mitbringen. Der sei ausgegangen.

Das war blöd. Sie hatte kein Geld mehr auf der Karte. Sie ging in die Küche. In der Küchenlade. Sollte sie einen Zettel hineinlegen? Dass sie sich Geld genommen hatte? Sie würde es sagen. Wenn sie das nächste Mal herkam. Sie würde es sagen. Sie nahm 40 Euro aus dem Schächtelchen in der Lade. Sie musste den Kopf schütteln. Das war eine Zigarrenschachtel aus den 30er Jahren. Diese Schachtel. Fast 100 Jahre alt. Warum hatte die Mami so etwas? Sie schloss den Deckel. Schob die Lade zu. Ging zum Fenster.

Die Blumen. Sollte sie die Blumen gießen. Sie ging ins Vorzimmer. Zog die Tür auf. Stieg auf den Balkon. Eine Stufe höher. Sie ging. Fühlte die Erde in den Blumentöpfen. Es waren alle feucht. Sie stand. Schaute auf die anderen Fenster. Rund um den Lichthof. Überall die Vorhänge zugezogen. Jalousien herunten. Die Fenster undurchsichtiges Glas. Die Mami hatte nur das Küchenfenster hier heraus. Auf den Balkon. Sie hatte keine Vorhänge da. Es war dunkel genug. Lichthof war nicht die richtige Bezeichnung. Da war ihr Ausblick. Ihr Ausblick in diesen riesigen Baum.

Sie ging ins Badezimmer. Die Waschmaschine hatte noch 7 Minuten zu waschen. Sie ging ins Wohnzimmer zurück. Sie schüttelte die Pölster auf. Sammelte die Brösel ein. Das Papiersäckchen für die Laugenstangen. »Warum nimmst du denn keinen Teller?« Sie schob den Lesesessel zurecht. Die Sessel am Esstisch. Dann zog sie die Jalousien wieder herunter. Die Mami hatte panische Angst vor der Sonne. Dass diese Zimmer von der Sonne aufgeheizt wurden.

Im Badezimmer. Sie hatte den Plastiksack auf der Waschmaschine liegen. Sie schaute sich im Spiegel beim Warten zu. Kurz. Sie hatte sich angewöhnt gehabt, so in den Spiegel zu schauen und sich zu befriedigen. Kurz. Der Impuls. Die Erinnerung an diesen Augenblick. Wenn die Pupillen so auseinanderfielen. Beim Orgasmus. Dann piepste die Waschmaschine. Sie machte das nicht mehr. Fast nicht mehr. Das war in den Anzeichen für eine Depression nicht vorgekommen. Keine Lust. Aber es war auch ein US-amerikanischer YouTube-Beitrag gewesen. Da war das nicht passend. Not appropriate. Die redeten darüber nicht. Die Amerikanerinnen im Heim. Die redeten offen. Im Bus jedenfalls. Sie hatte der Aufzählung aller Boyfriends von zweien von denen zugehört. Die ganze Fahrt vom Schottenring bis zur Cottagegasse. Da waren die nicht scheu gewesen. Vor der Berger. Vor der Mag. Berger. Da würden sie es nicht tun. Die armen Würmer. Die mussten vor dem Abendessen beten. Und immer gemeinsam.

Sie legte die dunkle Wäsche in den Plastiksack mit der hellen Wäsche. Der Sack wurde schwer vom Wasser der nassen Wäsche. Sie verstaute den Plastiksack im Stoffbeutel mit dem Plastikfutter. Doppelt sicher, dass nichts nass wurde. Sie schaute sich um. Die Schmutzwäsche von der Mami musste in deren Wäschesack zurück. Sonst. Es war alles in Ordnung. Alles an seinem Platz. Sie drehte das Licht ab. Schulterte den Wäschebeutel. Hängte sich die Tasche um. Hatte sie das Geld? Sie schaute nach. Sie hatte es in ihre Geldbörse getan. Sie ging noch einmal die Wohnung ab. Alles abgedreht. Alles ausgeschaltet. Sie ging. Sie sperrte die beiden Schlösser an der Wohnungstür zu und ging. Sie ging dann doch nicht alle Stockwerke zu Fuß hinunter. Der Wäschebeutel hing schwer an ihrer Schulter. Drückte gegen die Seite. Sie nahm den Lift.

An der Kreuzung. Sie musste warten. Würde es wieder regnen? Der Himmel dunkel. Regenschwer. Gegenüber. Nach der Zufahrt zur Pratergarage. Das riesige rosa Bankomatschwein stand offen. Vorne und hinten. Veronica konnte durch das Schwein hindurchsehen. Das überlebensgroße aufgerichtete Schwein hatte ein riesiges Loch im Bauch. Zwei Männer hoben eine Metallkiste von einem Lieferwagen. Sie tänzelten mit der Last vor das Schwein. Dann rund um das Schwein. Veronica ging über die Straße. Schaute zu, wie die Männer die Metallkonstruktion in das Schwein schieben wollten. Sie ging vorbei. Die Geisterbahn links. Die Teufelsfiguren. Die mechanischen Arme griffen nach ihr. Gestöhne und Angstschreie. Teuflisches Lachen. Das Würstelgasthaus. Kinderringelspiele. Delphine und Miniautos. Die Hochschaubahn links. Die Europabahn rechts. Alles in Betrieb. Musik. Schreie.

Sie ging weiter. Sie musste bis zur Teststation vorne gehen. Wegen des Kaffees. Wie viele sollte sie mitbringen? Sie textete Lukas. Im Wiener Rösthaus. Lukas hatte nicht geantwortet. Sie nahm zweimal Melange und einmal einen Verlängerten. Sie bekam die Becher in einem Becherhalter. Sie zahlte. Brauchte jemand Zucker? Sie nahm zwei Beutelchen. Holzstäbchen zum Umrühren. Sie brauchte ja nichts. Sie steckte die Deckel auf die Kaffeebecher. Zog Pappmanschetten um die Becher. Ging. Sie balancierte den Becherhalter. Die Covid-Teststation war nicht mehr da. Nichts erinnerte daran. Wie sich hier lange Schlangen gebildet hatten. »Haben Sie einen Termin.«

Sie ging zum Calafattiplatz hinüber. Am Schweizerhaus vorbei. Die Zwergerlbahn. Kindergeschrei. Das waren sie auch schon gefahren. Sie. Und die Mami. Da waren sie in den Prater gefahren. Am Sonntag. Einmal im Jahr der Prater. Und jetzt. Mittendrin und dauernd und in der Wohnung. Sie mussten die Fenster geschlossen halten. Nach vorne. Weil das so laut war. Und die Lichter in der Nacht. Am Anfang. Die Mami bekam Migräne vom Blitzen und Schwenken der Scheinwerfer. Sie ging schnell weiter. Die Gleise der Liliputbahn. Die Hauptallee. Die Skaterbahn.

Die Rustenschacherallee. Die Ateliers. Die Klasse von Lukas. Sie waren in einem Nebengebäude von den Praterateliers. Die Tür stand offen. Sie rief. Ging hinein. Ein Vorraum. Eine Betonschwelle. Der Raum. Parkettboden. Hohe Fenster. Ein Sofa in der Ecke. Ein rosaroter Überwurf. Ikea. Niemand da. Sessel standen herum. Sie ging zum Sofa. Stellte den Kaffee auf einen Sessel. Suchte sich ihren Kaffee heraus. Riss den Deckel herunter. Heiße Getränke durch Plastik. Das machte sie nicht. Warum konnte man diese Deckel nicht auch aus Papier machen? Plastikmüll. Sie mochte nicht mit Plastikkügelchen ausgefüllt werden. Sie nippte am Kaffee. Sie hatte große Becher genommen. Der Kaffee noch heiß. Gerade recht.

War sie hier falsch? War das Treffen woanders? Sie waren doch immer hier gewesen. Es sah aufgeräumt aus. Aufgeräumter. Whiteboards an der Wand. Sie ging hin. Ja. Da war es skizziert. »Regen für Wien. Eine Intervention.« Die Daten darunter. Das hatte sie auf dem Handy. Hätte sie doch auf den Josefsplatz gehen sollen? Als Grashalm? Sie schaute nach. Nein. Lukas hatte sie hierherbestellt. Die Demo abgesagt. Sie setzte sich wieder und trank vom Kaffee. Es war friedlich. Der leere Raum. Die leeren Sessel. Das Sofa unter dem Fenster. Sie schaute hinaus. Draußen war es regendunkel. Kühl. Herinnen. Es war kühl. Die kamen immer, wann sie wollten. Sie war die Einzige, die pünktlich war. Ein braves Mädchen. So schaute das aus. Für die.

Und der Finn. Der hätte sich bedanken können. Für die Rettung. Die Frau Wallin. Sie hätte sie fragen müssen. Überhaupt hätte sie mit der reden sollen. Musste sie wieder zurück durch den Wurstelprater zur U2 gehen? Wahrscheinlich war das der beste Weg. Es war ja nur ein kurzer Spaziergang. Die nasse Wäsche. Sie musste die nasse Wäsche aufhängen. Muffig. Die Wäsche wurde sonst muffig. Aber es war nicht so viel. Und es war nicht so viel schwerer. Sie musste die fragen, ob sie einen Platz wussten. Zum Wohnen. Die hatten doch alle auch kein Geld. Aber die hatten Stipendien. Sie. Würde sie eines bekommen. Wahrscheinlich nicht. Weil sie immatrikuliert gewesen war und nur eine Prüfung. Diese zwei Jahre. Sie konnte das nie wieder aufholen. Die Mami bezahlte die Studiengebühr und den ÖH-Beitrag. Sie solle wenigstens immatrikuliert bleiben. Sie sollte es sich überlegen. Mit dem Geld vom Vater und von ihr. Sie könne in Ruhe ihre Entscheidungen treffen. Offiziell war sie ja auch Studentin. Jedenfalls im Heim. Werkstudentin. Aber eben alles falsch. Sie war das eine nicht und das andere schon gar nicht.

Sie musste springen. Irgendwie musste sie einen Sprung machen. Nach Salzburg zurück und ernsthaft. Sich um nichts kümmern. Die Oldies nicht ernst nehmen. So krass das manchmal war. Wenn die Oma Christl den Opa Franz. Und der sich nicht wehrte. Der wehrte sich nie. Der ging weg. Aber er sagte nichts. Und sie schrie ihm Sachen nach. Und beide schauten sie so an. Wollten eine Bestätigung. Dahin. Nein. Wenn. Dann musste sie in Wien bleiben. Sie sollte Krankenschwester werden. Oder so etwas. So etwas lernen. Krankenschwestern. Die wurden immer gebraucht. Da änderte dieser Krieg nichts.

Literatur und so. Wie die Mami. Die Programme. Die konnten das besser. Die machten das billiger und schneller. Und sie las auch nicht mehr so viel. Wie einmal. Film. Filmakademie. Sie schaute nach. Die Aufnahmeprüfung. In vier Teilen. Die Termine waren alle gerade vorbei. Erst wieder für das Studienjahr 23/24. Sie las. Die Zulassungsprüfung gliedert sich in vier Teile:

Teil 1: Vorlage der zur Aufgabe gestellten Arbeiten (siehe Bewerbungsunterlagen)

Teil 2: Mündliche Befragung zu den eingereichten Arbeiten

Teil 3: Fachspezifische, praktisch-künstlerische Arbeiten zur Feststellung der Begabung für die zentralen künstlerischen Fächer

Teil 4: die im Teil 3 gelösten Aufgaben dienen als Grundlage einer weiteren mündlichen Befragung durch den Prüfungssenat. Die KandidatInnen sind nur dann berechtigt, zum nächstfolgenden Prüfungsteil anzutreten, wenn der vorangegangene Prüfungsteil positiv absolviert wurde. Die Ergebnisse der jeweiligen Prüfungsteile sind online abrufbar. Das erforderliche Login erhalten Sie im Büro der Filmakademie.

Please Notice: In order to be admitted to the bachelor's and master's programs at the Film Academy …

Sie hörte Reden. Vor der Tür. Sie klickte die Filmakademie weg. Schaltete die Videokamera ein. Stellte das Handy auf. Eine Dokumentation. Sie konnte gleich mit einer Dokumentation beginnen.

Lukas, Tim und Paul kamen herein. Jule und Johanna blieben an der Tür stehen. Jule und Johanna hatten Gläser in der Hand. Jule hielt eine Flasche Wein. Veronica hielt die Kaffeebecher hoch. Lukas eilte zu ihr. Setzte sich neben sie. »Danke.«, seufzte er. Er habe einen Kaffee dringend nötig. Was denn nun los sei? Veronica setzte sich vor. Schaute ihm ins Gesicht.

»Ach.«, sagte er und fuhr sich mit der Hand übers Gesicht. Es gäbe Probleme. Probleme aller Art. Veronica setzte sich auf das Sofa zurück und lehnte sich gegen die Wand. Das Fensterbrett gegen die Schultern.

»Du.« Sie deutete auf das Handy. »Ich nehme das auf?« Lukas zuckte mit den Achseln. Die anderen. Sie nahmen Sessel und setzten sich zu ihnen. Ein weiter Kreis. Jule und Johanna nahe beieinander. Sie schauten sich im Kreis um.

»Wir sind jetzt zusammen.«, sagte Jule. Johanna schenkte ihr Wein nach. »Und wir machen unser eigenes.« Tim und Paul sagten nichts. Schauten. Lukas hob seinen Kaffee. Stand auf und stieß mit Jule an. Johanna lachte. Tim fragte, ob dieser Kaffee da. Ob der frei sei? Veronica hielt ihm den Kaffee entgegen. Er nahm den Becher.

»Ein Capuccino.«, sagte Veronica. Paul stand auf und holte sich ein Glas aus dem Regal im Vorraum. Er wolle mitfeiern, sagte er und hielt Jule das Glas hin. Jule zögerte. Schaute Johanna an. Die hob die Achseln. Jule schenkte Paul Wein ein. War Johanna nicht mit Lukas zusammen gewesen? Oder war das die Jule? Veronica überlegte. Das hatte so ausgesehen. Sie schaute Lukas an. Der hatte sich abgewendet und starrte auf die weißen Tafeln. Dann sprang er auf.

»Wo ist dieser Finn?«, rief er. »Wer hat ihn zuletzt gesehen?« Veronica schaute sich um.

»Wahrscheinlich ich.«, sagte sie dann. Finn sei zu ihr in die Rezeption am Kohlmarkt gekommen.

»Was machst du denn da?«, fragte Jule. »Arbeiten?« Das war feindlich gefragt worden. Veronica schüttelte den Kopf.

Sollte sie hier hinausgebissen werden? Jule wollte sie nicht. Wollte sie nicht hier haben. Wegen Lukas. Den konnte die behalten. Aber das wollte sie ja auch nicht, wenn sie jetzt mit Johanna zusammen war. Das war wie mit der Pia. In der Oberstufe. Ein Männerharem. Die hatte eine Teeny-Serie gespielt. *O.C., California*. Oder sonst so etwas Altmodisches. Veronica sagte nichts. Lukas hob den Kopf. Könne man Veronica reden lassen, bitte?

Veronica nippte am Kaffee. Was solle sie sagen. Der Finn habe sie gebeten, ihn zu retten. Vor der Polizei. Und sie habe ihn gerettet. Danach habe sie ihn auch nicht mehr gesehen. Er habe ihr aber noch getextet. Was er da getextet habe, fragte Tim. Sie solle nichts verraten, sagte sie. Was aber ohnehin selbstverständlich sei. Das wäre ja ausgemacht gewesen. Paul stand auf. Das passe, meinte er. Finn sei der Verräter. Das wäre ja nun klar. Er habe die ganze Aktion an die Polizei verraten. Paul trat mit dem Fuß gegen seinen Sessel. Stieß den Sessel vor sich her. Das mache ihn so wütend, zischte er. Es sei unerträglich. Verräter in den eigenen Reihen. Und die Semesterarbeit beim Teufel. Was sollten sie jetzt noch tun. Die paar Wochen bis zum Semesterende.

»Die Wahrheit dokumentieren.« Finn stand in der Tür. »Die echte Wahrheit.« Was das sein solle, schrie Paul ihn an. Lukas war aufgestanden. Jule trat Lukas in den Weg. Er solle sich nicht als Führer aufspielen. In dieser Sache. Jule schwenkte die Weinflasche zur Betonung. Er habe die ganze Sache vergeigt. Mit seinem Führungsanspruch. Finn habe vollkommen recht. Die ganze Wahrheit. Die sei. Dass sich immer irgend so ein Kerl als Führer aufspielen müsse. Lukas wandte Jule den Rücken zu. Kam zum Sofa zurück. Veronica hatte das Handy wieder zum Aufnehmen aufgestellt und sich zurückgesetzt.

Bruderkrieg mit Schwesternbeteiligung. Lukas stand in der Mitte des Raums. Er ging zu den Tafeln. Begann zu löschen. Die anderen sahen zu. Finn war gegangen, sich auch ein Glas zu holen. Jule hielt die Flasche hoch. Dann holte sie die nächste Flasche. Sie kam zurück. Ließ den Drehverschluss knirschen. Veronica hielt ihren Kaffeebecher. Nippte.

»Bist du fertig?«, fragte Finn. Lukas wischte weiter. »Die Wahrheit ist doch.«, sagte Finn. Er drehte sich um sich. Schaute alle an. »Die Wahrheit ist doch, dass es nichts Unüberwachtes gibt. Die Polizei. Ich kann Euch sagen. Die wussten längst alles. Ich war nur die Bestätigung für die. Die Wahrheit ist, dass es gar keinen Verrat mehr geben kann.«

»Aber in Wien.« Paul hatte sich auf den Sessel am anderen Ende des Raums gesetzt. In Wien? Er könne sich das in den USA vorstellen. Oder in Russland. Aber doch nicht in Wien.

»Es war der Rassismus.«, sagte Finn. Er ließ sich Wein einschenken. »Wegen China. Weil wir die Chinesen beschuldigt haben. Das war der Grund. Die wollen China nicht verärgern. Ich kann mir das auch nicht vorstellen, aber das ist so.«

»Ich habe immer gesagt, dass das rassistisch ist.« Veronica sagte das so vor sich hin. Jule und Johanna standen auf. Wenn alles vorbei sei, dann wüssten sie Besseres mit ihrer Zeit anzufangen. Sie lachten anzüglich. Paul trat auf dem Sessel sitzend auf die Wand ein. Tim ließ sich in den Kaffeebecher Wein einschenken.

Lukas hielt den Schwamm in der Hand. »Warum hast du das nicht gesagt?«, fragte er.

»Weil du es sowieso nicht gehört hättest.« Johanna war stehen geblieben. »Ihr hört doch nicht zu, wenn eine von uns spricht.« Jule lachte. Lukas wandte sich an Veronica. Das stimme nicht, sagte er.

»Wir wollen also alle keine Märtyrer werden.«, stellte Tim fest. Finn lachte. Paul schnaufte. Lukas kam zu Veronica. Jule zog Johanna zur Tür. Johanna wehrte sich.

»Ich will keine Märtyrerin sein. Wir sind seit Jahrtausenden immer die, die geopfert werden. Ich gehe nicht mehr und lasse mich von der Polizei herumjagen. Außerdem.« Johanna lachte Jule zu. »Ich habe sowieso nicht die Figur für Regentropfen und Grashalme.« Die beiden Frauen lachten.

»Das war alles zu klein. Zu wenig. Wir hätten niemanden motivieren können. Alle diese Projekte. *Ausländer raus* von Schlingensief. Oder so. Da waren die Leute motiviert. Jetzt. Mit diesem Krieg. Da stört doch alles. Da ist doch alles von der Angst besetzt. Da lässt sich nichts provozieren. Ich werde meine Kontakte mit der Polizei einarbeiten. Wie sich alles in der Überwachung findet. Wie die Überwachung der eigentliche Entwurf ist, und die wahren Künstler die sind, die die Überwachung konstruieren. Ich mache ein Video daraus. Da ist Schicht um Schicht und am Ende keine.« Finn trank sein Glas leer.

Lukas ging wieder an die Tafeln. »Das kann es doch nicht sein.«, sagte er.

»Verrat als Erkenntnisinstrument.« Finn lachte und ging hinaus. Jule zog Johanna zur Tür. Paul saß einen Augenblick still. Dann stand er auf und ging auch davon. Tim trank Wein aus dem Kaffeebecher. Er ging hinaus. Kehrte mit einer Flasche zurück. Er schaute Lukas an. Dann drehte er sich um und ging zu den anderen in den Vorraum. Lukas kam zu Veronica zurück und setzte sich neben sie. Er stieg auf das Sofa und setzte sich auf die Fensterbank. Er schaute zu Veronica hinunter.

»*Avengers, Endgame.*«, sagte er.

»Das war der letzte Film, den ich im Kino gesehen habe. Vor dem ersten Lockdown.«, sagte Veronica, und sie lachten beide. Saßen stumm. Veronica seufzte. »Heißt das wirklich, dass du keine Semesterarbeit haben wirst?«, fragte sie. Sie drehte den Kopf. Schaute zu ihm hinauf. Das Genick. Sie setzte sich auf. Wandte sich ihm zu. Sie zog die Beine an. Stellte ihre Sneaker auf die Ikea Decke. Dann stand sie doch auf. Die Schuhe auf der Decke. Sie setzte sich auf den Sessel, auf dem das Handy gestanden hatte. Schaute im Handy nach. Keine Nachricht. »Wissen alle?«, fragte sie.

Lukas nickte. »Alle verständigt. Wir waren ja nicht viele.«

»Wahrscheinlich hattest du recht, dass es die Chinesen sein könnten. Du hättest es den Russen in die Schuhe schieben müssen. Das mit den Salzkristallen und dass Wien durch Dürre entvölkert werden soll, damit die Chinesen hier einwandern können. Das ist halt blöd. Die gelbe Gefahr. Das ist so ein Nazimotiv.«

»Das weiß ich doch.«, sagte Lukas. »Deshalb habe ich es doch genommen. Es muss doch endlich einmal Schluss sein, dass diese Nazisachen so total tabu sind. Das denken sich doch Leute heute genauso, und wir dürfen nichts dazu sagen.« Veronica dachte nach. Stimmte das? Für sie. China. Das war so etwas Abgeschlossenes. Verborgenes. Nicht betretbar. Aber das war Russland auch gewesen. Und jetzt? Die waren. Die waren aus ihrem Versteck heraus. Herausgeplatzt. Und wie Touristen die Sehenswürdigkeit. So sammelten die ihre Eroberungen ein. Normal. Kriegerisch normal. Die Zerstörung dort. Normal. Ein Auftrag und normal. Und Finn normal. Jeder für sich. Auch Krieg. Hier. Die Konkurrenz. Wer war revolutionärer. Und Finn. Hatte er nun gewonnen? Als der Radikalste? Hätte er sich nicht verhaften lassen müssen und leiden? Wegen des Klimawandels? Sie musste lachen. Draußen. Es nieselte wieder. Der Asphalt vor dem Fenster nass. Unter den Bäumen trocken. Es regnete nicht genug. Aber zu viel, um über Trockenheit reden zu können. »Ihr habt einfach Pech mit dem Wetter.«, sagte sie.

Lukas schaute vor sich hin. Es läge an ihm, sagte er. Er habe sich nicht genug engagiert. Sein Leben. Sein Privatleben. Das sei. Wie es mit ihrem stünde? Veronica musste lachen. Herzlich. Sie habe keins, sagte sie und schaute ihn an. Sie. Sie habe das fürs Erste aufgegeben. Sie habe sich von ihrem Freund getrennt. Der. Der habe sie betrogen. Der habe sie mit McDonald's betrogen. Der habe mit ihr vegan gegessen und sei dann heimlich Burger essen gegangen. Dann habe es auch noch diese Sandra gegeben. Aber das mit dem Essen. Sie. Sie könne deshalb zur Zeit überhaupt nichts essen, und alle nähmen an, sie sei magersüchtig. Aber das sei sie nicht. Es ekle sie nur so. Der Jonas. Aber den müsse er doch kennen. Der wäre zwei Klassen über ihnen gewesen. Lukas dachte nach. »Na jedenfalls.«, sagte sie. Sie müsse sich ausbleichen. Das sei das Gefühl, das sie habe.

Der Jonas Perner. So habe der geheißen, und ob Lukas sich jetzt erinnern könne. Der wäre schon fesch gewesen. Aber dann doch einen Bauch. Ganz wenig. Sie seien in der Pandemie jeden Tag viele Kilometer gegangen und joggen gewesen. Das könne sie auch nicht mehr. Joggen. Ihre Großmutter sei ganz am Anfang an Corona gestorben. Ganz allein. In einem italienischen Spital. Die seien da unbarmherzig gewesen. Diese Frau hatte sich immer gewünscht, zu Hause zu sterben. Einschlafen und nicht mehr aufwachen. Sie habe das Facetime-Video von den letzten Augenblicken auf dem Handy. Deshalb sei das Handy. Es sei auch in der Cloud gespeichert. Aber was würde sein, wenn sie die Cloud nicht mehr bezahlen konnte. Sie hatte den Tarif aufstocken müssen. Wegen der Cloud. Aber sie habe sich sehr über seine Einladung gefreut. Das war interessant. Hier mitzumachen. Auch wenn es nun zu nichts geführt habe. Und wie spät es denn sei. Sie schaute auf dem Handy nach. Was sie mit dem Video machen solle. Die Kamera sei die ganze Zeit mitgelaufen. Lukas zuckte mit den Achseln.

Sie sollten zusammen den Klimaprotest weitermachen. Jetzt. Er grinste. Jetzt, wo sie schon diese Kostüme hatte. Den Regentropfen und den Grashalm. Sie sollten sich etwas Neues überlegen. Sie solle aber nur gleich sagen, wenn sie etwas rassistisch fand. Dann könnten sie sich Zeit und Umwege ersparen. Veronica lächelte. Ein guter Vorschlag, und sie nickte. Sie müsse zur U2, sagte sie.

Er käme mit. Lukas sprang von der Fensterbank auf das Sofa auf den Boden. »*The Return of the First Avenger.*«, sagte er. Wohin sie müsse?

»In die Ausstellungsstraße.«, sagte sie.

»Da drüben?«, fragte er. Er käme mit ihr mit.

Sie gingen. Im Vorraum niemand. Über die Straße im Park. Es war dunkel geworden. Es sah nach Regen aus. Sie gingen langsam. Ob er oft nach Salzburg fahre. Nach Hause. Er schüttelte den Kopf. Nicht oft, meinte er. Und sie?

»Meine Mutter wohnt gleich hier.«, sagte sie.

Es begann stärker zu regnen.

»Mein Vater ist halt so alt.«, meinte er. »Unsere Eltern. Also meine. Die machen sich keine Sorgen.« Sie waren über die Straße gegangen. In den Park eingebogen. Sie schaute zu ihm hinüber.

»Meine Mutter ist Alleinerzieherin in der dritten Generation.«, sagte sie. »Sorglosigkeit? Das kennen wir nicht.« Sie lächelte ihn an. Er schaute zu Boden.

»Das wusste ich ja gar nicht.«

»Ist ja auch nicht wichtig.«, sagte sie. Der Regen. Sie kamen zum Skaterplatz. Sie schauten einander an und gingen auf den kleinen Pavillon zu. Gegenüber vom Skaterplatz. Sie setzten sich. Schauten den Skatern von da zu. Die fuhren weiter. Das Klicken und Klacken der Boards ging weiter. Sie schauten.

Plötzlich. Lukas streckte die Hand aus. »Gib mir dein Handy.«, sagte er.

Veronica suchte in der Tasche. »Warum?«, fragte sie.

»Komm. Mach es auf und lösch das Video.« Sie schaute ihn fragend an. Er deutete ihr stumm, weiter zu tun. Sie hielt inne. Dann öffnete sie das Handy. Tippte auf Fotos. Holte das Video heraus. Drückte »Löschen«. Es war sein Treffen gewesen. Das Video verschwand.

»Ist das dann noch irgendwo?«, fragte sie. Er schüttelte stumm den Kopf. Dann nahm er ihr das Handy aus der Hand. Er schaute sich um. Dann ging er zu einem jungen Ahornbaum. Legte ihr Handy in eine Astgabel. Er fischte sein Handy aus der Hosentasche und legte es dazu. Er kam zurück. Lachte.

»Wenn wir neu anfangen wollen, dann müssen wir das ernst nehmen.«, sagte er.

»Wie eine altmodische Widerstandsgruppe?« Sie lachte. Er nickte. Sie saßen. »Was wirst du denn jetzt machen?«, fragte sie. »Wenn das jetzt …« Er schaute auf seine Hände in seinem Schoß.

»Das ist nicht das Problem.«, sagte er.

»Was ist es denn dann?«, fragte sie. Er schaute vor sich hin.

»Meine Freundin ist gerade schwul geworden?« Er sah auf. Veronica machte schmale Lippen. Sie spürte, wie sie die Lippen gegeneinanderpresste.

»Was ist schwieriger?«, fragte sie. »Das Verlassen. Oder das Schwul-Werden?«

»Keine Ahnung.«, antwortete er. »Aber das mit dem Ausbleichen. Ich glaube, das kann ich verstehen.« Sie schwiegen. Schauten den Skatern zu. Die fuhren mit nackten Oberkörpern. Die Körper glänzten vom Regen. Sie übten, einen hohen Sprung zu machen und auf eine Mauer hinaufzuspringen. Immer wieder. Es gelang meistens nicht. Die jungen Männer mussten vom Board springen und das Board davonsausen lassen. Veronica seufzte. Sie hatte ein Board gehabt. Ein rotes. Dann hatte sie aber lieber Inlineskaten gemacht. Aber die Schuhe waren in Salzburg. Fast alles war in Salzburg. Im Keller. Die Mansarde war längst wieder vermietet. Aber wenn sie die Inlineskates holen wollte. Die Oma Christl fragte dann gleich, wann sie alle ihre Sachen abholen käme. Der Opa Franz nahm sie dann zur Seite und flüsterte ihr zu, dass sie alles dalassen könne. Sie beneidete die Skater. Sie wollte auch so üben. Mit einem Ziel so üben. Aber es fiel ihr nichts ein, was so ein Ziel sein hätte können. Skaten sicher nicht. Der größere von den Burschen war hingefallen. Er stand auf und hinkte an die Seite. Sie schaute Lukas an. Der war in Gedanken versunken.

»Was wirst du denn machen, wenn das jetzt nicht …« Sie hatte ihn das schon gefragt. Er schüttelte den Kopf. Nein. Das sei kein Problem. Er entwickle Figuren für ein

Videospiel. Also er male und zeichne und mache dann kleine Videos daraus. Das sei jetzt einmal genug. Er müsse noch für Prüfungen lernen, damit er im Sommer dann nichts machen müsse. In den Ferien. Aber. Er werde nicht aufgeben. »Regen für Wien.« Man müsse genauer überlegen. Sie hatten das zu schnell gemacht. Unüberlegt. Ob sie dabei sein wolle. Sie müssten neu anfangen und das Ganze auf Klimaaktivismus aufbauen. Fake action. Er schaute in den Park hinaus. »Und wenn einen das Wetter dann auch so im Stich lässt.« Er sagte das komisch verzweifelt.

Ja, meinte sie. Das sei Sabotage gewesen. Es regnete immer wieder. Aber nie genug. Das Problem wäre da, aber die Wahrnehmung nicht entsprechend. Er schaute sie an. Was sie eigentlich mache. Außer diesem Job. Veronica verdrehte die Augen. Sie wisse es nicht. Sie sagte es so komisch verzweifelt wie er vorhin. Sie lachten. Also nur mündlich und nichts per Internet oder Telefon, sagte er.

»Wie soll das denn gehen?«, rief sie. Aber er habe recht. Sie habe in der *New York Times* gelesen, dass die Pro-Choice-Personen in den USA alle diese Menstruations-Apps und die Fertility-Apps löschten, damit sie nicht überwacht werden könnten. Und dann belangt. Aber. Veronica hielt inne. Sie starrte Lukas an.

»Das ist ja wirklich der reine Wahnsinn.«

»Begreifst du das erst jetzt?« Er lachte. Und nein. Sie habe recht. Dass die Wiener Polizei. Aber sie dürften dem Finn nichts glauben und sie solle auch die Nachrichten von Finn löschen. Für alle Fälle.

»Ihr habt das aber alle ziemlich cool genommen.«, meinte sie. Lukas wiegte den Kopf.

»Wir haben das vorher schon. Durchgekaut. Wir waren nicht überrascht. Und was hätten wir tun sollen. Ihn schlagen?« Sie nickte. Ja. Immer so höflich? Lukas lachte. Wann sie einander wo treffen wollten. »Heute ist Freitag. Wie wäre es Montag. 18 Uhr. Hier?«

Das wäre nett. Sie hoffe nur, dass sie sich das merken würde. Sie sagte sich vor. »Also, Montag. 6 Uhr. Hier. Im Pavillon. Skaterbahn Prater Hauptallee.«

Sie gingen ihre Handys holen. Er ginge zurück. Er habe sein Fahrrad beim Atelier. Sie nickten einander zu. Sie ging weiter zum Wurstelprater hinüber. Der Regen war an vielen Stellen nicht bis zum Boden gelangt. Feuchte Flecken auf dem Asphalt der Hauptallee und trockene Stellen unter den Kastanien. Im Wurstelprater. Volles Treiben. Sie ging durch. Bahnte sich den Weg. Schaute sich um. Noch waren Eltern mit kleinen Kindern unterwegs. Die langen Abende im Mai. Gruppen von Teenagern. Laut. Bierflaschen in den Händen. Beim Autodrom. Gequietsche. Geschrei vom Fallturm. Ankündigungen. Man solle in die Geisterbahn kommen. Man solle auf diesem Karussell sich schwindlig machen. Man solle den Schreck des Lebens in Sicherheit erleben. Musik. Die Subwoofer pumpten die Bässe über alles hin. Auf der Zufahrtsstraße dann schon fast alles nicht mehr zu hören. Nur die Geisterbahn noch. Das Bankomatschwein war wieder funktionsfähig. Es standen Personen an.

Sie ging gleich an der Wetthalle vorbei in Richtung

U-Bahn. Es kam auch gleich ein Zug. Sie musste noch im Zug nach der Maske suchen. Es waren aber nicht viele Leute da. Niemand schaute sie böse an, weil sie keine Maske trug. Es war den meisten Leuten ohnehin gleichgültig. Sie zog die Maske zurecht und setzte sie auf. Sie behielt sie beim Hinaufsteigen zum Bus in die Hohenstaufengasse an. Sie lief zum Bus. Die fuhren hier einfach weg. Auch wenn man auf den Bus zulief. Die hielten sich an den Fahrplan. Ausschließlich. Im Bus. Sie konnte sich ganz vorne hinsetzen. Es war niemand vom Heim im Bus. Sie musste mit niemandem reden.

Sie ließ sich fahren. Schaute. Ließ die Gedanken schweifen. Irgendwie. Schaute alle Dinge an. Sah sie nicht. Nicht genau. Sie kannte diese Strecke ja nun. Beim Veganista an der Markthalle. Wenn sie nicht lethargisch wäre. Sie würde aussteigen. Ein veganes Eis kaufen und mit dem nächsten Bus weiterfahren. Sie hatte ja eine Jahreskarte. Vom Opa Franz. Da konnte sie fahren, was sie wollte. Das war schon gut. Aber sie war lethargisch. Konnte sich nicht aus dem Sitzen herausreißen. Das Eis nicht verführerisch genug. Lavendeleis gab es da. Hinauf zum Gürtel. Die Gymnasiumstraße. Und dann war sie da.

Beim Aussteigen in der Cottagegasse. Es war doch eine Person vom Heim im Bus gewesen. Eine von den Amerikanerinnen. Sie grüßte. Ging neben der Frau her. Die schaute sie verwundert an. Ob sie denn nicht bei dem Vortrag sein hätte wollen, fragte sie. »Welcher Vortrag?«, fragte Veronica. Es fiel ihr aber gleich ein. Nein, meinte sie. Sie habe anderes zu tun gehabt. Und sie? Sie habe ein

Seminar an ihrem Institut gehabt. Das wäre immer erlaubt. Welches Institut das sei, fragte Veronica. Was sie denn studiere. Das sei das Institute for Human Science. Veronica nickte, als wisse sie davon. Sie fragte nicht weiter. Dann wurde sie gefragt, was sie gemacht habe. Die waren alle so höflich.

Hier. Das sei ein Vortrag über eine Krebserkrankung gewesen. Sie sprachen Deutsch. Die Frau sprach Deutsch mit starkem Akzent, aber fließend. Ja, das wäre über eine Heilung gewesen. Eine Wunderheilung. Veronica schaute die Frau an. Die lächelte beglückt.

»Eine Wunderheilung?«, fragte sie.

»A miracle.«, sagte die andere und strahlte. »You will see. We get stronger every day.« Veronica sagte nichts.

Sie kamen beim Heim an. Die große Eingangstür stand offen. Leute in der Halle. Auf den Stufen. Dunkel gekleidet. Die Männer in Anzügen. Die Frauen in Kleidern. Festlich. Alle hatten Gläser in der Hand. War es schon so spät. Aber ja. Der Vortrag war ja um 6 Uhr gewesen. Es musste nach 8 Uhr sein. Sie ließ die andere Frau vorgehen. Sie wollte zum Nebeneingang. Aber die andere Frau ließ sie nicht. Sie solle doch mit ihr mitkommen. Es gäbe sicherlich noch Sandwiches, und sie lächelte Veronica verschwörerisch zu. Sie habe diese Sachen, sagte Veronica. Sie müsse die erst in ihr Zimmer bringen. Aber das wäre doch nicht notwendig. Die Frau nahm ihr den Wäschebeutel ab und stellte ihn hinter einem Schirmständer gleich beim Eingang ab.

Es wurde geredet. Sie stiegen die Stufen zur Halle hinauf. Die Halle vollgestellt mit Sesseln. Klappsessel. Rote und weiße Klappsessel. Plastik. Das Buffet. Links. Der Tisch an die Wand geschoben. Veronica versuchte, rechts an den Sesseln vorbeizukommen. Dann wollte sie aber ihren Wäschebeutel nicht zurücklassen. Sie ging zurück. Die Berger kam ihr entgegen.

»Oh.«, sagte sie. »Ich habe dich ja gar nicht gesehen. Schön, dass du einmal dabei bist.« Veronica lächelte. Nickte. Die Berger zog sie zum Buffet. »Ein Glaserl Wein.« Sie reichte Veronica ein kleines Glas Weißwein. Veronica nahm es. »Und?«, fragte Frau Berger. Veronica nahm einen Schluck vom Wein.

»Ich kenne mich da nicht so aus.«, murmelte sie.

»Na. Dann komm mit. Das kann dir der Monsignore Krasser erklären. Der kann das. Ganz einfach.« Frau Mag. Berger hatte sie unter dem Ellbogen gefasst und führte sie in den Salon weiter. Im Salon. 50er-Jahre-Barock. Riesige große Fauteuils und Sofas. Moosgrüner Samt. Ein kleiner alter Mann saß auf dem linken der beiden großen Sofas. Er trug den schwarzen Anzug und das Kollar des katholischen Priesters. »Hier haben wir eine Ungläubige.«, sagte Frau Berger. Veronica wurde in die Richtung des Sofas geschoben. Der alte Mann sah auf.

»Aber wir sind doch im Wunder dieser Heilung heute dem unendlichen Geheimnis Gottes begegnet. Wie wollen wir da nicht unseren Glauben gestärkt sehen. Dieses Geschenk nicht annehmen zu wollen. Das wäre doch die Zukunft des gesamten Reiches Gottes zu leugnen. Das willst du sicher nicht. Mein Kind.« Veronica stand vor dem alten Mann. »Es ist die Offenbarung der Allmächtigkeit Gottes in seinem ewigen Beschluss.«

Was sollte sie tun? Sie wollte diesem alten Mann. Was sollte sie dem sagen? Dass sie nicht einmal getauft war? Der konnte sich das gar nicht vorstellen. Wahrscheinlich. Sie schaute sich um. Pfarrer. Alte Männer. Nicht so alte Männer. Die Frauen dazwischen. Nur sie in Hosen. Sie solle sich setzen, sagte der alte Mann.

»Monsignore.« Eine Frau im grünen Frühjahrskostüm und flachen Schuhen. Sehr kurze Haare. Grau.

»Ah.«, rief der Monsignore. »Unser Wunder.« Die Frau setzte sich auf seine andere Seite. Sprach mit ihm. Veronica wollte aufstehen. Der Monsignore wandte sich ihr sofort zu und lächelte. Sie blieb sitzen. Sie trank ihren Wein. »Eschatologisch.«, hörte sie. »Ausnahme.« »Weltordnung.« »Schöpfung.« »Verheißung.« »Messias.« »Rom.« »Päpstlich.« »Rettung der Welt.«

»Ja.« Kaplan Chrobath setzte sich neben sie. Drängte sich auf das Sofa neben sie. »Meinst du auch, dass die Gottesherrschaft nahe ist, wenn solche Wunder sich häufen?« Kaplan Chrobath drängte sie gegen den Monsignore. Schob sie gegen den alten Mann. Sie hielt sich steif von dem alten Mann fern. Saß aufrecht. Wollte nicht in Berührung kommen. Auch mit dem Chrobath nicht.

»Die Umwelt schaut jetzt einmal nicht so aus. Nach einer Wunderrettung. Außer Sie nehmen das Ende der Welt zum Anfang vom Jenseits.«, sagte sie. Vor sich hin. Sie wollte hier weg. Sie wollte nicht über solche Sachen reden. Die kamen dann immer nur auf Abtreibung und redeten nur noch über die Frauen. Das war in Salzburg dann ja auch so gewesen. Die Gottesherrschaft war die Herrschaft über die Frauen. Dazu brauchte sie keine Feministin als Mutter. Aber wenn die so redeten. Ihr wurde. Mulmig? Elend? Es machte sie unsicher und verloren. Wehrlos? Hilflos? Sie wollte wieder aufstehen.

Der Monsignore legte seine Hand auf ihren Oberschenkel. Sie solle noch bleiben, murmelte er ihr zu. Es sei schön, ein so schönes Menschenkind neben sich zu haben. Schönheit. Das sei ja auch ein Wunder. Und er lachte sie an. Kaplan Chrobath nahm eine Flasche vom Couchtisch. Ob er ihr nachschenken solle. Sie nickte. Mit Alkohol. Es ließ sich das überstehen. Sie durfte die Wäsche nicht vergessen. Sie saß eingezwängt da. Hörte die anderen reden. Der alte Mann lächelte sie an. Von Zeit zu Zeit. Kaplan Chrobath stand wieder auf, und sie konnte wegrücken. Der alte Priester wandte sich ihr zu. Ob sie wisse, dass Chrobath gerade aus Rom zurück sei und dort in San Giovanni in Laterano eine Messe lesen habe dürfen. Eine der Patriarchalbasiliken. Das sei schon etwas Besonderes, müsse sie wissen. Er lächelte sie wieder an und wandte sich ab. Sie saß da. Schaute vor sich hin. Dann musste sie aber auf die Toilette. Sie hatte drei Gläschen vom Weißwein getrunken.

»Ich muss mich verabschieden.«, sagte sie zum Monsignore und stand auf. Sie hätte viel früher weggehen sollen. Sie war nicht wackelig. Aber sie spürte den Wein. Sie ging schnell weg. Bahnte sich einen Weg an den Knien der Sitzenden vorbei hinaus. In der Halle. Es waren nur noch wenige Personen da. Die Amerikanerinnen saßen auf den Stufen. Sie tranken Wein und lachten. Veronica stieg hinunter. Holte den Wäschebeutel hervor. Was sie da habe, wurde ihr zugerufen. »Dirty laundry.«, rief sie zurück. Sie ging hinaus. Ging den Zaun entlang zum Nebeneingang. Ging ins Haus. Zur Hinterstiege. Vorne. Sie hätte durch den Salon gehen müssen. Mit der nassen Wäsche. Die Wäsche da aufhängen. Wie perfekt. Die nasse Wäsche da aufhängen. Inmitten des Geredes in aller Ruhe. Auf die Sofarücken ihre Unterwäsche ausbreiten. Zum Trocknen. Überhaupt trocknen.

Das war. Irgendwie. Es war ja schön, wenn eine Person Krebs überwinden konnte. Und. War das eine Überwindung. Sie stieg zum Dachgeschoss hinauf. Hier niemand. Sie ging langsam. War das eine Überwindung? Ein Sieg? Konnte man gegen sich siegen? Überhaupt? Aber das war das, was die wollten. Sich selbst besiegen und nur noch glauben. Sie schüttelte den Kopf. Das Licht im Stiegenhaus. Auf dem Gang dunkel. Sie drehte das Licht nicht auf. Sie hätte dann zurückgehen müssen. Es gab nur diesen einen Lichtschalter am Anfang. Sie öffnete ihre Tür und schwang den Wäschebeutel gleich auf das Waschbecken. Menstruationsblutige Unterhöschen wären das Beste gewesen. Zum Ausbreiten im Salon.

Sie sah die Gestalt auf dem Bett und wusste sofort, dass das Chrobath war. Sie stand am Waschbecken. Sie hatte die Tür mit der Hüfte zugeschoben.

»Komm her.« Er sagte das. Das war. Als wäre sie ein Kind und sollte zum Vater kommen. Zum Vater, der müde war. Müde. Abgespannt. Am Ende eines Tages. Und abschließend. Irgendwie. Sie sollte gehorchen, damit es ihm besser ginge. Sie blieb stehen.

»Was ist denn los?« Warum war dieser Mann da. Lag in ihrem Bett. Redete aus dem Dunkel. Und unten. Alles hell. Alle da und gingen herum. Es machte schwindlig. Als kippe sie. Kippe nach vorne und stürzte in eine andere Dimension. Sie hielt sich am Waschbecken fest. Hielt mit der rechten Hand den Tragriemen des Wäschebeutels. Umklammerte den. Krampfhaft. Das längst steif gewordene Plastikfutter des Wäschebeutels in den Daumenballen schneidend. Sie befahl der rechten Hand aufzugehen. Aufzumachen. Sie ließ die Hand zur Seite fallen. Fühlte ihre Hüfte gegen den Unterarm.

»Komm doch her.« Das war jetzt verträumt gesagt. Als wäre es normal. Üblich. Als läge dieser Mann jeden Abend in ihrem Bett und erwarte sie. Als wäre es normal, dass sie in ihr Zimmer kam und zu ihm ins Bett kroch. Sie dachte »Kriechen«. Das war es, was notwendig war. Auf das schmale Bett mit der scharfen Kante kriechen. Zu ihm auf das Bett hinunterkriechen. Und sie lachte. Ob das sein Ernst sei. Sie fragte das nicht.

»Ja.«, sagte er. Lächelnd. Sie konnte ihn besser sehen. Der Widerschein des späten Maiabends und die Straßenlichter schon an. Er lag lang ausgestreckt. Ob sie jetzt herkomme? Er drehte sich zur Seite. Hielt ihr den rechten Arm entgegen. »Nein?« Sie fragte sich das selber. Sie musste kichern. Es war eine lustige Situation. Mit all den Pfarrern und Heiligen zwei Stockwerke entfernt. Aber wusste dieser Chrobath nicht, dass er viel zu alt für sie war? Abgesehen davon.

»Das wäre doch eine Sünde.«, stellte sie fest. Sie lehnte sich gegen das Waschbecken.

»Du musst mich eben in meiner Bedrängnis unterstützen.«, sagte der Mann. Sie nickte. Ja. Das war es. Er sündigte. Sie. Sie war das Instrument seiner Sünde. Das Mittel. Sie bekam nicht einmal eine eigene Sünde zugestanden.

»Was müsste ich denn beichten?«, fragte sie. Er lachte leise.

»Dass du dich verführen hast lassen.«

»Aber Unzucht bleibt es?« Sie war ja im Religionsunterricht nur dabeigesessen. Sie war dann in Ethik gegangen, sobald das möglich war. Bis dahin. Sie wäre die Einzige gewesen, die nicht in Religion gegangen wäre. Salzburg halt. Und was hätte sie in den Freistunden machen sollen? Sie hätte das Schulgebäude nicht verlassen dürfen. Hätte irgendwo im Gang herumsitzen müssen. Sie wusste, was Unzucht war. Was das Zölibat. Und was Nötigung. »Jetzt sagen Sie noch, dass Sie mir dieses Zimmer vermittelt haben und dass ich dankbar sein soll.« Der Mann lachte wieder.

»Nein. Nein. Nicht so.« Er drehte sich wieder auf den Rücken. Schaute zur Decke hinauf. Sie war müde. Sie wollte in ihr Bett. Der Wein. Und nicht solche Komplikationen. Das war unten schon mühsam genug gewesen. Sie wollte in Ruhe gelassen werden.

»Wissen Sie was …«

Er unterbrach sie. »Warum willst du nicht du sagen. Du sagst zu niemandem hier du. Sind wir denn alle so fremd für dich?«

»Auf Englisch bin ich doch mit allen hier per du.« Sie war erstaunt. Warum war das plötzlich wichtig? Sie machte einen Schritt vom Waschbecken weg. Wollte sich wenigstens auf den Sessel setzen.

»Ich will dich. Verstehst du. Seit. Gleich wie ich dich. Ich …« Plötzlich. Der Mann presste die Worte zwischen seinen Zähnen hervor. Scharf. Das war scharf. Der Ton.

»Das ist mir zu blöd.«, sagte sie. »Da geh ich.« Sie packte den Wäschebeutel und ging aus dem Zimmer. Sie schloss die Tür. Leise. Sie ging an die Stiege und begann zu laufen. Sie stürzte die Stiege hinunter. Sauste durch den Gang zur Hintertür. Sie lief hinaus. Warf die Gartentür hinter sich zu. Sie ließ das Schloss einschnappen. War diese Tür dann versperrt? Vor dem Haupteingang Menschen. Sie lief in die andere Richtung weg. Davon. Niemanden sehen. Von denen. Sie rannte. Die Angst, er käme ihr nach. Sie hätte schreien können vor Entsetzen. Sie trug den Wäschebeutel vor sich und lief. Bog in die Peter-Jordan-Straße ein. Erst bei der Haltestelle vom 38er auf der Krottenbachstraße blieb sie stehen. Sie schaute sich nicht um. Sie getraute sich nicht, sich umzuschauen. Als käme er hinter ihr her, wenn sie sich umsah. Wie in den Märchen, dachte sie. Aber sie drehte sich nicht um.

Sie wartete. Es waren noch andere Personen da. Es musste gegen 10 Uhr sein. Alle auf dem Heimweg. Sie stieg in die nächste Straßenbahn. Fuhr zum Schottentor. Ging zur U2. Vor dem Haus in der Ausstellungsstraße. Bevor sie in den Vorgarten einbog. Sie drehte sich um und schaute, ob ihr jemand nachging. Es war niemand da. Sie war erleichtert enttäuscht. Die Vorstellung, dass dieser Mann ihr nachgekommen war. Das war so realistisch gewesen. Sie zog die Haustür hinter sich zu und drückte zur gleichen Zeit den Lichtschalter. Sie horchte auf Schritte hinter sich. Wartete, dass der Lift sich schnell schließe und niemand sich im letzten Augenblick noch hereindränge.

In der Wohnung. Sie verriegelte die Tür. Steckte den Schlüssel in die Tasche. Wann kam die Mami? Vielleicht war sie schon da. Sie hatte gesagt, ein Tag würde reichen. Es war möglich. Sie drehte die Lichter in allen Räumen auf. Niemand da. Sie verschloss die Balkontür. Die Fenster nach hinten. Da konnte jemand auf den Balkon klettern. Spiderman. Sie öffnete das Fenster im Schlafzimmer. Das Gelärme und Geblinke des Praters fiel herein. Sie ging ins Wohnzimmer. Nahm ihre Bettwäsche vom Vortag und breitete sie auf der Couch wieder aus. Sie musste dann aber das Fenster wieder schließen. Und alle Türen. Sie ging aufs Klo ohne Licht. Sie legte sich auf die Couch. Sie wollte sich nicht ausziehen. Und sie wollte nicht ins Badezimmer. Das Badezimmerfenster auf den Gang hinaus. Das war vergittert. Da war ein dicker Vorhang. Aber die Silhouette. Sie war nicht sicher, ob man nicht doch ihre Silhouette sehen konnte. Im Dunkeln. Sie konnte die Zähne im Dunkeln putzen. Aber sie hatte das Licht abgedreht. Die Jalousien geschlossen. Sie wollte keine Spur von sich. Niemand sollte wissen, in welchem Zimmer sie war.

Kein Licht nach draußen. Sie legte sich dann auf das Bett im Schlafzimmer.

Sie hätte die Wäsche hier bei der Mami aufhängen sollen. Dann wäre das erledigt gewesen.

V.

Konstanze.

»Alles geschafft.«, sagte sie sich. Sie lehnte sich im Sitz zurück. Im Flugzeug. Sie hatte Platz für ihr Rollköfferchen in der Gepäckablage gefunden. Der Flug war nicht voll. Das hatte sie nicht erwartet. Es waren so viele Leute bei der Sicherheitskontrolle gewesen. Alle Stationen geöffnet. Die Gänge bis zum Eingang gefüllt, und nur schrittweises Voran möglich gewesen. Der Platz neben ihr noch frei. Sie wartete auf das »boarding completed«, um ihre Tasche nebenan hinstellen zu können. Niemandes Arm gegen ihren Arm lehnen zu haben. »Boarding completed.«

Konstanze seufzte. Das war gut. So. Wie sie sich fühlte. So ungewaschen und schon verschwitzt. Das kam vom frühen Aufstehen. Um 4 Uhr. Diese frühen Flüge. Sie musste so früh fliegen. Dieser Verlag zahlte nichts anderes. Dieser Verlag in Zürich. Die waren da besonders genau. Die machten die Buchungen selber. Damit eine nicht in Luxus geraten sollte, dachte sie. Sie hatte nicht geschlafen. Sie hatte die ganze Nacht alle halben Stunden auf die Uhr geschaut und war dann ohnehin eine halbe Stunde vor dem Wecker aufgestanden. Aber dann hatte sie sich die Haare nicht waschen können. Der Föhn war so laut. Und die Nizzi hatte so fest geschlafen. Sie hatte ins Wohnzimmer schleichen müssen. Sie hatte das Aufladekabel für das Handy da vergessen. Das Kind hatte nichts bemerkt. Die sollte schlafen. Die brauchte ihren Schlaf. War das Müdigkeit, wie sie aussah? Warum war sie müde? Was machte sie denn da? In diesem Job? Oder hatte sie wieder abgenommen? Nicht genug gegessen? Dieses vegan. Das machte das Essen noch einmal komplizierter. War das der Grund dafür? Aber sie durfte nicht fragen. Sie durfte nichts fragen.

Und jetzt. Sie flog nach Zürich. Sie war in ein Flugzeug gestiegen. Das war das erste Mal seit diesen zwei Jahren. Und sie hatte alles falsch gemacht. Als wäre sie noch nie in ihrem Leben geflogen. Das war lustig. Sie hatte alles verlernt. In der Pandemie. Sie hatte ihre Bordkarte auf dem Handy nicht gleich gefunden. Sie hatte ihre Flüssigkeiten umständlich aus dem Köfferchen herauskramen müssen. Und sie war prompt auf Sprengstoff untersucht worden. Sie hatte die Frau von der Security gefragt, warum sie die Innenseite ihrer Hose mit dem Teststreifen entlangfuhr. »Ach.«, hatte sie sich selbst die Antwort gegeben. »Weil Terroristen auch aufs Klo gehen müssen.« Die Frau von der Security hatte die Augen verdreht und gesagt, »Danke, dass ich jetzt dieses Bild im Kopf haben muss.«.

Das mit dem Haarewaschen. Die Prinzens nahmen es selbst nicht so genau. Die Prinz. Mit ihrer silbergrauen Haarmähne und ihren Reformkleidern. Leinen und weit. Iris Prinz. Eine gealterte Ökoprinzessin. Und Oswald Prinz. Der Verleger in Anzug und Krawatte. »Der letzte

Großverleger«, hatte die *Neue Zürcher Zeitung* geschrieben. Großverleger. Das war geschönt. Prinz hatte noch in den 80er Jahren eine Krimireihe aufgebaut, und davon erhielt sich der Epyllion-Verlag. Aber sie flog nach Zürich. In Zürich. Da war sie glücklich gewesen. Da waren sie glücklich gewesen. Paradiesisch. Da war das Paradies gewesen. Alles geordnet und der perfekte Job. Ihre Vertreibung aus dem Paradies. Das war dann auch schweizerisch gewesen. Das Magazin verkauft und alle zurückgetreten. Sich selbst entlassen. Aus dem Neoliberalismus da. Auch sie. Und kein Job, keine Schweiz. Die Prinzens ein Überbleibsel. Bücher aus dem Italienischen ins Österreichische und dann ins Deutsche. Sie seufzte. Sie mochte diesen Text nicht. Eine Missbrauchsgeschichte aus Sizilien. Ein Tagebuch.

Konstanze beugte sich vor. Sie wollte den Mann auf dem Fensterplatz fragen, ob es ihn störe, ihre Tasche auf den Boden des Mittelsitzes zu legen. Der Mann schlief schon. Sie stellte ihre Tasche ab. Zog die Bänder der Maske zurecht. Das linke Ohr. Die Bänder schnitten da ein. Der Kapitän kündigte den Abflug in 10 Minuten an. Die Stewardessen begannen mit der Sicherheitsunterweisung. Sie schloss die Augen. Setzte sich wieder auf. Holte das Handy aus der Tasche und stellte auf Flugmodus. Sollte sie nicht Flugbegleiterinnen sagen? Stewardess. Das war der Traumberuf ihrer Mutter gewesen. Die hätte gewollt, dass sie Stewardess würde. Wenn es nach ihrer Mutter gegangen wäre, dann wäre sie jetzt da endgültig abgebaut worden. Die hatten doch auch alle entlassen. Obwohl sie so viel Geld von den Regierungen bekommen hatten. In England. Das wusste sie. Da war das Geld an die Shareholder gegangen, weil die Regierung Johnson keine Bedingungen gestellt hatte. Da waren die Shareholder für die Pandemie belohnt worden. Aber jetzt hatten die Flughäfen und Fluglinien kein Personal. Sie hatte bis zuletzt fürchten müssen, der Flug würde abgesagt. Am Gate. Es waren so wenige Personen am Gate gewesen, dass sie gefürchtet hatte, die sagten den Flug ab und sie würden auf den nächsten Flug verschoben. Nach Zürich gab es mehrere Flüge am Tag. Dass die da alles zusammenlegten.

Aber sie flogen schon fast. Die Triebwerke immer lauter. Immer schneller. Sie wartete auf das Abheben. Sie schloss die Augen fester. Das war jetzt einmal gelungen. Sie flogen. Das Flugzeug rüttelte und bebte beim Aufsteigen. Schwankte hin und her. Und hinauf und hinauf. Ihre Tasche rutschte nach hinten. Sie musste sich hinunterbeugen und die Tasche zurückschieben. Wenn sie nun morgen nicht nach Wien zurückkam? Warum war das so verstörend? Dann blieb sie halt in Zürich. Es gab keinen Grund für die Unruhe im Bauch. Angst war das nicht. Unruhe. Warum? Sie freute sich. Es war wunderbar, wieder einmal von Wien wegzukommen. Herauszukommen. Abzureisen.

Und die Prinzens. Das waren Freunde. Fast. Jedenfalls. Das war immer anregend. Mit denen. Das brachte sie weiter. Die nahmen ihre Arbeit ernst. Das war der Augenblick der Anerkennung. Einen Text mit denen durchzugehen. Gedruckt dann. Dann war das festgelegt und selbstverständlich. Kritik. Das gab es fast nicht. Italienisch? Kritik? Da ging es um Übersetzungen aus dem Amerikanischen. Und sonst. Für den Stieglitz oder so. Die Gerichtsakten. Das war mechanisch. Da ging es um Formeln. Und sie hatte den Stieglitz immer noch nicht angerufen. Aber jetzt ging gar nichts. Sie konnte niemanden anrufen. Wie angenehm. Und wie perfekt. Sie flog davon. Sie war wieder unterwegs. Dieses Projekt. Das hätte 2020 erledigt sein sollen. Das war eine Nachholung. Sie stiegen immer noch. Aber ruhig. Hinauf.

Sie wachte gleich wieder auf. Ob sie etwas zu essen kaufen wolle? Sie schaute auf. »Nein. Danke. Aber einen Kaffee bitte.« Bezahlen könne sie aber nur mit Karte, sagte die eine Flugbegleiterin. Streng. Die andere fischte einen Becher aus dem Serviertrolley. Das Kartenlesegerät wurde ihr hingehalten. Sie tauchte nach der Handtasche. Holte die Bankomatkarte heraus. Warum dieser Ton, dachte sie. Weiß diese Person, wie wenig ich auf dem Konto habe, oder ist sie auch noch morgengrantig? Sie holte auch noch die Miles-and-More-Karte hervor. Hielt sie hin. Diese Karte musste durchgezogen werden. Dann. Sie verstaute gerade noch die beiden Karten. Der Kaffee. Die Flugbegleiterin klappte das Tischchen herunter und stellte den Kaffee hin. Konstanze schlug sich den Ellbogen am Tischchen an. Das war alles zu schnell gegangen. Das tat weh. Sie schaute böse. Aber dann. Sie musste lachen. Es war nichts zu sehen vom Böse-Schauen. Hinter der Maske. Und sie machte eine Grimasse des Abscheus. Sie sagte auch böse Sachen in die Maske. Beschimpfte Leute ins Gesicht. Aber eben maskenverborgen. »Elegant ist das nicht.«, sagte sie sich. Sie murmelte es vor sich hin. Man konnte ohne Probleme exzentrisch werden. Mit der Maske.

Sie nahm die Maske ab, den Kaffee zu trinken. Sie schaute vor sich hin. Sie hatte nichts zu lesen. Noch kein Geschäft offen gewesen. So früh am Morgen. Sie schloss die Augen. Schaute wieder. Sie konnte den Laptop aus dem Köfferchen holen. Sie stellte den Kaffee auf das Tischchen vor dem Mittelsitz ab. Der Mann schlief weiter. Sie streckte die Beine aus. So weit das ging. Sie seufzte. Warum schlief sie nicht auch. Sie sollte ausgeruht sein. Sie sollte um 10 Uhr im Verlag sein. Das Hotelzimmer war erst am Nachmittag zu beziehen. Sie musste sich die Zeit vertreiben. Frühstücken gehen. Homeless, dachte sie. Hatte sie das auch verlernt? Dieses Herumstreunen in fremden Städten. Zwischen Check-out-Zeiten in Hotels und Abflugzeiten. Nach Besprechungen bis zum Abflug. Und sie schaffte es nicht immer, etwas Sinnvolles zu beginnen. Einen Museumsbesuch einzuschieben. Eine Besichtigung. Sie saß auf Parkbänken oder in Bars und Cafés. Lesen. Das war das, was sie zusammenbrachte. Andere. Die füllten solche Zeiten sinnvoll. Warum tat sie das nicht? War sie sich selbst nicht wichtig genug? War das ein Problem der Selbstachtung? Oder doch nur eine Energiefrage? Und dann. Sie mochte in kein Museum mehr. Oder in eine Ausstellung. Es kam ihr gar nicht in den Sinn, dahin zu gehen.

Und jetzt. In Zürich. So früh am Morgen. Sie würde. Das Sprüngli am Paradeplatz. In ihrer Erinnerung machte das erst um 9 Uhr auf. Sie musste etwas anderes suchen. Ein Croissant. Zum Zeitvertreib. Essen war unwichtig geworden. Nach dem Dr. Internet war sie immer noch in den Wechseljahren. Aber das stimmte nicht. Da war etwas abgeschlossen. Sie war eine andere. Sie war klar und ungestört. Sie war nicht so unter ihrem Körper. In ihrem Körper. So ausgeliefert. Sie schwebte über sich. Manchmal. Jedenfalls. Sie hatte sich. Im Griff? Das war eine hässliche Beschreibung. Und wie sollte das gehen? Sich im Griff haben. Der Griff? Konnte das Selbst sich selbst ergreifen und dieses Ergreifen in einen Griff verwandeln, der sich selbst gehörte? Das war wieder so eine Rederei. Zurichtungsgerede. Nein. Es war alles leicht, und der Körper nicht so wichtig. Sie onanierte genauso viel wie immer schon. Das hatte sich nicht geändert. Das war. Das war auch besser. In dieser Leichtigkeit. Entspannt. Das war es. Nicht angespannt. Sie war nicht so getrieben. Sie musste nicht mehr regelmäßig essen. Das hatte den Herbert so aufgeregt. Dass sie grantig wurde, wenn sie nicht regelmäßig zu essen bekam. Aber da war sie wirklich jung gewesen. Unwirklich weit weg war das. Diese Ehe. Damals.

»Prepare for landing.« Sie waren da. Sie holte tief Luft. Reisen, dachte sie. In der Welt herumkommen. Wie hatte sie das überstanden? In der Pandemie. Festgesetzt. Unbeweglich. Krötendasein. Beim Aussteigen. Sie stand immer sofort auf. Deshalb hatte sie immer einen Gangplatz. Diesmal. Sie war Reihe 10. Sie hob ihr Köfferchen aus der Gepäckablage. Vor ihr. Nur Männer. Sie stand bereit. Die holten ihr Gepäck erst im letzten Augenblick aus der Ablage. Brauchten Zeit dafür. Hielten auf. Sie. Beim Aussteigen. Sie hatte Platzangst. Sie wollte hinaus. So schnell wie möglich. Während des Fliegens. Sie konnte das genießen. Beim Aussteigen. Sie wurde nervös. Das dauerte alles so lange. Sie ging los. Der Mann vor ihr holte noch eine zweite Tasche aus dem Gepäckfach. Sie konnte gerade noch stehen bleiben. Die Maske legte sich eng an ihre Nase und um den Mund. Sie musste die Maske wegschnauben. Sich Platz in der Maske machen.

Dann draußen. Endlich war sie draußen. Ging in der Reihe der Hastenden. Alle liefen von den Flugzeugen weg. Davon. Hier. Beige Wände. Enge Wände. Niedrig. Dann alles silbrig. Die Laufbänder. Sie waren weit draußen geparkt worden. Sie wurde überholt. Eilige Männer. Strebten dem Ausgang zu. Liefen. Sie ging nach links. Eine Toilette. Sie war allein. Es war nur noch eine andere Frau auf dem Flug gewesen. Sonst alles Anzugmänner. Hier. Die Toiletten geräumig. Es war Platz auch für das Köfferchen. Beim Händewaschen. Sie schaute müde aus. Das war das Alter. Die Müdigkeit. Sie war nicht mehr zu verbergen. Und das war es ja auch. Sie war müde. Müder. Sie war niedergerungen und müde davon. Ihr Existenzkampf. Sie war freie Dienstnehmerin. Nach dem österreichischen Steuerrecht war sie eine freie Dienstnehmerin. Sie hatte Geld bekommen. Vom Staat. Aber sie hatte es auf ein Sparbuch gelegt. Es war nicht klar, ob es nicht doch zurückgezahlt werden musste. Nachzahlungen. Das war der sadistische Staat. Wenn sie nur ein paar Groschen mehr verdient hatte.

Nachzahlungen. Und es war alles so knapp geworden. Jetzt. Mit der Wohnung allein.

Obwohl. Sie konnte sich nicht mehr an die Zeit mit dem Ben erinnern. Das war in der Pandemie eingeschlossen und abgekapselt. Und sie wollte nie wieder mit jemandem zusammenwohnen. Das musste sich ausgehen. Irgendwie. Und das Honorar für dieses Projekt. Das würde schon. Sie trocknete sich die Hände. Sie musste das Handy wieder einschalten. Sie ging aus der Toilette hinaus. Setzte sich auf eine Bank. Sie wurde von Sunrise in der Schweiz begrüßt. Und Stieglitz. »Deine Tochter treibt sich mit Klimaterroristen herum. Ich muss dir das sagen. Telefonieren.«, stand da. Wieso schrieb ihr der Stieglitz über die Nizzi. Und Terroristen? Und telefonieren? Was wollte er? Was bedeutete das? Aber sie konnte nicht mit ihm telefonieren. Da musste sie zuerst mit dem Kind geredet haben. Die Nizzi schlief. Es war noch nicht einmal 8 Uhr. Sie schloss das Handy. Dann öffnete sie es wieder. Die Nizzi sollte sie anrufen. Dann schloss sie es wieder. Das hatte Zeit. Die Nizzi hatte von einer Aktion für das Klima erzählt. Aber sie hatte nicht gefragt. Sie hatte nichts gefragt. Oh du lieber Himmel. Wie sie sich bemühte, nichts zu fragen. Nicht aufdringlich zu sein. Zu warten. Und vielleicht. Vielleicht war das falsch. Aber Fragen. Die reichten nicht über den Abstand hinweg, der da war. Mit einer Frage. Eine Frage. Die fiel zwischen sie beide ins Nichts. Und das Kind? Die schaute dann so erstaunt. Die war erstaunt. Die verstand das Interesse nicht. Wie war das passiert? Dass eine Frage von ihr unerwartet geworden war. Es war. Irgendwie war es eine Auslöschung. Es war, als würde die Mutter an ihr weggeschrubbt werden müssen. Sie wurde nicht ausgeschlossen. Nicht ganz. Aber ihre Mutterprivilegien. Die wurden beseitigt. Die gingen in diesem Erstaunen unter.

Und der Stieglitz. Der hatte da sicher alles missverstanden. Der Stieglitz. Würde er ihnen beiden je vergeben können? Schatten der Vergangenheit, dachte sie. Sie holte das Handy wieder heraus. Sie schrieb dem Stieglitz. »Bin in Zürich. Melde mich, wenn wieder in Wien.« Er war ja doch freundlich. Eine freundliche Person. Ihre Nichtmehrbeziehung das Stabilste, was sie hatte. Sie wollte ihn nicht antwortlos lassen. Aber erst die Nizzi fragen. Was sollte die gemacht haben? Die klebten sich doch nicht auch an Bilder im Kunsthistorischen wie die das in London in der National Gallery machten? Das wollte sie nicht. Die Veronica. Unter einem Rubens kauernd und nicht wegzubringen. Was für Kalamitäten. Was machten die, wenn sie auf die Toilette mussten. Es war ja bewundernswert. So ein Einsatz. Aber. Sie nickte sich selber zu. Sie fuhr eine Rolltreppe hinunter. Wie sollte sie reagieren, wenn aus ihrer Tochter eine Aktivistin geworden war? Wenn all die Diskussionen über das gute Leben und die bessere Welt ernst genommen worden wären von ihr und Konsequenzen? Wenn die Nizzi etwas tun wollte? Wirklich. Aktiv. Ohne Rücksicht. Sie sah es vor sich. Ihre Veronica. Auf der Polizei.

Aber sie hatte das selbst gemacht. Sie war bei den Au-Demonstrationen gewesen. Das war gefährlich gewesen. Sie konnte es vor sich sehen. Die Bilder. Immer wieder.

Wie die Gendarmeriebeamten über die Böschung heruntergekommen waren. Schlagstöcke in der Hand. Wie alle sitzen geblieben waren. Tag und Nacht. Und die Au gerettet. Mit Ungehorsam. Sie musste den Stieglitz behalten. Bei der Stange halten. Er war der Anwalt. Sie musste der Nizzi seine Nummer mitgeben. Oder hatte die seine Nummer? Er hatte sie in Salzburg gesehen. Er mochte die Nizzi. Interessierte sich für sie. Wenn er einen Prozess in Salzburg hatte, hatte er die Nizzi getroffen. Ersatz? Und Klimaterroristen. Was sollte das denn sein. In Wien? Sie hatte nichts gelesen. Sie musste gleich nachschauen. Wenn es etwas gegeben hatte. Sie würde es auf ORF.at finden. Aber die Nizzi lag in der Ausstellungsstraße auf der Couch und schlief. Das wusste der Stieglitz nicht. Sie musste lächeln. Das Kind hatte sich nicht einmal umgedreht, so fest hatte die Nizzi geschlafen. Vorhin. Beim Weggehen.

Im Flughafen Zürich. Sie wanderte zum Bahnhof. Niedrige Gänge. Rolltreppen. Plötzlich Menschen. Dann wieder niemand. Nach dem Ausgang vom Flugbereich alles bunt. Restaurants. Eine Reinigung. Gebügelte Herrenhemden in langen Reihen. Sie konnte die Manager sehen. Die jüngeren. Wie sie mit den Hemden an Drahtbügeln in Plastik verpackt zu ihren Autos gingen. Die älteren Manager. Die hatten Frauen dafür. Zu Hause. Wenn sie genug Geld verdienten. Die Jüngeren. Wie sie gehetzt dahineilten. Gehetzt, aber zuversichtlich. Sie war das auch gewesen. Gehetzt, aber zuversichtlich. Sie war dann ausgesondert worden. Aus der Zuversicht. Gehetzt war sie dann umso mehr. Aber das war ein Übersetzungsproblem. Ein Übersetzungsproblem von den Vorfällen in die Erzählung.

Der Ben. Der hätte gesagt, sie hätte sich selbst ausgesondert. Ausgeschlossen. Und das stimmte. Einzeln. Das war reflexiv gewesen. Sich selbst. Sie hatte sich selbst ausgeschlossen mit der Kündigung. Aber in Wahrheit. Sie waren ausgeschlossen worden. Passiv. Und gar nicht reflexiv. Die Umstände waren so angeordnet worden, dass es nicht anders ging. Und ihrer aller Selbstwertgefühl war noch so hergestellt gewesen, dass man mit der reflexiven Handlung rechnen konnte. Eine Handlung, die eine Zufügung war. Eigentlich. Das Redaktionskollektiv in Zürich. Sie waren in Kontakt geblieben. Aber die meisten waren älter gewesen. Der unvermeidliche Rückzug. Altern. War sie auch schon so weit. So wie ihr alles verschwommen geworden war. Oder war es die Pandemie? »Die psychischen Schäden der Pandemie noch immer nicht absehbar.« Kriegserinnerung. Abgekapselte Kriegserinnerung und in sich verschwommen. Kein Zeitgefühl. Wann war was gewesen? Aber sie war nicht traurig, nicht mehr. Gehetzt, aber wieder zuversichtlich.

Sie rollte ihr Köfferchen nach rechts. Zu den Fahrkartenautomaten. Sie war. Ausgeglichen? Sie holte die Brille aus der Tasche. Die Bankomatkarte. Sie hatte kein Schweizer Geld. Sie vergaß immer, dass hier eine andere Währung. Sie stellte das Köfferchen vor einem Automaten ab. Stellte ihre Tasche auf dem Köfferchen ab. Tippte auf den Bildschirm. Sie sah ihrem Zeigefinger zu. Damals.

Sie hatte in Zürich eine Maniküre gehabt. Um die Ecke von ihrer Wohnung. Ein winziges kleines Geschäftchen. Tara. Aus Sri Lanka. Ihre Hände waren. Sie war. Überhaupt. Sie war so voll von. So voll von Frische gewesen. Ihre Hand jetzt. Beim Tippen. Der Bogen der Falten auf dem Handrücken. Der eine Pigmentfleck über der Vene. Sie tippte »Hauptbahnhof« ein. »Einzelfahrschein«. »Erwachsener«. Sie schob die Bankomatkarte ein. Ein pulsierender grüner Pfeil. Sie zog die Karte heraus. Das Ticket. Sie wandte sich den Rolltreppen zu den Bahnsteigen hinunter zu.

Währenddessen. Die Sehnsucht nach der Rosenblütenschönheit der Jugend. Ein Angriff. Aus dem Bauch herauf. Vom Genick in den Kopf nach vorne und in den Hals. In den Rachen. In die Kehle. Kein Schmerz. Nicht richtig. Oder doch. Ein wehender Schmerz war das. Eine nebelartige Überwältigung. Innen. Sie trug dieses wehende Ziehen zur Rolltreppe. Fuhr damit hinunter. Keine Tränen. Sie schaute aus dem schmerzlichen Wehen in ihr heraus. Stand und wartete. Der Bahnsteig voll. Sie stand zwischen den vielen. Sie musste bewusst atmen. Seufzatmen. Tief. Dann die S-Bahn. Das Einsteigen. Die Platzsuche. Zum Fenster hinausschauen. Ins Dunkel des Tunnels. Und niemand eine Maske. Ganze Gesichter. wie immer. Wie früher. Sie nicht. Dann die Stationen. Dann der Hauptbahnhof.

Sie stieg aus. Erschöpft. Es war noch immer nicht 8 Uhr. Wo würde sie Kaffee bekommen. Sie ging an riesigen Fensterscheiben vorbei. Wurde gespiegelt. Sie musste gerade gehen. Aufrechter. Nicht so gebeugt schleichen. Gerade in Zürich nicht. Ungebeugt. Das war die Parole. Sie ging. Rollte. Trat in die Halle. Widerhall. Geschrei. Gerenne. Ein anderer Prater. Und Sprüngli hatte offen. Sie kaufte einen großen Becher Kaffee und zwei Croissants. Sie bekam eine Tragetasche. Sie ging aus dem Bahnhof hinaus. Und jetzt die Frage aller homeless. Wo wird gegessen?

Sie ging nach links. Am Nationalmuseum vorbei. Auf den Platzspitz. Unter einer Platane. Auf die Limmat hin. Sie setzte sich in die Mitte der Bank. Besetzte die Bank. Sie wollte allein bleiben. Sie stellte die Tragetasche auf der Bank ab. Den Becher auf dem Köfferchen. Das erste Croissant. Eine Serviette um das Croissant gewickelt. Sie hatte die Maske noch auf. Sie hatte vergessen, die Maske abzunehmen. Sie zog die Maske über die linke Hand. Trug die Maske wie ein Armband. Sie begann zu essen. Croissants. Gegen alle Diätregeln. In ihrem Alter. Sie sollte keine Kohlehydrate essen. Sie sollte nicht frühstücken. Sie sollte bis Mittag fasten. Keto-Diät. Sie hatte das gemacht. Im letzten Lockdown. Ende 2021. Nein. Das war noch bis März 2022 weitergegangen. Die Ungeimpften. Die waren total isoliert. Durften aber arbeiten. Die Croissants. Das war Freiheit. Dumm war das. Kindisch. Aber es waren kindische Zeiten. Sie war kindisch gemacht worden. Die Diät hatte ihr sehr gutgetan. Aber es war eine Beschäftigungstherapie gewesen. Die gute Figur fast nebensächlich. Der ganze Tag war mit dem Diäthalten ausgefüllt gewesen. Und Bewegung. Sie war wieder joggen gegangen. Das machte sie längst nicht mehr. Sie machte überhaupt nichts. Zur Zeit. Kein Projekt, das sie. Ja. Was? Arbeit? Es endete immer damit. Arbeit. Sie hatte keine richtige Arbeit. Etwas, das sie fesselte. Zusammenhielt. Sie hatte immer Projekte vorgeschlagen. Vorgetragen. Durchgesetzt. Sich eingesetzt. Wichtig. Dinge waren wichtig gewesen. Sie war lustlos. Aber nicht mit Sex. Mit Arbeit. Tätigkeit. Beschäftigung. War sie durch die Lockdowns ihrer Selbstmächtigkeit verlustig gegangen? Hatte sich die autoritäre Erziehung ihrer Generation mit dem Lockdown verbündet und sie aus sich selbst vertrieben? War das für die Nizzi anders? Aber die hatte so viel versäumt. Die war ja nicht zu vertreiben gewesen, weil sie noch gar nirgends angelangt war. Und dieser Jonas? Was war das gewesen? Sie hatte den nicht gemocht. Aber sie hatte ihn gar nicht so oft gesehen. Zwischen Absonderungsbescheiden und Kontaktsperren. Mit der Nizzi hatte sie telefoniert. Dass die auch in Salzburg bleiben wollte. Die Mansarde. Das Gebot der Besitzverhältnisse. Sie hätte nicht Platz gehabt für sie. Zuerst bei Ben nicht. Nicht wirklich. Und die Nizzi und der Ben. Das ging schon gar nicht. Daran hätte sie es sehen müssen. Die Absonderung von diesem Mann dann. Wie notwendig. Und in der Ausstellungsstraße? Aber das Kind war weg. Erwachsen? Sie begann mit dem zweiten Croissant. Sie nahm kleine Schlucke vom Kaffee, damit er auch für das zweite Croissant reichte.

Sie blieb sitzen. Der Himmel bedeckt. Kühl. Aber kein Regen. Wolkenhelles Licht. Sie wickelte die Jacke enger um sich. Holte den Schal aus dem Koffer. Sie saß da. Leute mit Hunden gingen vorbei. Unter der Platane. Die gezackten Blätter. Der Himmel dahinter. Weiß. Sie suchte nach der Sonnenbrille. Das Licht blendend. Sie holte ihre Kopfhörer aus der Tasche. Entwirrte die Kabel. Steckte die Kopfhörer in die Ohren. Suchte im Handy nach ihrem Mix. Mike Oldfield mit *Moonlight Shadow*. Michael Jackson mit *Billie Jean. Major Tom*. Wer hatte das gesungen? Eurythmics, *Sweet Dreams*. David Bowie, *Let's Dance*. Phil Collins, *You Can't Hurry Love. Sunshine Reggae. Love is A Stranger. I Don't Wanna Dance*. The Police, *Every Breath You Take*. Culture Club, *Do You Really Want to Hurt Me. Last Night a D.J. Saved My Life. Electric Avenue. Karma Chameleon*. Wham!, *Bad boys*.

Sie saß da. Schaute durch die Platanenzweige in den Himmel hinauf und hörte die Hitparade ihrer Jugend. Das waren alles Songs, zu denen es Geschichten gab. Und wer trug wen? Die Geschichten die Musik? Oder waren die Geschichten in der Musik eingetragen? Im Takt. Sie wippte mit dem Fuß im Takt. Aber sie war. Sie war frei. Freier. »Heilung durch Diagnose.«, dachte sie. Und das war auch die Pandemie. In den Lockdowns. Sie war zur. Sie hatte sich zur Klientin von Dr. Ramani gemacht. Auf YouTube. Das war nicht Zufall gewesen. Beim ersten Lesen einer Ankündigung wie »Why do people who have been in narcissistic relationships struggle with intimacy?« hatte sie den Beitrag aufgemacht. Es war ja nicht mehr die Frage, ob. Das wusste sie. Das war ihr hier klargeworden. Es war von Zürich aus klargeworden. Zu sehen gewesen. Und wie interessant, dass es wirklich um Abstand ging. Gegangen war. Um körperlichen Abstand. Sie war von einer narzisstischen Mutter erzogen worden. Und die Erkenntnis genauso schmerzhaft wie das Erkannte. Aber das war durch. In diesen langen einsamen Zeiten. Vorher. Sie war nie alleine gewesen. Als Kind nicht. Als junge Frau gleich der Herbert und geheiratet. Um von der Mutter wegzukommen. Aber das wusste sie auch erst jetzt. Dann die Trennung vom Herbert, aber nie wirklich allein. Dann schon der Beppo und die Nizzi und von da an sowieso nicht. Erst jetzt. Nachdenken. Richtiges Nachdenken. Dem Denken nachgehen können.

Die Frau Dr. Ramani. Diese Frau. Die war in den letzten zweieinhalb Jahren dicker geworden. Atemloser. Schien ihr. Die Internet-Therapeutin und immer die Hinweise, sie wisse selber, was das hieße. To be in a narcissistic relationship. Es schien sich auch um die Mutter zu handeln. Sie jedenfalls. Sie. Konstanze Felder. Sie war da heraußen. Aus diesem Dilemma. Es war nur, wenn die Veronica wieder. Sich einwickeln ließ. Von ihrer Großmutter. Dann. Zurück auf Punkt eins. Aber seltener. Immer seltener. *Karma Chameleon.* Und jetzt hatte diese Person ihr geholfen. Als hätte sie ein Buch gelesen, hatte aber immer dieser Person zugesehen. Wie Dr. Ramani den Hintergrund nicht aufgeräumt hatte. Wie ihre Frisur nicht in Ordnung war. Wie der Pullover nicht gewaschen war. Das hätte sie in einem Text alles nicht gewusst. Vielleicht hatte ohnehin nur das geholfen. Die Endlichkeit dieser Person. Die Verletzlichkeit dieser Person. Ihre Selbsthilfegruppe. Alles andere war ja unterbrochen gewesen. Der Ben hatte alle Freunde auf seine Seite. Und er der Nachweis gewesen. Der Narzisst. Er hatte sie sogar um ihre Wohnung gebracht. Weil er sich sonst nicht geliebt gefühlt hätte. Wenn er nicht im Mietvertrag mit eingetragen gewesen wäre. WhatsApp. Das war nur noch mit der Nizzi. Und jetzt. Sie schaute, wie spät es war. Sie sollte sich auf den Weg machen. Sie hörte noch Wham! an. Dann verstaute sie die Kopfhörer. Das Handy. Sie wusste den Weg. Sie brauchte kein Google Maps. Hier nicht. Sie ging los. Das Rollköfferchen knirschend. Weißer Kies auf dem Weg.

Zurück zum Bahnhof. Bahnhofstraße. Nach links hinauf. Sie ging zuerst zum Hotel. Hotel Kindli. Das Katzenkopfpflaster. Sie begann den Koffer zu tragen. Das Rumpeln zu laut. Sie hätte das Joggen nicht aufgeben sollen. Sie kam ins Keuchen. Die Straße steil. Zum Kindli. Bergsteigen, dachte sie. Die Luxusgeschäfte rechts und links. Sie konnte nicht schauen. Dann endlich. Sie läutete. Die Tür sprang auf. Sie stieg hier weiter. Stiegen. Die Rezeption im ersten Stock oben. Ein junger Mann. Aber gerne. Da. Damit bekäme sie ihren Koffer wieder. Sie nahm das Kärtchen. Verstaute es sorgfältig im Seitenfach ihrer Tasche. Sie holte schnell den Laptop aus dem Koffer. Steckte ihn in die Tasche. Wo die Toilette sei. Sie wollte nicht gleich aufs Klo müssen. Bei den Prinzens. Sie frisierte sich noch. Lippenstift. Kontrollierte die Wimperntusche. Sie hatte auch das verlernt. Sie war zwei Jahre ungeschminkt herumgesessen. Sie schaute. Sie sollte die Brille aufsetzen. Genauer schauen. Aber dann. Die Prinzens waren älter als sie. Die sahen noch schlechter als sie. Und es war nicht wichtig. Sie war ohnehin zu ordentlich angezogen. Dunkelblau. Hose und Jacke und beige Bluse. Iris war immer ein Hippie geblieben und verleugnete nie ihre Bhagwani-Vergangenheit. Sie war noch vom Meister selbst zur Sannyasin initiiert. Oder gab es da eine weibliche Form? Sannyasina?

Sie war angelangt. Sie läutete. Statt eines Namens war eine kleine Krone auf das Namensschild gezeichnet. Sie sagte ihren Namen und dass sie einen Termin hätte. Die Tür sprang auf. Sie solle den Lift nehmen. Sie stieg in den Lift. Der Lift fuhr an, ohne dass sie auf einen Knopf gedrückt hätte. Bei der Fahrt. Sie stellte ihr Handy wieder auf Flugmodus. Nicht gestört zu werden. Sie war nervös. Sie hatte kein gutes Gefühl. Der Lift hielt. Die Tür ließ sich öffnen. Sie trat in das Vorzimmer. Es hatte sich nichts verändert. Vorhänge vor den plafondhohen Bücherregalen und den riesigen Fenstern. Indische Stoffe. Indische Farben. Indische Plastiken. Mandalas. Ein riesiger Gong. Und Bücher. Bücher in den Regalen. Bücher auf allen Flächen, auf die etwas gelegt werden konnte. Bücher am Boden. In Stapeln. In Kisten. Konstanze schaute sich um. Iris rief aus dem großen Zimmer, sie solle hereinkommen.

Konstanze folgte dem Ruf. Ein goldtürkisfarbener Brokatvorhang vor der offenen Tür. Konstanze musste den Vorhang zur Seite halten. Iris saß an dem großen weißen Tisch. Sie lächelte Konstanze entgegen.

»Das ist wegen der Bise. Hier.« Konstanze verstand

nicht. »Wegen des Zugs. Wind. Verstehst du?«, übersetzte Iris. Dann stand sie auf. Blieb stehen. Konstanze hielt inne.

»Es wird nicht geküsst.«, stellte sie fest. Iris verneinte. Oswald kam vom Nebenzimmer herein.

»Wir haben uns noch nicht erholt.«, sagte er und verschränkte die Arme vor der Brust.

»Uns hat Covid richtig hart getroffen. Musst du verstehen.«, fuhr Iris weiter.

»Schön, dich wieder einmal zu sehen.«, sagte Oswald. Er war im weißen Sommeranzug. Seine Sommeruniform. »Wir sehen uns dann zum Lunch.«, sagte er. »Es ist das Projekt von der Iris. Ich lasse euch jetzt allein.« Und er ging wieder in das andere Zimmer. Er schloss die hohe weiße Doppeltür.

Konstanze ging auf die andere Seite des Tischs. Gegenüber von Iris. Die hohen Fenster hinter sich. Sie stellte ihre Tasche ab. Wartete, bis Iris sich gesetzt hatte. Iris fragte, ob sie etwas zu trinken brauche. Konstanze schüttelte den Kopf. Iris setzte sich. Beugte sich über ein Manuskript. Sie redete. Sie könne Konstanze nichts fragen. Sie wolle nichts wissen. Sie hätten drei Freunde, zwei Freundinnen und alle drei noch lebenden Elternteile in der Pandemie verloren. Und die Christina auch. Aber die sei nicht an Covid. Sie könne nichts mehr hören. Sie hätten es beide gehabt. Sie habe ihren Geschmackssinn verloren. Oswald habe schwere Herzprobleme seither. Was wollten sie denn besprechen. Dann schaute Iris auf und lächelte Konstanze an. Sie zog die Schultern hoch. Entschuldigend. Konstanze lächelte zurück.

Es hatte sich alles verändert. Die Prinzens. Sie waren. Was war es? Alt? Das auch. Aber. Schäbig. Das war es. Es war alles abgebraucht und abgegriffen. Nicht sauber. Nicht ganz sauber. Ältlich. Heruntergekommen. Sie schaute auf den Tisch. Der weiße Lack gelblich. An manchen Stellen. Rissig. Wie Schnitte. Wahrscheinlich schien die Sonne hier herein und machte den Lack splittern. Sie drehte sich um. Die Fensterscheiben. Regentropfenspuren. Das überhelle Licht der weißen Wolkendecke. Iris stand auf und zog beige Plastikvorhänge vor zwei der Fenster. Sie könne dieses Licht nicht aushalten. Sie bekäme Migräne. Sie sagte das vorwurfsvoll. Mit kindlicher Stimme. Konstanze wünschte sich weg. Weit weg. Das hier. Sie war in eine Landschaft der Vergänglichkeit geraten. Das war ein heiterer Ort gewesen. Die Farben glühend und die Stimmung heiter. Iris war das Lachen selbst gewesen und Oswald die brummelige Gegenstimme. Zukunft. Es war immer um Zukunft gegangen. Und jetzt. Nicht einmal eine Vergangenheit. Die tibetischen Tücher draußen. Die Mandalas. Nichts. Die erzählten nichts. Nichts mehr. Diese Vergangenheit war nichts mehr wert. Hatte nichts mehr zu sagen. Oder hatten die Prinzens kein Geld mehr? Waren die auch verarmt?

»Was ist denn die Frage?« Iris schob das Manuskript vor sich hin und her. Dann lächelte sie wieder. Ob Konstanze wirklich nichts wolle. Kaffee? Sie habe doch immer so viel Kaffee getrunken. Und wie es dem Kind nun ginge? Ach. Und wie lange das alles schon her sei. Und nein. Sie wolle das Alter des Kindes nicht hören. Das machte sie nur noch elender. Iris zündete sich eine Zigarette an. Elend. Konstanze setzte sich gerader hin. Aufrechter. Ihr Magen. Im Oberbauch. Eine Schwere. Eine Last. Und langsam über sie hin. Die Last kroch von außen nach innen und begann, sich mit der Last innen zusammen. Zu vereinigen. Elend. Sie wurde in das Elend hier eingesponnen. Der Grind auf den Fensterbrettern. Der Staub auf den Büchern. Die Wand gegenüber der Fenster nur Bücher. Bis zur Decke. Alle Ausgaben des Epyllion-Verlags. Nach französischem Vorbild. War das Gallimard gewesen? Das sah schön aus. Minimalistisch. Vom Elend unberührt. Bücher konnten das, dachte sie. Zeitlos.

Und warum hatten diese Personen. Sie mochte dieses Ehepaar. Sie waren mit ihnen empört gewesen. Über den Verkauf des Magazins. Das waren Komplizen gewesen. Solidarisch. Sie hatten geklagt. Miteinander. Wie die Wirtschaft die Kultur zerstörte. Damals. Da hatte das begonnen, und die Prinzens hatten dagegenhalten wollen. Sie fühlte eine Welle Mitgefühl ihre Lähmung wegschieben. Gab es denn niemanden, der sich um diese beiden Leute kümmerte? Iris war nicht frisiert. Iris war nur vorne frisiert. Am Hinterkopf ihre blondierten kurzen Haare durcheinander. Ein Nest, hätte die Mutter gesagt. Das Kajal. Die Augen verschieden stark umrandet. Aber das war im faltigen Gesicht nicht zu sehen. Iris hatte diese Raucherinnenhaut. Konstanze hätte gerne etwas Positives gesagt. Etwas Aufmunterndes. Und dann begriff sie. Das Projekt war abgesagt. Die Absage sollte in dem insgesamten Elend untergebracht werden. Es ging um das

Abstandshonorar. Es gab ja einen Vertrag. Die Hälfte des Honorars war ausständig.

»Ich möchte doch einen Kaffee.«, sagte sie und stand auf. Sie wisse ja, wo alles sei, sagte sie und ging in die Küche davon. Durch das Vorzimmer. Sie ließ den Brokatvorhang hinter sich fallen. In der Küche. Sie setzte sich an den Küchentisch. Auch hier ein großer weißer Tisch. Und das Elend auch, dachte sie. Der Tisch war vollgestellt mit Marmeladengläsern. Dosen. Frühstücksflockenschachteln. Fläschchen. Geschirr. Und Büchern. Warum sollte sie hierherkommen, wenn das Projekt abgesagt war? Wenn dieses Buch nicht erscheinen sollte? Dazu gab es doch Briefe. E-Mails. Aber dann erinnerte sie sich. Im Hotel hatte der Epyllion-Verlag Sonderkonditionen, und das Flugticket hatte 120 Euro gekostet. Das gaben die für jedes Abendessen aus. Das war keine teure Absage. Oder redete sie sich wieder etwas ein? War es ihre alte Unsicherheit, die sie so schlecht beriet? Sie schaute sich um. Füllte Wasser in den Wasserkocher. Suchte nach der Cafetiere. Nach dem Kaffee. Sie suchte alles zusammen. Ein Tablett.

Was sollte sie tun? Wie sich verhalten? Sollte sie es Iris leicht machen? Aber plötzlich. War das wirklich eine Freundschaft gewesen? Hatten die irgendetwas für sie gemacht? Sie hatte Übersetzungen für sie geliefert. Das waren Aufträge gewesen. Aber in den guten Zeiten. Alles normal. Da war das normal gewesen, und es war geküsst worden. Sie verschränkte ihre Arme am Rücken. Wartete, dass das Wasser kochte. Es war eine Beleidigung. Ein bisschen. Wenn jemand es ablehnte, umarmt oder geküsst zu werden. Wegen Corona. Es war, als versage man ihr die Teilhabe. Eine Verstoßung. Irgendwie.

Iris stand in der Tür. Sie lehnte sich gegen den Türrahmen. Schaute auf den Tisch. »Ach. Konstanze.«, und sie ging mit ausgebreiteten Armen auf Konstanze zu. Konstanze stellte die Cafetiere ab und umarmte Iris. Iris legte ihren Kopf gegen Konstanzes Schultern. »Ihr habt mir alle so gefehlt.«, flüsterte Iris. »Und komm. Wir bleiben in der Küche.« Konstanze fragte, wie Iris ihren Kaffee trinke. »Schwarz.«, sagte Iris. Konstanze setzte sich auf die Bank. Iris saß um die Ecke. »Also.«, sagte sie. »Ich dachte, wir sollten das Ganze noch einmal durchbesprechen.« Oswald kam in die Küche. Er nahm eine Tasse aus dem Regal. Konstanze schenkte ihm Kaffee ein. Er sagte etwas zu Iris. Auf Schweizerdeutsch. Iris antwortete. Konstanze lächelte. Iris war eine Deutsche. Sie hatte Schweizerdeutsch lernen müssen. Das wäre die Voraussetzung für eine Ehe mit einem Schweizer, hatte sie immer gesagt. Über Gefühle könnten die Schweizer nur in Schweizerdeutsch reden. Oswald ging hinaus. Iris stand auf und machte die Tür zu. Sie blieb an der Tür stehen.

»Dieser Krieg.«, sagte sie. »Das macht mich ganz schwindelig.« Sie setzte sich wieder. Dann nahm sie die Tasse. »Komm. Wir gehen doch hinein. Hier sind zu viele Erinnerungen. Kannst du dich erinnern? Wir haben das alles besprochen. Hier. Damals. Wie lange ist das her? Wann hat dieser Kerl euch kaufen wollen?«

»Das war alles 2007.«, sagte Konstanze.

»Siehst du.«, sagte Iris und ging hinaus. Konstanze goss

sich noch Kaffee nach. Sie schaute sich um. Ja. Sie waren hier gesessen. Genauer? Sie konnte sich nicht erinnern. Sie ging Iris ins große Zimmer nach. Sie setzten sich wie vorher. »Ja. Also.«, sagte Iris. Wir sollten das ganze Projekt noch einmal ganz von vorne durchgehen. Deshalb ist es gut, dass du jetzt da bist. Nach der Pandemie und dem allem. Und mit diesem Krieg. Der Text. Der ist doch ein Schlüssel, wie die Welt funktioniert. So schrecklich. Also. Das liest sich nicht so dringlich, wie ich mir das dachte.«

Konstanze zwang sich, ruhig zu bleiben. Ruhig sitzen zu bleiben. Am Kaffee zu nippen. Iris saß weit weg. Eine breite weißschmutzige Fläche weit weg. Sie stellte die Tasse ab. »Du hast schon recht. So ein alles erschütterndes Ereignis wie die Pandemie. Und dieser Krieg dann noch. Dass wir alles anders sehen. Das ist kein Wunder. Aber dieser Text. Der ist doch in den 90er Jahren geschrieben. Oder um 2000. Oder?« Iris nickte. »Es hat sich doch unser Blick geändert. Aber nicht dieser Text. Die Autorin ist tot. Da dürfen wir doch nichts tun. Ändern.« Konstanze zwang sich, nicht ein fragendes »oder« anzuhängen. Sich so selbst wieder in Frage zu stellen.

»Ich weiß schon. Ich weiß.« Iris schob das Manuskript vor und zurück. »Es geht ja um den Text auf Deutsch. Nach der Pandemie. Ich glaube, die verschiedenen Kulturen sind noch verschiedener geworden, und wir müssen darauf eingehen. In Italien zum Beispiel. Da war das die totale Überwältigung. Aber auch hier. Es war eine Gewalterfahrung. Es ist eine Gewalterfahrung. Und weißt du. Da bin ich schon bei dem Punkt. Eine Gewalterfahrung ist

Gegenwart. Eine immerwährende Gegenwart. Deshalb macht dieser Text Sinn. In dieser Gegenwärtigkeit.«

»Ja. Weißt du. Iris.« Konstanze drehte sich zur Seite. »Das kann alles sein. Im Übrigen. Wir hatten es auch nicht gut. Aber es ist sinnlos, vergleichen zu wollen. Wie wollen wir das messen. Und da bin ich bei meinem Punkt. Wie sollten wir einen solchen Text unseren Erfahrungen anpassen. Oder meinst du, wir sollten alle Texte den Erfahrungen jeweils anpassen. Das wäre sicherlich richtig. Aber das ist doch schon mit den Bibelinterpretationen geschehen. Da wurde der Text immer den Erfahrungen gemäß ausgelegt. Das sind dann aber nur die zugelassenen Erfahrungen. Und das trifft auf diesen Text ja nun sicherlich nicht zu. Aber es wäre interessant, wie die Übersetzung jetzt lauten würde. Mit den Erfahrungen der Pandemie im Hintergrund. Das wären aber sicherlich nur die subtilsten Veränderungen. Denn. Ich frage dich. Was sollte sich an der Scheußlichkeit von Kindesmissbrauch und Inzest verändern. Durch unsere Gewalterfahrung. Wir können doch so einen Text nur noch ernster nehmen. Weil wir nun an uns selbst die Erfahrung gemacht haben. Gezwungen zu sein. Auch wenn das zum Besten gemeint war. Der Vater in diesem Text scheint mir das doch auch gedacht zu haben. Dass es zum Besten war. Für ihn. Jedenfalls. Und die Mutter? Also. Ich weiß nicht.«

»Ja.«, murmelte Iris vor sich hin. »Das Grundproblem der Tragödie.« Konstanze beobachtete sie. Iris hatte den Kopf gebeugt. Hielt inne. Wie alt war Iris eigentlich? 15 oder 20 Jahre älter. In den Nullerjahren. Da waren die beiden ein Mittelpunkt gewesen. Hatten den Ton angegeben. Wer wichtig war in der Kunst. Wo man die besten Tapas bekam. Und wo auf Mallorca versteckt die schönsten Plätze waren.

»Das Grundproblem der Tragödie?« Was Iris damit sagen wolle?

»Das ist doch ganz einfach. Bleibt die Tat ein Monument von sich, oder können wir das verhindern. Es ist doch so, dass das Opfer dieses Monument ist. Meistens. Es ginge also darum, das Opfer von der Tat so zu trennen, dass das Opfer diese Rolle nicht mehr erfüllen muss. Und. Intersektionalität hilft da auch nicht. Das beschreibt nur das Opfer genauer. Das Monument bleibt. Weißt du. Ich mag ja den Ausdruck survivor überhaupt nicht. Das ist die endgültige Verewigung der Tat. Die Therapie würde ja immer sagen, dass es gut ist, die Tat in ihre vielen Teile zu zerlegen und diese Fragmente zu bearbeiten. Aber für meine Vorstellung von der Person als unteilbares Ganzes. Da passt das nicht. Da ist das alles eine Verwässerung. Und das ist dann kein Wasser, das wäscht. Das ist eine Flut, die davonträgt. Therapie. Das ist doch dann meistens so eine Art Badeanstalt. Eine öffentliche Badeanstalt, in der man halt ein bisschen nackter herumgehen darf. Erfassen. Eine Person erfassen als Person und nicht als Monument einer anderen Person im Täter. Dazu braucht es etwas anderes. Dazu braucht es. Deshalb möchte ich ja, dass dieser Text schreit. Weißt du. Der Text muss schreien. Nicht die Person. Eine Klage. Eine Klage müsste das sein, damit der Tatbestand von den Verletzungen getrennt werden kann. Das ist alles.« Iris schüttelte den Kopf. »Das ist alles eine falsche Empathie.«

Konstanzes holte ihr Handy aus der Tasche. Schaltete den Flugmodus aus. Legte es vor sich auf den Tisch. Iris stand auf. »Das ist nicht gegen deine Übersetzung gerichtet.« Konstanze zuckte mit den Achseln. Das war immer so. An der Übersetzung wurde der ursprüngliche Text kritisiert. Eine Übersetzung. Die legte einen Text offen. Und. Was die Iris wollte, das hatte die Bachmann im zweiten Kapitel von *Malina* geschrieben, und es hatte die Welt auch nicht verändert. Und Bachmann. Wer hatte unlängst gesagt, dass auch diese Texte nicht überleben würden. Sie holte tief Luft.

»Ich verstehe das Problem. Aber ich kann es nicht lösen. Vielleicht ist es doch. Also. Ich bin nach wie vor nicht sicher, ob es zulässig ist, ein Tagebuch ohne Zustimmung der Schreiberin zu veröffentlichen.«

»Das war das Problem der italienischen Veröffentlichung. Damit müssen wir uns nicht beschäftigen.«

»Aber was ist es dann?«

Iris ging auf und ab. »Im Text. Da sind es nur ein paar Kleinigkeiten. Nein. Wir wollten dich überreden, eine Einleitung zu schreiben. Darüber. Wie es dir mit diesem Text gegangen ist. Mit dem Prozess des Erlesens. Wie schwierig das war. Wie herzzerreißend. Wie das die eigene Situation betrifft. Wie unsicher eine wird. Ich habe mich ja nach dem Lesen gefragt, ob mir nicht genau dasselbe passiert ist. Mich hat dieses Tagebuch einer Psychose psychotisch gemacht. Und jetzt. Wir sind alle psychotisch, aber wir brauchen Reiseführer für diese aufgezwungenen Psychosen von Lockdowns und Begräbnisketten. So etwas. Wir finden, dass du das könntest. Und vielleicht müssen wir dann den Text gar nicht veröffentlichen. Du hattest ja immer diese Vorbehalte. Wir wissen natürlich, dass das ein sehr schwieriges Unternehmen ist. Der Roman vom Roman. Und leider. Wir können nicht viel zahlen. Du siehst ja.« Und Iris wies auf den Raum. »Ich habe nicht einmal mehr jemanden zum Aufräumen.«

Konstanze nahm ihre Tasse. Sie ging um den Tisch. Holte die Kaffeetasse von Iris. »Warum schreibst du das nicht?« Sie ging zum Eingangsbogen. Schob den Brokatvorhang zur Seite. Mit der Schulter. Der Stoff schwer. Ein Geruch von Staub. »Als Herausgeberin. Das ist doch sogar deine Aufgabe.« Sie ging in die Küche. Ging zum Geschirrspüler. Der war voll. Sie ging zum Abwaschbecken. Wusch die Tassen aus. Sollte sie den Geschirrspüler einfach anstellen? Sie. Sie hätte das nicht gewollt. Besserwisserei in der Küche. Das war etwas, was ihre Mutter machte. Sie stellte sich das vor. »Ich dreh den Geschirrspüler auf.«, rief ihre Mutter aus der Küche. Und sie rief zurück, dass sie die Tassen vom Kaffeetrinken noch unterbringen müsse. Sie müsse sparen und den Geschirrspüler bis zum letzten Plätzchen füllen. Sie hatte ja keinen Opa Franz zur Verfügung. Der das Geld hatte. Und das Haus. Und so sehr sie den Opa Franz mochte. Und bemitleidete. Sie wollte keine solche Figur in ihrem Leben. Jemand, der mit jeder Zurechtweisung dankbarer wurde. Ein sanfter Masochist. Das war der Opa Franz.

Dass die Mutter nie müde wurde, dieses Spiel? Das war doch. Aber das war ein Beckett-Stück. Altmodisch war das. Szenen aus den 50er Jahren. Das brauchte niemand. Es war peinlich. Es war ihr vor der Nizzi peinlich. Aber die grinste immer nur. Und die Mutter hätte den Geschirrspüler aufgedreht.

Konstanze ging ins Zimmer zurück. Iris stand in der Tür zum anderen Raum.

»Oswald meint, wir sollten lunchen.« Iris machte die Tür zu. »Was meinst du?«, wandte Iris sich an sie.

Konstanze ging ans Fenster. Schaute hinaus. Die Häuser gegenüber ganz nah. Sie konnte in die Fenster gegenüber sehen. Ein Mann saß an einem Tisch und las Zeitung. Er war seitlich zu sehen. Er blätterte um. Ihr sei das ganz gleichgültig, sagte sie. Iris solle machen, wie sie wolle.

Ob Sushi recht sei für sie, fragte Iris. Sie ging an ein Festtelefon. Suchte in einem Stoß von Zetteln eine Karte heraus. Wählte eine Nummer. »Isst du alles?« fragte sie. Konstanze nickte. Iris meldete sich am Telefon und bestellte dreimal Avocado-Maki. Das war alles, was Konstanze verstand. Alles andere war in Schweizerdeutsch, und sie konnte wieder nur die Adresse verstehen. Iris legte auf und setzte sich. Sie seufzte. Schaute sich auf dem Tisch um. Schaute wieder auf das Manuskript vor sich. Konstanze kannte diesen Blick. Ich sollte hier alles aufräumen, bedeutete der. Ordnung machen. Alles in den Griff bekommen. Überblick. On top. Sie setzte sich Iris gegenüber.

»Wir sollten uns alle zusammensetzen und weinen.«, sagte sie. Iris schaute nicht auf. Nickte. »Eine große Klage anstimmen.« Wehmütig wütend. Sie fühlte sich wehmütig wütend. Diese Personen. Sie waren alt und geschlagen.

»Es ist keine gute Zeit.« Iris sagte das vor sich hin. Konstanze hätte sagen mögen, dass sie sich wehren mussten. Dass sie das Zepter übernehmen mussten. Ganz wörtlich. Denen, die sie regierten, das Zepter aus der Hand nehmen und sich ins Parlament setzen. Keine Entscheidung ohne eine Volksabstimmung mehr. Alles von allen beschlossen.

»Ihr habt es doch da besser.«, sagte sie. »Ihr seid da besser beteiligt. Ihr Schweizer.«

Iris schüttelte den Kopf. »Nein.«, sagte sie und schwieg. Mutlosigkeit. Konstanze kannte das. Sie wachte jeden Tag in diese Mutlosigkeit hinein auf. Der Krieg hatte die Pandemie abgelöst. Verstärkt. Die Angst und die Mutlosigkeit daraus. Und gleich dieses »Wozu.«. Sie saß da. Sie wusste auch nicht, warum eine oder einer weiterleben sollte. Irgendwie. Sterben. Das war etwas anderes geworden. Sie konnte sich jetzt in aller Ruhe und Gesetzlichkeit von einem Arzt umbringen lassen. Auch in Österreich. Sie musste nicht mehr nach Zürich fliegen. Für den assistierten Selbstmord. Die Grünen und die Katholen. Die hatten das eingeführt. Und Personen wie sie. Immer schon entwertet. Und welche Person in Österreich war nicht entwertet. Dafür sorgte schon die allgemeine Volksschule und die harsche Notengebung von Anfang an. Wie dieser Kurz und dieser rechtsradikale Ibiza-Wehrsportgruppenleutnant sich das wünschten. Das Leben als Fließband. Hineingekippt. Funktionieren. Herauskippen. Freiwillig gezwungen.

Sie stand auf. Ging um den Tisch. Beugte sich über Iris und umarmte sie. Hielt sie umfangen. Iris hatte nicht aufgesehen. Sie litt die Umarmung. Dann stand sie auf und legte sich gegen Konstanze. Stumm. Sie hielten einander. Lange. Es läutete. Iris machte sich los. Richtete sich die Haare. Ging hinaus. Konstanze hörte Stimmen. Dann die Tür. Iris rief sie in die Küche. Iris kam ihr lächelnd entgegen. Das sei ihr Sushi. Sie hielt ihr das Schächtelchen hin. Pappendeckel. Nicht Plastik. »Ach. Die Schweiz.«, dachte sie. Es war alles ein bisschen luxuriöser als anderswo. Iris balancierte ein Tablett mit Gläsern. Ob sie die Wasserkaraffe nehmen könne. Sie gingen zurück an den großen Tisch. Oswald wurde gerufen. Sie saßen vor ihren Sushiboxen. Brachen die Stäbchen auseinander. Oswald ging in die Küche und holte sich seine Sushi-Stäbchen aus Kirschholz. Iris schenkte das Wasser ein. Ob jemand Sojasoße brauche? Sie aßen.

»Sushi ist jetzt der billigste Takeaway.«, stellte Oswald fest.

»Ja.«, sagte Iris. »Das war einmal das Teuerste. Sushi.«

»Die haben wenigstens noch das Personal.«, meinte Oswald. Konstanze hatte zu viel Wasabi in ihre Sojasoße verrührt. An der Nasenwurzel. Ein glühendes Gefühl und als müsse alles nach außen platzen. Sie trank Wasser. Ihre Augen schwimmend. Sie musste lachen.

»Ich werde es nicht lernen.«, sagte sie. »Und ich will auch nicht.«, dachte sie. Wut hatte sich angesammelt. Im Bauch. Im Genick. Sie war wütend, wie passiv diese beiden alten Personen waren. Geworden waren. Wie die ihr keinen Grund angeben konnten, warum sie weitermachen sollte. Wie die alle Motivation verloren hatten. Verloren bekommen hatten. Ärger. Sie ärgerte sich über dieses Ehepaar. Beide unbeweglich. Er dick. Sie mager. Keine Spannkraft. Sie schaute sich um. Es würde immer verkommener werden. Hier. Irgendwann. Sie würden die Sushiboxen nicht mehr wegräumen. Und dann die Fliegen. Und die Kisten. Die Kisten würden sich stapeln. Jetzt nur ein paar zur Ecke hin. Sie sah diese beiden Personen verschwinden. Hinterlassenschaften. Das würden die Fliegen sein. Oswald zuerst. Iris hilflos. Sie lächelte.

Was sie im Sommer machen würden, fragte sie. Oswald hielt inne. Er hielt seine Kirschholzstäbchen hoch.

»Ins Chalet.«, sagte er.

»Das letzte Mal.«, fügte Iris hinzu. »Wir haben es praktisch schon verkauft.«

»Damit wir dein Honorar bezahlen können.«, lachte Oswald.

Konstanze holte Atem. Der Ärger war gerade wieder zu Mitgefühl geworden. Und Mitleid mit sich selbst. Dass sie, von hier weggegangen, sich anstrengen würde müssen, ihren Lebenswillen wieder zu finden. »So schlimm ist es?«

Iris stieß Oswald an. »Er meint das nicht so. Es ist nur nicht so einfach, sich zurechtzufinden. Weißt du. Wir waren schließlich der Lyrik-Verlag überhaupt, und damit ist es vorbei. Und unsere Unterstützer. Die sind alle weg. Und die großen Konzerne. Da gibt es kein Erbarmen.«

»Aber es ist euch doch gut gegangen?« Konstanze aß ihr letztes Avocado-Maki.

»Nicht gut genug.«, sagte Oswald.

Iris spielte mit ihrem Glas. »Wir sollten es dir sagen.« Sie drehte das Glas. »Oswald hat eine neue Liebe gefunden, und wir.« Sie hob den Kopf. Stand auf. Nahm ihre Sushibox und ihr Glas und ging in die Küche. Oswald schaute ihr nach. Konstanze schaute Oswald an. Der zuckte mit den Achseln. Stand auf und ging. Er ließ seine Sushibox stehen. Er schenkte sich noch Wasser nach und nahm das Glas mit. Er schaute wieder zum Eingangsbogen. Dann ging er und schloss die Tür hinter sich.

Konstanze hätte lachen können. Das war schrecklich. Das war komisch. Dieser alte Wicht. Oswald. Dick. Klein. Mit grauer Löwenmähne. Eine neue Liebe. Dann begann ja alles wieder von vorne. Auch für Iris? Sie stand auf und ging Iris in die Küche nach. Iris hatte den Geschirrspüler aufgemacht und starrte in die Maschine hinein. Konstanze blieb an der Tür. Unschlüssig. Iris suchte unter dem Abwaschbecken. Sie warf das Geschirrspülmittel in das Besteckfach. Klappte die Tür zu. Stellte das Programm an. Mit dem ersten Brummeln der Maschine. Sie wandte sich Konstanze zu.

»Es ist meine Idee.«, sagte sie. »Und komm. Wir machen jetzt weiter.«

Konstanze ging Iris nach. Oswald kam aus dem Zimmer. Ging an ihnen vorbei. Wann er wiederkäme, fragte Iris. Oswald warf den Arm in die Höhe und verschwand durch den Brokatvorhang. Er hielt den Vorhang einen Augenblick. Dann ließ er ihn fallen. Die Wohnungstür schlug zu.

»Magst du auf das Dach mitkommen?« Iris war stehen geblieben. Konstanze zog die Schultern hoch. Mochte sie? Aber sie ging Iris nach. Wieder der Brokatvorhang. Dann die Stiege links vom Lift und der Dachgarten. Drei Palmen standen zum Geländer hin. Ein Tisch. Gartensessel. Vertrocknete Pflanzen in Kübeln. »Ja.«, sagte Iris und nickte. »Ein trauriger Anblick. Aber der Grund.«

Konstanze musste kichern. Vertrocknete Pflanzen der Grund für eine solche Trennung? Aber warum nicht. Es waren doch immer solche Kleinigkeiten, die den Ausschlag gaben. Wie die Zahnpastatube in der Mitte zusammengedrückt worden war. Wie ein Weinglas mit abgespreiztem kleinen Finger gehalten wurde. Wie einer immer »Tschüss« gesagt hatte statt »Ciao«. Konstanze ging an das Geländer. Schaute nach unten in die schmale Straße. Sie konnte das Gehen der Personen hören. Das Reden. Die Geräusche stiegen herauf. Wurden laut dabei.

Iris klappte zwei der Gartensessel auf. Stellte sie an den Tisch. »Nein.«, sagte sie und ging wieder ins Haus. »Komm.«, rief sie. »Wir bleiben besser herinnen.«

Konstanze ging zu ihr. Iris saß in einem der Eames-Stühle. Konstanze setzte sich auf die Couch gegenüber. »Du wunderst dich über alles.« Iris stellte das fest. Sie lachte. Leise. Und es war zum Verwundern. Konstanze schaute die Frau an. Die war. Die war das Gegenteil von vorhin. Sie sah auch wieder schön aus. »Es ist noch immer schwierig, das zu sagen.«, erklärte Iris. Sie hatte die Beine übereinandergeschlagen. Wippte mit dem oberen Bein. Wie ein kleines Mädchen, dachte Konstanze. Und das.

Das kannte sie. Die Erleichterung. Die Leichtigkeit. Nach dem Geständnis. Wenn die Wahrheit herausgekommen war. Sie wusste ganz genau, wie sich das anfühlte. Wippend. Wippend befreit. Sie setzte sich zurecht. Ließ ihre Schuhe fallen und zog die Beine auf die Couch herauf. Legte den Kopf schief. Erwartungsvoll. Iris musste lachen. »Ich bin an meinen Ursprung zurückgekehrt.«, sagte sie. »Und es ist alles meine Schuld. Wir haben immer. Du weißt schon.«

Konstanze wusste. Es war kein Geheimnis gewesen, dass die Prinzens das führten, was eine offene Ehe genannt worden war. Existierte so etwas noch? Jetzt? Wo Sex so keine Rolle mehr spielte?

»Die Christina war es. Du weißt ja. Die Christina war meine. Also. Du weißt schon.« Konstanze fühlte, wie ihre Augenbrauen hinaufgingen. Nein. Das hatte sie nicht gewusst. Nicht einmal vermutet, hatte sie das. Aber sie hatte ja auch den Kontakt verloren gehabt. Sie dann in Wien. Und das Kind. Und alles.

»Schön.«, sagte sie.

Iris nickte. »Aber es ist erst nachdem die Christina. Seit sie tot ist. Dass es falsch ist. Also. Das war kein Problem, so lange wir alle gelebt haben. Der Oswald hatte doch immer. Irgendeine Lyrikerin. Und jetzt ist es eine Russin. Die arme Seele. Die hat auch alles verloren. Wegen ihrem blöden Putin da. Aber. Weißt du. Ich war immer dafür. Das ist ja klar. Als Sannyasin. Da bleibt mir gar nichts anderes übrig. Aber dass es das Gegenteil sein kann. Das Gegenteil vom. Vom Ausleben. Also ich bin in dem christlichsten Mangel angekommen. Ich lebe jetzt allein. Wegen der Christina.«

Konstanze beugte sich vor. Wollte etwas sagen. Ließ es. Sie seufzte. »Aber wenn es richtig ist.«, sagte sie und Iris nickte.

»Aber genug. Was machen wir zwei.« Konstanze musste sich zwingen sich zu erinnern. Der Text. Dieses Buch. Das war so weit weg. Das Elend darin. So unwirklich.

»Willst du es wirklich machen?«, fragte sie. »Es ist doch. Das waren die 80er Jahre. Die 90er. Das ist alles so lange her und die Probleme nicht. Vor zwei Jahren. Da hatten wir doch keine Ahnung, was ein Problem ist. Ich bin für Absage. Du zahlst mir ein Ausfallhonorar, und wir lassen es.«

»Das kann ich nicht. Ich kann diese Frau nicht so zurücklassen. Ich möchte das machen. Wie gesagt. Ich denke, es ist ein Beitrag zur Debatte. Ein wichtiger Beitrag. Und ich bleibe dabei. Du schreibst ein Vorwort. Oder ein Nachwort. Was du willst. Wie das gelesen werden soll anhand deiner Leseerfahrungen. Mit dem Text. Glaub mir. Mir kommt auch alles überflüssig vor. Aber dagegen müssen wir.«

Konstanze überlegte. Warum machte sie das alles aggressiv? Warum freute sie sich nicht? Das war doch die Lebhaftigkeit, die sie erwartet hatte. Die Bestimmtheit. Die Bestätigung, die sie brauchte. Konstanze blieb sitzen. Iris war aufgestanden. Ob sie auch einen Wermut mittrinken wolle. Oder besser. Einen kleinen Whisky. Das wäre das Privileg des Alters, meinte Iris. Alkohol könne nichts mehr anrichten. Die Demenz übernähme das. Sie schenkte sich ein.

Konstanze sah zu. Nein. Danke. Sie wolle nichts. Sie müsse das alles überlegen. Und sie könne es ja versuchen. Sie könnte noch einmal über die Übersetzungen gehen. Sie habe alle Stufen der Arbeit. Vielleicht ergäbe sich daraus ein Text. Und sie freue sich, dass Iris ihren Weg gefunden habe. Iris hatte sich wieder gesetzt. Sie hielt das Whiskyglas. Wippte wieder mit dem Bein. Sie klinge wie ein Guru, sagte sie zu Konstanze. Den Weg gefunden. Wege fanden sich nicht. Die wurden ausgewählt. Sie sei froh. Sie glaube, die richtige Wahl getroffen zu haben.

»Und dann. Du weißt, was ich für ein Schmetterling bin. Jetzt einmal. So ist es richtig. Wir machen den Verlag weiter gemeinsam. Ich suche mir aber etwas Eigenes.«

Konstanze konnte nur nicken. Sie verstand, dass eine nicht mit so einer bombastischen Person wie dem Oswald zusammenleben wollte. Sie hätte das auch nicht in ihrem Leben haben wollen. Sie dachte an den Siebenstein. Wie froh sie war, dem ihre Telefonnummer nicht gegeben zu haben. Dinosaurier des Patriarchats. Das waren die. Aber der Jonas von der Nizzi. Der war nicht anders. Sie wusste ja nichts Genaues. Aber enttäuscht hatte er das Kind. Sie stand auf.

»Trink doch auch etwas.«, sagte Iris. »Es ist zum Feiern.«

Konstanze schaute nach. Sie fand die Wermut-Flasche. Schenkte sich ein. Wenig. Was feierten sie nun? Dass das Leben weiterging? Dass sie überlebt hatten? Dass Iris nachträglich zu ihrer Geliebten stand? War das Wahrheit? War Wahrheit nicht auf die Zeit angewiesen? War etwas wahr, doch nur wenn es gerade war? Sie hob das Glas.

»Feiern ist auf jeden Fall richtig.«, sagte sie.

»Wir sind fertig? Eigentlich.« Iris lächelte.

Konstanze stellte ihr Glas auf dem Serviertisch ab. Stellte das Glas zwischen die staubigen Flaschen. »Oder soll ich das Glas hinuntertragen?« Iris winkte ab. Das sei alles kein Problem. Konstanze küsste Iris auf die Wangen. Drei Mal. Schweizerisch. Die seidig mürbe Haut der älteren Frau. Dann stieg sie hinunter. Sie wollte sich von Oswald verabschieden. Aber Oswald war nicht zurück. Sie schloss die Tür zu seinem Büro. Auch in seinem Zimmer. Alles war mit Büchern vollgestellt. Jede Abstellfläche. Stapel am Boden. Alles staubig. Wie verkarstet. Von Oswalds Büro Aussicht über die ganze Stadt. Im großen Zimmer. Sie hob den Brokatvorhang zur Halle und ließ ihn hinter sich langsam niedergleiten. Sie wollte keine Staubwolke auslösen.

Sie holte den Lift. Stieg ein. Sie schaute aufs Handy. Keine neue Nachricht. Auch nicht von der Nizzi. Kurz. Sie sah ihr Kind vor sich. In einem schattig vorgestellten Wien die schattig vorgestellte Tochter. Dieses Ehepaar. Hier. Diese. Ja. Alt. Die waren alt. Alt geworden. Sie war immer noch erschrocken darüber. Wie die aussahen. Wirkten. Rochen. Wie es aussah. War das unvermeidlich? War das das unvermeidliche Schicksal? Nicht mehr genug sehen. Nicht genau genug. Nicht mehr genug riechen. Tasten. Hören. Kroch über alle Sinne dieser Staubpelz?

Der Lift kam unten an. Sie ging aus dem Haus. Schaute sich um. Wollte sie den Hügel hinuntersteigen. Zum See gehen. Sich an den See setzen. Der Zürichsee. Die Weitsicht. Der Blick. Damals. Sie hatte diese Lunchrundfahrt. Eine Runde auf dem See. Einmal Egli und ein Glas Epesses. Und reden. Die Erinnerung. Abschnürend. Um die Kehle. Unter der Kehle. Über dem Brustbein. Die Schilddrüse? Sie ging vom Haus weg. Ging die Straße hinunter. Sie wollte ins Hotel. In das Zimmer. Sie ging schnell. Schneller als die anderen. Sie war wütend. Wütend auf diese Personen, die da so normal vor sich hingingen. Hier zu Hause waren. Hierhergehörten.

Sie beneidete sie. Sie wusste nicht, wie das weiterging in Wien. Mit den Gaslieferungen. Sie sah sich in die langen Schlangen zurückgeschoben. Die langen Schlangen. Vor den Teststationen. Und es würde nicht mehr nett sein. Wenn es um Brot oder Zucker gehen würde. Sie würde es lernen müssen. Kämpfen. Streiten. Dinge erstreiten. Sie wollte das nicht. Sie hatte das nicht lernen wollen. Nie. Es war immer genug da gewesen. Die Schlangen vor den Supermärkten. Oder den Ausgabestellen. Wie würde das alles organisiert werden. Verteilung. Zuweisungen. Ostblock. Wie hatten sich alle über die DDR lustig gemacht. Wie die Planwirtschaft verachtet, die es nicht geschafft hatte, die Erdäpfel an die richtigen Stellen zu liefern. Die den Markt nicht arbeiten hatten lassen. Und jetzt. Künstlich dahin geführt. Sie waren künstlich dahin geführt. Die Großmächte hatten beschlossen, dass ein friedliches Europa zu langweilig war. Dass Demokratie nicht ins

Kraut schießen durfte. Das Bisschen Demokratie nun selbst in Planwirtschaft verwandeln. Aber das wusste sie. Sie war selber alt. Nicht jung. Und alt. Ihre Mutter. Die war. Älter als die Prinzens?

Wahrscheinlich schon. Aber die waren dieselbe Generation. Und sie war bei den Prinzens so gern gewesen. Und so oft war das gar nicht. Aber für sie. Die waren die richtigeren Eltern gewesen. So wie sie sich ihre Eltern gewünscht hätte. Der flamboyante Vater und die quirlig elegante Mutter. Die über alles reden konnten. Die nicht moralisch herumredeten. Die selbst keine Regeln einhielten. Die die anderen auch zu diesem Kleinwiderstand aufforderten. Elegant. Ja. Das war das Wort. Das war elegant gewesen. Beneidenswert. Die Wohnung ein Zentrum der Kultur. Des Kulturellen. Treffpunkt neuer Gedanken. Und hatten nichts bewahren können.

Konstanze seufzte. Sie hatte das gleich lernen müssen. 2007. Und keine Seerundfahrten mehr. Es kam immer alles auf diese Krise zurück. Sie fühlte ihre Schultern beschwert. Sich beschweren. Sie war geschicksalt worden. Sie war damals. Nicht mehr Herrin ihres Lebens. Sie war normal gemacht worden. Besser. Sie lernte das. Endlich. Endgültig. Für das Anstehen um Nudeln.

Sie ging um die Ecke. Zum Hotel hinauf. Überholte ein Paar. Entschuldigte sich. Sie musste an den beiden vorbei zur Tür des Hotels. Die Frau lächelte sie an. Und Konstanze. Die Tränen. Fast. Sie hätte so ein Lächeln mitnehmen wollen. Behalten. Zum Schutz. Zur Hilfe. Ein Abwehrzauber. Aber wenn alle so lächelten. Es wäre kein

Abwehrzauber notwendig. Und wie gerne. Sie hätte alle Leute lieben wollen. Alle. Aber dafür durfte nicht um Salz gestritten werden. Um Gas für die Heizung. Dafür. Für so ein friedliches Lächeln. Freundlich. Niemand durfte da zu kurz kommen. Sie. Sie selbst. Wie sie hassen konnte, wenn sie sich zurückgesetzt vorkam. Wenn sie traurig war.

Sie stieg zur Rezeption hinauf. Es war niemand da. Sie klingelte. Eine altmodische Klingel stand da. Müde. Erschöpft. »Stimmungsschwankungen.«, fiel ihr ein. Und sollte sie wirklich aufgeben. Sollte sie sich wirklich einordnen. Zugeben, dass alles schiefgegangen war. Dass sie es falsch gemacht hatte. Der Mann kam um die Ecke des Gangs rechts. Nein. Sie konnte das nicht sagen. Dann wäre. Das würde bedeuten, das Kind mit zu verurteilen. Und das. Nein.

Ja. Sie habe ihren Koffer hier schon abgestellt. Der Mann lächelte. Er erinnere sich. Ihr Zimmer sei nun bereit. Ob sie schon zu Gast im Haus gewesen wäre?

»Nicht in letzter Zeit.«

Der Mann lächelte. Schob ihr einen Block mit Meldeformularen zu. »In letzter Zeit waren wir alle nirgends unterwegs.«, stellte er fest.

Konstanze musste erst ihre Brille in der Tasche suchen. Die Brille aufsetzen. Ihre Adresse einfügen. Er brauche sicher ihren Pass, meinte sie und suchte den auch heraus. Sie käme aus Österreich. Dann füllte sie ihre Adresse und das Geburtsdatum aus. Gab ihre Kreditkarte her. Für die Extras. Sie habe Frühstück inbegriffen, sagte der Mann. Und die Kostenübernahme sei auch angekommen. Das wäre alles, und er wünsche einen schönen Aufenthalt. Er schob ihr ihre Zimmerkarte hin. Konstanze fischte den Garderobenschein aus dem Seitenfach der Handtasche. Der Mann nahm ihn und holte den Koffer aus einem Kasten hinter ihm. Konstanze nahm ihr Köfferchen. Ging zum Lift. Sie stellte den Koffer ab. Holte sich einen Apfel. Die Äpfel. Eine Apfelpyramide auf einem Glastischchen gegenüber vom Lift. Der Lift kam. Konstanze stieg ein. Dritter Stock. Die Innentüren des Lifts schlossen sich. Eingesperrt, dachte sie. Eingeschlossen. Unentrinnbar eingeschlossen.

Ihr Herz. Sie spürte es schlagen. Sie schüttelte den Kopf. Sie durfte sich ihren Gedanken nicht so hingeben. Die Gedanken in den Körper lassen. Sie atmete tief. Ruhig. Die Ruhe bewahren. Sich nicht hetzen lassen. Der Geruch in der Wohnung der Prinzens fiel ihr ein. Die Türen schnappten auseinander. Sie schob die gläserne Lifttür auf. Schaute sich um. Sie musste nach links. Hier. Es roch gar nicht. Sie öffnete die Tür. Steckte die Karte in den Kartenhalter rechts von der Tür. Alle Lichter gingen an. Ein kleines Zimmer. Tageshell, und alle Lichter aufgedreht. Und kein Geruch.

Sie drehte die Lichter ab. Hob ihr Köfferchen auf die Kofferablage. Holte ihr Necessaire heraus. Stellte es ins Badezimmer. Alles klein. Alles eng. Ein breites Bett. Es füllte den Raum fast aus. Gegenüber der Tür ein großes Fenster. Auf die Straße hinaus. Sie machte das Fenster auf. Sie konnte das Gehen der Leute hören. Reden. Wie von der Dachterrasse. Vorhin. Zürich. Kein Autoverkehr. Fußgängergeräusche hier. Drüben. In Wiedikon. Da war es normaler. Straßenbahn. Autos. Fahrräder. Sie hatte ein Fahrrad gehabt. Die Nizzi hinten drauf. Und immer die Angst, in die Straßenbahnschienen zu kommen. Diese Zeiten. Das Kind immer nah. Kinderwägen. Buggys. Fahrradsitze. Autositze. Und tragen. Den kleinen Körper umfangen und geschützt wissen. So. Richtig geschützt. Das war so. So schwierig. So schwer. Sich das abzugewöhnen. Das Schützen. Das Behüten.

Und alle diese Leute. Diese Putins. Diese Bidens. Trumps. Musks. Und wer auch immer. Die das kaputt machten. Die allen Schutz zunichte. Entblößten. Das war Entblößung. »Vestire gli ignudi.«, fiel ihr ein. Sie wurden nackt gemacht. Sie waren bekleidet gewesen. Angezogen. Hatten diese kleine Schutzschicht gehabt. Jeder und jede. Eine eigene. Nicht gerecht. Das war nicht gerecht verteilt gewesen. Die Milliardäre. Seit 2007. Die waren gepanzert mit Schutz. Sie. Als Bevölkerung. Sie war Bevölkerung geworden. Sie bevölkerte als Kleinperson die Welt.

Sie schaute zum Fenster hinaus. Hinunter. Hinüber. Das also hatten die erlebt. In den Kriegen. In den Krisen. Das also war hinter so dürren Sätzen wie »Dann hatten wir alles verloren.« verborgen. Sie fühlte den Kopf gebeugt werden beim Denken dieses Satzes. Und die Schultern wieder beschwert. Unters Joch, dachte sie. Sie wurde unters Joch gebeugt. Und es war schwer genug gewesen, die Pandemiemaßnahmen auszuhalten. Alle Vernunft zusammenzukratzen, stillzuhalten. Isoliert. Unbeweglich. In Angst und Schrecken. Gingen deshalb alle so unberührt ihrer Wege. Hier. Gut. Wie schlug der Krieg hier auf? Bekamen die auch ihren Weizen aus der Ukraine und jetzt nicht? Woher bekam die Schweiz ihr Gas? Oder benutzte man hier kein Gas? Sie hatte sich nicht umgesehen. In der Küche. Bei den Prinzens.

Sie. Damals. Sie hatte kochen mit Elektroherd gelernt. Bis dahin hatte sie nur Gasherde gekannt. Und die Heizung in dem Genossenschaftsbau? Sie wusste es nicht. Hatte es nicht gewusst. Das war damals. Das war bis jetzt. Sie hatte sich um so viele Dinge nie gekümmert. Die Diskussionen um die Photovoltaik. Der Opa Franz verfolgte das ununterbrochen. Der bekam die Daten alle 4 Stunden auf sein Handy gesendet. Das war zum Lächeln gewesen. Und jetzt. Wenn sie zusammenkriechen mussten? Wenn sie zu ihrer Mutter zurückmusste? Weil sie sonst erfroren? Konnten die nicht vernünftig werden?

Sie stand am Fenster. Sie war hilflos. Sie lehnte sich gegen den Fensterrahmen. Sie verstand das nicht. Sie verstand nicht, wie man einer Person Schmerzen zufügt. Wissentlich. Den Befehl dazu gab und wusste, dass das gerade passierte. Dass Personen in der Luft zerrissen wurden. In Panzern begraben. Dass Männer über Frauen herfielen. Männer über Männer. Schlachthaus. Gekeuche und Geschrei. Heulen und Zähneknirschen. Hölle. Und nicht so schön geordnet, wie Dante sich das vorgestellt hatte. Eine Ameise lief über das Fensterbrett. Sie zerdrückte die Ameise mit dem Finger. »Es geht hier nicht.«, rief sie laut. Verzweifelt. Sie tötete auch. Sie konnte das auch. Das war nicht wichtig gewesen. Normal. Ungeziefer. Aber alles auf den Kopf gestellt.

Sie ließ das Fenster offen stehen. Stellte den Laptop auf den schmalen Tisch an der Wand. Zwischen Wand und Kasten eine Tischplatte vor dem Spiegel. Sie setzte sich hin. Schaute in den Spiegel. Sie suchte nach dem WLAN-Passwort. Fand es im Ordner. Sie sah, dass sie aus dem Restaurant aufs Zimmer bestellen konnte. Abendessen? Früher wäre man mit den Prinzens ausgegangen. Zum Italiener der Stunde. Oder in eines dieser. Wie hieß das. Kronenhalle? Zeughaus? Große Tische und Zurufe von Vorbeikommenden. Auftritte waren das gewesen.

Das letzte Mal. Wann war sie das letzte Mal hier gewesen? Überhaupt. Das war mindestens fünf Jahre her. Aber das verschwamm ja alles. Die Pandemie. Milchglasiges Prisma in der Zeit zurück. Sie wusste es nicht. Und es war gleichgültig. Vorbei. Wahrscheinlich gab es alle diese Lokale auch nicht mehr. Die Lokale gingen mit den Leuten mit. Und endeten mit denen. Der alte Koch. In New York. Auf Lexington. In der Nähe von Gramercy Park. Das war auch dieses Elend gewesen. Das hatte sie heute wieder getroffen. Alles ehemalig. Die Bilder der celebrities mit den Widmungen. Die Tischtücher. Die barocken Stühle. Die Speisekarte. Der Spannteppich. Mit Jeremiah. Der hatte sie dahin geführt. Und der Koch sich an den Tisch gesetzt. Und von den alten Zeiten erzählt. Wer da zu Gast gewesen. Sie waren allein dagesessen. Und sie war dann noch einmal hingegangen. Aber es hatte nichts mehr funktioniert, und sie war wieder weggegangen. Es war niemand gekommen. Sie hatte Streit aus der Küche gehört und war allein im oberen Stock des Restaurants gesessen.

Bogen, dachte sie. Du musst einen Bogen finden. Du musst Bogen denken und es geschehen lassen. Sie musste aufstehen. Zum Fenster gehen. Luft holen. Der Bogen wurde ihr gemacht. Sie hatte gar keine Stimme mehr, wie sie diesen Bogen. Wie sie altern. Wie sie ihrem Ende zugehen wollte. Sie wurde ihrem Ende zugerannt. Sie schloss das Fenster. Die Fenster schalldicht. Nichts von draußen zu hören. Sie schloss die Tür zum kleinen Vorraum hin. Hermetisch. Sie saß in einem kleinen Schächtelchen. Mitten in Zürich. Büchner hatte sich hierhergerettet. Sie war den Zürchern dankbar dafür. Nicht alle gerettet. Immer nur einige. Aber immerhin. In Wien war niemand sicher gewesen. Zu keiner Zeit. Vielleicht sollte sie flüchten. Auch flüchten. Und das schnell. Aber wann war der richtige Zeitpunkt. Ihre ganze Bildung. Ihr ganzes Wissen. So etwas wusste sie nicht. Das wusste sie für das Nachhinein, in dem sie bisher gelebt hatte. Leben hatte können. Und sich eine bessere Zukunft erhofft hatte. Für ihre Tochter den Planeten erhalten. Wenigstens.

Sie schloss den Laptop. Holte das Handy hervor. Die Brille. Logte sich mit dem Handy ein. Sie rief Stieglitz an. Sie musste eine andere Stimme hören. Und sie musste mit Stieglitz reden. Sich erklären. Und er sollte ihr sagen, was er mit der Nizzi gemeint hatte. Kontakte. Roman Stieglitz. Sie tippte auf die Handynummer. »Dieser Teilnehmer ist nicht erreichbar.« Sie legte das Handy weg. Sie stand auf. Setzte sich aufs Bett. Stand wieder auf. Schwenkte den TV-Bildschirm ins Zimmer herein. Der Bildschirm schob sich vor den Spiegel. Sie zappte. Schaltete wieder ab. Was sollte sie tun. Sie holte den Laptop. Setzte sich wieder aufs Bett. Stopfte sich alle Pölster in den Rücken. Sie öffnete die Word-Datei. Zuletzt verwendet. Das Manuskript. Ihre Übersetzung. Sie saß. Die Beine lang ausgestreckt. Zum Bildschirm vorgebeugt. Die Brille reichte nicht mehr. Sie musste zur Augenärztin. Sie starrte auf den Bildschirm. Lehnte sich zurück. Opfer. Victim. Sacrificio, maskulinum. Offerta, femininum. Vittima, femininum. Sfigato, sfigata. Das hieß Verlierer. Verliererin.

Und Iris hatte recht. Sie war nicht mehr sicher, wie sie diese Person sehen sollte. Diese Tagebuchschreiberin aus Sizilien. Jetzt. Wo sie selbst. Sfigata. Sie stellte den Laptop neben sich. Auf die Tagesdecke. Ungeduldig. Konnte sie sich nicht abfinden? Mit ihrem Abstieg? Alle stiegen ab. Alle Personen, die sie achtete. Die stiegen ab. Die waren den Inflationen ausgesetzt. Social media. Mainstream media. Zinserhöhungen. Klimakrise. Hitze. Brände. Starkregen. Überschwemmungen. Gletscherbrüche. Und sie mussten den Krieg bezahlen. Sie standen für die Großmannssucht der Regierenden ein. Sie mussten die Schlangen bilden. Das waren die, die so geduldig zu Hause geblieben waren. Wie sie. Die sich impfen ließen. Wie sie. Oder nicht. Die es machten. Dazu gehörte sie. Und das wollte sie auch. Und sie sollte auf die Straße gehen und an der Ecke eine Rede halten. Sie sollte Revolution predigen. Eine Stülpung verlangen. Die Milliardäre auf den Kopf stellen und ihnen das Geld aus den Taschen schütteln. Und. Das Geld abschaffen. Wahrscheinlich doch. Übergehen zu etwas anderem. Zu einem Wert ohne

Preis. Und ein Ende dem Zappeln. Sie zappelte doch. Sie wurde gezappelt und krank gemacht.

Sie atmete tief ein und aus. Ihr Körper. Still. Nur das Atmen. Sonst. Die Stille des Vor-sich-Hin. Das winzige Vibrieren. Die Haut. Die Augen. Das Leben. Das immerhin. Und sie musste sich vorbeugen. Das Mitleid mit diesen alten Leuten. Wie die aus ihrer Schäbigkeit herausgeschaut hatten und nichts wussten davon. Sfigati? Wilder Zorn stieg auf. Überschwemmte sie. Sie musste hier hinaus. Sie ging ins Badezimmer. Auf die Toilette. Sie hatte wieder nicht genug getrunken. Hände waschen. Frisieren. Die Tasche. Das Handy. Die Zimmerkarte. Alles schnell. Sie ließ die Tür zufallen. Das war sehr laut. Der Gang hallte von diesem Knall. Sie lief die Stiegen hinunter. An der Rezeption vorbei. Niemand da. Hinaus. Nach links. Den Hügel hinauf. Auf den Hügel. Die Lindenbäume. Ein kleiner Park. Bänke. Sie setzte sich auf die Mauer am Rand und schaute hinüber. Über die Limmat auf die andere Seite. Auf das Großmünster. Das Dolder. Da oben. Im Hotel Dolder.

Aber was überlegte sie? Was erinnerte sie sich? Alles Abschied. Alles vorbei. Sie war höchstens zu Besuch gewesen. Sie auch. Wie alle. Zu Besuch. Warum nahm sie das nicht zur Kenntnis? Warum bekam sie immer noch Platzangst? Wenn sie daran dachte? Sie sollte sich gewöhnen. Sie würde keine Ausnahme genehmigt bekommen. Wenn die in den Atomkrieg weitergingen. Sie konnte nur selbst eine Waffe besorgen und zu einem Attentat aufbrechen. Sie hatte Lust dazu. Sie hätte alle diese Männer.

Und es waren Männer. Wer immer Krieg wollte, der war altmodisch ein Mann. An die Wand stellen. Und dann den Projektor abdrehen. Sie dastehen lassen. Und keine Bilder mehr. Ihnen das Licht und den Schatten nehmen. Unsichtbar machen.

Eine Ameise lief über ihren Oberschenkel. Sie schnippte sie weg. Sah sie auf der Mauer weiterlaufen. Der Himmel bedeckt. Blaue Flecken zwischen den Wolken. Die Wolken rasten dahin. Die Sonne hinter einer Wolkenbank. Studiolicht. Stechend und scharfe Schatten. Sie suchte nach der Sonnenbrille. Mit der Sonnenbrille auf. Sie schaute zu. Paare gingen vorbei. Eine Frau mit Hund an der Leine. Eine Frau mit Hund im Täschchen. Zwei Männer im Gespräch. Dunkel angezogen. Die Frauen alle schon sommerlich und farbig.

Sollte sie sich melden? Bei der Freundin von damals. Sie hatte es nicht gemacht. Versäumt. Sie hatte gedacht, sie wäre mit den Prinzens beschäftigt. Dieser Abend. Gesellschaft. Sie ließ das Handy in der Tasche. Sie war. Es war nicht Müdigkeit. Sie war voll. Mit sich. Mir ihren Problemen. Sie konnte keine neuen Geschichten. Sich interessieren. Fragen stellen. Sich erinnern und die Erzählungen weiterführen. Sie interessierte sich für nichts anderes. Sie interessierte sich auch nicht für sich. Sie war angefüllt und kein Platz. Von Personen mit der Diagnose Burnout hatte sie solche Schilderungen gehört.

Dann. Sie begann zu gehen. In Bewegung zu kommen. Sie stieg auf der anderen Seite des Hügels hinunter. Ausgetretene Stufen. Schmale Gassen. Schluchten. Die Sonne war herausgekommen. Sie nahm die Sonnenbrille ab. Das giftige Licht vorbei. Sie kam am Schweizer Heimatwerk vorbei. Ein Geschenk für ihre Nizzi? Sie ging hinein. Körbe. Handgewebtes. Handgeschnitztes. Ganz hinten. Kleine Trachtenpuppen. Sie kaufte eine. Tessin war angeschrieben. Himmelblau das Kleid. Dunkelblau das Kopftuch. Ein winziges Püppchen. Es hatte Strohhüte gegeben. Aber wie sollte sie die nach Wien transportieren.

Sie ging über die Brücke auf die andere Seite der Limmat. Dann nach rechts zum See. Am See. Sie ging die Parkanlage um die Seespitze. Ging. Ging. Im Gehen. Sie setzte bei jedem Schritt den Fuß genau. Rollte den Fuß über die zweite Zehe ab. Das kam vom vielen YouTube-Schauen. Die Gesundheitstipps da. In der Pandemie. Beiträge wie *Avoid This Food*. Oder *How to Asian Squat*. Oder *The High Price We Pay for Our Fear of Loneliness*. Oder *Fix Forward Head Posture*. Oder *Fix hunchback Posture While You Sleep*. Bob and Brad. »The two most famous physical therapists in the internet.« Sie hatte von diesen Physiotherapeuten gelernt, wie sie richtig gehen sollte. Wie sie gehen musste, um ihre Kniegelenke zu schonen. Sie hatte viele Videos von diesen beiden Männern angeschaut. Bob und Brad und Dr. Ramani. Das waren ihre Gefährten in der Pandemie gewesen. Sie schaute nicht mehr so viel. Und irgendwie. Sie hatte ein schlechtes Gewissen. Als vernachlässige sie diese Personen, wenn sie deren Beiträge nicht anklickte. Die hatten Millionen Zuseher und Zuseherinnen. Die wussten nichts von ihr. Und trotzdem. Es war. Für lange Zeiten war es der einzige menschliche Kontakt gewesen, und sie hatte zurück gelächelt. Sie hatte sich dabei vorgefunden, diesen Personen auf dem Bildschirm zuzulächeln. Sie so anzusehen, dass sie wissen sollten, wie aufmerksam sie ihren Ausführungen folgte.

Erst war sie entsetzt gewesen. Darüber, wie sie mit diesen Avataren kommunizierte. Falsch. Alles falsch. Unrichtig in jedem Fall. Sie hatte sich das zugerufen. Dann hatte sie sich dreingefunden. Sie hatte Bob und Brad und Dr. Ramani zugehört. Manchmal war es auch Dr. Berg gewesen. Der hatte vier Millionen Follower und predigte die Keto-Diät und konnte jede Krankheit durch das richtige Essen heilen. Oder schon verhindern. Es war beruhigend gewesen. Ihre Isolation betreut. Und sie war isoliert gewesen. Total isoliert. In ihrem Job. Sie musste niemanden treffen. Es war alles über Zoom oder Telefon oder E-Mail zu erledigen. Sie musste nicht einmal mehr auf die Post gehen. Oder kopieren. Sie war ihre eigene kleine unit. Ein Schächtelchen des Funktionierens. Nachschub. Das war das Einzige, was sie noch brauchte. Papier. Gelschreiber. Druckertoner. Vier Mal im Jahr. Mehr hätte sie für ihre Arbeit nicht aus dem Haus gehen müssen.

Die Gesichter auf YouTube. Die waren immer schon nur Erinnerung. Aber wenigstens das. Sonst wäre es nur ihr Spiegelbild gewesen. Die Erinnerung daran, dass sie eine Person war. Die Nizzi in Salzburg. Bei der Mutter im Haus. Niemand gereist. Zuerst war ja noch der Ben da gewesen. In der Lange Gasse. Der Verlogenste von allen. Mit Ben. Ihr Schicksal als Kind einer narzisstischen Mutter hatte sich in Ben vollendet. Ihr zu sagen, er sei geschieden, und nie geschieden gewesen zu sein. Und wieder nur eine Flucht. Vielleicht war sie deshalb so erschöpft. Ihr Leben war nun eine einzige Flucht gewesen. Nein. Ein Fliehen. Es war ja jeden Augenblick.

Und Brad von Bob and Brad war krank geworden. Vor ihren Augen. Es war zu sehen gewesen. Die Reduktion. Keine Artikulation mehr. Die furchtsamen Blicke auf die Kamera hin. Angst. Scham. Und dann das öffentliche Geständnis. Brad war mit »Ataxia« diagnostiziert worden. Das wurde so gesagt. Niemand hatte mehr eine Krankheit. Oder war erkrankt. Es ging um Diagnosen. Die Diagnosen ein Tor. Der Durchgang in die bestimmte Straße. Der Beginn der Heilung. Ataxie. Sie hatte es nachgeschaut. Das war auch so eine Straße ins Nichts. Es gab keine Besserung. Milderung der Symptome. Das war alles. Bis dahin. Brad war der Dominantere gewesen. Nun. Er saß apathisch da und ließ Bob reden und vorturnen. Vier Millionen Menschen sahen ihm dabei zu. Das war Gewissheit. Sie wünschte sich auch so ein Publikum.

Sie schaute auf den See hinaus. War da oben irgendwo nicht die Villa von Thomas Mann? War die Einsamkeit, die vier Millionen Menschen anschauten. War das eine erträglichere Einsamkeit als ihre ungesehene? Ihre Welt. Ihr Leben. Sie war auf ganz wenige Personen reduziert worden. Und es schmerzte. Und es war das, was sie von älteren Leuten immer gehört hatte. Wie schwierig es war, alle begraben zu müssen. Sie hatte niemanden begraben. Fast niemanden. Sie war durch Regierungsmaßnahmen vereinzelt worden. Alles, was ihr wichtig gewesen war.

Ihre Freiheiten. Ihr Von-zu-Hause-Weg. Ihr In-die-Welt-Wollen. Ihr Unabhängig-von-allen-Sein. Ihr Bestehen-auf-Unabhängigkeit. Ihr Dem-Kind-nicht-falsche-Verhältnisse-Zumuten. Ihr Das-Kind-in-Freiheit-Großziehen. Das alles war nun falsch. Und nicht unrichtig. Es war ja um Täuschung gegangen. Stellte sich als falsch heraus. Zurück in die warmfeuchte Familiengruppe. Zurück in das Erteilte der Geburt. Zurück ins 14. Jahrhundert. Und keine Grundrechte mehr.

Zum Überleben. Jetzt. Und im nächsten Winter. Ein Kriegswinter war angekündigt. Jetzt. Im Mai. Es war klar, dass der nächste Winter ein Kriegswinter in Europa sein würde. Zum Überleben. Sie mussten zu Gruppen zusammenkriechen. Manchmal. Sie setzte sich unter eine Platane. Manchmal hatte sie Lust, in die Ukraine zu fahren und herumzuschießen. Die Schwebe. Die Ungewissheit. Die Unwissenheit, in der sie alle gehalten wurden. Zerschießen. Aber es wäre nur um den Lärm gegangen. Zielen? Auf einen Körper? In die Wärme eines Körpers? Verursachen, dass so ein Körper? Aufgerissen? Zerfetzt? Kalt? Das Blut erstarrend? Aber nur in die Luft schießen? Lärmen? Und drohen? Das reichte nicht. Wie sie sich wünschte, eine Drohung zur Hand zu haben. Eine riesige Drohung. Und nicht nur ihre arme kleine Stimme bei einer Wahl alle fünf Jahre.

Sie stand wieder auf. Ging. Setzte die Schritte genau. Sie konnte ihre Knie schonen. Ich-Einsamkeit war das. Das war die Diagnose der Philosophie. Und Schmerzvermeidung. Die musste sie vom ataxischen Brad lernen. Der hatte vorgemacht, wie das ging. Mit dem richtigen Gehen. Mit dem Abrollen des Fußes. Bob redete und Brad führte vor. Im Chat. Es wünschten alle Brad baldige Besserung. Die es nicht gab.

Zurück. Sie musste zurück. Ins Hotel. Sie hatte ins Kunsthaus gehen wollen. Oder ins Rietberg. Aber nein. Kein Museum. Nicht ein Museum. Keine Kunst. Keine Musik. Kein Theater. Kein Tanz. Bücher schon. Da konnte sie die Auswahl treffen. Sie wollte nicht. Konnte nicht. Konnte nicht mehr Stockmasse sein. Diese passiv aufmerksame Person, die zusah. Zuhörte. Und selbst nicht war. Die ihr Leben ruhen lassen musste und der Kunst Platz. »Es ist ja vielleicht, weil ich kein eigenes Leben mehr habe.«, dachte sie. Ohne jede Freiheit. Jetzt. Verschmolzen in eine Masse von Infizierten und Gaskonsumenten und Brotesser*innen und in den Krieg hineingezerrt. Noch eine Vorschrift. Noch eine Vorschreibung. Kuratiert. Sie wurde selbst gerade von der internationalen Politik kuratiert. Bekam einen Platz zugewiesen. Zuteilungen. Gas. Wasser. Getreide. Und sie konnte das Gesicht ihrer Mutter sehen. »Ihr wisst ja gar nicht, wie das ist.« War das das endgame?

Sie ging zur Bahnhofstraße zurück. Sie wusste, wie Fische im Netz sich fühlen mussten. Sich winden. Die Maschen enger. Das Winden verzweifelter. Die Maschen noch enger. Das Gehen half. Sie ging langsamer. Gleichmäßig. Regelmäßig. Atmen. Aber wie sich entwinden? Wie sich fassen? Wie in der Vernunft bleiben? Wie das Sterben lernen? Wie der Panik entkommen? Wie Fassung finden? Im Gehen. Hineingehen. Sie musste in die Schrecken hineingehen. Sie musste sich zugeben. Gestehen. Sich gestehen. Sie war ausgeliefert. Sie konnte nichts tun. Und Rettung nicht in Aussicht. Sie wünschte sich eine Person, die zu ihr trat und sagte, dass sie nichts zu befürchten habe. Sie wünschte sich den Vater, den sie nie gehabt hatte. Es war alles auch ganz einfach. Und wie oft war sie so dagestanden und hatte es darauf abgeschoben. Ihr Problem. Und sie hatte sich darauf ausgeredet. Hatte sich ihre Situation zunutze gemacht. Hatte es sich leicht gemacht. Hatte die Mutter verantwortlich gemacht und es sich selbst erspart.

Sie ging wieder schneller. Schaute sich um. Wo musste sie nach rechts hinauf abbiegen, zum Hotel zu kommen? Sie schaute in die Auslagen. Sie konnte sich schon selbst nicht mehr verstehen. Warum geriet sie in solche Zustände? Sie hatte es bisher gut gemacht. Sie würde es weiter gut machen. Halbwegs. Dieser Krieg. Löste der so eine Sehnsucht aus, dazuzugehören? Aufgehoben zu sein? Nichts anderes mehr wissen müssen? Sich selbst aufgeben und dem Krieg überlassen? Es hatten doch alle keinen Vater in dieser Sache. Durften keinen haben. Mussten sich aufeinander. Verlassen? Aber wie das wissen? Erfahren? Wie spüren, nicht allein zu sein? Und die Putins? Die setzten den Krieg selbst als Vater ein. Machten den Krieg zum Vater von allem. Sich in den Krieg aufgeben? Den Krieg schüren? Dem Krieg zustimmen? Es war Verführung. Verführerisch. Hassen. Und nichts mehr denken müssen. Keine Angst mehr. Der Hass die Angst. Auffressen. Autophagie. Das war Selbstaufgabe. Selbstverschlingung war das. Keto-Diät mit Populismen. Und so selbstverständlich. Es war selbstverständlicher, den Krieg gut zu heißen, als ihn zu verdammen. Und was ergab die Verdammung der Verdammnis? Den untersten Kreis der Schrecklichkeiten?

Sie fand die Abzweigung. Begann hinaufzusteigen. An dieser Stelle. Sie erinnerte sich beim Anblick einer Boutique rechts an die Geschichte von Oprah Winfrey. Der hier eine Verkäuferin gesagt hatte, dass das alles zu teuer für sie sei. Weil Oprah schwarz war. Die Verkäuferin hatte sich nicht vorstellen können, dass eine schwarze Frau genug Geld haben könnte, die Boutique aufzukaufen. Oprah Winfrey hatte das bei einer Talkshow erzählt. Alle waren empört gewesen. Aber die Verkäuferin hatte sich nicht entschuldigt. Sie habe es gut gemeint. Es stimme das alles nicht, hatte sie der Zeitung *Blick* gesagt. Die Tasche hätte 35 000 Franken gekostet.

Konstanze dachte, das wäre das eigentliche Problem. Wenn Taschen so teuer waren, dann wurden sie nicht so einfach hergezeigt. Und dann wurden die Vorurteile der Verkäuferin aus Sicherheitsgründen eingeschaltet. Die schalteten sich von selber ein. Automatisch. Die Verkäuferin wusste gar nichts davon. Die hatte sich schon dabei gesehen, wie diese Schwarze ihr die Tasche entriss und davonrannte. Das musste hier irgendwo gewesen sein. Hier war alles teuer. Sie. Sie hätte hier nirgendwo einkaufen können. Sie stieg die Straße hinauf. Schaute in die Auslagen. Schön das alles. Schöne Dinge. Aber für sie.

Genauso weit weg wie Museumsvitrinen. Der Wirklichkeit entzogen. Gegenstände der Besichtigung.

Sie musste sich hinlegen. Ausruhen. Sie ging schnell, ihr Zimmer zu erreichen. Sie holte die Zimmerkarte weit unten auf der Straße aus der Tasche. Die Tür gleich öffnen zu können. Sie stieg schnell die Stufen zur Rezeption hinauf. Holte den Lift. Wartete. Ungeduldig. Sie war nicht müde. Sie musste sich beruhigen. Liegen. Die Augen schließen. Der Lift kam nicht. Sie lief die Stiegen hinauf. Im Zimmer. Sie zog sich aus. Nicht mit Straßenkleidung auf dem Bett. Sie legte die Tagesdecke zusammen. Kroch unter die Decke. Sie musste wieder aufstehen. Auf die Toilette. Wusch sich die Hände. Legte sich wieder hin. Lag. Wartete auf die Beruhigung. Auf das Abflauen des Herzschlags. Auf das Wegebben der Hitze. Waren das immer noch Hitzewallungen? Das war doch längst ausgestanden. Sie hätte nicht so schnell Stiegensteigen sollen. Sie musste mit dem Joggen wieder anfangen. Sie musste fitter werden. Es war kein Wunder, wenn sie in solch panische Zustände geriet. Sie war nicht fit. Sie machte keinen Sport. Sie wusste doch, wie angenehm es war. Nach dem Joggen. Wie antidepressiv.

Sie drehte sich zur Seite. Drehte sich auf die andere Seite. Sie setzte sich wieder auf. Rutschte unter die Decke hinunter. Es ging nicht. Sie schob sich die Pölster am Kopfende des Betts zusammen. Holte den Laptop. Suchte die Brille aus der Tasche. Öffnete das Gerät. Öffnete ein neues Dokument. »Was soll ich mit meiner Empathie machen, wenn sie mich allen Ängsten in die Arme wirft. Wenn sie mir alle Ahnungen aller Schrecken zuraunt. Wenn ich fühlen kann, wie es sein wird. Wie die sein werden. Wie die Gewalt. Ich wollte, ich wäre eine schreckliche Person und könnte mich der Empathie entziehen und erst wieder eine gute Person und empathisch sein, wenn dem Krieg die Tür gewiesen. Aber wenn ich eine schreckliche Person wäre, wüsste ich nichts über die Schrecken, und wie fände ich zur guten Person zurück?«

Das Handy läutete. Stieglitz. Sie drückte ihn weg. Sie konnte jetzt nicht mit ihm reden. Das ging nicht. Sie hätte den Satz wiederholt. Vielleicht. Hätte wieder »Ich sterbe.« gerufen. Seine sehnsuchtsvollen Vorwurfsaugen trieben sie dahin. Das Schreiben hatte nichts geholfen. Das Gefühl unterzugehen. Das Handy. Eine Nachricht von Stieglitz. Sie legte das Handy weg. Sie würde ihn anrufen. Später. Der verstand das schon. Sie musste lächeln. Der Stieglitz. Das war der Fels in der Brandung. Trotz allem. Aber jetzt. Es ging doch darum, nicht zum Opfer zu werden. Nicht geopfert sein. Keine sfigata, und trotzdem die Wahrheit. Wie konnte das gehen? Sie lehnte sich zurück. Also doch nicht weitergekommen. *Una storia ordinaria.*

Sie schloss den Laptop. Saß. Drehte sich zum Fenster. Schaute hinaus auf die Dächer gegenüber. Dachgiebel. Sie machte den Laptop wieder auf. Klickte die *New York Times* auf. »Mental Health Crisis Follows Covid.« Sie schloss das Gerät. Konnte ihr geholfen werden? Sie wünschte sich, hinuntergehen zu können und mit der ersten Person, die sie traf. Auf die sie traf. Mit dieser Person ein Gespräch zu führen. Über ihre Leben. Nur austauschen. Aber in Verbindung treten. Verstehen lernen, wie das alles gekommen war. Für diese andere Person. Und dann ihre Geschichte. Und vielleicht. Vielleicht verstand sie dann ihr Leben. Warum sie sich so entfernt fühlen musste. So abgetrennt. Sie konnte jemandem erzählen, dass ihre Mutter sie. Aus Angst wohl. Aus Sorge. Um sie stark zu machen. Und weil sie es nicht anders wusste. Weil sie selber schon ein uneheliches Kind gewesen war und ihre Mutter und wieder deren Mutter. Wie diese lange Kette. Dass sie in einen Angriffskrieg gegen alle diese Mütter verwickelt gewesen war. Dass sie für diese allein kämpfende Frau alle Rollen spielen hatte müssen. Dass in Österreich. Mit dem römischen Recht. Dass der Hausvater da. Dass der narzisstische Mann und Vater da staatlich hergestellt worden war. Und niemand hingegangen war und gesagt hatte, »Ihr müsst euch alle ändern.«

Im Gegenteil. Mit den Rechten und dem Kanzler Kurz und dem jetzigen genauso. Regieren und erziehen und bestimmen war eins. Da war kein Unterschied. Ihre Mutter. Ihre Mütterkette. Hätten die etwas anders machen können? Revoltieren? Sie hatte es selbst nur geschafft, weil das alles nicht mehr so wichtig gewesen war. Weil der Sex nicht mehr staatlich verwaltet wurde. Weil jeder mit jeder und jedem und jedes. Den Staat interessierten die Lebensarbeitszeitdurchrechnungszeitraumkonten für die Pension. Sie hatte die 15 Jahre für eine Mindestpension. Das war die Beschreibung ihrer Bürgerlichkeit.

Sie würde keine Mindestsicherung bekommen, weil sie bei ihrer Scheidung auf Unterhalt verzichtet hatte. Der

Staat bestrafte sie für ihre Großzügigkeit. Die Richterin hatte das gesagt, bei der Scheidung. Ob ihnen das klar sei? Und sie hatten genickt. Aber da waren sie so viele Jahre jünger gewesen. Sie musste lachen. Sie hatte Entscheidungen getroffen, aber die Umstände waren verändert worden. Ihre Entscheidungen waren falsch gemacht worden. Sie musste sich das vorsagen. Vorsagen. Einhämmern. Sich herausklauben. Kletzeln. Sie sah sich selbst aus einer klebrigen Masse in kleinen Stücken herausschälen. Und wie wenig übrig blieb. Und wurde doch ganz dahin gerechnet. Wenn sie als Herkunftsland »Österreich« eintrug. Da unten. In der Rezeption. Es war eine Wahrheit und vollkommen unrichtig.

Sie lächelte. Der Deutschprofessor. Der darauf bestanden hatte, dass falsch unrichtig heißen müsste. Er hatte den Kampf verloren. Unrichtig war falsch geworden. Und falsch war Fake. Und Fake war ein Kaleidoskop, und alles gescrambelt, und der Krieg die einzige Wahrheit, weil Mord nicht gefaket werden konnte. Alle diese Leute. In der Ukraine. Die Russen und die Ukrainer. Sie mussten diese Wahrheit beweisen. Und warum und wieso. Das war schon begraben. Niemand wusste genau, warum das alles geschah, weil alle mitmachten. Mitmachten und so ihr Heil suchten. Im Unheil.

Sie stand auf. Sie holte den Pullover aus dem Köfferchen. Zog sich wieder an. Schlang den Pullover über die Schultern. Nahm ihn wieder ab. Zog die Jacke aus. Die Haut im Gesicht. Über den Wangenknochen die Haut spannte. Juckte. Sie wusch sich das Gesicht. Cremte sich ein. Trug die Creme dick auf. Die winzige Tube leer. Sie schaute nach. Es gab eine Bodylotion vom Hotel. Sie musste eine Gesichtscreme besorgen. Eine kleine Tube. Wegen des Fliegens. Sie schaute in den Spiegel.

Unter den Augen. Die Wimpertusche nicht wirklich wasserfest. Sie machte das Handtuch nass und rieb die Wimperntusche ganz weg. Ohne Augen-Make-up. Sie sah jünger aus. Aber verwundbar. Ausgesetzt. Vulnerabel. Sie musste lachen. Es war gleichgültig. Diese Vorstellung. Als junge Frau. Als jüngere Frau. Mit dem Aussehen die Welt zu. Beeindrucken? Zu erobern? Wie war das für die Nizzi. Die schminkte sich gar nicht. Aber die war so dunkel. Die hatte diese dunklen Farben. Von ihrem Vater. Die sah so italienisch aus und war es so nicht. Als Italienierin. Sie hätte dieses sorgfältige Make-up haben müssen. Diese Betonung des Betonten. Das Augen-Make-up über den Masken. Das war schon lustig gewesen. Anzusehen. Jedenfalls.

Sie. Sie trocknete die Augen ab. Sie hatte es aufgegeben. Mit den Masken. Gerade noch Wimperntusche. Aber sie hatte ohnehin den Eindruck. Dieses Geschminke. Es machte alt. Das Make-up. Das betonte die Falten. Rann in die Falten zusammen. Machte die erst richtig sichtbar. Also blank, dachte sie. Nuda. Pura. Palese. Farblos. Die Tasche. Der Pullover. Die Zimmerkarte. Und weg, sagte sie sich. Weg. Hotelzimmerblues. Hinaus. Jetzt einmal. Sie musste sich müde gehen.

Sie ging die Stiegen hinunter. Traf niemanden auf dem Weg. Auf der Straße. Sie ging den Hügel hinunter. An der

Ecke. Der Eingang zum Restaurant des Hotels. Oswald kam um die Ecke. Er hielt eine Frau um die Schultern. Sie bogen in das Restaurant ein. Der Kellner. Ein älterer Mann. Er war in der Tür gestanden. Er trat zur Seite. Grüßte zurück. Lächelte. Freundlich. Konstanze konnte gerade noch sehen, wie Oswald die Frau vor sich herschiebend in der breiten Tür verschwand. Gleich verdeckt vom Kellner, der ihnen folgte.

Konstanze ging um die Ecke weiter. Sie musste nicken. Ja. So war das. Man sah den betrügenden Mann und ging weiter. Rief nicht seinen Namen. Konfrontierte ihn nicht. Man. Und sie ja auch. Sein Recht wurde nicht in Frage gestellt. Sie presste die Lippen zusammen. Sie glaubte es nicht, dass es Iris gleichgültig war. Und sie. Sie war auf beiden Seiten gewesen. Sie war betrogen worden. Sie hatte betrogen. Und immer war es selbstverständlich gewesen. Sie hatte nichts bedacht als ihre Wünsche. Ein Kampf jeder gegen jede war das gewesen. Und das Herzeleid? Musste die Nizzi das alles auch durchmachen? Wurde das Kind? Musste das Kind diese Nöte erlernen? Geschult werden im Drama des Begehrens?

Sie seufzte. Ihre Mutter hatte ihr noch Vorhaltungen machen können. Hatte sie zwingen können. Hineintreiben. In dem Schraubstock ihrer Erziehung war die Moral ihr als Gegnerin aller Lust vorgeführt worden. Die Moral war als. Ja. Doch dann eigentlich der Vater? Und ihre kleinen Betrügereien im Strom der allgemeinen. Und dann zur Schuld geführt. »Das hast du davon.« Die alten Formen niederreißen und sich in der Moral selbst einnisten.

Zu deren Beseitigung? Hatten die 68er das gemacht? Oder war das vorher? Die Nazis? Die Faschisten? So gesehen. Sie war eine Postfaschistin. Sie hatte sich auch mitten in die Moral gesetzt. Die Moral für ungültig erklärt. Als altmodisch. Als überkommen. Und ihre kleine Gesetzlosigkeit. Die Durchsetzung flüchtigen Begehrens. Es hatte ja nichts eine Dauer. Und die alten Gesetze. Die alte Moral. Das war falsch gewesen. Und unrichtig. Aber es war nichts verbessert worden. Nur anders gemacht. Wieder nur das Gegenteil. Nie war dem Schlachthaus entkommen worden. Sie auch nicht. Es war nur dieses Kind die Erlösung gewesen. Dann. Ihr Kind. Gegen allen Ratschlag. Die Befreiung aus der Wiederholung der Gier.

Sie war fast bei St. Peter angekommen. Strickwaren in einer Auslage. Kinderspielzeug in einer anderen. Da. Um die Ecke. Da war die Wohnung der Prinzens. Und das Restaurant vom Kindli. Das gehörte zu deren Welt. Sie bog in die Gasse ein. Mit der Geliebten da aufzutauchen. Wie ging es Iris damit. Konstanze läutete. Beim Krönchen. Keine Reaktion. Sie läutete ein zweites Mal. Lange. Wartete. Sie war sicher, Iris war da oben. Sie läutete noch einmal. Kurz. Der Türöffner ging. Sie schob die Tür auf. Stieg in den Lift. Der Lift stand. Sie wollte schon aussteigen. Da begann der Lift anzufahren. Sie ließ sich tragen. Sie würde Iris fragen, wie es ihr ginge. Persönlich. Nicht am Telefon. Sie wollte es sehen. Es ging sie alles überhaupt nichts an. Aber das konnte Iris ihr ja sagen.

Der Lift kam an. Sie stieß die Tür auf. Schaute sich um. Ging in das große Zimmer. Niemand. In Oswalds Büro.

Niemand. Sie ging in die Küche. Iris saß am Küchentisch. Lehnte sich gegen die Wand zurück. Lächelte. Das sei ja nett. Konstanze zu Besuch. Die schöne Konstanze. Sie sagte das böse. Böse lächelnd. Schlau lächelnd. Aber beschreibend. Als erzähle sie ein Märchen, und die böse Prinzessin wurde beschrieben. Sie wolle nur fragen. Konstanze kam nicht weiter.

Iris lachte. »Fragen.«, rief sie. »Fragen?« Sie lachte wieder. Grinste. Nickte vor sich hin. Iris war betrunken. Konstanze war in der Tür stehen geblieben. Sie ging an den Tisch. Nahm einen Stoß Bücher von einem Sessel. Setzte sich. Ja, nickte Iris. Es sei schon recht. Die Kochbücher auf den Boden. Die Kochbücher. Ihre Lieblingsbücher. Schlecht behandelt. Ja. Nichts anderes hatte sie von Konstanze erwartet. Konstanze seufzte. Wie hatte sie das nicht bemerken können? Und es ergab alles Sinn. So. Wie es aussah. Hier. Alkohol.

Sie brauche gar nicht so ernst dreinschauen. Iris hielt ihren Kopf mit beiden Händen. Die Ellbogen auf dem Tisch aufgestützt. Und Konstanze dürfe nur bleiben, wenn sie auch etwas trinke. Im Kühlschrank. Wein. Sie trinke Gin. Gin. Das sei das Hausfrauengetränk ihrer Wahl. Mit Gin. Wenn sie Gin trinke. Sähe Konstanze nicht, wie ihr dieser brombeerfarbene Hausmantel wüchse. Dieser brombeerfarbene Steppmantel aus Nylon der wüchse allen Gintrinkerinnen von selber. Das käme mit dem Gintrinken mit. Sähe Konstanze nicht, wie ihr die brombeerfarbenen Puschen an die Füße kämen? Mit Gin. Iris suchte auf dem vollgeräumten Tisch. Konstanze sah die Flasche auf der

Arbeitsfläche. Iris hätte aufstehen müssen. Sollte sie? Was war das Richtige? Alles so nehmen, wie es war. Es war Iris' Entscheidung. Aber da war wieder die Frage. Entschied sich jemand für den Absturz? War das überhaupt möglich? Oder war das ihre Gute-Mädchen-Hoffnung, dass immer alles gut werden konnte, weil es immer auch gut gewesen war? Ein bisschen. Wenigstens. Diese Hoffnung, dass nicht alles schlimm war? So durch und durch? Sie stand auf. Schaute zur Flasche hin. Sie setzte sich wieder.

»Was ist denn los?« Sie rückte vom Tisch weg. Streckte ihre Beine aus. Verschränkte ihre Arme. Iris sagte nichts. Sie wandte sich zur Seite. In Richtung der Flasche. Es war Supermarkt-Gin. Konstanze stand auf. Hob die Flasche an. Sie hatte recht gehabt. Es war eine Plastikflasche. Sie stellte sie wieder ab. Ging zum Sessel zurück. Gin aus einer Plastikflasche. Mikroplastik. Iris füllte sich mit Alkohol und Plastikkügelchen. Iris rutschte zum Ende der Bank. Konnte sich nicht aufrechthalten. Musste sich abstützen. Schwankte an die Wand gelehnt. Saß dann ruhig. Mit geschlossenen Augen. Dann erneut. Sie sank auf die Bank. Hielt sich am Tischrand fest. Schob sich hoch. Konnte sich nicht aufrichten. Hing schräg. An den Tisch geklammert. Legte den Kopf auf den Tisch. Schob den Arm unter den Kopf. Lag halb auf dem Tisch. Wiegte sich. Sprach zu sich. Murmelte vor sich hin. Konstanze konnte nichts verstehen. Was war zu tun? Sie stand auf. Ging rund um den Tisch. Beugte sich über Iris. Sie ging zum Sessel zurück. Setzte sich. Der Geruch. Urin. Altes und Neues. Spitzscharf und warmweich.

Sie weinte. Sie holte ihr Handy heraus. Schluchzend googelte sie Iris. Iris war 76 Jahre alt. Oswald war fünf Jahre jünger als sie. Sie versuchte die Nummer des Epyllion-Verlags. Das Festnetztelefon in Oswalds Büro war zu hören. Sie rief Iris an und ging auf die Suche nach diesem Handy. Sie musste immer wieder anrufen. Das Handy lag dann oben im Salon neben der Dachterrasse. Da wo sie Iris zurückgelassen hatte. Iris hatte sicherlich nichts gegessen. Sollte sie ihr etwas zu essen geben? Das Handy war gesperrt. Sie ging hinunter. Iris solle das Handy entsperren. Oder ihr den PIN sagen. Iris rollte den Kopf vom Arm und legte ihre Hände über ihren Kopf.

»Ich will den Oswald anrufen.«, sagte Konstanze. Iris reagierte nicht. Konstanze überlegte. Sollte sie die Nizzi anrufen? Wusste die, wie man ein Handy entsperrte? Die wusste doch alles über diese Dinge. Aber wahrscheinlich nicht. Und wie spät war es. Es war doch schon Abend. Noch nicht dunkel. Maiabend. Die längsten Abende. Lau und lind, fiel ihr ein. Ein Tisch im Freien und die linde, laue Luft. Sitzen, und die andere Person. Sie konnte nichts tun.

Das Handy. Die Batterie fast leer. Sie ging herum. Suchte. Im Büro. Im großen Zimmer, das einmal weiß gewesen war. Das Aufladekabel dann in der Küche. Gleich hinter der Flasche. Sie steckte das Handy an. Dann suchte sie in ihrem Handy das Restaurant vom Kindli heraus. Rief da an. Sagte, dass sie Herrn Prinz sprechen wolle. Der Herr Prinz. Der sei nicht da. Die Frau sprach das so singend. Melodisch. Schweizerdeutsch. Konstanze sagte, sie habe ihn doch ins Lokal gehen sehen. Da hatte die Frau schon aufgelegt. Sie musste dahin gehen und ihn holen.

Und Iris allein lassen? Ging das? Sie ging wieder zu Iris. Griff ihr unter die Schultern. Beim Hinaufzerren. Ob Iris einen Hausarzt habe? Wen Konstanze anrufen könne. Aber es war sinnlos. Iris hing schlaff nach vorne. Konstanze ließ die Frau wieder sinken. Sie musste sie an sich gedrückt hinaufziehen. Schluchzend vor Ekel. Sie öffnete die Tür neben dem Eiskasten. Eine Kammer. Besen. Kübel. Tücher. Regale mit Putzmitteln. An der Tür innen. Schürzen. Sie nahm eine Plastikschürze. Beige. Ein riesiger Hummer. Hummerrot. Sie band die Schürze um. Roch noch schnell daran. Es roch nur nach Plastik. Sie ging zu Iris. Schluchzte wieder. Griff der Frau unter die Arme. Schleppte sie aus der Bank. Schleppte sie ins große Zimmer. Stieß Bücherkisten zur Seite. Trat Bücherstöße aus dem Weg. Schleppte die Frau auf die Couch an der Stirnwand. Sie musste mit dem Fuß Bücher von der Couch schieben. Die Frau auf die Liege hieven zu können. Iris hatte die Augen geschlossen. Lachte leise. Ein Kind.

Konstanze suchte. Sie suchte nach einem Wohnungsschlüssel. Sie wollte im Haus fragen. Aber sie hatte Angst, die Tür könne zufallen. Oder sollte sie nicht einfach gehen. Iris war richtig gebettet. Sie hatte sie auf die Seite gedreht und ihr das eine Bein angewinkelt vorgezogen, dass sie so liegen bleibe. Sie hatte ihr einen Polster in den Rücken gestopft, sie zu fixieren. Am Erbrochenen nicht ersticken. Die Handtasche. Wo war Iris' Handtasche. Oben. Im Schlafzimmer. War Oswald ausgezogen? Es hingen keine Herrenkleider im Kasten. Konstanze fand Handtaschen. Ein ganzes Regal voll davon. In keiner ein Schlüssel. Sie ging wieder in Oswalds Büro. Im Computer. Vielleicht fand sie da seine Nummer. Sie scheiterte am Passwort.

Der Walkürenritt. Sie hörte den Walkürenritt. Den Anfang. Immer wieder. Sie stürzte in die Küche. Sie war zu spät. Auf Iris' Handy. Ein Bild von Oswald. »Verdammt.« Sie konnte nicht zurückrufen. Sie musste warten, bis er wieder anrief. Sie nahm das Handy und das Ladekabel ins Büro mit. Suchte nach Adressbüchern. Notizen. Nichts zu finden. Sie ging zu Iris. Die schien zu schlafen. Ihr Mund offen. Hinter den Lidern. Hinter den seidenpapierdünnen alten Lidern. Die Pupillen liefen hin und her. Iris träumte. Traumverloren, ging Konstanze durch den Kopf. Und wieder das Schluchzen. Sie schaute Iris an. Sie mochte sie nicht berühren. Dieser Körper. Das Leben darin. Sie hatte Angst. Die Angst, Iris könne die Augen aufschlagen, und alles war ein Spiel.

Okay, sagte sie sich. Das ist dein Trauma. Dass nichts sicher ist. Dass du nie sicher warst. Und das lassen wir jetzt sein, sagte sie sich. Laut. »Das lassen wir jetzt sein. Magisches Denken.« Aber die Angst blieb. Das Unberechenbare. Sie sah sich schlafen und die Frau behüten, und die Frau wachte auf und erstach sie. Was ist das nun wieder, fragte sie sich. Enthielt ihr Kindheitstrauma eine solche Bedrohung? Sie ging wieder in Oswalds Büro. Sie hatte das Licht aufgedreht. Sie ging in alle Zimmer. Drehte überall das Licht auf. Auch auf der Dachterrasse. Im Badezimmer. In der Toilette. In der Küche gab es noch das

Licht für die Arbeitsflächen. Sie drehte auch das auf. Der Walkürenritt. Wo hatte sie dieses Handy gelassen. Sie lief in Oswalds Büro. Antwortete.

Oswald ärgerlich. Was sie denn mache. Er könne sehen, dass sie alle Lichter angemacht habe. Sie solle das lassen. Sie solle schlafen gehen. Was denn los sei. Nun wieder. Konstanze redete. Er hörte ihr nicht zu. Sie musste schreien, dass sie es sei. Konstanze Felder. Könne er bitte zuhören.

Was sie denn da mache? Oswald war empört. Konstanze antwortete nicht. Er solle nach Hause kommen und sich um seine Frau kümmern. Sie war wütend. Oswald schnaufte. Sie solle gehen, sagte er dann. Iris. Das sei halt so. Einmal alle paar Wochen sei es so. Und er wohne schon lange nicht mehr da.

Das ginge nicht, sagte Konstanze. Iris. Sie sei so betrunken. Sie fände, Iris könne nicht alleingelassen werden. Sie solle gehen, antwortete Oswald. Man könne nichts machen. Er käme dann am Morgen und sähe nach dem Rechten. Konstanze fand keine Antwort.

»Das ist ungeheuerlich.«, sagte sie dann.

»Ja. Meine Liebe.« sagte Oswald. »So ist das.«, und legte auf.

Konstanze setzte sich zu Iris. Schaute Iris zu. Iris lag still. Dann plötzlich zuckten ihre Glieder und sie warf den Kopf herum. Versank wieder. So ist das, dachte Konstanze. Die Tränen rannen ihr aus den Augen. Dann ging sie und drehte die Lichter ab. Ließ nur die Stehlampe bei der Couch aufgedreht. Sie schob die Bücherstöße und Kisten auf dem Boden zur Seite. Bahnte einen Weg zur Couch.

Sie ging wieder hinauf. Brachte eine Decke aus dem Salon nach unten. Kaschmir. Türkis. Deckte Iris zu.

Sie saß. Sie war hungrig. Sie saß da. Sie kannte doch Alkoholiker. Alkoholismus. Das war doch eine Volkskrankheit. Bei ihr. Zu Hause. Da. In Wien. In Österreich. Alkohol. Sie selbst. Sie wurde lustiger. Und später dann aggressiv. Sie versuchte nichts mehr zu trinken. Aber das ging nicht. Nicht so leicht. Sie machte für sich keine Flasche auf. Aber es gab winzige Flaschen. Weinfläschchen. Die kaufte sie schon. Die trank sie. Nicht jeden Tag. Aber sie war auch so viel jünger. Kam eine dahin? So unvermeidlich. Sie stand auf.

»Nein.«, sagte sie laut und zuckte zusammen. Hörte Iris das? Sie setzte sich wieder. Im Haus gegenüber. Licht in den Zimmern. Vorhänge vorgezogen. Das Licht ging aus. Sie saß. Sie sollte lesen. Sie googelte. Holte sich Ratschläge für die Behandlung Betrunkener. Erste Hilfe leisten: Betroffene, die bei Bewusstsein sind, viel Wasser trinken lassen, weich und stabil lagern, wärmen, Atmung regelmäßig kontrollieren. Bewusstlose Patienten. In die stabile Seitenlage bringen, wärmen, Rettungsdienst rufen. Das war im Oktober 2021 ins Netz gestellt worden. Sie schaute nach. »Wann muss ein Alkoholiker ins Krankenhaus?«, stand da. Alkoholikerinnen kannten die nicht. Treten folgende Symptome einer Alkoholvergiftung auf, sollte umgehend ein Krankenwagen verständigt oder das nächstgelegene Krankenhaus aufgesucht werden: Bewusstlosigkeit. Störung des Bewusstseins. Atem- und Pulsunregelmäßigkeiten. Langsame, hörbare Atmung.

Sie ging an die Couch. War das langsame, hörbare Atmung? Wie sollte sie das wissen. Sie ging zu ihrem Sessel zurück. Hielt das Handy in der Hand. Wen konnte sie anrufen? Um Rat fragen. Es fiel ihr nur ihre Mutter ein. Die war Krankenschwester gewesen. Wie spät war es? Die gingen früh schlafen.

Sie rief an. Es wäre ein Notfall, sagte sie gleich. Aber es sei nichts mit der Nizzi. Sie wolle nur fragen. Sie habe eine Freundin so wahnsinnig betrunken vorgefunden und wisse jetzt nicht.

»Spital.«, war die Antwort. Sie könne sicher die Verantwortung nicht übernehmen. Und so. Von der Ferne.

»Langsames Atmen.«

Das sei sehr individuell. Das müsse man selber hören. Und nein. Facetime nicht. Konstanze solle die Rettung rufen. »Wer ist es denn?«, fragte die Frau.

»Die kennst du nicht.«, sagte Konstanze.

»Aber du bist nicht in Wien?«

»Nein.« antwortete Konstanze. »Und danke.«

»Lass dich nicht in etwas hineinziehen.«, sagte die Mutter und legte auf. Konstanze hielt das Handy. Wie immer. Abgekanzelt. Verkleinert. Unsicher gemacht. Würde sie da nie herauskommen? Sie schaute auf Iris. Presste die Lippen zusammen. Nicht gelungene Flucht. Iris war die Flucht nicht gelungen. Oder sie hatte nachhelfen müssen. Wie die Frau in dem Text. Sie alle. Sie selbst ja auch. Sie rannten immer noch ihren Kindheiten davon. Und war das nicht genug. An Elend. Mussten die Herren Putins und deren Helfer das Elend so manifest machen. Mit diesem Krieg.

Mit diesen Kriegen. Flucht in die Realität des Elends. Und war doch so greifbar. Immer.

Schritte. Sie sprang auf. Stand erschrocken still. Oswald kam ins Zimmer. Er war wütend. Ging an die Couch. Schaute auf Iris. Nickte. Er wandte sich ihr zu. Er sei jetzt da, sagte er. Sie könne gehen. Konstanze holte ihre Tasche aus der Küche und ging. Zuerst die Mama und jetzt der Ehemann, dachte sie. Viel wert bist du hier nicht.

Sie ging schnell. Sie ging zum Hotel zurück. Das Restaurant dunkel. Im Hotel niemand. Sie stieg zu ihrem Zimmer hinauf. Sie musste dringend auf die Toilette. Aber sie hatte in dieser Wohnung da drüben nicht auf die Toilette gehen wollen. Dann zog sie sich aus. Zog ihren Pyjama an. Zähneputzen. Gerade noch. Im Bett. Sie stellte den Wecker auf dem Handy auf 5.30 Uhr. Sie bestellte ein Uber für 6 Uhr zum Hotel. Kein Frühstück so früh. Sie war hungrig. Aber der Apfel. Sie war zu müde aufzustehen.

Sie schaute noch ins Fernsehen. Zappte die Kanäle durch. Auf CNN. Dunkel verhüllte Gestalten schlugen auf dunkelhäutige Menschen in einem orangen Schlauchboot ein. Drängten sie ins Wasser. Ein Gericht. Sie hatte nicht mehr gehört, welches das gewesen sein sollte. Dieses Gericht habe Griechenland schuldig gesprochen, Asylbewerber in der Ägäis ermordet zu haben. Konstanze schaltete ab.

Im Einschlafen. »Jetzt habe ich einem Mord. Beigewohnt.«, sagte sie laut ins Zimmer. Sie dachte an die Nizzi. Und wie die ihrer Nonna in Italien beim Sterben zuschauen konnte. Auf dem gespeicherten Facetime-Clip. Das Sterben überholt den Tod. So. Sfigati. Die Lebenden. Sfigati. Eterni.

Der Wecker. Sie war dann doch wieder eingeschlafen. Herausgerissen. Sie putzte die Zähne. Lange. Der schlechte Geschmack. Der Geruch. Die Erinnerung an den Geruch. Ein Pelz auf der Zunge. Ekel. Aber keine Zeit. Sie hastete. Duschte. Sammelte ihre Sachen. Nur die Unterwäsche neu. Die Bluse von gestern. Jacke. Hose. Pullover. Ihre Hände ungenau. Sie musste sich zwingen, das Säckchen für die Flüssigkeiten genau zu packen. Dass alles Platz hatte. Die liquids Flüssigkeiten obenauf. Hatte sie etwas vergessen? Sie warf die Decke zurück. Ging alles ab. Die Zimmerkarte. Verließ das Zimmer. Sie legte die Zimmerkarte auf die Rezeption.

Das Uber wartete schon draußen. Die Fahrt. Stumm. Sie schickte noch während der Fahrt die positive Beurteilung des Fahrers ab. Stieg aus. Alles ging schnell. Kaum jemand an der Sicherheitskontrolle. Drinnen. Sie musste auf die Bekanntgabe des Gates warten.

Sprüngli öffnete gerade. Sie stellte sich an. Wieder diese Reihe von Anzugmännern. Kaffee und Croissant. Sie setzte sich an die Panoramawand zum Rollfeld. Zu müde zum Denken, dachte sie. Sie schaute hinaus. Das war nun Zürich. Das war nun Zürich gewesen. Sie hatte keine Verbindung mehr. Mit Iris. Sie war die letzte Position der Zeit vor 15 Jahren gewesen. Das war 15 Jahre her. Das war hinter dem Pandemievorhang verschwunden.

Einen Augenblick. Die Erinnerung doch. Der Zustand von damals. Diese totale Verstrickung. Ins Leben. Lieben.

Lieben lernen. Das Kind klein. Jeder Augenblick eine Veränderung. Großwerden. Und keine Mühe gewesen. Wie sie befürchtet gehabt hatte. Wie ihr erzählt worden war. Wie anstrengend so ein Kind. Die Verantwortung. Aber die Mühe jetzt. Diese Mühe größer. Es war leichter gewesen, für den Kindergarten pünktlich zu sein. Und das auch Stress. Aber erfüllbar. Machbar. Sie konnte dieses Kind lieben, so viel sie wollte. Damals. Ja. Ja. Sie musste sich nur nach dieser Person richten, und alles wäre gut. Sie hatte keine. Capacity? Agens? Autorität? Sie wollte keine Macht über ihr Kind. Das hatte sie nie gewollt. Aber sie wollte eine Verbindung. Behalten.

Sie seufzte. Stand auf. Sie warf den Pappbecher und das Papiersäckchen in das Abteil »Papier« des Abfallbehälters. Ging zur nächsten Anzeigetafel. Ihr Gate. Es war im Bereich A, und sie brauchte 15 Minuten dahin. Sie ging los. Ging an den Auslagen vorbei. Goldleuchten und Diamantschimmern. Alles geschlossen. Sie wanderte zum Gate.

Noch einen Kaffee? Sie ging weiter. Nicht zu viel Kaffee. Besser nicht zu viel Kaffee. Sie setzte sich an das Gate. Nach und nach. Die Sitze füllten sich. Die Anzugmänner versammelten sich. Sie schaute sich um. Kannte sie jemanden? Alle stumm und vor sich hin. Sie schaute hinaus. Das Flugzeug stand da. Der Flug wurde wahrscheinlich nicht abgesagt. Sie wollte nicht in Zürich am Flughafen sitzen müssen und auf einen nächsten Flug umgebucht werden. Wie das jetzt üblich war. Dass Flüge einfach gestrichen wurden. Personalprobleme. Personalprobleme. Wenn sie das nur hörte. Der Shareholder-Gewinn. Wenn der verteilt werden würde und alle gut bezahlt würden. Die Personalprobleme wären rasch gelöst. Sie bekam ja auch nicht mehr für eine Übersetzung. Obwohl alles teurer wurde. Sie konnte nicht aufhören. Wie seltsam. Sie war zum Arbeiten gezwungen. Ihre Lebensentscheidungen hatten sie dahin geführt. Das gesamte Risiko.

Sie ging zur Toilette. Sie war allein da. Sie ließ das Rollköfferchen vor dem Toilettenabteil stehen. Alles frisch geputzt. Reinigungsmittelgeruch. Desinfektionsmittel. Sie wusch sich lange die Hände. Holte die Handcreme aus dem Säckchen. Cremte die Hände ein. Schaute sich im Spiegel zu. Sie war stolz auf ihre Dummheiten. Ihre Mutter nannte das Dummheit. Der Verzicht auf die Versorgung. Das Kind. Sie lächelte sich zu. Damit war sie gemeint. Sie war ja die Dummheit der Mutter. Deren uneheliches Kind. Sie. Sie hätte das nie sagen können. Alles, was gewesen war. Dieses Kind kam daraus. Selbst diese andere Geschichte damals. Nichts war unrichtig daran. Und auch nicht falsch.

Sie ging wieder hinaus. Setzte sich. Das Boarding war in 10 Minuten angekündigt. Die Businessclass-Passagiere kamen dann zuerst. Die Austrian Airlines. Streng klassenbewusst. Da durfte kein Unprivilegierter durch die Schranken. Und die Schranken wussten genau, wer was war. Wer wohin gehörte. Das ständische Bewusstsein aus der Monarchie. Immer noch. Und jetzt in den Maschinen verewigt.

Und sie sollte dieses Gespräch mit der Mutter endlich angehen. Und nicht die Nizzi fragen. Immer die Versuchung, die Nizzi auszuhorchen. Die Nizzi. Die wusste viel mehr als sie. Der hatte ihre Mutter erzählt. Längst und vor langer Zeit. Wie die Geburt gewesen war. Wie das mit diesem Mann gewesen war. Wie alles gewesen war. Sie. Sie war von ihrer Herkunft. Ihrer eigenen Geschichte ausgeschlossen. Es war ein Kampf. Ein Wettkampf. Sie sollte zusammenbrechen und fragen. Aber es war ihr Recht, alles über sich zu erfahren. Sie sollte es ohne Fragen bekommen.

Und dann. Iris. Wenn Leute alt wurden. Sie glitten davon. Es war gar nicht sicher, ob die selbst die Wahrheit noch kannten. Wussten. Die hatten ihre eigenen Geschichten. Das mit der Christina von der Iris. War das wirklich so gewesen? Sie war nicht sicher. Dem Herbert hatte die Mutter auch alles erzählt. Sie sollte die Geschichte, die der Herbert wusste mit der Geschichte vergleichen, die die Nizzi wusste. Mit dem Herbert. Die Mutter und er. Die trafen einander immer noch im Café Bazar. Wenn der Herbert im Sommer bei den Salzburger Festspielen war. Das war der ja. Immer noch. Wie er sich diese Wiederholungsschleife der Hochkultur geben konnte. Da war sie draußen. Das war das Beste an der Pandemie gewesen. Nichts. Gar nichts. Nicht einmal diese Wiederholungen. Es war auch genug, wenn die Maschinen am Gate das Standesbewusstsein aufrechterhielten.

Sie reihte sich ein. Hielt ihr Handy über den Scanner. Folgte. Ging nach. Wartete. Ging. Fand Platz für ihr Köfferchen. Setzte sich. Schnallte sich an. Sie wachte vom Aufsetzen des Flugzeugs in Wien auf. Gähnend. Sie saß weit vorne. Das Aussteigen nicht so eine Mühsal des Wartens. Draußen. Die Rolltreppen. Die langen Gänge. Sie lief. Ging so schnell wie möglich. Sie kaufte beim Anker Butterkipferln. Ein zweites Frühstück. Ging zur S-Bahn. Eilte. Nur zwei Minuten zur Abfahrt. Das Ticket. Die Türen schlossen sich hinter ihr. Der Zug voll. Fahrt zur Arbeit für die meisten.

Sie hatte einen Fensterplatz gefunden. Oben. Schaute auf die Felder. Die Baumreihen. Die Türmchen und Tanks der Raffinerie. Der Zentralfriedhof. Bäume und Gräber. Industriebaracken. Lagerhallen. Altwarensammlungen. Siedlungshäuser. Wohnblocks. Das Grün. Die Wiesen und Bäume. Es gab noch Fliederblüten. Gelbe Rosen bei einem der Siedlungshäuser. Frühling, dachte sie. Das saftige Grün. Die heißen Sommer, und alles vergilbt und vertrocknet. Die Nizzi hatte schon recht, sich in einer Klimaaktion zu engagieren. Der Stieglitz hatte das total missverstanden. Den hatte sie wieder nicht angerufen.

Im Bahnhof Wien Mitte. Ein Zug zum Praterstern. Sie ging zu Fuß weiter. Der Weg vom Bahnhof zur U2. Da war sie schon fast bei der Abzweigung Venediger Au. Und es war schön. In Wien. Sonnig. Kühl. Es hatte geregnet in der Nacht. Alles frisch und neu. Es war noch Morgen. Das war das Angenehme an diesen frühen Flügen. Es blieb der ganze Tag. Sie musste einkaufen. Samstag. Obwohl sie immer einkaufen konnte. Am Praterstern. Das war weiter weg. Die Frage, was sie essen sollte. Wie den Sonntag.

Vor dem Haus. Der Haustorschlüssel tief in der Tasche. Am Lift das junge Paar mit dem neuen Baby. Der Mann trug das Kind in der Schlinge. Sie lächelte den beiden zu. Wie alles so ginge? Die beiden lächelten nur. Schwebten davon. War sie auch so aufgelöst gewesen? Die Nizzi. Da hatte das mit den Schlingen erst angefangen. Sie hatte die Nizzi in ein Tuch gebunden getragen. Und ja. Das war so ein Gefühl gewesen. Schweben und ins Leben gebunden. Lebendig. Sie kam oben an. Stieg zu ihrer Wohnungstür hinunter in den Zwischenstock. Freute sich. Die Tür hinter sich zu und die Welt draußen lassen. Was das für ein Glück war. So ein Ort für sich allein. Niemand. Sie überlegte. Sie hätte mit keinem ihrer. Ehemann oder Geliebter. Die Wohnung teilen.

Sie sperrte auf. Sperrte hinter sich zu. Sperrte sich ein. Zog die Schuhe aus. Haussandalen. Ging auf die Toilette. Ging sich die Hände waschen. Wusch sich die Hände nach Vorschrift. Pritschelte. Das war Pritscheln und verboten gewesen. So viel Wasser zu verschwenden. Und das würde wiederkommen. Wasser sparen. Sie legte den Koffer auf den Vorzimmerboden. Räumte den Koffer aus. Stellte den Koffer zu den Besen ins Kämmerchen. Hygiene. Sie hatte einmal gelesen, was sich alles auf den Rollen eines Rollkoffers ansammelte. Die Fäzes hatten sie am meisten verstört. War so viel Scheiße auf den Straßen? Aber die Hunde? In der Pandemie waren es noch mehr geworden. Sie ging ins Schlafzimmer. Stolperte. Drehte das Licht auf.

»Nizzi?« Sie setzte sich an den Bettrand. »Was machst denn du da?«

VI.

Oma Christl denkt nach,
ob sie einen Brief schreiben soll.
Oder nicht.
24. September 2022.

Ein Brief? Nach meinem Tod zu öffnen? Ihr sagen. Ihnen sagen. Es betrifft ja dann die zwei. Und müsste ich dann zwei Briefe schreiben. Oder sagen? Aber das kann ich nicht. Der Nizzi vielleicht. Aber wie schaut man einem Kind in die Augen und sagt so etwas? Und nie hätte ich gedacht, dass es notwendig sein könnte. Und ist es notwendig? Aber irgendwie. Muss man die Wahrheit wissen? So vollkommen sicher. So richtig vollkommen sicher ist das doch nie. Das mit der Wahrheit. Mir hat es die Mama ja auch nicht gesagt. Also so richtig. Und vielleicht. Ich hätte sie nicht fragen sollen. Was hat es mir geholfen, sie zu fragen. Ich habe es ja gewusst. Die Wiener. Die Verwandten in Wien. Die Leute da. Die haben es uns wissen lassen. Mich. Mich haben sie es wissen lassen. Vor der Mama. Da haben die nie. Mai 1945. Anfang Mai. Das lässt sich ja errechnen.

Gegen die Xerostomie haben die in Italien da nichts gemacht. Sterben lassen. Dabei war es nicht schlimm. Aber das kann ich der Nizzi nicht sagen. Dann denkt die wieder, ich bin eifersüchtig. Und das bin ich ja auch. An mich wird sie nicht so denken. Es wird wie immer sein.

Ich habe alles gemacht, und niemand bemerkt es. Die unsichtbare Person. Das bin ich. Das war ich ja auch für den Meszaros dann. Die unsichtbare Person mit dem unsichtbaren Kind. Aber hätte ich der Konstanze. Hätte ich sie da hinbringen müssen. Bevor der gestorben ist. Da habe ich mich nach ihr gerichtet. Das sieht sie nicht so. Das wird sie nie so sehen. Wie sehr das für sie war. In dem ganzen Pallawatsch.

Und jetzt geht der weiter. Der Pallawatsch. Wenn die nicht diesen Krieg angefangen hätten. Wir hätten nie wieder darüber nachdenken müssen. Und warum hat sie es nicht gesagt. Wie das war. Die Mama. Wie das gewesen war. Spätestens bei der Konstanze dann. Es war doch vielleicht dasselbe. Und wenn es eine Vergewaltigung war. Oder so etwas dazwischen. Das ist doch alles nicht so. Klar? Und eigentlich. Wenn es nicht passt. Dann könnte man jeden Geschlechtsverkehr eine Vergewaltigung nennen. Und manchmal. Man rutscht doch so hinein. Mag nicht. Mag gar nicht. Mag ein bisschen. Das ist heute besser. Die wissen das besser. Die Nizzi. Lebt mit einem Mann zusammen und muss sich nicht so nebenbei und versteckt herumdrücken. Das ist gut. Das ist gut so. Die müssen sich nicht selbst betrügen, um zu was zu kommen. Sich die Liebe erfinden, damit man es machen darf. Das war schon richtig, dass die Nizzi und der Jonas. Und man redet gleich anders mit denen, wenn die so erwachsen leben. Das ist schon lustig. Wie sich da gleich alles ändert.

So gesehen ist das mit der Wahrheit schon richtig. Bei der Konstanze. Da haben wir alle noch geglaubt, es muss in aller Ordnung. Aber das waren andere Zeiten. Und der Franz war keine Hilfe. Immer in Schutz genommen hat er sie, und wir haben gestritten. Der Franz. Und das macht der immer noch. Und sie ruft mich weiter nur an, wenn sie etwas braucht. Und sonst nicht. Kein freundliches Gespräch. Mit der Konstanze. Darüber reden? Die ist doch noch immer 16 und muss sich wehren. Das ist ihre Generation. Nur ja nicht erwachsen werden. Die Härte des Lebens. Das reden die weg. Und jetzt werden sie das ja doch lernen müssen. Mangel. Das kennen die nicht. Wie werden die das machen? Die Nizzi kommt sofort nach Salzburg zurück. Die hat kein Problem damit. Aber ihre Mutter. Die kann zu ihrer Mutter nicht zurück. Die wird in Wien frieren und das Caesium einatmen, nur damit sie nicht zu mir zurückmuss.

Und ich meine es nicht so. Ich möchte, dass es ihr gut geht. Das habe ich immer gewollt. Und ihr das alles erspart. Und jetzt stellt sich die Frage wieder. Muss sie wissen, woher sie kommt, wenn sie von diesem Russenkrieg strahlenverseucht keine Luft mehr bekommt? Oder erfriert, weil sie ihre Mutter hasst und deshalb nicht zu der und ihrem Kachelofen ziehen konnte.

Und wie das wieder stimmt. Ziehen. Hinziehen. Herziehen. Das machen die mit uns. Die ziehen uns herum. Puppenspiele mit uns sind das. Tödliche Blödeleien. Da muss doch nur einer betrunken eine Granate in so ein Atomkraftwerk schmeißen. Oder jemand sich für irgendetwas rächen. Da muss keine große Strategie erfunden werden. So ein Krieg. Da passieren die Sachen. Da passieren die

Sachen so irgendwie. Wie ich. Ich bin ja auch so irgendwie. Und es lässt sich nichts sagen. Die Mama hat sich nur weggedreht, wie ich sie gefragt habe.

Aber das war auch viel zu spät. Die Hirnmetastasen. Längst. Zerstört. Aber Luftbefeuchtung hat sie gehabt. Und genug Opium. Das haben sie bei der italienischen Oma nicht gemacht. Die haben die austrocknen lassen. Das darf man der Nizzi nicht sagen. Und deshalb habe ich keine Patientenverfügung. Die machen dann gar nichts mehr. Das konnte man sehen. Auf diesem Facetime-Video von der Nonna. Wie die Nonna stirbt. Kein Tropfen Flüssigkeit gegen den trockenen Hals. Die ausgetrockneten Lippen. Das macht doch so große Probleme. Diese Trockenheit am Ende. Und dagegen kann man so viel machen. Das haben wir besser gemacht. Obwohl. Da bin ich froh, dass ich nicht mehr im Spital arbeite. Die haben so viel mehr Patienten und noch weniger Zeit. Die sind total überlastet. Das war schon vor dem Covid so.

Wahrscheinlich haben die da in Italien gemacht, was sie konnten. Aber wenn das nicht ausreicht? Das ist doch der Satz, den man immer hört. Eine Ausrede ist das. Eine blanke Ausrede von denen. Von diesen. Deppen. Das sind doch alles Deppen, die uns in diesen Krieg hineinreiten. Und unser Bundeskanzler. Der macht sich zum Deppen, damit er nicht blöd dasteht. Unter seinesgleichen. Aber seinesgleichen, das sind nicht wir. Ich kenne niemanden, der diesen Krieg will. Der in diesen Krieg will. Und jetzt machen sie sich über die Deserteure in Russland lustig, statt sich zu freuen, dass es Männer gibt, die nicht töten wollen. Die haben da überhaupt keinen Rückhalt. Diese Zelenskys. Die wollen doch nur keinen Frieden. Der hat da seine Rolle, und die Oligarchen aus der Ukraine gehen zu den Salzburger Festspielen und brauchen zwei Parkplätze für ihre SUVs in der Untersberg-Garage.

Das hätt ich mir schon gedacht, dass es so glatt wiederholt nicht geht. Gehofft hätte ich das. Die Wahrheit. Das ist doch die Wahrheit. Die ukrainischen SUVs in der Untersberg-Garage. Die haben das Geld auch von ihren Leuten gestohlen. Und die armen Teufel, die in den Krieg müssen. Und ich weiß nichts. Es könnte ein Halbbruder von mir dabei sein. In jedem Fall haben wir Verwandte in Russland. Oder in der Ukraine. Oder in beiden Ländern.

Aber das ist Krieg. Dass man das alles nicht weiß. Nichts wissen kann. Darf. Blind gemacht. Es ist nicht wichtig. Es fehlt mir nichts. Ich muss nicht nach meinem Vater auf die Suche gehen. Das hätte die Mama machen müssen. Damals. Aber da hat sie keine Zeit gehabt. Ein Kind allein durchbringen. Damals. Da war das eine Tragödie. Die hat von Wien weg flüchten müssen wegen mir. Die hat sich sicher eine Fehlgeburt gewünscht. Einen Fingerzeig Gottes hätte die sich gewünscht.

Das weiß die Konstanze ja auch nicht. Dass ich weiß, dass die Rechnung für die Abtreibung für die Marielies war. Da hat die Konstanze ihren Namen hergegeben. Da sage ich ja auch nicht, dass ich es weiß, weil sie es so will. Dass ich glaube, sie hat eine Abtreibung gemacht. Damit ich mich bestraft fühle. Weil sie das braucht, sich gegen mich zu wehren. Da bin ich ja auch still. Das mit der Abtreibung. Das bräuchte es heute nicht mehr. Heute ginge das gar nicht mehr so. Mit der e-card. Und alle registriert und überwacht. Aber es wäre auch nicht mehr so ein Tabu wie 88. Eine Abtreibung. Das ist auch anders geworden. Obwohl. Manchmal. Auch da die glatte Wiederholung von damals. Und bis heute. Das Fristengesetz hat immerhin 50 Jahre gebraucht, ein bisschen normal zu sein.

Und ein Brief. Ein Brief. Schriftlich. So schriftlich. Und wie sagt man so etwas. »Ich bin ein Russenkind.« Und vielleicht war das ein Ukrainer. Oder ein Georgier. Und jetzt gerade. Da passiert das ja weiter. Kriegsbestandteil. Ich bin ein Kriegsbestandteil. Darf ich da überhaupt gegen Krieg sein? Wenn ich dem Krieg meine Existenz verdanke. Das Leben ja nicht. Das hat meine Mama gemacht. Aber die Existenz. Dieses ganze Gewurschtel. Alles wieder von vorne. Das war doch alles vergessen. Begraben. Wir haben doch keinen Augenblick an diese Dinge denken müssen. Nicht eine Sekunde ist mir der Gedanke gekommen. Aber wenn ich schon so nachdenke. Es hätte auch einer von denen sein können. Ein Deutscher? Oder ein Wienerischer.

Und das Recht auf Herkunft. Da müsste halt alles freundlich zugehen. Wer will auf Kriegshandlungen zurückgeführt werden. Nein. Ich darf es ihnen nicht sagen. Die Wahrheit von so einem Krieg. Das ist die reine Zwangslage. Das ist ja so schrecklich. Dass niemand eine Entscheidung getroffen hat. Eine Entscheidung treffen hat können. Getrieben. Alle. In den Maitagen 1945. Im April. 168 000 tote Russen waren das. Bei der Befreiung von Wien. Steht auf

Wikipedia. Eine einzige Gejagtheit. Da gibt es kein Wissen, und dann gibt es keine Wahrheit. Nur die Tatsachen. Und dass es mich gibt, dass wissen die zwei ja.

Und nein. Ich werde keine Nachrichten nach meinem Tod. Hinterlassen? Vielleicht ergibt es sich. Aber niemand von denen, die das alles auslösen. Keiner von diesen Verbrechern da oben hat es verdient, dass die zwei sich kränken. Oder nachdenken müssen. Und am Ende. Ich weiß es ja auch nicht. Und es ist doch ansteckend. Diese Lügerei. Die ist doch ansteckend. Die ist die wahre Pandemie. Eine Wahrheit. Die wird in dieser ganzen Lügerei ohnehin wieder nur eine weitere Lüge. Das geht ja gar nicht anders. Lügen stecken an. Lügen übertragen sich. Die Wahrheit kann das gar nicht. Sich übertragen wie eine Infektion. Wahrheit ist so endgültig. Da kann man sich nichts anderes mehr vorstellen. Ausdenken. Hoffen. Da gibt es dann keine Hoffnung mehr. Da sind die Lügen großzügiger.

Und wir werden eine Kreuzfahrt machen. Der Franz und ich. Ganz gleich was kommt. Nordkap. Das möchte ich sehen. Und so ein Kreuzfahrtschiff. Das ist so eine Welt für sich. Da ist alles geregelt. Wir werden Kreuzfahrten statt der Gartenreisen machen. Wenn die Bäume alle sterben und die Gärtner auch nur lügen. In Kew. »Die kommen wieder.«, sagt die Fremdenführerin von Kew Gardens, und wir sehen gleichzeitig, dass die Bäume tot sind. Die Lawsoniana »Filifera«. 1887 gepflanzt. Nein. Das brauche ich nicht mehr. Chamaecyparis filifera. Tot. Bleich. Wenn Bäume sterben, dann werden die auch leichenblass. Und die will uns einreden, dass es nicht so ist. Nein. Die Wahrheit.

Wahrscheinlich ist das ohnehin nur der Tod. Dann ist die Wahrheit ein toter Baum. Ein leichenblasses ausgedorrtes Gehölz. Das muss ich meiner Nizzi nicht zumuten.

Dass wir uns so herumwerfen lassen müssen. Vom Lauf der Welt gelaufen werden. Wie die mit uns umgehen. Aber würde es etwas helfen, wenn die Konstanze wüsste, dass es ihre Halbbrüder sind. Im Krieg. Dass sie von Verwandten die Wiederholung von Tschernobyl geliefert bekommt. Die Nizzi könnte ja auch nach Italien gehen. Da kommen die Strahlen vielleicht nicht so hin. Obwohl die so viele Atomwaffen von der Nato in dem ganzen Land haben und es wieder die Verwandten dort sein könnten, die. Das ist alles so ein Durcheinander. Da hat kämpfen gar keinen Sinn. Das macht alles immer noch mehr durcheinander. Es müsste geredet werden. Briefe geschrieben. Informationen ausgetauscht. Aber allein. Einzeln. Da hat das keinen Sinn. Da bleibt immer nur die Flucht.

Und ich habe schon so gut geschlafen. Darüber hinweg. Friedlich. Ich habe meinen Frieden gemacht. Meinen Frieden gemacht gehabt. Mit der ganzen Katastrophe. Aber nein.

VII.

Veronica liegt auf dem Bett im Schlafzimmer. Konstanze sitzt auf dem Bettrand. Sie schaut auf Veronica. Steht auf. Geht zum Fenster. Zieht die Vorhänge weg. Schaut sich um. Sie geht ins abgedunkelte Wohnzimmer. Lässt die Außenrollos hinauf. Licht flutet auch durch die Tür ins Schlafzimmer.

KONSTANZE. *(aus dem Nebenzimmer)* Hast du gut geschlafen?

VERONICA. *(streckt und dehnt sich im Bett)* Und du?

KONSTANZE. *(kommt ins Schlafzimmer zurück)* Nicht so gut. Du weißt schon. Dieses frühe Aufstehen für die Flüge. Und es war auch nicht erfreulich. Weißt du.

VERONICA. *(verschlafen)* Wie spät ist es denn? *(sie sucht nach ihrem Handy. Findet es auf dem Boden neben dem Bett. Öffnet das Handy)*

KONSTANZE. Das mit dem Reisen. Das ist nicht mehr lustig … Müssen wir uns das abgewöhnen?

VERONICA. *(schaut auf das Handy)* Fliegen sollst du ohnehin nicht mehr.

KONSTANZE. Mit dem Zug? Ja. Wahrscheinlich. Oder nur mehr Zoom? Aber weißt du? Dann wüsste ich gar nichts. Ich hätte das mit der Iris Prinz besprochen und wüsste sonst nichts weiter. Und so? In real. Na gut. Ich weiß, dass es keinen Sinn mehr macht. Dieses Projekt ist auch … Erledigt. Mehr oder weniger.

VERONICA. *(schaut auf das Handy)* Wieso?

KONSTANZE. Ja. So halt. Wenn ich gezoomt hätte. Ich würde heute den Text genau durchgehen. Mich mit einer Einleitung abquälen. Wo ich doch ohnehin gegen diesen Text bin. Immer noch. Aber ich würde es machen. Und jetzt weiß ich, dass das nie zustande kommen wird und ich mein Geld nicht bekomme. Da ist. Da ist halt alles vorbei. Auch.

VERONICA. *(schaut auf das Handy)* Die habe ich doch gekannt. Oder?

Konstanze hat ihr Köfferchen im Vorzimmer hingelegt. Aufgemacht. Beginnt auszuräumen. Spricht aus dem Vorzimmer.

KONSTANZE. Das hast du. Wir waren da. Bei denen. Auf der Dachterrasse. Die hatten eine Gartendusche da oben. Erinnerst du dich? *(kommt ins Zimmer. Steht vor dem Bett)*

Ich kann es noch gar nicht glauben. Die Iris … War die damals auch schon? Und die Christina? Ich habe mir nichts gedacht … Die war halt auch da. Ich dachte, die ist so eines von den Sozialprojekten von der Iris … Du warst schon noch sehr klein. Damals.

VERONICA. *(schreibt auf dem Handy)* Was? Was? Nichts gedacht? Du hast dir nichts gedacht?

KONSTANZE. *(geht ans Fenster. Schaut hinaus)* Schön wird es werden. Sollen wir etwas machen? Einen Ausflug? Ich möchte längst einmal nach Schlosshof. Da müssten wir nur bald aufbrechen. Da gibt es einen Bus um 11 Uhr.

VERONICA. *(legt sich wieder zurück)* Nicht bald aufbrechen. Bitte nicht.

KONSTANZE. Etwas anderes anschauen …

VERONICA. *(zieht die Decke über den Kopf)* Nein. Kein Schloss.

KONSTANZE. Du kannst dich als Prinzessin fühlen. Das ist doch auch lustig.

VERONICA. *(unter der Decke)* Das ist doch Prinz Eugen. Oder? Der war doch schwul. Oder? *(setzt sich auf)*

KONSTANZE. Ich glaube ja. Was meinst du?

VERONICA. Prinzess*innen. Dann muss man das anders sagen.

KONSTANZE. Na wenn du gendern willst. Dann solltest du aber nicht »man« sagen. Dann wäre es besser zu sagen, »Dann muss das anders gesagt werden.«.

Veronica legt sich wieder hin und zieht die Decke über den Kopf.

VERONICA. Besserwisserin. Schau. Die haben eine Mindestleistung eingeführt. Man wird von der Uni rausgeschmissen, wenn man nicht eine Mindestleistung bringt.

KONSTANZE. *(lacht)* Ins Joch gespannt? Ja? Nur ja keine Freiheit? Angestelltenstaat? Arbeit. Urlaub. Pension. Und nur ja keinen Gedanken machen. Wie ich das …

VERONICA. … hasse. Mir ist das wurscht. Ich werde ohnehin nur 40 Jahre alt. Ich kümmere mich um so etwas nicht mehr.

KONSTANZE. Was heißt, du wirst nur 40 Jahre alt?

VERONICA. *(schaut auf ihr Handy)* Na, die Welt geht doch unter. 2050. Ihr macht doch nichts. Wir segeln gemütlich in die Katastrophe. Da ist es mir doch völlig gleichgültig. Mindestleistung. Wie lustig.

KONSTANZE. *(böse)* Und das von einer Regierung, die selber die Mindestleistung nicht erreicht. Gott. Wie ich das hasse.

VERONICA. Nicht Gott. Bitte.

KONSTANZE. *(nachdenklich)* Es ist eigentlich alles schrecklich … Diese Leute da. Die haben mich total … Also … Wie die …

Veronica hat sich wieder aufgesetzt. Sie schaut auf ihr Handy.

VERONICA. Erzähl mir nichts. Ich bin selber deprimiert.

Konstanze geht hinaus. Sie holt Sachen aus dem Köfferchen im Vorzimmer. Legt Unterwäsche in die Lade zurück.

KONSTANZE. Du hast Wäsche gewaschen?

VERONICA. *(schaut auf ihr Handy)* Ja. Und ich habe deine lieber nicht dazugenommen.

KONSTANZE. *(lacht)* Da bin ich dankbar.

VERONICA. *(schaut auf ihr Handy)* Ja. Es tut mir leid.

KONSTANZE. Ich habe kein einziges weißes T-Shirt mehr. Rote Socken in der Weißwäsche.

VERONICA. *(schaut auf. Ironisch kindlich)* So schöne rosarote T-Shirts hat die Mami.

Konstanze lacht. Sie macht sich im Badezimmer zu schaffen. Aus dem Badezimmer.

KONSTANZE. Ich brauche einen Kaffee. Du auch? Oder wollen wir frühstücken gehen? In die Stadt? *(kommt ins Zimmer zurück)* Dann sollten wir einen Tisch reservieren. Es geht nicht ohne Reservierung. Es sind so viele Lokale geschlossen. Nach der Pandemie … Das war in Zürich auch zu sehen. Die staubigen Auslagen von geschlossenen Geschäften. Sogar in der Bahnhofstraße. Aber in Zürich. Da sind sie natürlich sauber verklebt.

Veronica hat sich hingelegt. Schaut im Liegen auf ihr Handy.

VERONICA. Hast du mit dem Stieglitz geredet? Eigentlich?

KONSTANZE. *(setzt sich wieder an den Bettrand)* Das wollte ich dich fragen. Was ist denn das? Der hat mir eine sehr seltsame SMS geschickt.

Veronica setzt sich auf. Sie schaut auf ihr Handy.

VERONICA. Was will er denn von dir. *(schaut auf.)* Ja. Ja. Ich weiß, was er von dir will. Aber er soll mich in Ruhe lassen. Nur weil er das alles mit Italien macht, deshalb kann er mich nicht erziehen.

KONSTANZE. Erziehen? Wie soll er dich erziehen? Was meinst du?

VERONICA. *(tippt auf dem Handy)* Du. Er hat mich aus einer Demonstration herausgeholt. Ich bin nur mitgegangen, weil die Polizei ohnehin gerade gekommen ist. Aber er hat so krasse Ansichten ... Und er braucht nicht glauben, weil du. Weil ihr ... Also ich bin nicht seine Tochter.

KONSTANZE. Was meinst du? Sag? Was du meinst, frage ich.

VERONICA. Nichts. Nichts.

KONSTANZE. Was hat die Christl? Was hat die dir erzählt.

VERONICA. Nichts. Nichts.

KONSTANZE. Das hoffe ich auch. Da gibt es nämlich nichts zu erzählen. Bitte. Schau nicht so. Das war alles ganz anders.

VERONICA. Du Mami. Es interessiert mich nicht. Das war alles. Das war doch vor meiner Zeit. Du kannst machen, was du willst.

KONSTANZE. Nein. Kann ich nicht. Es geht immer auch um dein Leben.

VERONICA. Aber ich will es nicht wissen. Verstehst du. Ich will nicht wissen, ob du eine Abtreibung von einem Kind vom Stieglitz gemacht hast oder nicht.

KONSTANZE. Aber das war doch eine Fehlgeburt. Das war doch die Tragödie. Um Gottes willen. Was hat dir die Christl da erzählt. Ich. Ich. Das ist. Ja. Und der Roman …

VERONICA. Dass der Stieglitz Roman heißt. Ich sage es immer auf der ersten Silbe. Dann stimmt das ja. Ach Mami.

KONSTANZE. Lass nur. Ich kann immer noch schockiert werden. Von deiner Großmutter. Bitte vergiss das mit der Abtreibung. Das. Pfhhhh. Da muss ich …

Konstanze läuft ins Badezimmer. Sie wäscht sich das Gesicht kalt ab. Schaut sich in den Spiegel. Das Wasser rinnt von ihrem Gesicht ab. Ein großer Tränenschwall. Sie trocknet sich das Gesicht. Sie ruft ins Schlafzimmer.

KONSTANZE. Die Polizei? Was heißt das?

Veronica lehnt sich wieder zurück und textet und scrollt.

VERONICA. Ja. Die Polizei. Ich bitte dich. Wir sind total friedlich.

KONSTANZE. Kannst du bitte dieses Handy einmal weglegen und mit mir reden? Was soll das heißen? Die Polizei.

Veronica hält kurz inne, dann macht sie mit dem Handy weiter.

VERONICA. Du. Es geht ums Klima. Da wirst du doch nichts dagegen haben. Da kann auch der Onkel Roman nichts dagegen haben.

KONSTANZE. *(setzt sich ans Bett)* Lass den Stieglitz jetzt einmal aus dem Spiel. Du hast mir immer noch nicht erklärt …

VERONICA. *(schaut gelangweilt auf)* Warum kommt ihr zwei eigentlich nicht zusammen?

KONSTANZE. Weil das eben nicht geht. *(steht wieder auf. Geht in die Küche. Von dort)* Willst du jetzt einen Kaffee? Und dass mit dem Stieglitz. Das ist. Eine Arbeitsgemeinschaft ist das. Geworden.

VERONICA. *(sitzt und schaut beim Fenster hinaus)* Ja? Und hast du Mandelmilch?

KONSTANZE. *(aus der Küche)* Hab' ich. Ja … Hast du mit Salzburg geredet? In der letzten Zeit?

Veronica antwortet nicht. Sie legt sich der Länge nach auf den Bauch. Schaut auf das Handy. Konstanze kommt aus der Küche. Bleibt in der Tür stehen.

KONSTANZE. Was heißt das eigentlich. Du weißt nicht einmal, ob du eine Frau sein willst?

Veronica schaut weiter aufs Handy. Währenddessen.

VERONICA. Na weil es mir zu blöd ist. Halt.

KONSTANZE. Was »es«?

VERONICA. Na dieses ganze Zwicken und Zerren und Ziehen. Wozu diese ganze Quälerei. Monatlich. Und das Kopfweh dazu … Ich versteh die alle, die das unterdrücken.

KONSTANZE. Es ist halt der Preis.

VERONICA. Ganz schön teuer. Die Sache mit dem Frausein. Danke. Danke vielmals. Und alle schauen dir nach und glotzen. Es ist eine einzige Belästigung. Und nie Ruhe.

KONSTANZE. Tja. Ich muss zugeben. Es ist nett, dass nicht mehr … Aber es gibt dich. Ich meine. Du bist der Preis. In gewisser Weise. Du wiegst alles auf. Und das wird für dich auch so …

VERONICA. … nicht sein. Wer soll Kinder haben wollen. Ich bitte dich. Wir können uns das sicher nicht leisten.

KONSTANZE. So darf man das nicht überlegen.

VERONICA. Könnt ihr endlich einmal den Ernst der Lage einsehen?

KONSTANZE. Aber als Mann? Was wäre da besser? Dann musst du in diese Pissoirs gehen und den Schweiß …

VERONICA. Das … Manifest habe ich auch gelesen. Danke. Ehrlich. Ich will eigentlich gar kein Geschlecht haben, bis ich es mir aussuchen kann.

KONSTANZE. Ach mein Schatz. Ich dachte …

VERONICA. … Nein. Es hat mit dem Jonas nichts zu tun. Im Gegenteil. Deshalb weiß ich ja, dass ich nichts will.

KONSTANZE. Erzähl mir doch nichts. Das war zu früh. Diese Scheißpandemie. Ihr wärt doch sonst nie zusammen …

Veronica legt das Handy weg und legt sich wieder in die Pölster zurück.

VERONICA. Ach, Mami.

Lange Pause. Konstanze steht in der Tür. Veronica liegt im Bett. Die Arme hinter dem Kopf verschränkt.

KONSTANZE. Ich hab' schon lange nichts gehört. Also. Ich habe die Mama angerufen. Gestern. Aber wir haben nicht wirklich geredet. Die haben es immer noch nicht gehabt. Oder?

VERONICA. Die Oma Christl ist der Fels in der Brandung. Wie immer.

Konstanze sagt nichts. Sie geht wieder in die Küche. Veronica setzt sich auf.

VERONICA. *(ruft)* Du bist auch ein Felsen in der Brandung.

KONSTANZE. *(aus der Küche)* Grazie mille. Aber danke. Und bitte keine Vergleiche.

Veronica setzt sich auf. Sitzt mit gekreuzten Beinen auf dem Bett. Schaut vor sich hin. Konstanze kommt mit zwei Tassen Kaffee ins Zimmer. Sie gibt Veronica eine. Sie dreht sich den Sessel vor dem kleinen Schreibtisch herum. Setzt sich. Schaut Veronica an.

KONSTANZE. Und Italien? Bis du sicher?

VERONICA. *(gelangweilt)* Ich wollte, du … Ach. Lassen wir das.

KONSTANZE. Na. Du kannst dir das ja immer noch überlegen.

VERONICA. *(nimmt ihr Handy wieder auf)* Das ist doch das Schreckliche. Die bleiben deine Familie. Die sind das für immer.

KONSTANZE. Ja. Aber ich wüsste nicht, wie das anders gehen sollte … So eine kleine Person. So ein Kind. Das braucht diese Umgebung. Ohne die. Da geht das nicht. Und dann sind die eben da.

VERONICA. Oder eben nicht.

KONSTANZE. *(nach langem. Besorgt)* Es tut mir leid. Ich wollte nicht. Ich wollte dich nicht. Wirklich … *(entschlossen)* Ich kann gar nicht mitanschauen, wie sehr du … Ich will nicht, dass du leidest. Verstehst du.

VERONICA. *(Ausbruch)* Nein. Verstehe ich nicht. Du bist nur eifersüchtig. Du bist überhaupt nur eifersüchtig. Du bist eifersüchtig auf die Oma Christl. Du bist eifersüchtig auf die Nonna. Die ist aber tot. Das kannst du dir also sparen.

KONSTANZE. *(betont ruhig)* Ich bin nicht eifersüchtig. Ich will nur, dass dir nicht … Dass du nicht …

VERONICA. Du regst dich immer auf, dass die Oma Christl mir mehr erzählt als dir. Aber ich mag sie eben. Und du magst sie nicht. Und das weiß sie. Und das ist auch nicht einfach für sie.

KONSTANZE. *(weiter bemüht ruhig)* Es würde dich auch aufregen, wenn du die Geschichte deiner Geburt nie erfährst und deine Tochter aber schon. Es würde dich aufregen, wenn deine Mutter Lügengeschichten über dich erzählt. Eine Abtreibung. Das hätte sie sich gewünscht. Aber … Aber lassen wir das. Und siehst du nicht. Schon wieder sitzt sie mit uns hier, und ich will das nicht.

VERONICA. Dann hättest du halt gefragt. Es war alles ganz normal. Sie hat …

Konstanze unterbricht und hält sich die Ohren zu.

KONSTANZE. Ich will das nicht wissen. Ich will das nicht so erfahren. Das ist meine Geburt. Verstehst du. Das bin ich.

VERONICA. *(fährt fort und redet weiter)* Das Fruchtwasser ist um 2 Uhr am Nachmittag gebrochen. Sie ist ins Spital gefahren. Mit dem Taxi. Und um 23.37 Uhr warst du auf der Welt. Easy. Und dein Vater …

Konstanze springt auf und läuft in die Küche. Schreit.

KONSTANZE. Und dein Vater. Und dein Vater.

VERONICA. *(steigt aus dem Bett und geht zur Tür)* Warum willst du es nicht wissen.

KONSTANZE. *(ruft aus der Küche)* Weil es zu spät ist. *(kommt ins Zimmer zurück)* Können wir das jetzt lassen. Du fährst also nicht zu deinem Vater und bleibst in Wien. Im Sommer.

VERONICA. *(hat sich wieder aufs Bett gesetzt)* Ich weiß nicht.

Konstanze setzt sich wieder in den Sessel. Greift nach ihrer Kaffeetasse. Trinkt.

KONSTANZE. Was ist es?

VERONICA. *(sitzt im Bett. Schaut vor sich hin)* Es gibt keine Schlüssel. Verstehst du. Ich kann das Zimmer in dem Heim nicht zusperren.

Konstanze nickt.

VERONICA. Es sind Leute im Zimmer. Wenn ich zurückkomme. Es ist alles. Nicht durcheinander. Aber anders. Es ist alles nur ein bisschen verschoben. Aber. Es ist unheimlich. Irgendwie.

KONSTANZE. Das klingt unangenehm.

VERONICA. Ich glaube, ich muss mir etwas anderes suchen.

KONSTANZE. Du kannst immer …

VERONICA. Ich weiß.

KONSTANZE. Und? Ist das alles?

Veronica zieht die Schultern hoch.

VERONICA. Man ist halt nicht sicher. *(verbessert sich grinsend)* Es ist halt nicht sicher. Niemand ist sicher. Ist »niemand«? Welches Geschlecht ist »niemand«?

KONSTANZE. *(betont lehrerinnenhaft)* Niemand. Indefinitpronomen. Gehört zu den Frequenzpronomina, die eine nicht zählbare Menge beschreiben. Generisches Maskulinum. Aber auch feminin einsetzbar. Du siehst. Es geht.

Veronica steht auf. Sie sucht ihre Tasche. Holt die AirPods heraus.

VERONICA. Ich dachte, es macht nichts. Zuerst. Wer sperrt sein Zimmer schon ab.

KONSTANZE. Magst du ein Kipferl? Ich habe Margarine für dich. Oder nur Marillenmarmelade?

VERONICA. *(nestelt die AirPods aus dem Schächtelchen)* Ich esse es so.

KONSTANZE. Du willst doch jetzt nicht Musik hören?

VERONICA. Nein. Nein.

KONSTANZE. Du weißt. Ich finde.

VERONICA. Mir hilft das.

KONSTANZE. Wie denn? Ich habe das nie. Die Walkman. Ich habe das versäumt. Irgendwie.

VERONICA. Dann kannst du es ja nicht verstehen.

KONSTANZE. Doch. Weil ich etwas nicht mache. Das heißt doch nicht, dass ich nichts darüber weiß. Ich weiß zum Beispiel, dass dieses ständige Musikhören nur eine andere Art von passiver Stille ist.

VERONICA. *(lacht)* Was soll denn das wieder heißen.

KONSTANZE. Ach. Ich meine. Das hat. Das hat wieder mit dem Holocaust zu tun. Verstehst du. Ja. Verdreh die Augen. Mir wäre es auch lieber, es gäbe das nicht. Gar nicht. Und wir wüssten gar nicht, dass es so etwas geben kann …

VERONICA. Dann rede nicht. Wir sind uns doch ohnehin einig, wie schrecklich das war. Und mehr. Was soll ich anfangen damit. Überhaupt.

KONSTANZE. Du musst gar nichts anfangen. Und es geht darum, dass wir diese Bilder immer ohne Ton sehen. Fotos haben keinen Ton. Die Filme von der SS. Die haben auch keinen Ton. Und deshalb haben wir so eine saubere, tonlose Vorstellung von all dem. Oder dem Krieg jetzt. Wir müssen nie die Schreie hören. Und wer sie hört, ist schon verdammt, weil nie jemand da ist, zu retten. Weil wir nie dabei sind. Immer im Nachhinein. Und dein Spotify ist dann auch nur eine andere Form einer solchen Tonlosigkeit.

VERONICA. Ja. Ich bin unpolitisch. Ich weiß.

KONSTANZE. Das bist du nicht. Das weiß ich ja. Aber ich muss doch solche Sachen sagen. Ich meine. Das ist. Ach. Ich nehme das halt wichtig.

VERONICA. Ich kann jetzt nicht. Ich kann jetzt nicht an die Welt denken. Wir alle wissen nicht, wie es weitergehen soll, und du willst, dass ich auch noch zuhören soll dabei.

KONSTANZE. Komm. Wir essen jetzt unsere Kipferln. Und dann sehen wir weiter.

Sie gehen in die Küche. Setzen sich an den kleinen Küchentisch. Konstanze legt das Sackerl mit den Kipferln auf den Tisch.

KONSTANZE. Wie ist denn das. Da. In deinem Wohnheim. Mit diesem Zimmer? Räumen die das auf?

Veronica schüttelt den Kopf. Knabbert an ihrem Kipferl.

KONSTANZE. Komm. Iss. Iss normal für mich. Mich verfolgt sowieso die Geschichte von dieser Bulimistin in diesem Text. Immer noch.

VERONICA. Ich dachte, das ist schon fertig.

KONSTANZE. Es ist so deprimierend. Wie das alles.

VERONICA. Es ist prinzipiell. Findest du nicht? So ein Schlüssel. So ein Zimmerschlüssel. Der ist doch etwas Prinzipielles.

KONSTANZE. Kannst du keinen verlangen? Es wäre doch normal. Ich könnte nicht schlafen, wenn ich wüsste. Es kann jederzeit …

VERONICA. Die sind da so auf Community. Weißt du. Und das gehört für die dazu. Keine Geheimnisse. Und so. Eigentlich. Eigentlich geht es. Die machen das, damit sicherlich keine. Selbstbefriedigung? Kann das sein? Ich bin sicher, die verdammen das. Weißt du. Die wollen so reine Frauen aus denen machen. So …

KONSTANZE. Ach, du lieber Himmel. Unbefleckt? Na ja. Unschuld ist auch eine Waffe … Ja. Die sind im Vormarsch. Wieder. Auf der ganzen Welt. Opus Dei und so. War da nicht dieser Kabinettchef vom Kurz? Und seine

Familie? Immer noch gegen das Vatikanische Konzil. 50 Jahre danach und keine Anerkennung. Die haben sich nie abgefunden. Wahrscheinlich gehört das alles zusammen. In der ganzen Welt. Nie sozialen Fortschritt anerkannt. Immer alles zurück ins Mittelalter. Aber wie kommst denn du dahin. Ausgerechnet. Sag.

VERONICA. Du weißt doch, wie das ist. Und es ist ja auch nichts passiert.

KONSTANZE. Nichts passiert? Was heißt denn das wieder? … Hallo?

VERONICA. Warum willst du nicht hören, wer dein Vater ist. Ich hätte den längst aufgesucht.

KONSTANZE. Weil ich in Kontrolle bleiben will. Verstehst du? Es gibt ohnehin kaum die Möglichkeit. Und hier. Ich bin aus Kontrolle gemacht. *(ironisch)* Da hat deine Großmutter Großartiges geleistet. *(vertraulich)* Stell dir das vor. Ich fange diese Sache an. Gehe meinen Vater kennenlernen. Dann beginnt etwas, über das ich keine Macht habe. Ich glaube übrigens. Also ich weiß, der ist schon gestorben.

VERONICA. Dann …

KONSTANZE. Ich habe nicht mehr so viel Zeit. Weißt du.

VERONICA. So ein Blödsinn. Mami. Du bist … Du hast wirklich das Gefühl, du kannst nichts Neues mehr anfangen? Das verstehe ich.

KONSTANZE. Das solltest du aber nicht. Magst du noch einen Kaffee?

VERONICA. Ja. Gerne.

Konstanze steht auf. Sie stellt Wasser auf. Wäscht die Cafetiere aus. Füllt Kaffeepulver ein. Wartet, dass das Wasser kocht.

KONSTANZE. *(nachdenklich)* Weißt du. Eigentlich. Ich finde es empörend, wie wir leben müssen. Es ist. Also wir müssen leben, als wären wir mit allen diesen Kerlen verheiratet, die uns regieren. Auf Gedeih und Verderb. Und das ist überall so. Wenn wir in Ungarn leben würden. Wir könnten demokratisch sein, so viel wir wollen. Wir würden nicht aufscheinen. Oder in Russland. Da gibt es sehr viele Leute, die diesen Krieg nicht wollen. Aber nein. Unsere Leben zählen nichts. Wir müssen denen folgen, als wären wir der Harem von denen. Nimm Österreich. Die Mehrheit ist gegen die Aufgabe der Neutralität. Aber gilt das für diese Regierung? Nein. *(seufzt)* Und es ist eure Zukunft. Ich wollte, es ginge um uns und nicht immer nur um die, die …

Das Wasser kocht. Konstanze füllt die Cafetiere mit dem kochenden Wasser auf. Stellt den Filterkolben obenauf.

Stellt die Cafetiere auf den Tisch. Setzt sich wieder. Langes Schweigen.

KONSTANZE. Ich mache deiner Großmutter übrigens keinen Vorwurf. Das ist alles nicht anders gegangen. Das kann ich schon sehen. Und ich habe auch nicht mehr geredet mit ihr. Da hat sie sich diese Geschichte von der Abtreibung ausgedacht. Was für eine Zumutung …

Aus dem Schlafzimmer ist ein Handy zu hören. Ein Text ist angekommen. Die beiden Frauen schauen einander an. Veronica will aufstehen. Konstanze zieht die Schultern hoch. Veronica lässt sich auf den Sessel zurückfallen. Konstanze lächelt. Sie schiebt den Kolben der Cafetiere hinunter. Schenkt Kaffee ein.

VERONICA. Du hast mir immer noch nicht gesagt, was der Onkel Stieglitz gesagt hat.

KONSTANZE. *(trinkt Kaffee. Lachend)* Willst du das wirklich wissen? Es ist. Also stell dir vor. Der schreibt, dass du in rechtsradikale Kreise gefallen bist.

VERONICA. Der versteht gar nichts. Ist der ein Klimaleugner? Rechtsradikal? Da soll der einmal zu uns ins Heim kommen. Wir haben gestern ein Wunder erlebt. Das ist unheimlich.

KONSTANZE. Ein Wunder? Wieder die Heilung von Venenbeschwerden wie für Kaiser Karl? Für seine Seligsprechung? Das kann ja nicht wahr sein.

VERONICA. Doch.

KONSTANZE. Möchtest du wirklich dableiben? Dort? *(seufzt)* Ich bemühe mich, dich nicht. Also nicht. Nein. Ich will dich nicht bedrängen. Aber das scheint mir doch. Sehr seltsam. Und das Zimmer nicht absperren? Da kann dann jeder jederzeit ins Zimmer hinein?

VERONICA. Die Nonna hat sich immer eingesperrt. Die hat zugesperrt. Wenn wir schlafen gegangen sind. Die hat die Haustür kontrolliert. Und die Schlafzimmertür. Ich habe das da gelernt. In ihrem Haus. Versperrt schlafen … Das habe ich total vergessen gehabt. Dass das so war.

KONSTANZE. Ich bin ja gegen Versperren. Wenn etwas ist. Also ich bin auch gegen Fenstergitter. Es kann dann zwar niemand herein. Aber auch niemand hinaus. Mich macht das. Nervös macht mich das. Ich möchte immer hinaus können können … Aber in jedem Fall sollte ein Zimmer zu versperren sein. Das ist doch privat.

VERONICA. Na ja. Die nehmen das wörtlich.

Konstanze schaut fragend über ihre Kaffeetasse. Wieder klingelt es im Schlafzimmer. Es wird nicht beachtet.

VERONICA. Na, das heißt doch »beraubt«. Also privat, das heiß beraubt. Eigentlich. *(denkt nach)* Der Rechte beraubt. Damit wird die Sache mit dem Schlüssel logisch. Oder? Das Zimmer da ist privat, weil ich meiner Rechte beraubt bin. Ich darf mich nicht wegsperren, weil ich keine Rechte habe.

KONSTANZE. Das ist Mittelalter. Aber da sind wir ja zurück angelangt.

VERONICA. Wir sind richtige Doomer. *(lacht)*

KONSTANZE. Wir lachen doch noch.

VERONICA. Lachen macht doch nicht glücklich.

KONSTANZE. *(nach langer Pause)* Keine Ahnung. Ich habe keine Ahnung mehr. Wenn ich mich so umschaue … Wie bekommst denn du deine Infos? Seit der Pandemie. Ich kaufe schon noch Zeitungen. Da ist die Trafik nebenan schon hilfreich. Sonst? Ich glaube, ich wäre sonst nur meinem Algorithmus ausgeliefert.

VERONICA. Und? Immer noch Dr. Berg? Keto-Diät?

KONSTANZE. Stell dir vor. Ganz kurz war ein TikTok-Clip vom Sohn von Dr. Berg auf YouTube. Dr. Berg ist ein Scientologist und der schrecklichste Mensch auf der Welt. Sagt der Sohn. Ein Fescher. Der ist so ein Süßer. Aber.

Sehr problematisch. A troubled person, this young man. Das war dann auch gleich wieder weg.

Veronica steht auf und geht ins Schlafzimmer. Sie kommt mit dem Handy zurück. Sucht.

KONSTANZE. Ach komm. Lass den jungen Mann in Ruhe.

VERONICA. Wenn das so ist, wie du sagst. Dann braucht der jeden einzelnen Klick für sich.

KONSTANZE. Die sollten das für sich klären. Vater und Sohn. Nicht so. Vier Millionen Leute …

VERONICA. Vielleicht hat er keine andere Möglichkeit. Und wenn dein Vater vier Millionen Follower hat, dann musst du dich vielleicht an die wenden.

KONSTANZE. Würdest du so etwas? So etwas Intimes? Ich meine. Das ist doch Rache. Ich bin ja in einer Kleinstadt aufgewachsen. Ich weiß, wie das ist. Wenn jeder und jede alles über dich weiß. Das ist dann schon ein Gefängnis. Was machst du dann, wenn vier Millionen Menschen alles über dich wissen? Glaubst du nicht, dass die schiere Zahl?

Veronica zuckt mit den Achseln. Sucht.

VERONICA. Ah. Da ist er. *(sie schaut den Clip an)*

KONSTANZE. Ich will das gar nicht sehen. Nicht noch einmal. Aber Dr. Berg ist natürlich nicht mehr die strahlende Kapazität. Das hat er schon erreicht. Ich sehe den Mann jetzt auch als private Person.

VERONICA. Ja. Aber Dr. Berg ist nicht die beraubte Person. Der ist der Berauber. Offenkundig. Jedenfalls, wenn das stimmt, was der Sohn sagt.

KONSTANZE. Kinder urteilen nicht immer gerecht über ihre Eltern.

VERONICA. Das sagst du? Du und die Oma Christl?

KONSTANZE. Ich würde gern sagen, dass das etwas anderes ist … Und das ist es auch … Du hast meine Erfahrungen nicht. Einfach nicht. Und es wäre schön, wenn du mir glauben. Glauben schenken würdest.

VERONICA. Ich schenke dir jeden Glauben. Aber. Wenn ich dir glauben sollte, dann muss ich auch dem Sohn von Dr. Berg glauben. Oder? Ich meine. Mit der Oma Christl. Da bist du das Kind. Und wenn wir den Kindern Glauben schenken sollen …

KONSTANZE. Von Fall zu Fall? Von Fall zu Fall entscheiden? Ich meine. Mich kennst du nun wirklich ein bisschen besser als den. Oder?

VERONICA. Der hat auch nur seine Erfahrungen. Ich finde es gut, dass der auf TikTok geht und herumschreit. So wissen wir halt mehr. Übereinander. Verstehst du?

KONSTANZE. Wenn das nur Wissen wäre … Magst du nicht duschen gehen? Und darf ich fragen? Warum hast du in deinen Kleidern geschlafen? Und in meinem Bett? Ich meine. Ich freue mich, wenn du. Hier. Bei mir. Nichts freut mich mehr. Aber in den Kleidern schlafen? Warst du so müde?

VERONICA. Wahrscheinlich.

KONSTANZE. Ist etwas? Ich meine. Ist etwas passiert?

Veronica schaut aufs Handy. Antwortet nicht.

KONSTANZE. *(ironisch)* Kannst du nicht? Nein. Ohne Handy geht es nicht. Hörst du mich? Überhaupt? *(sehr laut)* Nizzi. Veronica. Ich sterbe. Ich sterbe gerade. *(achselzuckend)* Nein. Sie hört mich nicht.

VERONICA. Doch. Sie hört dich schon. Aber du solltest nicht so blöde Scherze machen.

KONSTANZE. Aber es ist die Wahrheit.

VERONICA. Mach dich nicht lustig.

KONSTANZE. Nein. Wir werden sterben gemacht. Ich fühle das. Ich fühle das ganz klar. Ich verliere gerade alles. Ich habe gerade alles verloren, was mich lebendig gemacht hat. Und ich weiß auch nicht so genau, was das ist. Aber dass es so ist, das weiß ich. Und. Es ist empörend, wie wir leben müssen. Fahrlässig regiert. Von Männern, die wir nicht zum Tee einladen würden. In einen Krieg geführt, an dem die üblichen Verdächtigen ihr Geld verdienen. Es wird über uns bestimmt, wann wir aus dem Haus dürfen und wann wir uns vergiften müssen. Ob wir auf die Uni dürfen. Ich bekomme gar keine Luft vor Empörung.

VERONICA. *(die ganze Zeit am Handy)* Jetzt kommt aber nicht wieder die Impfpflichtdebatte. Bitte.

KONSTANZE. Ich sag schon nichts. Aber geht es dir nicht auch so?

VERONICA. Du fragst mich, ob ich an die Zukunft denke, wenn ich keine hab? Das ist krass. Wirklich.

KONSTANZE. Blödsinn. Wenn wir das glauben, dann stimmt es ja wirklich.

VERONICA. Du machst nur den Fehler, den Satz in der Gegenwart zu sehen. Ich. Wir. Also ich bin schon gestorben. Jedenfalls holen mich alle eure verdammten Vergangenheiten ein. Kaputte Welt. Geile Pfarrer. Und als Ausweg Wunderheilungen. Kannst du mir sagen, wie wir das? Wie?

KONSTANZE. Was heißt das? Geile Pfarrer? Komm. Komm. Das will ich wissen.

VERONICA. Du lässt dich impfen. Bist aber gegen die Impfpflicht. Immer Durcheinander. Immer alles durcheinander. Ich gehe jetzt duschen. Das hätte ich längst machen sollen.

Sie geht ins Badezimmer. Konstanze will ihr nachgehen. Ruft ihr nach.

KONSTANZE. Du kannst …

VERONICA. *(schon aus dem Badezimmer)* Ja. Mami. Immer reden. Ich kann immer reden. Mit dir … Ich will aber nicht reden. Ich will leben. Verstehst du. *(die Dusche geht an. Veronica ruft laut über das Geräusch hinweg)* Leben. Verstehst du. Einfach nur so leben. Irgendwie. Und mit Zukunft. Weißt du?

Die Dusche ist zu hören. Der Boiler rauscht. Konstanze sitzt und trinkt Kaffee.

Marlene Streeruwitz

Geschlecht. Zahl. Fall.

Vorlesungen 2021.

»Geschlecht. Zahl Fall.« Diese Grundformel der Grammatik enthält die Bedingungen, aber auch die Grenzen unseres Sprechens. Marlene Streeruwitz analysiert in ihrer Vorlesung, wie Herrschaft über Sprache hergestellt wird und unser Denken regiert. Nur die Literatur vermag es, diese Muster aufzubrechen.
Der Band enthält die Texte der Joseph-Breitbach-Poetikdozentur 2021 sowie unveröffentlichte Schauspiel- und Prosatexte aus der Werkstatt der Autorin.

144 Seiten, gebunden

Weitere Informationen finden Sie auf
www.fischerverlage.de

AZ 10-397114/1